布瓦尔与佩库歇

Bouvard And Pecuchet

[法] 福楼拜◎著
刘 方◎译

中国大百科全书出版社

图书在版编目（CIP）数据

布瓦尔与佩库歇 /（法）福楼拜著；刘方译 .—北京：中国大百科全书出版社，2019.4

ISBN 978-7-5202-0467-5

Ⅰ . ①布… Ⅱ . ①福…②刘… Ⅲ . ①长篇小说—法国—近代 Ⅳ . ① I561.44

中国版本图书馆 CIP 数据核字（2019）第 044005 号

出 版 人 刘国辉
策　　划 止 庵
责任编辑 姚常龄
责任印制 李宝丰
出版发行 中国大百科全书出版社
地　　址 北京阜成门北大街 17 号
邮　　编 100037
网　　址 http://www.ecph.com.cn
电　　话 010-88390739
印　　刷 阳谷毕升印务有限公司
开　　本 880 毫米 × 1230 毫米 1/32
字　　数 270 千字
印　　张 11.25
版　　次 2019 年 4 月第 1 版
印　　次 2021 年 1 月第 2 次印刷
定　　价 49.00 元

一

天气热到三十三度，所以布尔东路像荒漠般冷清。

往下走，由两个水闸控制的圣马丹河墨黑的河水笔直地流淌着。河的中央有一条满载木材的船，岸上停放着两行大桶。

河那边，房舍夹在一个个工地之间。万里无云的天空便剪裁成一个个天青石色的板块。太阳的反光使房屋白色的门面、石板屋顶和花岗石码头熠熠生辉。在热烘烘的空气里，远处响起嘈杂的吵嚷声。星期日的百无聊赖和夏日的愁闷似乎让一切都变得麻木了。

出现了两个男人。

一位从巴士底监狱那边走来，另一位从植物园过来。个子高些的穿一件布衣，走路时礼帽挂在脑后，背心大敞开，手上拿着领带。个子矮些的埋着头，戴一顶尖帽檐的鸭舌帽，身子严严实实地裹在一件栗色礼服里。

两人来到大街的中央，同时坐到长凳上。

为了擦额头的汗，他们各自摘下帽子，放到身边。矮个子瞥见邻座的帽子里写着：布瓦尔。这位布瓦尔则毫不费力地认出了穿礼服的老兄鸭舌帽里写着的名字：佩库歇。

“瞧！我们的想法不谋而合，都想到在帽子里写上自己的名字。”

“天哪，正是，其实到我办公室也能打听到我的名字。”

“跟我一样，我是职员。”

于是，两人互相端详起来。

布瓦尔和蔼可亲的面容即刻使佩库歇着迷。

在他红润的脸上，那双近乎蓝色的眼睛老半闭着，笑眯眯的。一条带门襟的长裤，紧裹着他的肚子，使衬衫在腰部鼓了起来，裤脚因缝制不当，在海狸皮鞋上端显得皱皱巴巴。他那自来卷的金色头发形成松散的环形发卷，使他显得有点儿孩子气。

他噘着嘴不停地吹着口哨。

佩库歇一本正经的神气打动了布瓦尔。

他高高的前额顶上长满又平又黑的头发，仿佛戴了一副假发。他的长鼻子吊得很低，使他整个脸部都像处在侧面状态。他那裹在厚实的纯毛斜纹尼裤管里的腿与他颀长的上身不成比例。他的嗓音洪亮而深沉。

他不自觉地叹道：

“在乡村该多么惬意！”

布瓦尔则认为，近郊那些供人跳舞的小咖啡馆的喧嚣让人受不了。佩库歇也有同感，不过他已开始对首都感到厌倦。布瓦尔也如此。

他俩的眼光在一堆堆建筑石材和漂浮着一捆稻草的令人厌恶的河水上游移，随即停在耸立于天边的一座工厂的烟囱上。下水道发出腐臭味，他们便把身子转到另一边去。于是，眼前出现了丰盛仓库的围墙。

显然（佩库歇为此感到惊异），在街上比在家里更热。

布瓦尔劝佩库歇脱下礼服。他自己对别人的说三道四向来嗤之以鼻！

一个醉汉忽然歪歪倒倒地穿过人行道。于是，就工人的话题，他们开始谈论政治。他们的意见一致，尽管布瓦尔也许更倾向于自由主义。

大街上忽然尘土滚滚，从那里传来铁器碰撞的哐当声：三辆包租的高级敞篷四轮马车往贝尔西那边驶去。车上坐着一位手捧花束的新娘、几位戴白色领带的有钱人、几位裙子直拢到腋窝的女士、两三个小姑娘和一个中学生。看见这场婚礼，布瓦尔和佩库歇又谈到妇女。他们宣称，女人既轻浮又爱吵架，还很固执。尽管如此，她们却往往比男人更优秀，但有时又比男人更坏。总而言之，生活中最好没有女人，所以佩库歇才当了单身汉。

“我呢，我是鳏夫，而且没有孩子。”

“这于您或许是种幸福？不过，时间长了，孤独也让人发愁。”

在滨河马路上出现了一个妓女，还有一个士兵同她在一起。她脸色苍白，黑头发，脸上有细碎的麻子。她靠在军人的胳膊上，趿拉着一双旧鞋，扭着屁股。

她一走远，布瓦尔便斗胆说出一些有淫秽之嫌的思考。佩库歇的脸变得通红，他用眼神指指正在走路的一位教士，显然是为了避免对他的话做出回答。

教士慢悠悠地在大道上走着，人行道上种着稀疏的小榆树。布瓦尔一看不见教士的三角帽便宣称自己松了一口气，因为他太讨厌耶稣会士了。佩库歇并不想宽恕耶稣会士，但他对宗教表现出几分尊重。

这时天色渐暗，对面的百叶窗一个接一个地关上了。街上的行人多了起来。此刻正是晚上七点。

他们的谈话像流不尽的河水，点评紧接着轶闻趣事，哲学概要紧跟个人的述评。他们贬低桥梁公路工程局、烟草专卖局，贬低商业、戏剧，贬低海运管理局和整个人类，仿佛他俩都是历尽艰辛的人。一位在听另一位说话时总能重新找到被自己遗忘了的一些事情。尽管他俩已经超过了动辄激动的年龄，他们仍旧感受到一种全新的快乐，一种欢欣鼓舞，感受到初尝温情的魅力。

他们站起身来足有二十次，但每次都重新坐了下来。他们沿着大道走，从上游的水闸走到下游的水闸，每次想各自走开，都因敌不住相互慑服的感情而无力迈步。

不过他们仍然准备分手，在他们握手时，布瓦尔忽然说：

“对了！我们一起吃晚饭如何？”

“我原有这个想法，”佩库歇说，“但我没敢向您提出来！”

于是，他听任布瓦尔把他带到市政大厦对面一家小餐馆，在那里用餐会感到很舒服。

布瓦尔点菜。

佩库歇害怕辛辣作料，认为它们会烧灼身体。这倒成了他们医学讨论的一个话题。他们随即对科学的优越性大加赞扬：有多少东西需要学习，有多少研究需……要是有时间该多好！唉！谋生的事消耗了他们的全部精力。他们吃惊地抬起手，在发现他们俩都是抄写员时，他们差点儿越过饭桌拥抱起来：布瓦尔在一家商社，佩库歇在海军部。不过干抄写工作并不妨碍佩库歇每晚花一些时间学习，他曾在梯也尔的作品里标出一些错误，他还以最尊敬的口吻谈到一位名叫迪姆舍尔的教授。

布瓦尔在另外一些方面取胜。他挂表链和调制芥末醋汁的方式使他显得像一个经验丰富而又年轻的可笑老头，他吃饭时把餐巾的一角掖在腋窝里，滔滔不绝地说一些让佩库歇发笑的事。佩库歇的笑很特别，只有一个很低的音，永远是这个低音，每个音间隔的时间还很长。布瓦尔的笑声朴实、响亮，笑时露出牙齿，肩膀一耸一耸的，惹得门边的顾客都回过头来。

吃过晚饭，他们到另一家店里喝咖啡。佩库歇注视着煤气灯，为过分的奢靡而叹息，随后又不屑地一推，把报纸推开了。对此，布瓦尔更宽容些。一般说来他喜欢所有的作家，而且，他年轻时还颇有当作家的才能呢。

他拿起一根台球棒和两枚台球，想做平衡旋转游戏，像他的朋友巴尔勃鲁的那种玩法。台球却一个劲落到地板上，在人们的腿间滚来滚去，滚到远处便再也看不见了。台球一掉下来，咖啡店侍者就站起来找，他爬在软垫长凳下找来找去，最后便抱怨起来。佩库歇和他发生了争吵，店老板连忙跑过来，佩库歇却不听他道歉，甚至找饮料的碴儿。

他随即建议去他的住处平静地度过这个晚上。他家离这里很近，在圣马丹街。

刚一进门，他便披上一件印度产印花棉布做的一种短上衣，并殷勤待客以尽主人之谊。

一张杉木写字台放在屋子正中央，四个桌角十分碍事，周围一些小搁板、三把椅子、一把旧安乐椅上，连同屋角都杂乱地放着许多卷《罗雷百科全书》《动物磁气疗法施行者教程》，一本费奈隆①的书和别的书，以及一大堆废纸，两个椰子，各式各样的纪念章，一

① 费奈隆（1651—1715），法国大主教和作家。因其论文《论女子教育》而声名大振，曾任皇太子老师。

顶土耳其式便帽，还有迪姆舍尔从勒阿弗尔带给他的几个贝壳。四周的黄色墙壁上覆盖着一层厚厚的尘土。鞋刷躺在床边，被子垂到床下。天花板上有一个很大的黑迹，是灯的黑烟造成的。

布瓦尔无疑闻到了房里的气味，他请求允许他打开窗户。

“纸张会飞出去！”佩库歇大声说道，再说他也害怕气流。

但在这间小屋里他也热得气喘吁吁，因为小屋从一大早就被屋顶的石板瓦烤上了。

布瓦尔对他说：

“我要是您，就把法兰绒背心脱掉！”

“怎么？”

佩库歇垂下头，一想到不穿保健背心便不寒而栗。

“您送我出去吧，”布瓦尔说，“外面的空气会使您感到凉爽些。”

佩库歇终于咕咕哝哝地重新穿上靴子：

“以我的名誉保证，您算是让我着魔了！”

尽管距他家不近，他还是把布瓦尔一直送到家，布瓦尔住在白求恩街拐角处，图奈尔桥对面。

布瓦尔的房间漆得很漂亮，配有高级密织薄纱窗帘和桃花心木家具。从阳台望去，可以看见塞纳河。两件主要的装饰品，一件是放在五斗橱中央的小酒具柜，另一件是沿镜子摆放的由“达格雷”相机照的照片，照片上都是些朋友。放床的卧室里挂了一幅油画。

“这是我伯父。”布瓦尔说。

他举起蜡烛，照出了一位先生的肖像。

红色的颊髯加宽了他的脸部，额顶一绺头发的尖端卷曲。他那系得高高的领带，配上衬衫的三重领、法兰绒背心和黑色上衣，使他显出耸肩缩颈的模样。肖像还画出了他胸襟上的几颗钻石。他的眼睛在接近颧骨的地方有蒙古皱褶，他的微笑带着嘲讽的意味。

佩库歇不禁说道：

“他倒像您的父亲！”

“他是我的教父。”布瓦尔漫不经心地回答，又补充说，他的教名是弗朗索瓦-德尼-巴尔托罗梅。佩库歇的名字是于斯特-罗曼-西里勒。而且他俩同庚，都是四十七岁。这种巧合使他们高兴，也让他们吃惊，他俩都以为对方年纪更大些。接着便对天意大加赞赏，上天对命运的组合有时真是奇妙。

“因为，说到底，如果刚才我们没有出去散步，我们可能会老死也不相识。”

在交换了各自老板的地址之后，他们便互道晚安。

“可别去看望那些女士！”布瓦尔在楼梯上叫道。

佩库歇下楼，没有理睬他这粗俗的玩笑。

翌日，在沃特菲依街92号德康博兄弟阿尔萨斯布店的院子里，有个声音在叫：

“布瓦尔，布瓦尔先生！”

布瓦尔把头伸到窗外，认出了佩库歇。这一位叫得更来劲了：

“我没有生病！我把它脱了！”

“脱什么啦？”

“这个！”佩库歇说着指指自己的胸部。

他们白天所说的全部的话，单元房里的温度以及胃部的艰苦消化劳作妨碍了他的睡眠，他受不了，便脱下他那法兰绒背心扔得远远的。今天早上他才回想起晚上的行为，幸亏没有产生什么后果。于是，他前来将此事告知布瓦尔，这说明布瓦尔在他敬重的人群里已占据了神奇的高位。

他是一个小商人的儿子，从未见过母亲，因为她英年早逝。在十五岁那年，他从寄宿学校退学，被送到一个法院执达员家里。后来那里突然出现了警察，老板被判了苦役，那情景之残暴至今仍令他生畏。这之后他试过很多职业：药店学徒、学监、塞纳河上游一艘大型客轮上的会计。末了，一位海军分舰队长被他的一手好字吸引，雇他做了制副本的职员。然而，他意识到自己不完善的学识，并因而产生了对知识的渴求，这加剧了他易怒的性格。于是，他完全离群索居，既无亲戚，也无情妇。他唯一的消遣就是礼拜天出去仔细观察公共工程。

布瓦尔最久远的回忆把他带回卢瓦尔河畔一座农庄的院子里。一个男人——他的伯父，把他带到巴黎让他学做买卖。他成年后，有人给了他几千法郎。于是他娶了妻子，开了一家糖果店。半年以后，他老婆卷款潜逃。朋友、美餐，尤其是懒惰，使他迅速而彻底地破产了。他灵机一动，想到利用他一手漂亮的字，于是，十二年来，他一直在沃特菲依街92号德康博兄弟布店做同样的工作。至于他的伯父，尽管曾寄给他那幅出色的肖像以资留念，布瓦尔竟然不知道他的住处，也就不想再得到他什么了。一千五百利勿尔[①]的收入和抄写员的工资使他有可能每晚去一家小咖啡馆打打盹儿。

因此，他们的邂逅具有奇遇的重要意义。他们迅即被一种神秘的感情纽带牢牢连在一起。再说，又怎能说清这种相互感应的心境呢？为什么某个特点、某种缺陷在此人身上无足轻重或令人不快，而在另一人身上就能使人着迷令人狂喜？所谓的一见钟情对所有的感情都是真实的。不到这周的周末，他俩已经互相称“你”了。

---

① 利勿尔系法国古代的记账货币，一利勿尔价值相当于一法郎。

他们经常去对方的办公桌找人。这位一出现，那位便关上自己的斜面书写桌，两人就一起去到街上。布瓦尔迈大步，佩库歇则加快步伐，礼服后摆拍着屁股，仿佛在小轮上滑行。他们各自的癖好也同样在互相协调。布瓦尔吸烟斗，喜欢吃奶酪，有规律地喝他的小杯咖啡。佩库歇吸鼻烟，餐后点心只吃果酱，咖啡里要放一块糖。一位易轻信、冒失、慷慨；另一位谨慎、多思、节约。

为了讨佩库歇喜欢，布瓦尔想介绍他认识巴尔勃鲁。此人原是旅行推销员，如今做交易所买卖，他天真，善良，爱国，是女性的支持者，而且偏爱说近郊区人说的话。佩库歇觉得他挺讨厌，便把布瓦尔带到迪姆舍尔家里。这位作者（因为他曾经发表过一篇谈记忆术的短文）在一个青年女子寄宿学校教授文学课，他观念正统，穿着庄重。他让布瓦尔感到厌倦。

他俩谁也不向对方隐瞒自己的观点，却都承认对方正确。他们的习惯在改变，都放弃了实惠的寄膳，结果便天天一道吃饭。

他们对人们议论的戏剧、政府的管理、生活必需品的昂贵和商业的欺诈行为进行思考。“项链”的故事、菲亚尔代斯案件也不时出现在他们的交谈里[①]，后来，他们又寻找引起革命的原因。

他们沿着一间间旧货店闲逛，他们参观国立工艺博物馆、圣德尼[②]、戈伯兰织毯厂、荣军院以及所有的公共收藏品。

有人要求看他们的护照时，他们便装出丢失了护照的样子，故

---

① “项链”故事，指路易十六的王后安托瓦奈特购买一条价值昂贵的项链过程中发生的种种故事。菲亚尔代斯（1761—1817），法国法官，因其被谋杀，引起一场轰动全国的官司。

② 圣德尼系巴黎北部一个区的首府。那里有雄伟的教堂和王室墓地。圣德尼门是17世纪为纪念路易十四的军事胜利而修建的纪念碑。

意让人错把他们当成两个外国人，两个英国人。

在博物馆的各个陈列室里，他们带着极大的惊讶在填了草的四足动物面前走过，在经过蝴蝶标本时感到格外高兴，在金属面前却显得很冷淡。化石让他们浮想联翩，贝类学则使他们倍感厌恶。他们仔细观察玻璃暖房，一想到那里面的树叶分泌毒素就微微发抖。他们之所以欣赏雪松，是因为雪松是在防晒防雨的钟形罩保护下运来的。

在卢浮宫，他们竭力使自己迷恋拉斐尔[①]。在大图书馆，他们真想了解藏书的准确数字。

一次，他们进法兰西学院去听阿拉伯语课，讲课的教授看见两个陌生人正努力写着笔记而颇感吃惊。他们借巴尔勃鲁的光进入一家小剧院的后台。迪姆舍尔还为他俩搞到两张法兰西科学院一次会议的门票。他们询问有什么新的发现，阅读即将出版的书籍的内容简介，而且，这种好奇心大大开发了他们的智力。他们在日益扩展的视野顶端瞥见了一些既模糊又奇妙的东西。

在欣赏某件古旧家具时，他们为没能生活在古人使用这件家具的时代而深感遗憾，尽管他们对那个时代一无所知。他们根据某些名字想象一些国家，他们之所以认为那些国家美丽，正是由于他们无法准确地加以描绘。他们觉得那些连书名都无法理解的作品似乎包含着什么奥秘。

他们的空想越多，便越感痛苦。在大街上，每当他们同载旅客的邮车交错而过时，一种想随之而去的需求就从心底油然产生。花

---

① 拉斐尔（1483—1520），意大利文艺复兴时期著名的罗马学派画家、建筑师和考古学家。

市码头常使他们产生对乡村的渴望。

一个星期天，他们一大早就出门散步去了，经过默东、贝尔维尔、苏莱纳、欧特依，一整天他们都在葡萄园里漫无目的地游逛。他们在田埂边上连根拔除丽春花，在草地上睡觉，在农舍的刺槐树下吃饭，喝牛奶，直到很晚才回到城里，尽管满身尘土，筋疲力尽，却欣喜若狂。他们经常重复进行这样的散步。可是，回家的第二天显得太凄惨了，他们终于放弃了这种出游。

他们感到办公室工作的单调已变得十分可憎。永远是刮字刀、给纸上光的山达脂，同样的墨水瓶、同样的羽毛笔，老是那些同事！他们认为同事们都很愚蠢，因此和那些人说话越来越少。他们因此而遭到调侃。他们每天都迟到，因而受到警告。

昔日，他们过得还算快活，然而随着他们互相越来越敬重，他们感到自己的职业使他们丢脸，而且他们还相互加深相互激发这种厌恶之情，同时又相互姑息。佩库歇染上了布瓦尔的粗暴，布瓦尔学会像佩库歇那样闷闷不乐。

“我真想变成广场上的江湖骗子！”一个说。

“变成拾破烂的也一样！”另一个大声说。

情况糟透了！绝无摆脱的途径！甚至毫无希望！

一天下午（那是一八三九年一月二十日），布瓦尔在布店收到一封来信，是邮差交给他的。

他抬起双臂，头逐渐往后仰，摔在方砖地上晕了过去。

店里的伙计们朝他扑了过来，有人摘掉他的领带，有人派人去找医生。他睁开眼睛，随即回答别人的问话：

“噢！……是因为……是因为……有点儿空气我就会舒服些。不！别管我！对不起！”

他不顾身体肥胖，一口气跑到海军部。他摸摸额头，相信自己要发疯了，却竭力使自己冷静下来。

他让人请佩库歇出来。

佩库歇出现了。

“我伯父去世了！我要继承遗产！”

“不可能！”

布瓦尔把下面这几行字指给他看：

塔尔第维尔公证人事务所

塞坦的萨维尼，一八三九年一月十四日

先生，

我请您前来我的事务所了解您的生父，南特市前批发商弗朗索瓦–德尼–巴尔托罗梅·布瓦尔先生的遗嘱，布瓦尔先生于本月十日在本镇去世。本遗嘱包含属于您的一大笔财产支配权。

请接受我的敬意。

公证人

塔尔第维尔

佩库歇不得不在院子里的界石上坐下。他随即把信纸还给朋友，慢吞吞地说：“但愿这不是什么把戏！”

“你认为这是把戏！”布瓦尔说，声音发哽，活像临终的人嘶哑的喘气声。

然而，邮票、事务所印刷体字的名称，以及公证人的签字，这一切都证实了消息的可靠性。于是，他俩互相注视着，嘴角微微发颤，眼泪在发呆的眼睛里转动。

他们感到空间太狭窄了，便一直走到凯旋门，再沿着河边往回走，超过了巴黎圣母院。布瓦尔满脸通红，在佩库歇背上捶了几拳头，足足五分钟说的都是一派胡言乱语。

他们情不自禁地傻笑着。这笔遗产，当然，可能高达……

“哦！这该多棒呀！咱们别再谈了。”

他们依然谈了又谈。一切都不妨碍他们立即要求作进一步的说明。布瓦尔便写信给公证人，想得到这种说明。

公证人寄来了遗嘱的抄件，抄件的结尾这样写道：

> 依此，我赠予我的毋庸置疑的非婚生子弗朗索瓦-德尼-巴尔托罗梅·布瓦尔我的财产中由法律规定可赠予的那部分财产。

这个老好人是在青年时代得到这个儿子的，但他小心谨慎地与孩子保持着距离，让别人把他看作自己的侄子；侄儿也一直管他叫伯伯，尽管双方都心中有数。布瓦尔先生在不惑之年结了婚，后来又成了鳏夫。在他的两个合法儿子都与他的意图背道而驰时，他为自己抛弃另一个儿子多年而深感悔恨。倘若他的厨娘不从中作梗，他可能已经召回这个儿子了。当初厨娘利用家庭内部的矛盾离开了他，所以他一直过着孤苦伶仃的生活。在临死时，便想把他能够遗赠的财产全部赠给这个初恋的果实，以弥补他的过错。他的财产高达五十万法郎，因此抄写员可以得到二十五万法郎。大哥艾蒂安已经宣布他尊重遗嘱。

布瓦尔忽然变得有几分呆滞。带着醉汉那种平静的微笑，他一个劲反复低声说：

“一万五利勿尔的年金！”

佩库歇本来比布瓦尔坚强，此刻连他也无法保持镇定了。

塔尔第维尔的另一封来信遽然使他俩大为震惊。死者的另一个儿子亚历山大先生宣称他有意去法庭解决一切问题。如有可能，他甚至准备质疑遗赠条款。他还事先要求封存遗产，造财产清单，任命有争议财产的保管人等，不一而足！布瓦尔为此肝阳上亢，得了一场病。刚一康复，他就乘船去萨维尼，从那里回来却未得到任何结论，只好惋惜花去的路费。

接着是一个个不眠的夜晚，交替而至的愤怒和希望、兴奋和沮丧。过了半年，那位亚历山大先生总算平静下来，布瓦尔终于得到了遗产。

他喊出的第一句话是：

“我们到乡下去隐居！”

佩库歇认为他这句将朋友和自己的幸福连在一起的话天经地义，再简单不过。因为这两个人的结合是全面的，发自内心的……

然而，佩库歇不愿靠布瓦尔养活，所以他在退休之前不准备去乡下。还有两年，不算什么！他毫无商量的余地，事情就这样决定下来。

为了解可以在何处安家，他们一一审视了所有的省份。北方富庶，但天气太冷；南方气候宜人，但蚊虫多，不舒服；中部呢，坦率地说，那里毫无奇特之处。倘若布列塔尼的居民不那样虚伪，那里倒适合他们居住。至于东部各地区，那里的居民讲日耳曼方言，想也别想去那里。不过总还有别的地方。比如，佛雷、布热、鲁姆瓦，如何？地图上没有说一句有关的话。再说，不管他们的家安在此地或彼地，重要的是他们必须有一个家。

他们已经看见自己脱去外衣，穿着衬衫在花圃边上修剪玫瑰的枝丫；用锹翻地，中耕，捏搓泥土；从花盆里移出郁金香。云雀一叫，他们便起床去田间扶犁耕地；他们挎着篮子去摘苹果；观看别人制黄油，打麦子，挤羊奶，拾掇蜂箱；听母牛哞哞叫，闻着收割的牧草香，这一切让他们感到何等惬意。再也不用写字了！再也没有上司了！甚至不必付到期的租金！因为他们拥有了自己的住宅！他们吃的会是自己家禽饲养场的母鸡，自己园子里的蔬菜，他们晚餐时可以照样穿着农人的木鞋！

"我们要干我们喜欢干的一切！想留胡子就留胡子！"

他们买了些园艺工具，还有一大堆"可能有用的"东西，如工具箱（居家总需要这些东西），几个磅秤，还有丈量土地的链子、一个浴缸——万一生病就用得着，一只温度计，甚至一只"盖-卢萨克制式"的气压表，以备他们心血来潮时做物理实验用。来几本优秀的文学作品也不错（因为人总不能老在野外工作）！于是，他们去找书，有时很为难，不知道某本书是否真属于"图书馆藏书"。布瓦尔就这个问题做出了干脆的决定：

"哎！我们不需要图书馆。"

"再说，我有我自己的图书馆！"佩库歇说。

他们事先做了安排。布瓦尔得搬去他的家具，佩库歇则必须搬去他的黑色大桌子。他们得把各种帘子利用起来，再加上一套金属厨具，那就十分圆满了。

他们曾起誓对这一切严守秘密，但他们却容光焕发，所以他们的同事感到他们有点儿古怪。布瓦尔靠在他的斜面小桌上抄写，肘弯朝外，使他的圆体字写得更圆。他吹着自己特有的口哨，还带着狡黠的神气眨巴着他那厚重的眼皮。佩库歇坐在高高的草凳上，精心雕琢每个长形字下垂的笔划，但他鼓起鼻孔，抿紧嘴唇，仿佛害怕泄露自己的秘密。

经过十八个月的探索寻找，他们仍旧一无所获。他们去邻近巴黎的所有地区旅行，从亚眠直到埃夫勒，从枫丹白露直到勒阿弗尔。他们想找一处真正是乡村的乡村，并不严格坚持要如画的风景，但狭窄的视野会使他们心境抑郁。

他们既想逃避邻居，又害怕寂寞。

有时他们已做出了决定，但紧接着又担心将来要后悔，于是又改变主意，认为那地方于他们似乎太不卫生，或受海风侵扰，或离某间作坊太近，或交通不便。

是巴尔勃鲁救了他们。

他了解他俩的梦想。一天，他来告诉他们说，有人向他谈到一处地产，在卡昂和法莱斯之间的沙维尼奥尔镇。那里有一座拥有三十八公顷土地的农庄，还有一幢类似城堡的住宅和一个出产甚丰的园子。

他们于是前往卡尔瓦多斯省，而且在那里感到欣喜万分。不过农庄加上城堡式房舍（不买农庄就不卖房舍）要卖十四万三千法郎，布瓦尔只给十二万。

佩库歇同布瓦尔的顽固做斗争，请求他让步。末了，他宣布余额由他本人来补齐。那是他的全部财产，来自他母亲留给他的遗产和他的节约。他从未向人谈起这件事，因为他准备把这笔资金留作大的用场。

他在一八四〇年末，即他退休前半年，交齐了全部款项。

布瓦尔不再是誊写员了。起初他对前途还不大放心，所以继续干他的工作，一旦有把握得到遗产，他就辞职了。不过，他经常欣然回到德康博兄弟布店，而且他起程的前一天，还请全店的人喝了潘趣酒[①]。

与他相反，佩库歇对他的同事却阴沉着脸，最后一天走出海军部时，他还粗暴地把门摔拉得砰然作响。

他需要守着别人打包，还要办一大堆杂事，买一大堆东西，还得同迪姆舍尔道别！

教授建议与他保持书信来往，他会在信中通报文学方面的情况。再一次向他道贺之后，教授祝他身体健康。

巴尔勃鲁接受布瓦尔道别时表现得更动感情。他为此还放弃了一局多米诺骨牌，并许诺以后去那边看望他，他还叫了两杯茴香酒，并拥抱了朋友。

布瓦尔回到家里，在阳台上深深地吸了一口气，自言自语说："这天终于到了！"码头上的灯光在河水上跳动，远处，公共马车车轮的滚动声逐渐平息下来。他忆起往日在这个大城市生活的幸福日子，餐馆里的聚餐，进戏院的夜晚，女门房的说长道短，以及他所有的生活习惯。他感到自己的心支持不住了，他不敢承认自己的悲伤。

佩库歇直到清晨两点一直在自己房间里漫无目的地走来走去。他再也不会回到这里了，那更好！不过，为了留下一点儿自己的什么东西，他把自己的名字刻在壁炉的石膏涂层上。

大件的行李已在昨天运走了。园艺工具、小床、床垫、桌子、椅子、一只暖炉、浴缸和三根勃艮第柱子将沿塞纳河一直运到勒阿弗尔，再从勒阿弗尔运到卡昂，在卡昂等候的布瓦尔会命人把它们

① 潘趣酒是由酒加糖、红茶、柠檬等调制的饮料。

送往沙维尼奥尔。

但他父亲的肖像、几把安乐椅、窖藏酒、书籍、挂钟，还有其他一切珍贵物品已经装到一辆搬家车上。车子运行经过的地方是诺南古尔、韦尔纳伊和法莱斯。佩库歇愿意跟车走。

他坐在车夫身边的座位上，穿一身最旧的礼服，戴着围巾，独指手套和在办公室用的皮里暖脚套。三月二十日，星期天，他在黎明时分离开了首都。

头几个小时，旅途中变动的景色和新奇的事物还能吸引住他，后来那几匹马放慢了步伐，这就引得他和车夫以及赶大车的人争吵起来。车夫们选住的旅店糟糕透顶，尽管他们答应对一切负责，佩库歇出于过分的小心，仍旧和他们住一个店。

第二天天刚亮就上路了。道路，永远是那条道路，往远处伸展，直到天边。碎石子一方接着一方，道旁的路沟汪着水，大片大片单调而寒冷的绿色展现在四野，云朵在天上匆匆飘过，还不时下着雨。第三天狂风大作。大车的篷布系得不牢，像船帆似的迎风咔咔作响。佩库歇戴上大盖帽，低下头，每次打开鼻烟壶，他都得完全转过身去以保护自己的眼睛。车子每一颠簸，他都听见背后的行李摇摇晃晃，便不厌其烦地叮咛起来。见自己的叮嘱无济于事，他改变了策略。他装老好人，给他们献殷勤；在爬坡时，同他们一道推车轮；他甚至在饭后替他们付掺了烧酒的咖啡钱。自那以后，车跑得快多了，以至在戈布尔日附近弄断了车轴，大车歪斜下来。佩库歇立即检查车内的东西：瓷茶杯碰成碎片躺在那里。他抬起两只胳膊，咬牙切齿地咒骂两个笨蛋。第二天因赶大车的喝醉了酒又白白浪费掉了，但他已没有力气叫苦，因为他已经饱尝辛酸。

布瓦尔为了再一次同巴尔勃鲁共进晚餐，直到第三天才离开巴黎。他在最后一分钟才赶到运输公司的院子里，后来在鲁昂城的大教堂前面从睡梦中惊醒，原来他乘错了公共马车！

当晚，去卡昂的座位全满了。他不知道如何是好，便索性去艺术剧院看戏。他向邻座微笑，说他已从批发交易事务里隐退，在附近新购置了一片地产。直到星期五他才在卡昂下车，但那些包裹竟还没有运到。总算在星期天取到了东西，便命人装上大车，他早已通知赶车的佃农，让他跟几个钟头的车。

佩库歇在路上折腾到第九天才抵达法莱斯，他在那里雇了一匹拉帮套的，直到日落西山，一路平安无事。过了布雷特镇，他们离开大路，走上一条岔道，自以为每分钟都看到了沙维尼奥尔房屋的山墙。然而，车辙越变越模糊，最后竟消失了，而他们却仍在耕过的田地里赶路。天渐渐黑下来。会怎么样呢？末了，佩库歇抛开大车，自个儿在泥地里艰难前行，探索道路。他一走近某个农庄，狗便狂叫起来。他使尽浑身力气喊着问路，却没有人回答。他害怕了，又回到宽敞些的地方。忽然，有两盏灯笼在前面亮了起来。他瞥见一辆敞篷双轮轻便马车，便迎着车飞跑过去，原来是布瓦尔坐在车上。

可是搬家车去哪里了？他俩用双手做成喇叭状在黑暗中喊了一个钟头才算找到，于是驱车来到沙维尼奥尔。

在大厅里，壁炉里燃烧着荆棘和松果，火势很旺。桌上摆了两副刀叉，大车运来的家具拥塞着前厅。什么都不缺。他们便坐在饭桌旁边。

给他们准备的是葱头浓汤、母鸡肉、肥肉和清煮蛋。干厨房活儿的老妇人不时前来了解他们的口味。他们回答说：“噢！味道好极了！好极了！”那难切的大面包，还有奶油和胡桃，一切都使他们开怀。方瓷砖有窟窿，墙壁渗水，而他们却一边用满意的眼光东瞧瞧西看看，一边在点了一支蜡烛的小桌上用餐。野外的空气使他们的脸发红，他们挺着肚子，靠在椅背上，椅子发出咔咔的响声。他们反复说着：

“我们总算到了！多么幸运！我觉得这好像是个梦！”

尽管已是午夜，佩库歇还是想去园子里转一圈。布瓦尔也不拒绝。他们拿上蜡烛，用旧报纸挡着风，沿着一个个花圃溜达，兴致勃勃地大声说出蔬菜的名字：

“瞧，胡萝卜！哦！白菜！”

随后又去视察墙边种植的果树，佩库歇极力想发现蓓蕾。有时，一只蜘蛛突然在墙上逃窜，他俩的身影在墙上显得很长，举手投足的动作也在墙上不断重现。草梢滴着露水。黑漆漆的夜，万籁俱寂，在悠然恬适中一切都静止了。远处传来了鸡鸣声。

他们俩的卧房之间有一道小门，小门被墙纸糊住了。他们在安放五斗橱时碰掉了钉子，这才发现开着一道门。真是意想不到的惊喜。

脱了衣服上床之后，他们还聊了一会儿，随后便进入梦乡。布瓦尔仰睡，张着口，光着头；佩库歇朝右边侧睡，双膝贴着肚子，戴一顶棉便帽。在透过窗棂流进来的月光里，他俩在熟睡中发出鼾声。

二

第二天醒来时何等喜悦呀！布瓦尔抽一袋烟，佩库歇吸一撮鼻烟，他俩都宣布这烟是他们有生以来最香的。随即来到窗户前观看风景。

对面是田野，右边有一个粮仓、一座教堂的钟楼，左边是绿帘一般密密的杨树。

两条主要的小径，十字交叉，把园子分成四块。几个花圃都种着蔬菜，矮矮的柏树和修剪成纺锤形的果树东一处西一处点缀其间。园子的一边有一架紫藤，从那里可以直达诺曼底地区特有的那种葡萄棚；另一边是支撑一排排果树的山墙；园子深处，一道栅栏面朝乡野。墙外是菜园，走过千金榆树林荫小径可以看到一丛小树。栅栏后面是一条小路。

他们正凝神观赏这整体的布局，忽见一个头发灰白身穿黑色外套的男人沿着小路往前走，同时用拐杖敲打着篱笆的每一根柱子。老女仆告诉他们，那是本地区远近闻名的医生沃考贝依先生。

当地的士绅还有：德·法威日伯爵，昔日的议员，因凶横而口碑不佳；镇长福罗先生，从事木材、石膏以及各种杂品的买卖；公证人马雷斯科先生；热弗罗依神甫；还有寡妇波尔丹太太，靠自己的收益生活。说到她自己，大伙儿都管她叫日耳曼女人，因为她已故的丈夫名叫日耳曼。她打零工，不过倒愿意过来服侍这两位先生。他们接纳了她，随即动身去离这里一公里的农庄。

他们走进院子时，佃农古依师傅正冲着一个小伙子大喊大叫，坐在凳子上的农妇紧抓住夹在她两腿间的一只雌土绶鸡，一个劲往鸡嘴里填饲料丸子。男人的额头很窄，小鼻子，眼神显得鬼鬼祟祟，肩膀很壮实。女人有一头深色的金栗色头发，双颧有雀斑，她那单纯的神气，在教堂花玻璃上画的村妇脸庞上屡见不鲜。

厨房的天花板下悬挂着几双麻靴。三只长枪在高高的壁炉上排成梯形。放着彩釉陶器的餐具柜立在山墙的中央，平板窗玻璃灰白色的光射在白铁和紫铜器皿上。

两位巴黎人希望做一番视察，因为他们只粗略地看过一次自己的产业。古依师傅和他的配偶陪同巡视，这一来，一连串的叫苦声便开始不绝于耳。

所有的建筑，从大车库到烧酒酿造间，都需要修缮。最好为制造奶酪修建一个附属场地，再把所有的栅栏都换上新铁皮，加高多层板，深挖水塘，在三个庭院里大种苹果树。

随后又看了庄稼，古依师傅对庄稼的估价颇低：作物吃掉的肥料太多，大车运输耗费巨大；没有可能清除石子儿，杂草毒害着牧场。农夫对布瓦尔领地的诋毁减弱了他作为主人踏在这片土地上的欢愉之情。

他们走一条洼路返回，俯瞰洼路的是一条山毛榉林荫道。从这个方向可以看见他们住宅的正面和接待贵宾的庭院。

房屋正面漆成白色，由黄色的装饰加以衬托。库房和食物储藏室、面包作坊和柴房从两端折回，形成两排较低的厢房。厨房和一个小厅相连。往里走便是前厅，一个较大的厅堂和客厅。二楼的四个房间面朝走廊，走廊与庭院相望。佩库歇占一间房作他的收藏室，最靠边那一间是图书室。他们打开五斗橱，发现还有别的书，不过他们并没有心血来潮，去阅读那些书的标题。最紧迫的事，是拾掇园子。

布瓦尔在经过千金榆绿篱时，发现树枝下面有一尊女人的石膏雕像。她用两个指头拉开衣裙，两膝微弯，头偏向肩膀，仿佛害怕被人突然捉住。

“噢！对不起！别不好意思！”

这句玩笑话让他们感到那么有趣，他们一说再说，竟达三个多礼拜。

在此期间，沙维尼奥尔的乡绅们有意结识他们，还有人来到篱笆外面往里观察他们，他们索性用木板把空隙堵住。乡亲们为此十分不快。

为了防止太阳照射，布瓦尔像亚洲人一样用一方布巾把头包起来；佩库歇则戴上他那顶大盖帽，他还围上了围裙，只见他的整枝剪刀、薄绸围巾和鼻烟壶在围裙口袋里晃荡。他俩光着胳膊在园子里并排翻土，除草，剪枝。他们还硬性规定任务，连吃饭都匆匆忙忙。不过喝咖啡却在葡萄棚，那里是欣赏景物的最佳位置。

如果二位碰上一只蜗牛，他们会先走近它，再噘嘴皱眉把它踩死，活像砸碎一只核桃。他们不带铁锹不出门，他们腰斩金龟子幼虫用力之猛，使铁锹也入地三寸。

为了摆脱毛毛虫，他们用长竿狠狠抽打树木。

布瓦尔在草坪中央种了一株牡丹和几株西红柿，西红柿果子在棚架顶上垂下来会像悬挂的分枝吊灯一般美观。

佩库歇命人在厨房门口挖了一个大坑，并把大坑分成三格。他要在格子里制造堆肥，堆肥可以促进大量作物的生长，作物提供的垃圾可以制造别种肥料，带来其他作物的好收成，如此这般循环下去，无边无际。他在大坑边上浮想联翩，已经瞥见未来堆积如山的水果，琳琅满目的鲜花，一应俱全的蔬菜。然而，施底肥不可或缺的马粪却少而又少。种田人不卖马粪，因为客栈老板拒绝卖马粪的人住店。四处寻求无门，佩库歇终于下了决心：无论布瓦尔如何反对，他也发誓抛弃脸面，亲自去拾粪！

一天，他正在大路上拾粪的空当，波尔丹太太上前和他攀谈。她先恭维他一番，随即打听他的朋友。这个女人的黑眼睛虽小，却很明亮，她红润的脸色和她的放肆（她竟然长了些许胡子！）吓坏了佩库歇。他简短对付两句之后便转过身去。他的不礼貌后来受到布瓦尔的责备。

坏天气接踵而至，下雪，严寒。他们便在厨房里安营扎寨，或用木条安栅栏，或巡视所有的房间，或围火闲聊，或静观雨景。

一到四旬斋第三周的周四即狂欢日，他们就开始守候春天，而且每个清晨都要反复说："一切都在成为过去！"然而春季却姗姗来迟，于是，为缓和自己的急迫心情，他们改口说："一切都将成为过去！"

他们终于瞧见青豌豆长出来了。芦笋产量颇佳，葡萄丰收在望。

他俩既然熟稔园艺之道，在农业领域或许能有所建树，于是野心勃勃，想经营自己的农庄。凭他们的常识和研修，获得成功是毫无疑问的。

首先需要看看别的农庄如何行事，为此他们给德·法威日先生写了一封信，请求给予他们参观农庄的殊荣。伯爵立即约请他们会面。

步行一小时之后，他们来到一座小山的山坡上，山坡俯临花白蜡树沟。河水在沟底蜿蜒流淌着。大块大块的红砂岩竖立在有一定间隔的地方。远处，一些更大的岩石仿佛组成了一片突兀的悬崖悬垂在原野之上，原野覆盖着熟透的麦子。对面，另一片丘陵蓊蓊郁郁，一座座房舍隐约其间。成行的树木将绿色划分成大小不等的方块，树木深绿色的线条在一片草绿中十分突出。

伯爵领地的全貌倏忽出现。一个个瓦房顶标出了庄园的所在地。白色门面的城堡坐落在右边，城堡的那边有一片树林，城堡前的草坪往下伸展，直到河边，河水映出了成行的法国梧桐的倒影。

两个朋友走进一片苜蓿地，人们正在翻晒苜蓿草。女人们有的戴着草帽，有的用印度印花棉布包着头，有的戴着遮光帽檐，她们都用搂草耙将铺在地上的干草扬起来。在田野的另一端，人们围着草垛把一捆捆干草使劲往一架套了三匹马的很长的大车上扔。伯爵先生朝他们走过来，身后跟着他的管事。

伯爵穿一身凸纹条格细平布套服，上身直挺挺的，颊髯整齐，看上去既像法官，也像花花公子。即使在说话时，他脸上的线条也僵直不动。

寒暄过后，他开始介绍有关草料的管理方法：翻晒干草要防止到处乱撒干草，草刈下之后必须立即就地捆成草捆，按十个一堆码放，草垛应堆成圆锥形。至于英国搂草机，由于牧场土地凸凹不平，用不上这样的农具。

一个小女孩赤脚穿一双旧拖鞋，衣衫褴褛，连衫裙破口处露出了身上的肉，她用挎在腰上的水罐倒苹果酒给女人们喝。伯爵问这女孩是从哪儿来的，都说不知道。是翻晒牧草的女人们把她捡来的，让她在收割期间伺候她们。伯爵耸耸肩，离开晒场时，他大声抱怨当今乡村里伤风败俗。

布瓦尔盛赞他的苜蓿。尽管屡遭菟丝子的蹂躏，他的苜蓿长得委实不错。一听见菟丝子三个字，两个未来的农学家瞪大了眼睛。伯爵考虑到他的牲畜存栏数量大，所以他正致力于人造牧场的开发，再说这也为别的好收成开了道，让牲口连根吃掉牧草可没有这样的好事。

“至少我自己认为这无可争议。”

布瓦尔和佩库歇同声说道：

“噢！无可争议。”

他们来到一片精心松过土的田坝的田坎上。有人牵着一匹马，马拖着一个有三个轮子的宽大箱子。下面的七根犁骨并排开出一道道很细的犁沟，种子便从一些管子里漏出来直接落到土里。

“这里，”伯爵说，“我种芜菁。芜菁是我四年耕作制的基础。”

他开始做播种机耕示范表演。这时一个仆人前来找他，城堡里有人要他回去。

他的管事便代他作介绍，此人面目奸诈，言语姿态透出阿谀奉承的味道。

他领这两位先生去另一片田地，那里有十四个赤膊的汉子正叉开双腿收割黑麦。镰刀在麦草间沙沙作响，麦秆一律向右倒。每个人的镰刀都在同一条线上冲前面划出一个宽大的半圆形，收麦人也同时往前行进。这两个巴黎人十分赞赏他们的胳膊，他俩感到一种对肥沃土地的近乎虔诚的敬意在心中油然而生。

他们随即顺着正在耕作的一块块土地往前走。天已黄昏，小嘴鸦成群地猛扑到田垄间。

后来他们遇上一群绵羊，羊在这里那里吃着青草，可以听见它们连续不断啃草的声音。牧童坐在一根树干上织毛袜，他的狗待在他身边。

管事帮助布瓦尔和佩库歇跨过一道篱笆，他们这才穿过两间破房，看见一些母牛正在那里的苹果树下反刍草料。

农庄的所有建筑物都互相毗连，而且沿着院子的左中右三边修建。那里的伙计都靠机械操作，一台涡轮机靠一道由人工改道的溪流转动。一些皮带从一个房顶连到另一个房顶，一台铁泵在肥料堆中间转动。

管事提醒他们注意观看羊舍里齐地面开凿的小小的进出口，还有隔成一小间一小间的猪舍，每一道精巧的舍门都可以自动开关。

堆放麦捆干草的谷仓是教堂一般的拱形建筑，拱顶跨在两边的石墙上。

为了让两位先生开心，一个女仆一把一把将燕麦扔给母鸡吃。在他们眼里，压榨机的轴简直是一个庞然大物。后来，他们又登上鸽房。乳品厂尤其使他们叹为观止。房屋的四角都有水龙头提供足够的流水以淹没石板地面，人一走进去就感到一阵凉意扑面而来。褐色的双耳坛整齐地排列在一个个柳条箱上，坛里的奶一直满到坛边。奶油盛在浅些的瓦钵里。黄油块一个接一个，有如截成许多段的铜柱。掼奶油从刚放在地上的白铁桶里冒出来。不过，农庄里最精美的杰作首推牛棚。一根根木棍垂直固定起来，从牛棚这头到那头，把牛棚一分为二：第一部分为牛栏，第二部分为管理室。几乎看不到尽头，因为所有的空隙都是堵住的。牛拴在链子上吃草，它们身上散发出热气，低矮的天花板又把热气反压下来。这时有谁放进来一点光线，一条细细的水流突然漫进喂草架的槽沟。牛哞哞地叫起来，牛角发出棍子互相撞击一般清脆的嘣嘣声。所有的牛都把嘴伸到牛栏木棍之间慢慢饮水。

套车的牲畜进院子了，母马嘶叫起来。地下室点起了两三盏灯笼，灯笼随即熄灭。干活儿的人们趿拉着木鞋走在石子路上。响起了晚饭的钟声。

两位观光的人遂离开了农庄。

他们看到的一切都使他们着迷，于是两人做出了决定。黄昏伊始，他俩便从自己的图书馆取出四卷本的《农家》，又让城里寄来加斯帕兰[①]的讲义，还订了一份农业报。

为了赶集方便，他们购置了一辆带篷的小推车，由布瓦尔赶车。

他们身穿蓝色长工作服，头戴宽边帽，护腿套过膝，手握马贩子棍在牲口周围转悠。他们还请教种地的农夫，当地农业促进会举行的会议也每会必到。

他们一个主意接着一个主意，不久便让古依师傅感到厌烦，因为他们对这个佃农实行的休耕制深表遗憾。古依却墨守成规。他还借口雹灾要求减免已经到期的租金。至于应交的租金，他一个子儿也没有掏。他老婆听见佃主提出的最合理不过的要求也一个劲儿大叫大嚷。最后，布瓦尔宣布他不准备续租约了。

从此以后，古依师傅再不肯多施粪肥，而且听任野草丛生，毁坏土地。他离开农庄时一脸凶相，说明他存心报复。

布瓦尔以为两万法郎，即地租的四倍多，可以应付开始阶段所需的资金，他在巴黎的公证人给他汇来了这笔钱。

他们的开发包括十五公顷的河流和牧场，二十三公顷的可耕地

---

① 亚德里安·德·加斯帕兰伯爵（1783—1862），法国农学家和政治家。主张将物理化学应用于农业。

以及五公顷的可开垦地，这片可开垦地位于一座名叫小岗的遍布石子的山丘上。

他们购置了一切所需的工具，还有四匹马、十二头母牛、六只猪、一百六十只羊；人员方面，雇了两个大车车夫，两个女人，一个牧童；外加一条大狗。

为了即刻得到现金，他们卖掉了草料。钱是在他们家付的，他们感到在燕麦柜上点数的拿破仑金币比其他金币更金光灿烂，更不寻常，更好。

他们在十一月份酿造苹果酒。布瓦尔赶马，佩库歇爬上磨盘槽用铁锹翻榨渣。

他们拧紧螺丝钉时气喘吁吁，随后又用铜勺在酿酒桶里舀来舀去，同时监视着水槽排水口的情况。他们穿着农人穿的木鞋，其乐无穷。

从“人不嫌麦子多”这条原则出发，他们取消了一半左右的人工牧场。肥料缺乏，他们便利用油料作物的渣滓，他们并不砸碎那些渣滓就埋到土里，结果产肥率小得可怜。

次年，他们撒种时实行密植，但暴风雨突然袭来，结穗的麦子便倒伏了。

他们却仍然热衷于培植优质小麦，而且着手清除小岗上的石头。石子儿由一架两轮车搬运。整整一年，永远是那辆两轮马车，那同一个赶车人，同一匹马，从早到晚，风雨无阻，在那座小丘上上下下。有时，布瓦尔跟在车后走，走到半山腰就停下来擦额上的汗水。

他们对任何人都不予信任，便亲自给牲口治病，给它们吃泻药，灌肠。

发生了严重的混乱。管鸡舍的姑娘怀孕了。他们便雇一些结过婚的人，结果是孩子大量繁殖起来。表兄弟、表姐妹、叔叔伯伯、嫂子弟媳，一大帮人靠他们养活，于是，他俩决定轮流去农庄睡觉。

然而，一到晚上他们便倍感凄凉。房间的肮脏也使他们颇感不快，而且日耳曼女人每次给他们送饭都要咕咕哝哝，不停地抱怨。人人都在千方百计欺骗他们。在谷仓里打麦的人把麦子塞进他们的饮水罐里。佩库歇逮住过一个，他抓住那人的双肩，把他推到外面，嚷道：

“无赖！你是曾瞧着你出生的村庄的耻辱！”

佩库歇本人引不起别人尊敬，再说，他为园子的事一直感到内疚。要保持园子的良好状态，他即使花去自己的全部时间也不算多。布瓦尔最好一个人照料农庄。他们为此进行了辩论，最后做出了这样的安排。

首先必须有一些优质苗床，佩库歇先让人用砖修了一个这样的苗床。他亲自油漆窗框，害怕遭太阳曝晒，他又把所有的秧苗培育罩都涂上白粉。

他小心翼翼，把插条的顶端和树叶都掐掉，接着便进行压条。他尝试了多种嫁接方法：细长形嫁接、根茎嫁接、盾形嫁接、草式嫁接、英国式嫁接。他对准两个树枝的韧皮部时何等细心呀！他捆扎插条何等结实！他在接扎处堆了多少香胶！

他一天两次拿起喷水壶在植物上摇来摇去，仿佛在对它们进行顶礼膜拜。在他下细雨一般的精心浇灌下，植物渐渐转青，他感到自己仿佛也同树苗一起解渴，一起恢复了活力。后来，他兴之所至，干脆拔掉喷头，任喷壶尽兴猛灌。

在千金榆林荫小道尽头的石膏雕塑旁边有一间圆木构造的简陋小屋，佩库歇的园艺工具就放在里面。他本人也在那里度过一个个兴味盎然的钟点：挑拣种子，书写标签，摆顺小花盆。他坐在门前一只木箱上休息时，心里便盘算着如何美化园子。

他在台阶下面造了两个椭圆形天竺葵花坛，在柏树和纺锤形果树之间种了些向日葵。各个花圃都长着黄花毛茛，各条小径都覆盖着新的沙子，整个园子都充满丰富耀眼的黄颜色。

然而，苗床里却只见幼虫乱挤乱爬。尽管用的是干树叶沤熟的厩肥，在油漆的窗框和涂白粉的秧苗培育罩下长出的尽是生长不良的植物。插条不生根，树枝从嫁接处剥离开来，压下的枝条停止出液，树木从根部得了白粉病，整个木苗看上去令人心酸。大风乐滋滋地掀倒四季豆棚架，粪肥过多危害了草莓的生长，修剪不当又影响了西红柿的产量。

花椰菜、茄子、萝卜长势堪忧，原想在小木桶里培育的水田芥也归失败。解冻之后，朝鲜蓟全军覆没。白菜还可聊以自慰，尤其是其中的一株，竟使他满怀热望。这棵白菜后来果然开花，长高，但最后高得出奇，根本无法食用。那又何妨？佩库歇为拥有这么一个庞然大物而心满意足。

于是，他准备为栽种甜瓜——他所谓的技术顶峰，而一试身手。

他在几个装满富含腐殖质的松软沃土的盘子里撒上多个品种的甜瓜种子，然后把盘子放进苗床。他另外支起一张苗床，等前一个苗床暴芽成苗以后，便把长得最漂亮的秧苗移栽到另一个苗床上去，再盖上秧苗培育罩。他遵照优秀果农的告诫，让瓜秧长得高矮不齐，重视每一朵花，听任所有的花都结果，然后在每一个枝干上选留一个果实，摘除别的果实。当甜瓜长到核桃那么大时，他在瓜皮下垫一块板以防止甜瓜接触粪肥而腐烂。他润湿每一个瓜，让它们通风，用手绢抹掉罩子里的雾气。他一见天上出现云彩，就连忙搬来草席加以覆盖。

夜里，他为瓜地而失眠，甚至多次半夜起床，赤脚穿上靴子，穿一件衬衫就抖抖索索穿过整个园子去把自己床上的被子盖到防雨篷布上。

罗马甜瓜成熟了。布瓦尔吃第一个便噘嘴皱眉，第二个也不比第一个高明，第三个亦复如是。佩库歇为每一个瓜找出一个借口，到最后一个，他干脆将瓜扔到窗外，宣称不明白是怎么回事。

原来，他把不同品种的瓜果蔬菜一株紧挨另一株种在一起，甜瓜同蔬菜混种，肥硕的“葡萄牙瓜”紧邻大个头“蒙古瓜”，而西红柿混杂其间便使这种混乱状态达到了顶峰。结果是可怕的非驴非马，甜瓜带西葫芦味。

于是，佩库歇移情于花卉。他写信给迪姆舍尔，想得到一批小灌木和种子。他还买了大量的灌木叶腐殖土，这之后便坚定不移地着手干起来。

然而，他背阴种西番莲，向阳种蝴蝶花，给风信子上粪肥，在百合花的开花期之后浇水。过分的修剪毁了杜鹃花，过浓的胶水刺激了倒挂金钟，还烧坏了一株石榴，因为他把石榴搬到厨房里用火烤。

在寒冷季节即将来临之际，他用涂了厚厚一层蜡的纸质圆盖保护犬蔷薇，这一来，犬蔷薇看上去就像用一个个棍子支撑在空中的糖饼。

大丽花的苗木支柱奇大无比，从笔直的支柱行列之间可以望见一株日本槐树弯弯曲曲的枝丫，槐树待在那里一成不变，不死也不往上长。

不过，既然最稀罕的树木都能在首都的花园里茁壮成长，枝繁叶茂，它们也必定能在沙维尼奥尔获得成功。于是，佩库歇买来印度丁香、中国玫瑰和初具盛名的桉树。他的一切实验都归于失败，每次失败都使他惊得目瞪口呆。

布瓦尔同他一样困难重重。他俩互相咨询，一位翻开书本递给另一位，在意见分歧时却不知该如何解决。

比如泥灰石问题，普维推荐，罗雷教程却反对。

至于生石膏，尽管富兰克林[①]有例在先，瑞耶费尔和瑞果先生却似乎并不积极响应。

依布瓦尔之见，休耕乃是哥特人的偏见。然而勒克莱尔却记录了休耕不可或缺的实例。加斯帕兰又举出一位里昂人的例子，说他半个世纪以来一直在同一块土地上耕种粮食，这就推翻了轮作制的理论。图尔鼓励耕翻土地而贬低肥料，贝特松则主张既不用肥料也不用犁地！

为了熟悉天气的预兆，他们根据卢克-豪瓦尔德的分类研究云朵。他们出神地注视着像马鬃一般伸展开去的云、像岛屿的云、像雪山的云，他们还竭力区分雨云和卷云、层云和积云，但在他们还没有找出合适的名字时，云朵已经变换了形状。

晴雨表欺骗他们，温度计什么情况也提供不了，于是，他们求助于路易十五统治时期都兰一位教士想象出来的办法。把一只水蛭放在一个短颈大口瓶里，一下雨水蛭就往上爬，持续的晴天则待在瓶底，有暴风雨威胁时，它就焦躁不安。然而天气的变化几乎总和水蛭的行动唱反调。他们便把另外三只水蛭放进瓶里同原来那只待在一起，结果四只小动物的行动都截然不同。

---

① 约翰·富兰克林（1786—1847），英国航海北极探险家。在开发加拿大北部海岸时遇难。

思考再三，布瓦尔认识到自己原来搞错了。他的领地要求的是大型耕作，密集耕作，于是，他决定用手头剩下的可支配资金三万法郎做一次冒险。

他受到佩库歇的鼓动，对肥料产生了狂热的兴趣。他在堆肥坑里堆上了树枝、动物血、肠子、羽毛，以及他能找到的一切东西。他使用比利时溶液、瑞士浸液、碱水、大西洋熏鲱鱼，被海浪冲到岸上可作肥料的海藻、破布片，还弄来鸟粪层，并设法人工制造鸟粪。为把他的耕作原则贯彻到底，他竟不容许别人白白丢失自己的小便，从而取消了小便处。人们把动物死尸搬到他的院子里，他便用来熏自己的土地。田地里到处摆放着切成碎块的腐臭的动物尸体，布瓦尔在一片恶臭中却满心欢喜。他用安放在一辆有活动拦板的两轮载重车上的水泵对准待收割的庄稼喷洒粪尿。见有人显出厌恶的神情，他说：

“这可是金子呢！这可是金子！”

他还为没有更多的厩肥而深感遗憾。有些地区拥有储满鸟粪的天然岩洞，那才走运呢！

油菜籽又瘪又小，燕麦实难恭维，小麦有气味，销售情况不妙。还有一件奇事：清除了石子的小岗产量比过去还低。

他认为还是更新设备为好。于是买了一台“纪尧姆”牌松土耕耘机，一台“瓦尔库尔”牌除草机，一台英国的播种机，一台马蒂厄·德·东巴斯勒发明的摆杆步犁，但赶大车的人对这种步犁竭尽诋毁之能事。

“你还是学着使用这种犁吧！”

“那好！您用给我看！”

布瓦尔尝试着使用给他看，可是自己也给弄糊涂了，农夫们一个劲冷笑。

他向来无法强制农夫听从钟声的指挥。他不停地在他们背后喊叫，从这个地方跑到那个地方，把观察到的事记在小本子上，约一些人谈话，但随即把谈过的事忘得一干二净，脑子里又为工业方面的主意翻腾开了。他决心栽种罂粟并用来制造鸦片，尤其要栽种黄芪，他可以在销售时美其名曰“家用咖啡”。

为了更快催肥公牛，他半个月给它们放一次血。

他从不杀猪，而且让猪饱餐咸燕麦，弄得猪舍很快便猪满为患。猪们阻塞院子，撞破围墙，而且咬人。

大热天，二十五只羊开始转圈子，不久就送命了。

就在那同一个礼拜，三头公牛也命归黄泉，那是布瓦尔实施静脉切开放血术引来的后果。

为消灭金龟子幼虫，他凭想象把几只母鸡关进一个带小轮的鸡笼里，由两个人用犁推着走，鸡爪子少不了被弄断。

他用小橡树叶酿制啤酒，让割麦的人当苹果酒喝。肠胃疾病随即爆发。小孩哭叫，女人们哼哼唧唧，男人则怒不可遏。他们威胁说要全体走人，布瓦尔让步了。

不过，为了说服别人相信他的饮料无害，他自己当众喝了好几瓶，已经感到不舒服时，他还装出一副诙谐的模样，以掩盖他的疼痛。他甚至让人把他那化学混合液运到自己家里。晚上，他和佩库歇一道享用时，两人都竭力去感受饮料的美味。再说，也不能把它白白扔掉呀。

布瓦尔的肠绞痛越来越凶猛了，日耳曼女人去找来医生。

此人举止庄重，额头凸出，治病伊始就吓唬病人：先生得的是氯中毒，罪魁祸首乃是本乡人议论纷纷的自制啤酒。他要求了解啤酒的各种成分，随即以科学的措辞对之进行严厉斥责，并再三耸肩。贡献制酒秘方的佩库歇感到备受凌辱。

尽管对优质小麦进行过有害的石灰水处理，又省去了中耕，而且清除蓟草也并不适时，下一年，布瓦尔的优质小麦仍旧获得了好收成。他凭想象采用荷兰式的克拉普-迈叶制发酵烘干法给麦粒脱水，即是说，一鼓作气砍倒所有的麦子。堆成麦垛，等气体从麦垛散发出来，麦垛就会自动毁坏并置于野外空气的作用之下。到此为止，布瓦尔便无忧无虑地抽身走了。

第二天，他俩正在用晚餐时，忽听得山毛榉林那边传来咚咚的鼓声。日耳曼女人出去看看发生了什么事，但擂鼓的人已经走远了。教堂钟楼的钟几乎立刻猛敲起来。

布瓦尔和佩库歇突然感到忧虑万分。他们迫切希望了解情况，便站起身来，裸着头没有戴帽便朝沙维尼奥尔的方向走去。

一位老太太从他们身旁走过去，她也一无所知。他们叫住一个小男孩，小孩回答说：

“我想是火灾！”

还在擂鼓，钟敲得更响了。他们总算来到村头的房屋前面。食品杂货铺老板在老远就冲他们叫道：

“是你们那里起火了！”

佩库歇改成体操步伐跑，他对身旁跑得同样风快的布瓦尔说：

“一，二！一，二！踏着拍子跑，就像万塞纳森林的猎人那样。”

他们走的路一直是上坡，坡地挡住了他们的视野。待他们来到邻近小岗的坡顶时，放眼一看，灾祸便进入眼帘。

在夜晚的寂静中，所有的麦垛在光秃秃的原野上到处燃烧，有如一座座火山。

大约有三百人围在最大的麦垛旁边。在戴着三色绸巾的镇长福罗先生的指挥下，一些青壮年汉子用杆子和钉耙将垛顶的麦草拨下来，想保存其余的麦子。

在匆忙中布瓦尔差点儿撞倒在场的波尔丹太太。后来瞧见他的一个仆役也在那里，便对他骂个不停，指责他没有向他报警。与他的指责恰恰相反，这个仆人因过分积极，先跑到镇公所，随后跑到教堂，最后才跑到先生家，返回时又走了另外一条路。

布瓦尔急得不知所措。他的仆役们围在他周围抢着说话，而他又禁止大家掀倒麦垛，又恳求大家帮助他，又命人拿水，又要喊消防队来救火。

“难道我们有消防队！”镇长叫道。

“那是您的错！”布瓦尔说。

他发火了，嚷嚷着说了一些很不得体的话。在场的人却赞赏福罗先生的耐心，而福罗先生原本是很粗暴的，他那厚厚的嘴唇和他那像一触即怒的獒犬下巴一般的下颌就说明了这一点。

燃烧的麦垛热得那么灼人，谁也不能再接近它们了。在无情性火苗的吞噬之下，麦草噼噼啪啪地蜷曲着，扭动着，麦粒像铅弹一般抽打着人们的脸。那最大的麦垛随即坍塌到地上，成了一个炽热的大火盆，火星飞溅。一片片闪光的波纹在这个火红的庞然大物上空起伏着，色彩不断变换，时而粉红，时而朱红，有时竟呈凝血一般的红褐色。夜已深沉，刮着风，滚滚的浓烟包围着在场的人，火花不时升腾到漆黑的天际。

布瓦尔凝视着大火，轻轻地哭泣着。他的眼睛仿佛在他红肿的眼皮底下消失了，痛苦使他的脸也显得更宽。波尔丹太太一边把玩着她那绿色披肩的穗子，一边叫他“可怜的先生”，并竭力劝慰着他。既然谁都无能为力，就应当迁就既成事实。

佩库歇没有哭。他脸色苍白，或者不如说惨白，张着嘴，被冷汗濡湿的头发贴在头上。他站在一边，沉浸在深深的思索里。这时，本堂神甫突然出现，他用温存的语气喃喃说道：

“哦！多么不幸呀，真的！这真使人伤心！请相信我同你们……”

别的人没有装出任何悲哀的样子。他们微笑着，聊着天，还把手伸到火焰前面。一个老头捡起几根正在燃烧的麦秸点燃自己的烟斗。孩子们跳起舞来。一个淘气的娃娃甚至大声说：“这真好玩儿。”

“不错，好极了，是好玩儿！”佩库歇接着他的话茬儿说，他刚听见顽童的话。

火势渐弱，一堆堆麦秸越来越矮。一个钟头之后就只剩下些灰烬了，原野上呈现出黑色的圆形印迹。到这时大家才开始退场。

波尔丹太太和热弗罗依教士把布瓦尔和佩库歇一直陪送到他们的住处。

一路上，波尔丹太太亲切地责备她的邻居太孤僻，教士则对他至今未能结识他的教区之内一位如此高贵的天主教徒而表示惊讶。

等布瓦尔和佩库歇单独在一起时，他们开始寻找火灾的原因。他们对大家所谓的湿麦草天然着火的论调不予苟同，他们怀疑那是一次报复行动。报复无疑来自古依师傅，也可能是那个捕鼹鼠的人所为。半年前，布瓦尔曾经拒绝他帮忙，甚至在大庭广众面前确认他干的行当极其有害，政府应当明令禁止。自那以后，此人便在周围不怀好意地转来转去。他蓄着长胡子，看上去好吓人，尤其在晚上，当他摇着挂满鼹鼠的长杆出现在河边时。

火灾损失巨大。为了判断他们如今的处境，佩库歇花了整整一个星期查阅布瓦尔的簿册，他认为那些账目简直是一座“真正的迷宫”。在核对了日记、书信，以及涂满铅笔记号和参照符号的总账之后，他意识到的实际情况如下：没有可供出售的商品，没有可得钱的票据，钱柜里不名一文，资本的赤字高达三万三千法郎。

布瓦尔绝不愿相信这一切，于是他们算了又算，竟多达二十次，结论始终如一。再如此这般搞农艺，两年之后，他们的财产就将全部付之东流！唯一的补救办法是出卖农庄。

起码应当咨询一位公证人。但做这样的奔走太艰难了，佩库歇知难而上。

依马雷斯科先生之见，最好不要登广告。他可以同一些严肃认真的顾客谈谈农庄的事，并且把他们的建议转过来。

“很好，”布瓦尔说，“我们还来得及。”

他得马上去找一个佃农，这之后再视情况而定。

“我们不会比过去更倒霉，只不过被迫节约而已。”

搞园艺要节约却使佩库歇十分气恼，几天之后，他说：

“我们应当专门搞果树栽培，不是为找乐趣，而是出于金钱上的考虑。一只梨值三个苏，有时在首都可以卖到五到六个法郎！有些园丁卖杏子就得到两万五千利勿尔的年金收入！在圣彼得堡，冬天一串葡萄卖一个拿破仑金币！这是个了不起的行当，你一定会承认的！而且那能花费什么？无非是精心照料，搞点儿厩肥，磨磨小剪枝刀！”

他的一番话使布瓦尔也想入非非，两人立即从书本里找来需要采购的秧苗品名表。在选出他们感觉品质优良的树名之后，他们立即写信给住在法莱斯的一位苗木培育人，此人连忙供给他们三百株他无处栽种的树苗。

他们叫来一位钳工做苗木支柱，又请来一位五金制品商为支柱加固，木匠还为他们做好了支架。树木的形状是事先画好的。钉在墙上的几根木板条象征金属灯杆，每个花圃的两端都插上木桩，木桩横拉着一根根铁丝。果园里，一些木环显示泥沙的结构，几根圆锥形木棍象征角锥形堆积物。这一来，到他们家的人都以为看见了什么陌生机器的各种零件或什么烟花的骨架。

树洞挖好之后，他们把所有的树苗根的根尖无论好坏全部砍掉，然后将树苗放进堆肥里。半年之后，树苗无一存活。于是又向苗木培育人重新订货，树苗重新栽到更深的树洞里。然而，雨水将泥土泡松以后，嫁接处自动埋进土里，树木也就互相分开了。

春天到了，佩库歇开始修剪梨树，他既不砍掉直立枝，又很珍惜短果枝，而且坚持将本应成单干形的“公爵夫人”压下去，使其成直角倾斜，结果弄断了果树。他干脆不分青红皂白把它们一律砍掉或拔除。至于桃树，他搞混了上部、下部和次下部。空处和实处都在不应出现的地方出现，根本不可能将贴墙的果树修剪成完美的长方形：其中六个树枝在左边，六个树枝在右边，两个主枝突出在中间，构成漂亮的鱼脊模样。

布瓦尔千方百计引导杏树的成长，杏树们却不听他指挥。他便齐根把它们砍掉：没有一株再长出新芽。他在樱桃树上留下了刀伤，伤处竟流出了树胶。

他们一开始剪枝剪得很长，这就灭绝了枝丫上的芽眼；后来又剪得很短，这又造成了徒长枝。他们往往犹豫不决，不知如何区分枝蕾和花蕾。见果树开了花他们很高兴，但意识到错误之后又四成摘去三成，以补养剩下的花朵。

他们无时无刻不在谈论树液、形成层、绑缚树枝、中断生长、摘除赘芽。他们造了一个苗木花名册放在镜框里，镜框摆在饭厅的中央，一株苗一个号，每一个号都另写在一小块木头上，木牌放在园子里那同一棵树的树脚下。

他们黎明即起，腰上挂着工具，一直工作到夜里。在春寒料峭的清晨，布瓦尔在长工作服里面仍然穿着毛衣，佩库歇则在旧礼服上加一件粗麻布衣，人们顺着他们家的篱笆走过时，常听见他们在晨雾中咳嗽。

佩库歇有时从衣兜里取出他的教科书，站在那里学习一段，铁锹放在身边，那姿势令人想起书本卷首插画中园丁的模样。这种相似竟使他得意非凡，他为此对作者格外敬重。

布瓦尔一直站在高高的梯子上工作，梯子放在角锥形堆积物旁边。一天，他突然感到一阵晕眩，不敢下梯子，便大叫着让佩库歇前来救他。

梨树终于挂了果，果园里的李树也长出了李子。为了赶走雀鸟，他们不惜采用别人推荐的一切手段。然而，一个个镜片照得人目眩，风车的响板又老在夜里吵醒他们，麻雀竟栖息在稻草人头上。他们制作了第二个假人，甚至第三个，连变换稻草人的服装也白费心机。

不过他们仍然可望得到一些水果。佩库歇刚把记录交给布瓦尔，突然电闪雷鸣，大雨滂沱。飓风一阵阵刮得贴墙果树行列的树梢东摇西晃，苗木支架一个接一个被掀倒，倒霉的纺锤形梨树摆来摆去，互相撞击着它们的梨儿。

佩库歇忽遭暴雨，连忙躲进园子里的小茅屋。布瓦尔则待在厨房里。他们眼看着碎木片、树枝和石板瓦片在空中乱飞。与此同时，在离当地十法里远的海边，水手们的妻子凝望着大海，眼神之温柔，内心之焦虑，难以名状。不久，支架和贴墙果树的护栏木棍连同栅栏突然一股脑儿坍塌在花圃上。

他俩前去察看时，那是怎样一幅图景呀！樱桃和李子覆盖着草地，夹杂其中的雹子正在融化。“帕斯科尔玛”已经掉光，“贝西维特兰”也不例外，“若尔多尼凯旋果”亦复如是。苹果树上勉强留下了“好爸爸”和十二个“维纳斯乳头”，所有成熟的桃子都滚进了连根拔起的黄杨树林边的一个个水洼。

晚餐，他们吃得很少，饭后，佩库歇语气柔和地说：

“我们最好去看看农庄有没有出事，好吗？”

“唔！去再发现一些悲伤的话题！”

“也许吧！因为我们从来就不是幸运儿！”

他俩一下子抱怨开了，怨上帝，怨大自然。

布瓦尔一只胳膊肘放在桌上，嘴里咕咕哝哝。因为痛楚还没有消散，他不禁忆起了昔日的农业宏图，尤其是淀粉制造业和新型奶酪制造业。

佩库歇喘着粗气，他一撮一撮往鼻孔里送鼻烟，心里却在盘算，倘若命运有意，他现时现刻就可以成为某个农业团体的会员，他会在农业展览会上出尽风头，还会在报纸上扬名。

布瓦尔用透着伤感的眼神左顾右盼。

“的确！我真想摆脱这一切，咱们到别处去安家！”

“随你的便。”佩库歇说。

不一会儿，他又说：

“写书的人叮嘱我们取消直接灌溉，这一来，植物的汁液就受到阻碍，树木就必然受罪。树为了自身健康成长就必然不挂果。相反，从没有修剪过也没有熏过的果树倒结了果，果比较小，不错，但味道更好。我倒愿意谁对此做出解释！不仅每个品种要求特殊的料理，每一棵树也应根据气候、温度和一大堆条件，受到不同的照顾！规则在哪里？我们怎样希望得到些成功或收益？”

布瓦尔回答他：

“你在加斯帕兰的书里会看到，收益不可能超过投资的百分之十。所以，最好把资金存到银行里。十五年后，利滚利，可以得到双倍的钱，还不必糟蹋身体。”

佩库歇埋下头。

“果树栽培学可能在吹牛！”

“农艺学也不例外！”布瓦尔说。

他们接着又责备自己野心太大，并决心从今以后既要省力也要省钱。果园里时不时剪剪枝就够了。干脆废除贴墙果树的护栏，死去的树或倒了的树也不用补上，但很快会出现极难看的空隙，除非把还站立在那里的树都砍掉。该怎么办？

佩库歇利用他一箱子数学书画了好几幅详图。布瓦尔也在旁边出主意，但没有得到任何令人满意的结果。幸亏在图书馆找到了一本布瓦塔尔撰写的名叫《花园建筑师》的书。

作者把花园划分成各种各样的类型。首先是感伤型和浪漫型，此类花园最引人注目之处是不凋花植物、断壁残垣、坟墓和一个“向圣母还愿的牌子，标志出一位贵人被谋杀的地点”；恐怖型花园由悬空的岩石、撞碎的树木、焚毁的小屋组成；异域型花园里种着秘鲁仙人掌，“使人回想起某位移民或某位旅行者”；庄严型花园应当像埃尔莫依镇[①]那样有一座歌颂哲学的庙宇；方尖碑和凯旋门显示雄伟型花园的特征；青苔和岩洞是神秘型花园的标志；遐想型花园

① 埃尔莫依镇，法国卢阿兹地区的一个市镇，同名的荒原景观奇特。让-雅克·卢梭在此逝世。

则对湖水情有独钟；甚至有荒诞型花园，此类花园最漂亮的典型就是昔日符腾堡的一座花园，因为在那里可以接连遇到一只野猪、一位隐士、几座坟墓，还有一只自动离岸的小船，把你送到一间闺房里，当你在长沙发上小憩时，喷水池的水会洒到你身上。

这美不胜收的天地使布瓦尔和佩库歇眼花缭乱了。他们认为荒诞型花园似乎专为王公们所设；哲学庙宇占地过多；还愿牌毫无意义，因为没有谋杀犯；移殖民和旅行家只好作罢，因为美洲植物太昂贵。不过，岩石有可能弄到，还有撞碎的树、不凋花植物和青苔。他俩的积极性越来越高，经过多次摸索，他们在一个仆役的帮助下，终于用微不足道的钱构筑了一座在全省独一无二的宅院。

千金榆绿篱在好几处对外敞开，使小树林见到了阳光，树林中间穿插着一条条迷宫式的曲径。他们想在贴近果树的山墙上开一道拱门，在拱门下可以看到远景。但山墙的盖顶悬空，支撑不住，结果造成一个大缺口，地上摆着坍塌下来的砖瓦。

他们牺牲了芦笋地，用来建造一座伊特鲁里亚①式的纪念性坟墓，即是说一座四边形的黑石膏坟墓，六尺高，看上去像一座狗舍。四株雪松围着这座纪念碑式的建筑，上面还将放一个骨灰盒并刻上铭文。

在菜园的另一部分，一座里亚尔托式小桥②横跨水池，水池周边镶嵌着珠蚌的蚌壳。土地吸水，那又何妨！总有一天会形成黏土的

---

① 伊特鲁里亚，今日意大利的一个区。伊特鲁里亚人的祖先可能是中亚的雅利安人。由于他们的文化高于意大利其他地区，在公元前15世纪建立了一个由十二个共和国组成的联邦，以他们为霸主。从公元前10世纪到公元前7世纪几乎称雄于整个意大利半岛。他们的文明影响了后来罗马的多位圣贤。

② 里亚尔托桥系威尼斯运河上一座著名的桥梁。

底，将水留住。

他们利用彩色玻璃将小茅屋改造成了乡间小舍。

在诺曼底式葡萄棚顶端，六株剪得方方正正的大树支撑起一个白铁大罩，罩的四角翘起，这一切标志着一座中国宝塔。

他们曾去奥恩河河岸挑选一些花岗石，随即将花岗石捣碎，编上号，亲自装上大车运回来。他们用水泥把小块的石头重叠粘在一起，不一会儿在草坪中央就竖起一座悬崖，活像一个巨大的土豆。

这一切之外，要达到完美的和谐似乎还缺少点儿什么。他们便把千金榆绿篱道上最大的一棵椴树砍倒（再说，那里的树四分之三都已死亡），让椴树横躺在园子里：得让别人一看就以为树是激流冲过来的，或是雷电击倒的。

活儿干完后，站在远处台阶上的布瓦尔叫道：

“到这里来！这里看得更清楚！”

“更清楚……”有声音在空中应道。

佩库歇回答：

“我就去！”

“就去！”

“嘿，有回声！”

“回声！”

在这之前，椴树妨碍园子里产生回音，现在，谷仓对面的宝塔和高过绿篱的谷仓山墙都有利于形成回声。

为了试验回声，他们叫一些玩笑话消遣，布瓦尔甚至吼出一些放荡的下流话。

布瓦尔还借口出门收钱，好几次去了法莱斯，他回家时总带着几个小包，并直接放进自己的五斗橱。佩库歇有一天清晨出门去了布雷特镇，很晚才回到家里，还直接把手上的篮子藏在床下。

第二天，布瓦尔醒来时大吃一惊。在花园的大甬道上，前面两株紫杉昨晚还是球形的，今天却变成了孔雀形。一个角状物和两个瓷纽扣表示鸟嘴和眼睛。佩库歇黎明即起，因为他生怕被人发现，他是按照迪姆舍尔寄来的教科书附录修剪这两棵紫杉树的。

这半年来，在两株孔雀形紫杉后面的那些树木都已修剪成了多少有点儿像金字塔、立方体、圆柱体、鹿或太师椅的模样，但没有一株可以同这两株孔雀形树媲美。布瓦尔对此赞不绝口。

他借口忘记了他的铁锹，把佩库歇拽到迷宫般的曲径间，因为他利用同伴不在的时刻也做了一件堪称壮丽的事。

面对田野的大门涂了一层石膏，上面整齐地排列着五百只烟斗，代表阿卜杜·卡迪尔[①]、黑人、裸体女人、马脚和骷髅。

“你明白我的急迫心情了吧？”

“我料到了！”

激动中，他俩拥抱在一起。

和别的艺术家一样，他们也需要掌声。于是，布瓦尔考虑举行一次晚宴。

“当心！”佩库歇说，“你马上就要在招待会上露头角了。那可是个无底洞！”

事情却仍然决定下来。

他俩在此地安家以后，一直坚持离群索居。出于结识他们的愿望，所有的人都接受了邀请，只有法威日伯爵因商务被召请到首都，

---

① 阿卜杜·卡迪尔（1808—1883），阿尔及利亚民族英雄，曾支持反对法国的战争并取得过胜利，还曾企图建立阿拉伯帝国。后由于摩洛哥盟友的军事失利，于1847年投降法国，被监禁在土伦和波城等地。1853年获释后成了法国的忠实朋友。

不能参加。主人不得已而接受了伯爵的管事于雷尔先生。

客栈老板贝尔冉勃昔日在里西厄地方当过厨房领班师傅，他准备为晚宴烹调几样菜肴。他还举荐了一个跑堂的。日耳曼女人则征用了管鸡舍的姑娘。波尔丹太太的丫鬟玛丽亚娜也要来帮忙。钟敲四点，栅栏门就大开了，两位主人焦急地等待着客人。

于雷尔在山毛榉树下停下来整理自己的礼服。随后走过来的是本堂神甫，穿一身崭新的教士长袍。不一会儿，身穿法兰绒背心的福罗先生到达。医生挽着他的妻子，他的太太撑着阳伞，走路十分困难。一束玫瑰色丝带在这二位身后摇晃，原来是波尔丹太太的便帽在晃来晃去，她穿了一身亮丽的闪色丝绸长裙。她的金表链轻拍着她的胸脯，好几个戒指在她那戴黑色独指手套的手上闪闪发光。最后出现的是公证人，他头戴巴拿马草帽，眼挂夹鼻眼镜，因为司法助理人员的身份并不能遏制他身上社交人士的风采。

客厅地板打了蜡，滑得站不住人。顺墙摆放着八把乌德勒支安乐椅[①]，一张圆桌放在屋子中央，上面摆着饮料箱。壁炉上方挂着布瓦尔老爹的肖像，背光的黯淡色调使肖像嘴歪眼斜，少许霉点更加强了他有颊髯的错觉。客人们觉得父子俩很相像，波尔丹太太凝视着布瓦尔补充说，老爷子准是个漂亮男人。

等了一个钟头，佩库歇宣布大家可以进餐厅了。

白布红边的窗帘跟客厅的窗帘一样全部被拉上了，阳光透过白布射在护壁镶板上呈金黄色，镶板上唯一的装饰是一只晴雨表。

布瓦尔将两位女士安置在自己身边；佩库歇的左边坐的是镇长，右边是本堂神甫。大家开始吃牡蛎，但个个都有淤泥味。布瓦尔感

---

① 乌德勒支，荷兰市镇，生产一种仿丝绒面料，乌德勒支安乐椅即用此种面料做的椅子。

到抱歉，一再说对不起；佩库歇则起身去厨房对贝尔冉勃发了一通脾气。

菜肴的头一部分由菱鲆鱼、香菇馅酥饼和鸽肉泥组成。这段时间，桌上谈论的是制作苹果酒的方法。

这之后大家谈起菜肴好消化和不好消化的问题。医生自然而然受到咨询。他总抱着怀疑态度判断事物，俨如一个看透了科学而又容不得别人反驳分毫的人。

上牛腰肉的同时又上了勃艮第葡萄酒，酒却是混浊的。布瓦尔将这个事故归罪于涮瓶涮得不到家，于是请大家品尝另外三种酒，但仍然不比头一种成功。他又给大家斟圣朱里安酒，酒的存放时间显然过短，客人们都默不作声了。于雷尔不停地微笑，跑堂小伙子沉重的脚步声在石板地上发出回响。

沃考贝依大夫的太太长得矮胖结实，看上去惯于咕咕哝哝（架不住她正接近临产期呢），在饭桌上却始终一声不吭。布瓦尔不知如何同她攀谈，便对她说起卡昂的戏剧。

“我妻子从不看戏。”医生搭腔道。

公证人马雷斯科家住巴黎时只去意大利人剧院看戏。

“我呢，”布瓦尔说，“我有时倒去滑稽剧院的正厅看闹剧。”

福罗问波尔丹太太是否喜欢闹剧。

“那得看是哪一类闹剧。”她说。

镇长调侃她，她便对玩笑话进行反击。她随后又谈了谈醋渍黄瓜的制作方法。再说，她操持家务的才能也蜚声全镇，她家的小农庄被她管理得井井有条。

福罗招呼布瓦尔问道：

“您真有意卖掉您的农庄？”

“上帝，到目前为止我还不知道……”

“怎么！连厄卡尔那片土地都要卖？”公证人接上话茬说，“波尔丹太太，这可是您中意的地方。”

寡妇撒娇似的说：

“布瓦尔先生可能希望过高。”

“也许可以动之以情呢。”

“我可不做这种尝试！”

“嗨！要是您拥抱他呢？”

“那咱们就试试看！”布瓦尔说。

在大家的掌声中，他竟吻了波尔丹太太的双颊。

有人几乎立即打开了香槟酒瓶，砰的一声使欢快的气氛更加浓郁。在佩库歇的示意下，窗帘忽地拉开，园子出现在眼前。

暮色中，园子看上去有几分吓人。悬崖像山一般占据了草坪，坟墓在菠菜地的中央形成偌大的一个立方体。威尼斯桥在四季豆上方画了一道弧线，桥的那边，小破屋呈现出黑黢黢的一团，因为他们焚毁了小屋的草顶使它更具诗意。修剪成鹿或太师椅形状的紫杉一棵接一棵，直到被雷劈过的大树，那株椴树横躺在千金榆绿篱和紫藤架之间，就在那个地段，西红柿有如垂吊的钟乳石。向日葵的黄色圆盘随处可见。漆成红色的中国宝塔俯临葡萄棚，有如一座灯塔。阳光照射在孔雀嘴喙上，嘴喙发出火红的反光。篱笆的木板已被拆除，篱笆外平淡无奇的原野一直伸展到天边。

见客人们那么吃惊，布瓦尔和佩库歇感到欢欣鼓舞。

波尔丹太太对孔雀树倍加赞赏。然而，坟墓却令人费解，被焚烧了屋顶的小屋和毁坏的墙垣亦复如是。随后，大家轮流走过小桥。为了填满水池，布瓦尔和佩库歇花了一个上午运水。但水从砌得并不严实的石头缝间流走了，石头又被淤泥盖住。

大家一边散步，一边冒昧提出些批评：

“我要是您，我会这么干。”“青豌豆长得迟了些。”“坦白说，这个角落不干净。”“果树长成这样的个头，您永远得不到水果。”

布瓦尔不得不回答说他根本不在乎水果。

见大家正顺着千金榆绿篱走过去，布瓦尔露出狡黠的神气，说：

“噢！我们打扰了一位女士，请千万恕罪！”

没有人给这个玩笑凑趣，因为谁都知道那里有一座女人石膏雕像。

在迷宫里绕了许多弯子，终于来到粘贴烟斗的大门前。大家用惊呆了的眼色你看着我，我看着你。布瓦尔留心观察着客人们的面部表情，迫切希望知道他们的意见：

“你们认为怎么样？”

波尔丹太太大笑起来。所有的人都步其后尘。本堂神甫先生低声咯咯笑，于雷尔笑得咳嗽不止，大夫笑得流出了眼泪，他的妻子因大笑而出现了神经性痉挛。福罗是个毫无顾忌的人，他叭的一声摘下阿卜杜-埃尔-卡迪尔烟斗，并装进自己的衣兜留作纪念。

客人们走出绿篱时，布瓦尔想用回声惊倒他们，便扯开嗓子大叫：

“仆役！女士们！”

什么也没有！听不见回声。那是修葺谷仓造成的后果：山墙和仓顶都推倒了。

咖啡摆在葡萄棚上，先生们正准备玩一场滚球戏，却突然看见对面篱笆外站着一个男人往里瞧着他们。

人很瘦，也晒得很黑，穿一条褴褛不堪的红色裤子，一件蓝上衣，没有衬衫，黑胡子剪得像毛刷。他说话发音清晰，声音却有些嘶哑：

“给我一杯酒！”

镇长和热弗罗依教士立即认出了他。那是沙维尼奥尔昔日的一位细木工。

“喂，高尔居，走开，”福罗先生说，“可不能求人施舍。”

“我！求人施舍！”这人嚷道，他被惹恼了，“我在非洲打了七年仗。我刚恢复健康从医院出来。没有活干！难道要让我杀人不成？他妈的！”

他的怒气随即自动消解。于是双手叉腰，注视着这些有产者①，神情忧郁而又透着嘲弄。夜间站岗的疲劳、苦艾酒、热病，整个苦难而放荡的生存状态都在他那混浊的眼睛里显露出来。他那苍白的嘴唇不停地颤抖着，使他露出了牙龈。晚霞染红了广阔的天空，他全身沐浴在血色的微光里，他赖着不走的执拗劲引起了某种恐慌。

为了有个了结，布瓦尔去找来瓶底的酒。流浪汉贪婪地喝完之后，指手画脚地消失在燕麦地里。

后来大家责备布瓦尔，这样的好意只能对混乱推波助澜。为花园的不成功而恼怒的布瓦尔开始为人民辩护，于是，所有的人都争先恐后地嚷嚷起来。

福罗颂扬政府，于雷尔观察世界只看地产，热弗罗依教士抱怨人们不保护宗教，佩库歇攻击税收。

波尔丹太太时不时叫上两声：

“我嘛，首先，我恨共和国！”

---

① 即拥有资产的人；富人。

而医生却宣称拥护进步：

“因为，先生们，说到底，我们还是需要改革。”

“这倒可能！”福罗回答他说，“但一切改革思想都对商业活动有害。”

“我根本瞧不起商业活动！”佩库歇嚷道。

沃考贝依接着说：

“起码该给我们增加一些合法权利！”

布瓦尔可并不满足于此。

“这就是您的意见？”医生又说，“人家可在打量您！晚安！愿您的池塘一片汪洋供您航行！”

过一会儿，福罗先生说：

“我也该走了。”

他指着他衣兜里的阿卜杜-埃尔-卡迪尔：

“如果我需要另一个，我再回来。”

本堂神甫在离开前畏畏缩缩地告诉佩库歇，说他认为模拟坟墓放在菜圃中央不合适。于雷尔告辞时向在座的人深深鞠了一躬，马雷斯科先生用了餐后点心才离开。

波尔丹太太又详谈了醋渍小黄瓜的制作方法，还答应提供另一个烧酒渍李子的配方，随后又去花园的大甬道上走了三个来回。在经过横躺着的椴树时，她的长裙下摆被挂住了，他们听见她喃喃说：

“上帝！树这样放倒，该多蠢！”

直到午夜，晚宴的两位东道主才在葡萄架下抒发他们不满的感受。

当然，在晚宴当中，有时还可以再给他们上一些小东西，不过，客人们已经狼吞虎咽酒足饭饱了，这说明饭菜不算太糟。然而园子却引来那么多带贬义的话，那都出于他们最卑劣的嫉妒心，两人越说越来气：

“噢！池塘缺水！耐心等着吧，总有一天，你们在那里连天鹅和鱼也能见到！”

“他们差点儿没注意到宝塔！”

“硬说废墟不清洁，这看法再愚蠢不过！”

“还说坟墓不合适！凭什么说不合适？难道人们无权在自己的领地造一个坟墓？我还想让人把我埋在里头呢！”

“别讲这种话！”佩库歇说。

他们接着对参加晚宴的客人做一番回顾。

“我觉得大夫看上去像个装腔作势的怪人！”

“你注意到马雷斯科在肖像前冷笑吗？”

“镇长是怎样一个不懂人情世故的人呀！见鬼！到别人家吃晚饭总该尊重别人的古玩吧。”

“波尔丹太太怎样？”布瓦尔问。

“嘿！那是个耍小阴谋的女人！别烦我了。”

他俩对全世界都失去了兴趣，于是，决定今后只在家里过日子，只为他们自己而生活。

有好多天他们都待在地窖里清除瓶子的水垢，而且把所有的家具都重新漆了一遍，还给每间房子的地板打了蜡。每天晚上，他们望着燃烧的木头谈论最优良的取暖系统。

为了节约，他俩亲自熏火腿，亲自把肥皂水浇在待洗的衣服上。日耳曼女人被他们烦扰得直耸肩膀。在制作果酱的季节，她发火了，他俩便去面包作坊安营扎寨。

那里原来是一个洗濯间，在柴捆下边有一个凿得很漂亮的石槽，石槽对他们的计划十分有用，原来他们正野心勃勃想制作罐头呢。

十四个短颈大口瓶里盛满西红柿和青豌豆，他们用生石灰和奶酪把瓶口封起来，在瓶边贴上布条，然后把所有的瓶子放进开水里。开水蒸发了，他们倒进去一些冷水，温差立即使玻璃瓶爆炸，只有三只瓶幸免于难。

他们随即买了一些沙丁鱼旧罐头盒，放进一些小牛犊排骨，然后放到锅里隔水炖。取出来时罐头胀圆了，活像皮球，不过冷却后全都会再瘪下去。为了继续做实验，他们用别的罐头盒盛满鸡蛋、菊苣、螯虾、一份水手鱼，甚至盛了一碗菜汤！他们竟庆幸自己像阿佩尔先生那样“留住了季节”：据佩库歇说，像这样的发明让征服者的丰功伟绩也大为逊色。

他们改进了波尔丹太太提供的印度洋岛国糖醋泡菜的配方，用胡椒调醋，他们制作的烧酒李也青出于蓝而胜于蓝！他们还通过浸泡工艺获得了覆盆子果酒和苦艾酒。他们把蜂蜜和当归放进巴廖尔木桶，想制作西班牙马拉加麝香葡萄酒，他们甚至着手调制香槟酒！夏布里白葡萄酒掺上酿酒果汁竟自动炸开了，他们再也不怀疑自己会成功。

他们的研究领域不断扩展，终于怀疑所有的食品制造商都有欺诈行为。

他们在面包的颜色上找面包商的碴儿。他们确认食品杂货商的巧克力是假冒伪劣产品，遂成了这个老板的敌人。他们又前往法莱斯，声称要买枣糊止咳剂，并在药店老板的眼皮底下让枣糊接受水的检验。枣糊呈猪肥肉样的黄色，这充分证明里面有明胶。

这一次胜利使他们踌躇满志，随即从一个破产的烧酒酿制商手里买下他的设备，又忙不迭地去光顾商行，买了漏斗、桶、筛滤器，撇沫子用的漏勺、漏斗状滤袋、天平，还不算一个装煤球的木钵、一台荷兰球形干酪蒸馏器，而这台蒸馏器又要求一台反射炉和烟囱通风罩。

他们学习如何净化白糖和各种各样的浓缩糖浆，如熬到表面起大泡和起小泡的糖，整个鼓起来的糖，膨胀起来的糖，鼻涕色糖，酱色焦糖，但在制作过程中蒸馏器用晚了。他们便着手精制利口酒，从茴香酒开始，然而出来的液体老带着固体的物质，那些物质要不然就粘在锅底，还有几次他们竟弄错了剂量。在他们周围，一个个大铜盆闪闪发光，长颈甑伸出它们的尖嘴，有柄砂锅挂在墙上。他们往往一个在桌上挑拣草本植物，另一个用挂起来的木钵摇煤球。他俩有时搅动大勺，有时品尝混合液。

布瓦尔汗流浃背，只穿一件衬衫，背带太短，常把裤子提到心窝。他像雀鸟一般丢三落四，不是忘了给蒸馏釜加膜片，就是把火烧得太旺。

佩库歇穿一件带袖的儿童罩衫式长工作服，一动不动站在那里，口中念念有词，做着计算。他俩相互把对方看作正在从事有益事业的极认真的人。

最后他们竟梦想制作一种技压群芳的稀奶油。他们要像制作德国茴香酒那样，给这种奶油加一些芫荽汁，像制作马拉斯加酸樱桃酒那样加进一些德国樱桃酒；还要模仿沙尔特勒酒[①]，加进一些香料；模仿健胃酒，加进一些黄葵汁；模仿克朗邦布利酒，放一些香芦苇汁，还要用檀香木把奶油染成红色。投放市场时该给这种奶油取个什么名字呢？必须有一个好记而又稀奇的名字。琢磨了好久，他们

① 沙尔特勒酒是由沙尔特勒修会修士酿制的酒。

最后决定给它命名为“布瓦丽娜”。

临近秋末时，短颈大口罐头瓶里出现了一些黑点，西红柿和青豌豆发霉了，问题出在密封的质量上。这一来，他俩又为密封问题伤透了脑筋，想试验新方法又缺钱。农庄像蛀虫一般在蛀他们。

有些佃农曾多次毛遂自荐，但布瓦尔却不愿意出租农庄。如今是他的首席小伙计按照他的指令种地，此人省钱省到了危险的程度，结果收成渐渐减少，一切都濒于破产。他们俩正在谈论他们的狼狈处境时，古依师傅走进了实验室，他的女人陪着他，畏畏缩缩地站在他身后。

这片土地承受了各种方式的耕作，所以地力有所改善，他此次前来是为了重新租种农庄的耕地。但接着又把农庄贬低一番：尽管他们累死累活地干，收益也得碰运气。总而言之，如果说他还想租种这片土地，那是出于他对故乡的热爱，出于对如此善良的主人们的眷恋。主人异常冷淡地把他打发走了。当天晚上他又回来纠缠。

佩库歇训斥了布瓦尔。他们眼看要让步了，古依却又要求减少地租。见主人们提高嗓门，古依便牛一般地叫着说话，他请仁慈的上帝作证，还列举他的困难，吹嘘他的功劳。他们责令他说出他的出价时，他不回答，却低下了头。于是，膝盖上放一个大篮子坐在门边的古依大娘又老调重弹，抗议开了，像只受伤的母鸡似的尖声尖气瞎嚷嚷。

地租最后决定为一年三千法郎，比原来的租金少三分之一。

谈判过程中，古依师傅又建议买他们的设备，于是又开始了对话。

给所有物件估价延续了半个月，弄得布瓦尔筋疲力尽。他最后竟以低得可笑的价格放弃了一切，价格之微不足道，连古依乍一听都睁大了眼睛，他连忙拍拍主人的手嚷道："一言为定。"

事情敲定之后，两位主人入乡随俗，在家里请佃农随便撮一顿。佩库歇开了一瓶他们制作的马拉加麝香葡萄酒，这样做与其说出于慷慨，不如说想得到恭维。

种地人却露出厌恶的神气，说：

"这酒倒像甘草糖浆。"

他的女人则"为了不想再喝"而要求来一杯烧酒。

一件更为严重的事又让两位朋友操上心了！"布瓦丽娜"的各种成分终于聚在了一起。

此前他们把一切作料都装进蒸馏釜里，加上酒精后，点燃火便开始等待。在这期间，佩库歇一直因马拉加麝香葡萄酒没有得到好评而痛苦万分，他从五斗橱里取出所有的白铁罐头，打开第一个的盖子，又开第二个、第三个。他怒不可遏地扔掉所有的罐子，招呼布瓦尔过来。

布瓦尔关上蛇形管的龙头便奔食品罐头间而来。彻头彻尾的幻灭！小牛肉片像发酵起泡的鞋底，泥浆一般的液体代替了螯虾，水手鱼已经认不出来，菜汤上长了蘑菇！一种令人难以忍受的臭味熏着实验室。

忽然响起了炮弹爆炸似的爆炸声，蒸馏器炸成二十片直飞天花板，炸裂了铁锅，炸瘪了漏勺，炸碎了玻璃杯，煤块撒满一地，煤炉也散了架。翌日，日耳曼女人在院子里发现了一把刮刀。

原来是蒸汽的冲力毁坏了蒸馏器，关键的毛病是他们用螺栓把蒸馏釜和罩子死死地连在了一起。

佩库歇闻声连忙蹲到酿酒槽后边，布瓦尔晕倒似的跌坐在凳子上。整整十分钟，他俩吓得面色苍白，在玻璃陶瓷碎片之间一直保持着这个姿势，丝毫不敢妄动。待他们恢复说话能力时，他们不禁寻思，究竟是什么原因造成如此多的不幸，尤其是最后这次不幸？结果却不得要领，只明白他俩险些丧命。佩库歇用这句话作了结论说：

“或许因为我们不懂化学！”

三

为求得化学知识，他们买来瑞尼奥教授的教程，首先学会的是“单质物可能是化合物”。

可以通过非金属和金属区分单质物和化合物，但作者说，这种区别并“不是绝对的”。同样的道理也适用于酸和碱，“一个物体可以表现为酸性，也可以表现为碱性，视情况而定”。

他们感到化学符号十分怪异。倍比定律使佩库歇越学越糊涂。

“我想，一个甲分子既然能和乙分子的许多部分化合，这个甲分子似乎就应该分裂成同样多的部分；然而，如果它分裂了，它就不再是一个统一体，也不再是原始分子了。总之，我不明白。”

“我也不明白！”布瓦尔说。

他们求助于另一本不那么难懂的书，是吉拉尔丹的著作。这本书使他们确认十升空气重一百克，铅笔里没有铅，钻石不过是碳。

最使他们吃惊的是，泥土作为元素并不存在。

他们明白了如何操纵吹管焊枪，明白了何谓金、银，如何洗衣被，如何给有柄平底锅镀锡。这之后，布瓦尔和佩库歇便毫无顾忌地投身于有机化学。

在生物身上发现构成矿物的同样物质，那是怎样的奇迹呀！但是一想到他们个人体内像火柴一样含磷，像鸡蛋白一样含蛋白质，像路灯一样含氢气，他们便有一种类似委屈的感觉。

书中论述了颜色和脂肪之后，就轮到发酵了。

发酵引导他们了解酸性物质，而等同规律却再一次使他们感到困惑。他们竭力用原子理论加以解释，务求明确，但结果使他们完全迷失了方向。

依布瓦尔之见，要想弄懂这一切，必须拥有仪器。

开支巨大，而他们为此已花费太多。

沃考贝依大夫无疑能指点他们。

他们便在医生门诊的时刻去到他那里。

“先生们，我在听你们说话！你们有什么病？”

佩库歇回答说他们没有病，在说明他们的来意之后，他说：

“首先，我们希望了解分子中占优势的原子数。”

医生羞得面红耳赤，随即指出他俩想学化学。

“我并不否认化学的重要性，请相信这点！然而，如今人们把化学到处乱塞！它在医疗领域影响极坏。”

他周围摆放着各种物件的情景更加强了他说话的权威性。

油酸和绷带散乱地摆在壁炉上。手术箱放在书桌中央，屋角的盆子里满是探针，贴墙摆了一个去皮人体模型。

佩库歇为此而恭维医生。

“研究解剖学想必很了不起，是吗？”

沃考贝依先生顺着他的话发挥开了，他长篇大论地谈他昔日解剖人体时如何着迷。布瓦尔便问他，女人的体内和男人的体内有什么互相关联的东西。

为了使他满意，医生从书架上抽出一本解剖学插图集。

“把这些书带回去！你们在家里阅读更自在些。”

人体骨骼中颌骨突出，双眼深陷，手长得吓人，他们为此感到十分惊讶。他们还缺一本解释性的著作，便又回到沃考贝依先生那里。他们靠亚历山大·洛特的教材学会了骨骼的分类。据说，人的脊柱比造物主原想创造的直脊柱强十六倍，这使他们惊异万分。

“为什么恰恰十六倍？”

掌骨使布瓦尔愁眉苦脸，佩库歇虽热衷于颅骨，在蝶骨面前却失去了勇气，尽管蝶骨像“土耳其鞍或蝶鞍”。

至于关节，韧带太多，把它们全遮住了。于是两人开始向肌肉冲刺。

然而肌肉都附着在骨骼上，找起来很不方便，他们一进入椎骨沟便彻底放弃了解剖学。

于是，佩库歇说：

“要不我们重操化学，哪怕就为利用实验室呢？”

布瓦尔表示反对，他说他想起了有人在制作假尸，供热带国家使用。

他写信给巴尔勃鲁，巴尔勃鲁立即给他提供了有关的资料。一个月付十法郎就可以得到一套欧祖先生制作的假尸。到下一周，悬崖的邮差果然把一个椭圆形的箱子放在他们的篱笆前面。

他们满心激动，把箱子搬进了面包房。一敲开木箱上的钉子，干草便垮了下来，丝质包装纸也滑开了，露出了人体模型。

模型呈砖灰色，没有头发，也没有皮肤，数不清的蓝、红、白色线条把它弄得花花绿绿。丝毫不像尸体，倒像一个玩具娃娃，模样很丑，但很干净，带着清漆味。他们揭开胸廓便看到了两叶肺，活像两块海绵，心脏倒像一只大鸡蛋。稍向后侧，便看见横膈膜、双肾和一整套内脏。

“干吧！”佩库歇说。

白天晚上都泡在那里了。

他们模仿梯形解剖实验室的医科学生，穿上白大褂。他们正在三支蜡烛的照明下制作一块块硬纸板时，忽然听见有人捶门：“开门！”

是福罗先生，他身后跟着乡村警察。

原来他们曾乐滋滋地请日耳曼女人看他们的假人，女仆跑到杂货店老板家讲述了她见到的事，全村的人立即相信这两位先生在家里窝藏了一个死人。福罗见大伙儿议论纷纷，只好让步，前来看个究竟，还有一些好奇的人待在院子里呢。

他进门时，模型正好侧卧在桌上，因为脸上的肌肉取下来了，突出的眼睛便显得奇形怪状，的确有些吓人。

“谁让您进来的？”佩库歇问。

福罗嗫嚅着说：

“没事儿，一点儿没事儿。”

他在桌上拿起一片零件：

“这是什么？”

“颊肌。”布瓦尔说。

福罗不言语了，但嘲讽地笑笑，心里嫉妒他俩竟有这种他个人力所不及的消遣。

两位解剖学家装作继续进行他们的研究。在门口感到厌烦的人们已经挤进了面包房，大家推来搡去，震动了桌子。

“哦！这太过分了！”佩库歇嚷道，“让大家从这里走开！”

警察把好奇的人赶走了。

“很好！我们这里不需要谁。”

福罗明白他的暗示，便问他俩是否有权弄来这样的东西，因为他们并不是医生。他还准备写信将此事报告省长。

什么样的地区呀！再没有谁比此地的人更愚蠢，更野蛮，更落后了！他们将自己对比别人，感到格外欣慰，于是野心勃勃，准备为科学忍受痛苦。

大夫也前来看望他们。他否定模型，认为离天然太远，却借机给他们上了一课。

见布瓦尔和佩库歇十分着迷，沃考贝依先生便根据他俩的愿望借给他们好几部图书馆藏书，同时肯定说他们不会坚持到底。

他们从《医学词典》里摘录分娩、寿命、肥胖症和便秘的特殊病例。他们什么不知道！如博蒙那位名声在外的加拿大人，那患贪食症的塔拉尔和比儒，厄尔省那位患水肿病的女人，那二十天上一次厕所的皮埃蒙特人，那因骨化而死的密尔勃瓦人西蒙，还有那位鼻子重三斤的前昂古莱姆市长。

大脑启发他们进行哲学思考。

他们清晰地辨认出大脑内部雪白发光的双层脑隔，和像一颗红豆似的松果体；但还有大脑脚、脑室、脊柱、皮层、组织结，五花八门的纤维，帕克西奥尼孔和帕克西尼体。总之，一大堆像乱麻一般而又为他们的生命所利用的东西。

有时他们晕头转向，在把假尸全部拆卸之后，想使每个零件重新各就各位却难而又难。

这些活儿相当辛苦，尤其在午餐之后，他们不一会儿便睡着了。布瓦尔下巴埋下去，肚子挺出来；佩库歇双手捧头，双肘放在桌上。

沃考贝依先生往往在这空当结束上午的门诊，微微推开他们的房门。

“喂，两位同行，解剖工作进行得如何？”

“非常顺利。”他们答道。

于是，为了找乐子，他提出一些问题难他们，弄得他们哑口无言。

他们对某个器官感到厌烦时，就转而鼓捣另一个器官。就这样对心脏、胃、耳和肠鼓捣了又放，放了又鼓捣；因为，尽管他们努力使自己对纸板假人发生兴趣，那家伙仍旧让他们倒胃口。当他们正在重新钉上假人箱时，终于被大夫当场抓住。

“好哇！我早料到了。”

像他们这样的年纪本来就不可能从事这类研究，医生说这番话时嘴边的微笑深深刺痛了他们。

有什么权利判定他们无能？难道科学归这位先生所独有？仿佛他本人是什么高级人士似的！

这一来，为接受挑战，他俩竟步行到巴耶去买书。

他们缺的是生理学，一个旧书商给他们提供了当年小有名气的里什朗和阿德隆的论文。

所有关于年龄、性别和气质的陈词滥调于他们都似乎再重要不过，他们很高兴知道牙垢里存在三种微小动物，味觉位于舌头，饥饿感来自胃部。

他们想更准确地把握各个器官的功能，因而为没有像蒙泰格尔、戈斯先生和贝拉尔的兄弟那样具有反刍能力而深感遗憾。于是，他们咀嚼食物慢而又慢，尽量嚼碎，混进口涎，在思想上伴随那碗饭直到内脏，甚至跟随到结尾，一丝不苟，几乎带着宗教活动一般的专注。

为了人工制造消化力，他们把肉放进装有鸭胃液的瓶里压紧，然后把瓶子放在腋下半个月。除了熏臭了他们俩的身子，没有别的结果。

有人看见他俩顺着大路奔跑，冲着火烧火燎的太阳，穿着湿透的衣服。原来他们是在检验表皮受水是否能缓解口渴。他们回家时气喘吁吁，而且都得了感冒。

做听觉、发音及视觉实验，他们游刃有余，但布瓦尔却要展开生殖实验。

佩库歇在这方面的保留态度永远使布瓦尔吃惊。他觉得朋友的无知是那样彻底，所以逼他做出解释。佩库歇羞得满脸通红，最后总算作了交代。

从前，一些爱开玩笑的人曾把他拽进一家妓院，他却从妓院逃了出来，坚持为他可能在以后爱上的女人洁身自好。然而爱情机遇从未光顾过他，加之他格外害羞，经济拮据，又害怕染病，人也固执，而且习性难改，所以，尽管身居首都，到如今五十二岁还是童身。

布瓦尔很难相信他的陈述，随即哈哈大笑，但一瞥见佩库歇眼里的眼泪便停了下来。原来是因为他自己从未缺少过情欲，他曾先后钟情于一位走钢丝的女演员、一位建筑师的弟媳、一位女售货员。最后是一个给别人洗衣服的姑娘，他当时甚至准备和她定亲，但忽然发现她怀了另一个男人的孩子。

他对佩库歇说：

"总有办法弥补失去的时间。别难过，瞧你！包在我身上了……如果你愿意……"

佩库歇叹着气反驳他说，用不着再考虑这类事情了，于是，他俩继续研究生理学。

我们的身体果真在持续散发一种难以觉察的蒸汽吗？是的，有事实为证：人的重量每分钟都在减轻。倘若每天身体缺乏的东西都在得到补充，而多余的东西都在消失，一加一减，身体就能得到完美的平衡。桑克托里尤斯是这个规律的发现者，他花了半个世纪，每天称他的饮食和他的排泄物，同时称他自己，只是在他记录数字的时候才停下来。

他俩试着学桑克托里尤斯的样。因他们的天平承受不了两个人，便先从佩库歇开始。

为了不妨碍出汗，他脱掉所有的衣服，赤着身子站到天平上去。尽管他很害臊，却仍然亮出了圆柱体一般的长上身，短腿，扁平的脚和棕色的皮肤。他的朋友坐在他身边的一张椅子上为他念书。

学者们硬说动物的肌肉紧张可以使动物增加热度，还说摇晃胸部和臀部有可能提高洗澡水的温度。

布瓦尔去找来浴缸，在万事俱备之后，他带上温度计钻进洗澡水。

蒸馏器爆炸之后，残片曾扫到套房最靠里的地方，在背阴处形成黑乎乎的一堆。不时从那里传来老鼠啃咬东西的声音，房里还有芳香植物散发的陈腐臭味，但他俩待在那里却心安理得，而且泰然自若地聊着天。

这时布瓦尔感到有点儿凉。

“摇晃你的手脚！”佩库歇说。

布瓦尔摇了，但温度计毫无变化。

“很冷，没错。”

“我也不暖和，”佩库歇又说，说话时的确打了一个冷战。“快摇你的下身！摇呀！”

布瓦尔张开双腿，扭着跨部，摇晃着肚子，喘得像条抹香鲸。再看看温度计：一直在往下降。

“真莫名其妙！我可一直在动！”

“动得还不够！”

布瓦尔又继续做体操。

他再抓起温度计时，体操已做了三个钟头：

“怎么！十二度！噢！晚安！我可要走了！”

进来了一条狗，半是守门狗，半是短毛垂耳的猎狗，黄毛，患着螨病，伸着舌头。

如何是好？没有铃！他们的女仆又耳聋。他俩抖抖索索，但不敢妄动，生怕被咬。佩库歇认为最聪明的办法是瞪瞪眼吓唬它。

狗汪汪叫起来，它开始在天平周围蹦蹦跳跳。佩库歇在那上面使劲抓住绳子，弯着膝，尽量往上提腿。

“你那办法不行！”布瓦尔说。

他开始强颜欢笑，一再向狗讨好。

狗显然理解他在讨好。它竭力去亲近他，把爪子贴在他的肩上，还用指甲轻轻挠他。

“啊呀！现在可好！它竟把我的内裤给叼走了！”

狗躺到裤衩上，安静下来了。

末了，他俩战战兢兢，壮着胆子，一个从天平上走下来，另一个从浴缸里钻出来。佩库歇刚穿好衣服，不觉顺口叫出声来：

“喂，你这家伙，你得供我们做实验。”

什么实验？

可以给它注射一点磷，然后把它关进地窖，看它是否从鼻孔里喷出火来。可是怎么注射？再说，也没有人卖磷给他们呀。

于是，他们考虑把狗关进一个充了气的钟形罩里，让它吸煤气，给它喝有毒的饮料。但这样做也许不那么有趣。他们最后选择了脊髓接触磁化钢的实验。

布瓦尔强忍住激动，把几根针放在盘子里递给佩库歇；佩库歇把针贴着狗的脊椎骨想一根根插进去。针全都断了，滑下去，落在地上。他再取几根，麻利地随便往里插。狗挣断了套绳，像射出的炮弹一般撞碎窗玻璃跳了出去，再穿过院子、前厅，进了厨房。

日耳曼女人一瞧见这条浑身是血，爪上绕着绳子的狗便大叫起来。

她的两位主人在她大喊大叫的空当随着狗冲了进来。狗跳起来，一溜烟逃得无影无踪了。

老女仆责骂他们：

“这准是你们俩干的又一桩蠢事，我可以肯定！……我的厨房可是干干净净的！……这么整它，它可能发疯！监狱里疯狗多的是，对你们有啥用！”

他们回到实验室去检验那几根针。

没有一根针能吸引锉屑。

接着，他们想起日耳曼女人所做的假设，变得忧心忡忡。那条狗真可能发疯，也可能突然跑回来并往他们身上冲。次日，他们外出到处打听消息。事后许多年，他们一看见野地里出现那样一只狗便赶紧绕道而行。

别的实验也都以失败告终。与那些论文作者说的相反，他们放过血的鸽子，无论空腹抑或满腹，全都在同一时段死去。沉到水下的小猫，过五分钟都丧命了。他们给一只鹅填了茜草，结果那只鹅的骨膜全变成了白色。

营养问题使他们苦恼万分。

同样的液体怎么会既产生骨头、血液、淋巴液，又产生排泄物？可惜不能追踪观察某种食物的变化情况。吃一种食物的人和吃多种食物的人在化学反应上是一样的。沃克兰[1]计算了一只母鸡所吃的燕麦的钙含量后，发现它下的蛋里蛋壳的钙含量更多。

因此，存在创造物质的情况。以什么方式创造？人们一无所知。

甚至没有人明白心脏具有什么样的力量。波莱利认为心脏的力量可以举起十八万斤的重量，基也尔却认为大约只能举八盎司。他们由此得出结论说，生理学是（用一句古老的话说）医学的缺乏真实感的叙述。他俩因为理解不了，便干脆不相信。

一个月在无聊当中过去。他们随即想起了自己的花园。

那棵横卧在园子中央的死树太碍事，他们便把它锯成方形。这个活动使他们感到疲劳。布瓦尔往往需要去铁匠那里修理工具。

一天，他又去了铁匠铺。在那里一个背布袋的男人同他搭讪上了。那人向他推销历书、宗教书籍、开过光的圣牌以及弗朗索瓦·拉斯拜尔[2]撰写的《健康手册》。

他喜欢那本小册子到了爱不释手的程度，于是写信给巴尔勃鲁，让他寄大部头的原著。巴尔勃鲁把书寄来了，信中还指名提到一家可以买那些药品的药房。

书中那些意见的明确性十分吸引他们。所有的疾病都来自虫子。虫子弄坏牙齿，把肺挖出窟窿，使肝肿大，祸害肠子并引起肠鸣。摆脱这些疾病的最佳药物是樟脑。布瓦尔和佩库歇便采用了樟脑。

---

① 沃克兰（1763—1829），出生于法国诺曼底的化学家。曾分离出铬和氧化铍。

② 弗朗索瓦·拉斯拜尔（1794—1878），法国化学家及政治家。曾参加过1830年及1848年法国革命。

他们把樟脑当鼻烟吸，还嘎吱嘎吱嚼樟脑。他们又给大家散发香烟、镇静剂药水、芦荟树脂片。他们甚至着手治疗一个驼背的人。

那是有一天他们在赶集时遇到的一个小男孩。男孩的母亲是个乞丐，每天上午都把儿子领到他们家。他们用樟脑油脂涂搽并按摩孩子的驼背，再用芥末糊涂二十分钟，这之后便贴上油酸铅硬膏。为了保证他再来，他们还请他吃午饭。

由于脑子里经常考虑寄生蠕虫问题，佩库歇在波尔丹太太的面颊上观察到一个奇怪的色点。长期以来，大夫一直在用胆汁为她治疗。这个圆点一开始只有二十苏的钱币那么大，后来逐渐长成一个粉红色的圆圈。他们有意给她治疗，她答应了，但要求由布瓦尔给她脸上抹油。她在窗前摆定姿势，解开胸衣上部的搭扣，伸出脸颊，用异样的眼神凝视着布瓦尔，如果没有佩库歇在场，那种眼神会很危险。尽管汞有点儿吓人，他们还是在许可剂量的范围之内用了氯化亚汞。过了一个月，波尔丹太太得救了。

她于是替他们广为宣传，税务官、镇政府秘书、镇长自己以及沙维尼奥尔所有的人也都口口相传。

然而驼背男孩却没有直起腰来。税务官扔掉了他们给他的香烟，因为他越吸越气闷。福罗抱怨芦荟树脂片引起了痔疮。布瓦尔得了胃病，佩库歇也得了严重的偏头疼。他们对拉斯帕依失去了信心，但噤若寒蝉，生怕影响了对他的尊重。

他们对种牛痘表现了极大的热情，又在白菜叶上学习放血，甚至弄来一对柳叶刀。

他们陪医生去穷人家出诊，然后再请教书本。

作者记录的症状和他们刚看到的症状大相径庭。至于疾病的名称，有拉丁语、希腊语、法语等五花八门的语言。

有成千上万种病，用林奈[①]分类法并采用他规定的种类名称倒很方便，但如何确定类别？于是他们在医疗原理方面迷失了方向。

范·海尔蒙特[②]关于生命本源的地心之火学说，生机学说、布朗[③]学说、脏器学说[④]勾起他们思绪万千。他们问大夫，淋巴结核的病菌从哪里来，引起疾病的传染疫气到哪里去；面对各种病例，有什么办法区分病因和后果。

“因和果是混在一起的。”沃考贝依说。

这位医生说话之缺乏逻辑让他们倒胃口，他们便独自去看望病人，并且借口慈善活动深入病人的家庭。

在一些房间的尽里，人们躺在肮脏的床铺上：有的人脸垂在一边，有的人浮肿的脸呈朱红色，或蜡黄色，或青紫色；一些人鼻孔紧皱，另一些人嘴唇发颤，或发出嘶哑的喘气声，还有人打嗝，或浑身流汗，房间里到处是皮革和陈干酪味。

他们翻阅医生给这些病人开的处方，万分惊讶地发现镇静剂有时竟是兴奋剂，催吐药竟是催泻药，同样的药物竟适合各种不同的病症，一种病竟可以由完全对立的治疗方法治愈！

不过，他们仍然对病人提出劝告，鼓励他们振作精神，而且胆敢为病人听诊。

他们浮想联翩，竟陈书国王，希望在卡尔瓦多斯省设立护理学院，他们两人可以执教。

---

① 林奈（1707—1778），瑞典博物学家。

② 范·海尔蒙特（1577—1644），生于布鲁塞尔的比利时医生。他曾研究胃肠道气体并发现胃液。

③ 布朗（1773—1858），英国著名植物学家。他发现在液体表面悬浮的极小粒子不规则的运动，此后命名为布朗运动。

④ 脏器学说认为任何疾病都与某脏器病变有关。

他们前去巴耶找药店老板（法莱斯那家药店的老板为枣糊的事始终记恨他们），请他像古人那样制作泻药丸，即用药粉搓成小球，揉搓之后的药物更易被病人吸收。

根据这样的推论——降低温度可以阻止炎症，他们用绳子把坐在安乐椅里的一位患脑膜炎的女人挂在天花板的几根小梁上，然后换着胳膊摇来摇去。女人的丈夫回家撞见这个场面，立即把他们赶出门去。

最后，他们附庸时尚，将温度计塞进病人的屁股，使本堂神甫气愤填膺。

附近一带流行伤寒，布瓦尔宣称他再也不管闲事了。但他们的佃农古依的女人来到他们家诉苦，说她男人已病了半个月，沃考贝依先生却很不关心。

佩库歇决定尽力而为。

胸前有透镜状斑点，腹部鼓胀，舌头鲜红，全是斑疹伤寒的症状。他想起拉斯帕依的话：停止禁食就可以消除热度。他命病人吃稀饭和少许肉食。大夫却突然出现了。

病人正靠在两个枕头上用膳，他妻子和佩库歇在两边扶着他。

医生走到床边，把菜盘往窗外一扔，嚷道：

“这是地道的杀人行径！”

“为什么？”

“既然肠热症意味着肠的小囊状器官膜受到破坏，您就是在给肠钻孔。”

“未必总是如此！”

于是进入关于发烧性质的争论。佩库歇只认发烧的实质，沃考贝依则认为发烧取决于器官：

“因此我屏弃一切可能过分刺激人体的东西！”

“但禁食会削弱生命力！”

“您瞎扯什么生命力呀！生命力什么样？谁见过生命力？”

佩库歇自己也弄糊涂了。

“再说，”医生继续道，“古依并不想吃东西。”

戴着无边棉软帽的病人表示同意。

“那又何妨！反正他需要饮食！”

“根本不需要！他的脉搏一分钟跳九十八下。”

“这跟脉搏有什么关系？”

佩库歇遂援引他那些权威人士的话。

“还是把您那些体系放一边去吧！”医生说。

佩库歇把双臂交叉在胸前。

“这么说，您是一位光凭经验的江湖郎中喽？”

“绝对不是！但只要观察……”

“要是观察错了呢？”

沃考贝依把这句话当作对波尔丹太太疱疹事件的暗示，那件讨厌的事正是寡妇自己嚷嚷出去的，他一想起来就感到恼火。

“首先需要实践。”

“革新科学的人们并不实践！范·海尔蒙特、布尔哈夫①，还有布鲁塞②自己。”

沃考贝依不回答他，只向古依俯下身去，提高嗓门说：

“我们两人中您选谁做您的医生？”

① 海尔曼·布尔哈夫（1668—1738），荷兰医学家和植物学家。作为医生，他的名气已跨越欧洲。

② 布鲁塞（1772—1838），法国医生。他的生理学体系建立在细胞组织的应激性理论上。

病人昏昏沉沉，只瞥见两张怒气冲冲的脸，便哭了起来。

他老婆也不知道如何回答，因为其中一人很能干，另一人也许有什么秘方？

“很好！”沃考贝依说，“既然您决定不了选择有文凭的人还是选……”

佩库歇冷笑。

“您笑什么？”

“因为一张文凭未必永远是论据！”

大夫在谋生手段以及他的特权和社会重要地位方面受到了攻击，他震怒了：

“等你们因非法行医进了法庭，我们再瞧谁对谁错！”

他随即转身对农妇说：

“您要喜欢，就让这位先生把您丈夫杀了吧，我宁愿别人吊死我，也不再跨进您家的门槛！”

他提着拐杖指手画脚地消失在山毛榉树林里。

佩库歇回到家里时，布瓦尔也正心神不定，一筹莫展。

他方才接待了因犯痔疮而倍感恼火的福罗。他坚持说痔疮可以抵御其他一切疾病，但白费了唇舌。福罗什么也听不进去，还威胁说要索取损害赔偿。他急得不知所措了。

佩库歇给他讲述了自己遇到的麻烦，他认为自己的麻烦更严重，并对布瓦尔的无动于衷有些反感。

次日，古依感到腹痛，这可能由未消化的食物引起。沃考贝依或许判断正确？一位医生无论如何应当是内行！悔恨突然攫住佩库歇，他害怕自己真成了杀人凶手。

出于谨慎，他们把小驼背打发走了。然而，他的母亲因失去了那顿午饭而大呼小叫：压根儿就不该每天麻烦他们从巴纳瓦尔来到沙维尼奥尔！

福罗平静下来，古依也在逐渐恢复体力。现在，痊愈是铁板钉钉的了，这次成功使佩库歇勇气倍增。

“假如我们练习助产，用一种模型……”

“别提模型了！”

“那是皮制的半身人体模型，是为助产士学员创制的。我觉得使用起来就像在鼓捣胎儿！”

然而布瓦尔已经厌倦医疗工作了。

“对我们来说，生命的原动力还是一个谜，疾病多种多样，治病手段却成问题，而且在医书里找不到一条关于健康、疾病、疾病素，甚至脓的合乎情理的定义！”

而他们阅读的那些医书却震撼了他们自己的头脑。

布瓦尔一得感冒便想象自己患了胸部炎症。医用水蛭没有减轻他的胸痛，他便求助于发疱药，此药的副作用波及肾脏，于是，他又认为自己得了肾结石。

佩库歇修剪林荫道上的千金榆时感到四肢酸疼，晚饭以后又呕吐了，他为此吓得半死；后来又注意到自己的脸发黄，于是怀疑得了肝病。他寻思：

“我感觉疼痛吗？”

结果真痛了。

他俩同病相怜，互相观察舌头，摸脉，又换矿泉水，又服泻药。他们还怕冷、怕热、怕风、怕雨、怕苍蝇，尤其怕穿堂风。

佩库歇凭想象认为吸鼻烟危害无穷，再说，打一个喷嚏有时会引起动脉瘤破裂，他因而放弃了鼻烟壶。但有时出于习惯而把手指头伸进去抠鼻子，随即猛然想到自己多么冒失。

黑咖啡损害神经，布瓦尔便想免掉他的“半杯”。他吃罢饭就进入梦乡，睡醒时又害怕了，因为睡眠时间太长有中风的危险。

他俩的理想人物是考尔纳罗。那是一位威尼斯绅士，他坚持特定的饮食制度，因而高寿。当然不必一概仿效，但可以采取同样的预防措施。于是，佩库歇从他的书架上抽出一本莫兰大夫撰写的卫生小册子。

他们在此之前是怎样安排生活的？他们过去喜爱的菜肴都在被禁止饮食之列！日耳曼女人十分为难，不知今后该给二位上些什么菜。

所有的肉类都有弊病。猪血香肠、猪肉制品、烟熏鲱鱼、螯虾和野味全都“煮不烂”。鱼越肥大，胶质越多，因而越难消化。蔬菜使胃反酸，吃了意大利通心粉容易做梦，干酪“一般被认为难于消化”。晨起一杯水有“危险”。每一种饮料、每一样食品都伴随一条类似的警告或这些话：“很糟！——小心过度！——并非对所有的人都适合！”为什么很糟？哪些地方过度？如何知道某一样东西适合于你？

午餐成了怎样的问题呀！他们考虑牛奶咖啡的坏名声而弃绝牛奶咖啡，随后是巧克力，因为那是“一堆难于消化的物质”。剩下的就是茶了，然而，“神经质的人应当完全禁止喝茶”。而在十七世纪，德克尔却嘱咐病人每日饮二百升茶水以清扫胰腺沼泽。

这份资料动摇了他们对莫兰的敬重，尤其因为莫兰禁止使用各类头饰、礼帽、便帽和大盖帽，这个要求让佩库歇极为反感。

他们随即买回贝克雷尔的论文，在其中看到猪肉本身就是“一种优质食品”，烟草完全无害，咖啡是“军人不可或缺”的。

在此之前，他们一直相信潮湿地方有害健康。根本不对！卡斯佩宣称湿地不像其他地方那样具有致命的危害性。人在洗海水浴之前必先以凉水湿身，贝京却要求人们汗流浃背时直接入海。喝浓汤之后喝酒向来被认为对胃有益，列维却指责此种方式危害牙齿。最后是法兰绒背心——这健康的救生圈，这身体的保护神，布瓦尔视为珍贵的保障，佩库歇视作不可或缺的圣物；一些作者却无视舆论，直言不讳地奉劝患多血症和血色好的人不用或慎用。

卫生究竟是什么？

“在比利牛斯山这边是真理，在山那边是谬误。”列维先生断言。贝克雷尔补充说：“卫生并非科学。”

于是，他俩为晚餐点了牡蛎、鸭肉、白菜炖猪肉、奶油、主教桥奶油和一瓶勃艮第葡萄酒。这是一次解放，也几乎是一种报复，他们已不把考尔纳罗放在眼里！何必像他那样愚蠢，竟去折磨自己！老想延长寿命该多么卑劣！只有享受生命，生命才会美好。

“再来一块？”

“我很想再来一块。”

“我也想。”

“祝你健康！”

“祝你健康！”

“甭管别的！”

他们兴奋了。

布瓦尔宣称要喝三杯咖啡，尽管他不是军人。佩库歇头戴大盖帽，一次接一次吸鼻烟，毫无顾忌地打喷嚏。他们感到需要少许香槟酒，便命日耳曼女人即刻去酒店买一瓶。村子离得太远，女仆拒绝去买酒。佩库歇大怒。

“我勒令您，听见吗，我勒令您去跑一趟！”

女仆服从了，但仍咕咕哝哝，她下决心尽快离开这两位主人，他们实在太难以理解，太古怪。

随后，他们像往常一样，去花园里的葡萄架下喝掺烧酒的咖啡。

刚收过麦子，一个个麦垛耸立在田野当中，夜晚柔和的蓝青色衬托出麦垛硕大的黑影。四处的农庄都很安静，甚至听不见蟋蟀的叫声。整个乡村都在沉睡。微风吹凉了他们发热的双颧，他们吸吮着凉风，消化着肚里的食物。

高高的天空布满星星，有的星成群地放着光，有的星一个接一个闪耀着，有的却孤零零的，相隔甚远。星星像一片明亮的尘埃从北方撒到南方，在他们头顶上分道扬镳。各个光点之间有很大的空间，苍穹犹如湛蓝的海洋，群岛和一个个小岛点缀其间。

“多大的数量呀！”布瓦尔惊呼。

“我们并没有看全！”佩库歇接过他的话茬说，“在银河的后边是星云，星云的那边还有星。离我们最近的星也距我们三十万亿公里。”

他从前经常去旺多姆广场用天文望远镜观天象，现在还记得一些数字。

“太阳比地球大一百万倍，天狼星比太阳大十二倍，有些彗星长三千四百万法里！”

“这简直让人发疯！”布瓦尔说。

他哀叹自己太无知，甚至为年轻时没有进综合理工学院读书而遗憾不已。

佩库歇又让他转过头观看大熊星座，给他指出北极星的位置，接着要他看Y字形的仙后星座，和天琴星座里闪亮的织女星，天际的下方是红色的金牛座A。

布瓦尔向后仰着头，艰难地在想象中画着星座的三角形、四边形、五边形，以辨认自己在天空所处的位置。

佩库歇继续说：

“光速每秒钟八万法里。银河的光需要六个世纪才能到达我们这里，所以，人们观看一颗星星时，那颗星可能已经消失了。好多星是断断续续出现的，还有许多星永远也不再回来，星星老变换位置，一切都在躁动，一切都在过去。”

“太阳可是一动不动的！”

“过去都以为是这样，然而在今天，学者们却宣布太阳在朝向武仙星座加速移动！”

这一点搅乱了布瓦尔的思想，他寻思片刻后说：

“科学是根据无限空间的一角提供的数据建立起来的，它也许并不适合人们尚不知道的其他地方，而那些地方远比地球大，人们也不可能发现它们。”

星光下，他们站在葡萄架下这样谈论着，言语间不时停下来静默好一阵。

最后，他们琢磨星球里是否有人存在。为什么不可能？天地万物都是协调一致的，所以天狼星的居民个头一定特大，火星的居民是中等身材，金星的居民准是小个子。除非到处都一样。天上也有商人，有宪兵，那里也有人弄虚作假，有人打仗，有人废掉国王。

几颗流星突然陨落，像巨大的烟火在天上画出一条抛物线。

“瞧，”布瓦尔说，“有几个世界正在消失。”

佩库歇接着说：

“如果轮着到我们地球翻筋斗，其他星球的公民也不会比我们现在看见他们消失更激动。这样的想法可以消减大家的傲气。”

“这一切会有什么样的终结？”

“也许没有终结。”

“可是……”

佩库歇也重复了两三次“可是”，再没有找出要说的话。

“没关系，我倒很想知道宇宙是怎样创造的。”

“布封[①]的书里可能谈到这个，”布瓦尔闭着眼睛回答说，“我受不了了，我这就去睡觉。”

《大自然的各时期》告诉他们，一颗彗星撞击太阳时，撞掉了一小块太阳变成了地球。南北极先凉下来，那时整个地球一片汪洋，后来水流进洞穴，陆地分成了若干板块，动物和人也就出现了。

天地万物之雄伟使他们感到与天地万物一般无边无际的惊异。

他们的思想开阔了。他们为能思考如此重大的课题而感到自豪。

不久，他们对矿物产生了厌倦之情，便阅读贝尔纳丹·德·圣皮埃尔[②]的《和谐》作为消遣。

植物的和谐，陆地、空间、水中的和谐，人类、兄弟，甚至夫妻之间的和谐，一切都谈到了，而且没有忽略向维纳斯、向微风和爱情祈求灵感。鱼有鳍，鸟有翅，种子有皮，他俩对这一切都感到惊异，并时刻思索着其中的哲理，用这种哲理可以在大自然里发现善意，把自然看作文森特·德·保罗[③]一类的圣人，因为这类圣人永远

---

① 布封（1707—1788），法国博物学家及作家。著有《自然史》《大自然的各时期》等。

② 贝尔纳丹·德·圣皮埃尔（1737—1814），法国作家，科学院院士，著有中篇小说《保尔和维吉尼亚》《自然探讨》等。

③ 文森特·德·保罗（1581—1660），以慈善闻名遐迩的教士。曾创建女子慈善圣会、传教士圣会以及救助弃儿的慈善机构。

播撒着有益的甘霖！

后来，他们又欣赏大自然的奇迹，龙卷风、火山、原始森林。他们购买了德潘先生的著作《法国自然界的奇迹和美丽景观》。康塔尔有三处，埃罗有五处，勃艮第只有两处，不会再多，而多菲内本地就拥有十五处。不过，无须多久奇妙景观就该绝迹了。钟乳石洞正在堵塞，活火山正在熄灭，冰川正在变热，可以容纳讲经人的古树在水准测量员的刀斧下正在死去。

他们的好奇心随即转向牲畜。

他们重新翻开布丰的作品，读到某些牲畜的奇特爱好时竟着迷得如痴如醉。

然而什么书本都比不上亲身观察，他们便进课堂听课，去田间询问种地人是否见过公牛接近母马、公猪寻求母牛、公山鹑之间是否干过丑事。

“一辈子也没见过。”

有人甚至认为那么大年纪的先生提这种问题有些滑稽。

他们想试试非正常配种。

最不困难的是公山羊配母绵羊。他们的佃户没有公山羊，一位女邻居便把自己那头借给他们。发情期一到，他们就把那两头羊关进榨酒工房，自己却躲在木桶后边，以便它俩平平安安完事。

一开始，两头羊各吃各的干草，后来都开始反刍草料。母羊躺下来，叫个不停；与此同时，弯腿的公山羊却稳稳当当站在那里，翘着大胡子，垂着耳朵，定定地瞧着他们，眼睛在暗处显得很明亮。

末了，在第三天的晚上，他们认为该促成这天赐的良缘了，然而那头公山羊却转身用羊角顶了佩库歇的肚子一下。母绵羊吓得在榨酒房里兜圈子，有如在驯马场上受驯。布瓦尔跟在母羊后边跑，猛扑上去抓它，却摔倒在地，双手抓了两把羊毛。

他们重新试图以几只母鸡配一只公鸭，以一只公狗配一头母猪，总希望它们能产出一些怪物，压根儿不懂得种与种之间存在的问题。

“种”这个字表明可能繁衍后代的一组个体，但不同种的动物有的可能繁殖，有的配在一起就可能失去繁殖能力。

他们研究胚芽的发育，自以为从中获得了明确的概念，佩库歇便致函迪姆舍尔要一台显微镜。

他们把头发、烟草、指甲、苍蝇爪子轮流放上玻璃片，但他们忘记了不可或缺的水滴。还有几次他们又忘了小薄片，两人挤来挤去又弄乱了仪器。到后来，竟只看到一团雾气，他们便责骂光学仪器商。最后竟对显微镜也产生了怀疑，人们标榜它的许多发现也许并不实在？

迪姆舍尔给他们寄发票时请他俩为他采集菊石[①]和海胆，这是他喜欢收藏的珍品，他们那一带十分常见。为了激起他俩对地质学的兴趣，他还给他们寄来了贝特朗[②]的《书简》和居维叶[③]关于地球公转的《演说》。

除了阅读这两本书，他们还对下述事物进行思考和想象：

首先，一些覆盖着斑驳地衣的岬角从浩瀚的海水里冒出来，没有生物，没有叫声。那是一个静谧的、固定的、一无所有的世界。后来，长长的植物在蒸气一般的雾气中荡来荡去。一轮红日使潮湿的大气温暖起来，于是火山爆发，从大山喷发出火成岩，流动的斑

① 菊石，中生代化石。

② 约瑟夫·贝特朗（1822—1900），法国数学家，他的儿子马赛尔·贝尔特朗才是地质学家，而且是构造地质学的创始人，但他生于1847年。

③ 乔治·居维叶（1769—1832），法国动物学家，比较解剖学和古生物学的创始人。

岩团和玄武岩团凝固了。第三个画面：一些石珊瑚岛突然从浅海中冒出来，相隔一定距离的一棵棵棕榈树高出那些珊瑚岛。那里的贝壳宛如大车的轮子，海龟身长三米，还有六十法尺长的蜥蜴，两栖动物在芦苇间伸出鳄鱼般的下巴和鸵鸟般的脖子，带翼的蛇飞起来。最后，哺乳动物在各大陆出现，那些动物畸形的肢体活像锯得不方不正的木块，兽皮比青铜片还厚，或毛茸茸，或长着厚嘴唇，都长着鬃毛和歪歪扭扭的獠牙。一群群猛犸啃着原野上的草，从此那里变成了大西洋。半貘半马的貘马用它的丑陋嘴脸惊扰了蒙玛特的蚂蚁穴，栗树下的“巨鹿”一听见岩洞里的熊叫就发抖，熊的吼叫还使狗窝里高三倍的像狼一般的博让西狗汪汪乱叫。

这些时期的分野无一例外都由地壳的激变运动形成，最后那次激变就是《圣经》谈到的诺亚时代的洪水。那就像一出多幕的幻梦剧，剧中的主人公就是被尊为神的人。

他们得知有些石头上印有蜻蜓、鸟爪的痕迹时大吃一惊，在翻阅了罗雷撰写的几本手册之后，他们着手寻找化石。

一天下午，他俩从大路中段附近的燧石堆回来，本堂神甫正好经过那里，他用曲意奉承的语调和他们攀谈：

“这两位先生是在研究地质学吧？好极了。”

因为他尊重这门科学。地质学证明了洪水时期的存在，这就进一步肯定了《圣经》的权威。

布瓦尔谈到粪化石，那都是些石化了的动物大粪。

热弗罗依教士对此事实显出吃惊的神情：果真如此，这无论如何也使人们更有理由赞美上帝。

佩库歇承认，他们的调研至今还没有取得丰硕的成果；不过，法莱斯周围的土地跟别的所有侏罗纪地层一样，应该藏有丰富的动物残骸化石。

“我听说，”热弗罗依教士接过他的话茬儿说，“过去在维叶找到过一头象的下颌。”

此外，他有一位朋友名叫拉尔索内尔，是一位律师，也是里西厄地方律师协会会员和考古学家，他或许能为他们提供有关资料。他曾经写过一本伯散港的历史，书里提到过发现鳄鱼化石的事。

布瓦尔和佩库歇互相看了一眼：同样的愿望在他俩心里油然而生。他们不怕酷暑，一直站在那里向教士问这问那，撑着蓝布雨伞的神甫下巴稍嫌短胖，鼻子尖尖的，不是一个劲微笑，就是闭着眼睛偏着头。

教堂响起了钟声，念三钟经的时刻到了。

“该道晚安了，先生们！我可以走了，对吗？”

教士推荐了他俩，三个星期里他们一直等着拉尔索内尔的回信。回信总算到了。

维叶地方那个挖出乳齿象象牙化石的人名叫路易·布罗什，缺少有关他的细节。至于他本人写的历史书，那是莱克索维安科学院多卷本当中的一本，他从不外借自己那一本，因为害怕丢失之后书成不了套。有关短吻鳄的情况：那是有人在一八二五年十一月发现的，地点在巴耶行政区伯散港附近圣奥诺琳娜的阿歇特峭壁之下。

接下去是一番恭维。

围绕乳齿象的不明白之处更加剧了佩库歇的渴求，他恨不得立即赶赴维叶。

布瓦尔反对说，为了省掉一次也许是毫无意义的，而且肯定是费用浩大的奔波，写信打听消息较为合适。于是他们给当地的行政首长写了一封信，询问某位名叫路易·布罗什的人目前的景况。设若他已去世，他的子孙或旁系亲属能否提供有关他那可贵发现的情况？他在何年何月何地发现了那远古时代的证据？是否还能有幸找到类似的化石？雇一位赶车人并租一辆大车每天的花费是多少？

他们又给首席市参议员助理，后来又给参议员本人写信，但都白费了工夫，寄到维叶的信函有如石沉大海。也许当地的居民唯恐失去他们的化石？除非他们把化石卖给英国人！于是决定去阿歇特走一趟。

布瓦尔和佩库歇搭乘的是法莱斯至卡昂的公共马车。下车后，一辆乡间的有篷小推车又从卡昂把他们送到巴耶，他们再从巴耶步行到伯散港。

他们没有受骗。沿阿歇特海岸果然有奇形怪状的石头，他们在旅店老板的指点下来到沙滩。

海水正处于低潮，大海露出了它全部的卵石，密密麻麻的海鸥像一片草地一直铺到海浪的边缘。

绿草茂密的起伏岗峦清晰勾画出海上悬崖的轮廓，悬崖上的褐色软土愈往下愈坚硬，在下边的沉积地层形成了一道灰色石墙。一道道涓涓细流蜿蜒而下，昼夜不停，大海却在远处轰鸣。有时，大海仿佛暂时终止了拍浪声，于是，只听得潺潺的飞泉在汩汩流淌。

他们在黏糊糊的草上蹒跚而行，有时还得跳过一些洞穴。布瓦尔坐在岸边，出神地凝望着波涛，心旷神怡，浑身无力。佩库歇将他的注意力引回海岸，让他看一块嵌在岩石上的菊石，那菊石俨如一颗躺在脉石中的外表粗糙的钻石。在抠菊石时，他们的指甲都弄断了，看来工具必不可少，再说，夜幕也正在降临。晚霞染红了西边的天空，暮色逐渐笼罩了整个海滩。在几乎已变成黑色的海上漂流物之间，水洼越变越大。大海正朝他们的方向涨潮，该回去了。

翌日黎明，他俩用铁锹和十字镐对他们发现的化石发起冲锋，化石的外壳随即裂开。那是一块“多节疤菊石”，石的两端都已损蚀，却仍然足重十六斤。佩库歇在兴奋中嚷道：

“我们起码应该把它送给迪姆舍尔！”

他们后来又发现了海绵、酸浆贝、逆戟鲸化石，就是没有看见鳄鱼！既然没有鳄鱼，他们便希望得到河马或鱼龙的脊椎骨，无论何种骨头，只求其与“洪水”同一时期存在。正在如此这般想望时，他们忽然在紧贴峭壁，离地一人高处辨认出一条巨大的鱼化石轮廓。

于是他们开始对获取这块化石的方法进行辩论。

布瓦尔准备从上部挖取，佩库歇则宁愿先在下面挖松岩石，使巨鱼慢慢滑下，如此可以避免损坏。

他们正在喘气，忽地看见一个身穿大衣的海关关员在他们头顶的田野间指手画脚，看上去似乎在发号施令。

“怎么！他想干吗？让我们安静一会儿吧！”

他们继续干活。布瓦尔踮着脚用铁锹敲打岩石，佩库歇则躬着背用十字镐挖土。

那海关关员却在下面的一个小山谷再次出现，手势也打得更欢了。他俩根本不管他那一套！这时，一个椭圆形的物体在越来越薄的泥土下面鼓了出来，它往下倾斜，眼看要滑下来。

另一个带大刀的家伙也突然冒了出来。

“有护照吗？”

原来是巡逻的乡村警察，与此同时，那海关关员也从一条小山沟跑了过来。

“抓住他们，莫兰大爹！要不，悬崖马上就得垮！”

“我们是为科学来的！”佩库歇回答他们。

说话间，一个庞然大物陡然掉了下来。那东西紧挨着他们四人往下落，险些碰着他们的身子，再近一点儿，他们就没命了。

尘埃一散，他们辨认出一根船桅，桅杆已在海关关员的靴子旁边砸得粉碎。

布瓦尔叹口气说：

“总算没伤着人！”

“在守护神的管区，谁也别想干什么！”乡村警察说，“先讲讲，你们是谁，我好对你们提起诉讼。”

佩库歇奋起而反抗，大叫冤枉。

“不必解释！跟我走！”

他们一进港区，就有一群顽童过来簇拥着他们走。布瓦尔脸涨得通红，还装出神气十足的样子；佩库歇脸色苍白，怒目环顾四周。这两个陌生人手巾里都包着石头，看上去也谈不上和蔼可亲。暂时带他们去旅店较为妥当，但站在大门前的店主却将他们拒之门外。接着是石匠前来索要他的工具。他们只好付钱，又是一笔开支！而乡村警察竟一去不返！这是为什么？最后总算来了一位戴十字勋章的先生，他们因而获释，但在离开时还得留下姓名和家庭住址，并具结保证今后谨言慎行。

除了护照，他们还缺少许多东西，所以在进行新的探险之前，他们查阅了博内撰写的《地质旅行指南》。首先需要一个优质的军用大背包，还得有一只测链、一把锉刀、几把钳子、一个指南针和三把斧头。斧头必须捆在腰带上，藏在礼服的上衣里，这样才“不会使你看上去模样与众不同，因为旅行中应避免与众不同的模样”。挑选手杖时，佩库歇毫不犹豫地采用旅游手杖，高六尺，长长的铁尖顶。布瓦尔更喜欢雨伞手杖，或曰多枝雨伞，伞柄头上的圆饰可以伸缩，扣住伞绸，装进一个小口袋挂在一边。他们没有忘记耐穿的皮鞋和鞋罩，每人还有“两副负重背带，因为要出汗”。尽管不能“去哪里都戴鸭舌帽”，他们在“一款名为发明人兼帽商吉布之名的可折叠礼帽”的花费面前仍望而却步。

这本指南还提出一些行为座右铭：“通晓被访问国的语言。”他们通晓。“穿着朴素。”这正是他们的习惯。“身上带钱不能过多。”再简单不过。最后，为避免各种各样的麻烦，宜于用“工程师身份”！

“好吧！我们就用工程师身份！”

如此这般做好准备之后，他们开始旅行。有时整个礼拜谁都见不到他们，因为他们在露天过日子。

他们一会儿在奥恩河边某个裂口处瞧见几大块岩石，高耸的岩石石片仿佛斜挂在杨树和欧石南树丛之间；一会儿又为一路上只看到一些黏土层而感到伤心。在一道风景面前，他们既不去欣赏一个接一个的画面，不远眺深邃的天际，也不观赏起伏的青葱翠绿，却只注意人们看不见的、地下的、土里的东西。对他们来说，所有的山峦都是洪水的又一个明证。后来，洪水癖让位给冰川癖。只有在田野里见到的巨石应当来自已经消失的冰川，他们于是着手寻找冰碛和上新世砂质泥灰岩。

有好多次，人们把他俩错当成了货郎，因为他们的穿着打扮滑稽可笑。当他们回答说他们是“工程师”时，忽地产生了恐惧感：窃取这样的头衔可能会招来不痛快。

一天结束，他们背着自己的标本气喘吁吁，但仍然勇气十足，硬背回去。台阶上、楼梯上、卧室里、大厅里、厨房里，碎石撒满一地，日耳曼女人为铺天盖地的灰尘叫苦不迭。

贴标签之前必须掌握岩石的名称，这可不是一件轻松的活儿，石头的五颜六色和种类繁多的表面小疙瘩使他们分不清黏土、泥灰岩、花岗岩、片麻岩、石英岩和石灰岩。

术语也使他们恼火万分。为什么分泥盆纪、寒武纪、侏罗纪？仿佛用这些词一标明，那里的土地就只能在剑桥附近的德文郡和汝拉山脉而不能在别处似的！根本分不清楚。对此而言是系，对彼而言是纪，对第三者而言就成了纯粹的地层。地层的薄层纹混在一起，乱作一团，而奥玛里尤斯·达罗依却告诉大家不必相信地质的分期。

这位学者作如此声明倒使他们松了一口气。他们在卡昂的郊野看见了珊瑚骨石灰岩，在巴勒罗依见到了千枚岩，在圣布莱斯看到了高岭土，在各处都看见了鱼卵石。他们又去卡尔提尼寻找煤层，去圣洛附近的沙佩尔-昂-儒热寻找水银，这之后他们便决定去更远的地方旅行，去勒阿弗尔研究耐高温石英和金默瑞吉黏土。

他们刚从大型客轮下来便询问去灯塔下面的路，但塌方已将道路阻断，去碰运气很危险。

一个出租车辆的人上前和他们搭讪，自告奋勇带他们去周围逛逛：安古镇、奥克特镇、费康、里尔波纳，“如有必要可去罗马”。

他的要价很不合理，但费康这个名字使他们动心：在路上稍一绕弯就可以看见埃特勒塔，他们便搭乘去费康的威尼斯式轻舟，以便去更远的地方。

在船上他俩和三位农人、两位家庭妇女和一位神学院学生攀谈，攀谈中竟毫不犹豫地自诩为工程师。

船在船坞停泊。他们到达那里的悬崖峭壁，仅走了五分钟便为了躲开岸边一汪像小海湾一般涌来的海水而险些撞到峭壁上。接着，他们看见一个很深的岩洞，洞口有一个拱廊，岩洞里音响效果极佳，声音清晰，酷似教堂，一根根石柱从上至下直立其间，沿石板地还铺了一层海藻。

大自然的鬼斧神工使他们惊叹不已，他们边走边拾贝壳，不觉超凡脱俗，对世界的来源进行思考。

布瓦尔偏向水成论，佩库歇相反，拥护火成论。

地心之火冲破了地壳，拱起了地层，造成了裂缝。那里就像一片内海，有它的潮涨潮落，还有海上风暴，是一片薄膜将我们同地心隔开。倘若人们想到我们脚跟底下都是些什么，他们一定难以入睡。然而，地心之火正在缩小，太阳的热力也在减弱，所以地球有一天会因冷却而死亡。地球将变成不毛之地，所有的树林、所有的煤层都会转化为碳酸，任何生物都不可能幸存。

“我们还没到那地步！”布瓦尔说。

“但愿如此。”佩库歇接着说。

话虽这么说，但世界的末日无论多么遥远，仍然令他们黯然神伤。他们默默地并排走在卵石滩上。

垂直的峭壁一片白色，一道道黑色的燧石线这里那里穿插其间，峭壁伸展到天的尽头，宛如一道长五法里的弯弯的城堡围墙。刺骨的寒风从东边刮来。天空灰蒙蒙的，暗绿色的大海仿佛膨胀起来了。鸟儿们从岩石的最高处展翅飞翔，盘旋一阵又迅速飞回它们的洞里。有时，一块石子剥离岩石，蹦跳着掉在他们身边。

佩库歇边沉思，边大声说：

“除非一次地壳激变将地球毁灭！谁也不知道我们这个地质周期能有多长寿命。地心之火只要蔓延出来就得出事。”

“可是地心之火正在减弱。”

“减弱可并没有妨碍它突然发作，造成朱利亚岛、诺沃山和别的好多地方。”

布瓦尔忆起他曾在贝尔特朗的著作里读到过这方面的细节。

“但欧洲并没有发生过那类爆炸。”

“非常抱歉，情况并非如此，里斯本就是明证。至于我们这一带，为数不少的煤矿和黄铁矿一旦分解变质，极有可能形成火山口。此外，火山总在海洋附近爆发。”布瓦尔朝波涛的方向望过去，他相信自己分明看见远处有一缕烟正升向天空。

“朱利亚岛既然消失了，”佩库歇接着说，“由同一原因生成的地层也可能遭到同样的命运。群岛中有一个岛屿就同诺曼底一样大，甚至同欧洲一般大。”

布瓦尔想象欧洲被深渊吞没的情景。

“我们假定一次地震在拉芒什海峡[①]下面发生，”佩库歇继续说，“海水会涌进大西洋，法国和英国的海岸会摇摇晃晃，向外倾斜，互相靠拢，嘭！两岸之间的一切都会砸得粉碎。”

布瓦尔并不回答，他开始大步向前走去，速度之快，刹那间就离佩库歇一百步远了。孤零零一人时，地壳激变的想法使他心烦意乱。从清晨到现在他一直没有吃饭，他的太阳穴嗡嗡直响。突然，他感到地在抖动，峭壁从顶峰往他头顶上倾斜。此刻，沙砾已像下雨一般倾泻下来。

佩库歇远远瞧见他没命地逃跑，明白他很恐惧，便叫道：

“停下！停下！我们的地质周期还没有完成呢！”

为了追上朋友，他大步往前跳着跑，手上提着旅行杖，嘴上大喊大叫：

“周期还没有完成！周期还没有完成！”

---

① 即英吉利海峡。

布瓦尔在狂乱中一直往前跑。他的多枝雨伞落到地上，衣襟迎风飘荡，军用背包拍打着他的背部，看上去犹如一只带翼的乌龟在岩石之间迅跑。这时一块更大的岩石将他遮住了。

佩库歇赶到时已经喘不过气，但那里寥无一人，他于是回转身，想经过“悬谷”回到田野，布瓦尔一定会走“悬谷”那条路。

斜坡上这条狭窄的小路是由凿在峭壁上的阶梯形成的，可以走两人，石路白得闪亮，有如雪花石雕。

上到高五十法尺的地方，佩库歇想折回来往下走，但大海已达到满潮，他只好继续攀登。

来到第二个转弯处，他一看下面的空间便吓得浑身冰凉。越走近第三个转弯处，他的腿变得越软。大气层在他周围震响，他的上腹部抽筋一般绞疼，他坐到地上，闭上眼，唯一能意识到的，是心脏跳动之快使他窒息。他随后扔掉旅游杖，仅靠双手和双膝重新往上攀登。腰带上那三只斧头却不断戳他的肚子，塞满他几个衣兜的石头又撞击着他的两肋，大盖帽的帽檐遮住了他的视线，风刮得更猛了。他总算爬到了高台，在那里找到了布瓦尔，原来这一位已经通过另一个不那么难爬的悬谷先到了那里。

一辆大车收留了他们，他们已把埃特勒塔抛到了脑后。

翌日晚间，在勒阿弗尔等待大型客轮时，他们看见一张日报下端连载的一篇文章，名叫《论地质教学》。

文章列举大量事实阐述了当代应有尽有的相关问题。

地球上从未发生过全面的地壳激变，然而同类性质的地壳激变延续的时间却不一定相同，而且在此地消失得快，在彼地消失得慢。同样年代的地层拥有的化石有所不同，而相隔极远的地方储藏的化石却可能相同。往昔的蕨等同于今日的蕨，当代大量的植形动物可以在最古老的地层找到。简言之，今天的变化可以说明往日的变动。同样的原因一直在起作用，大自然没有突变。总之，地质周期无非是些空想，布隆尼亚尔[①]作如是断言。

时至今日，居维叶在他俩的心目中一直声望卓著，如日中天，业已达到毋庸置疑的科学顶峰。如今这门科学却从根基上被动摇了。天地万物再也没有一定之规了，这就削弱了他们对这位伟人的崇敬之情。

通过传记和作品选，他们学习了拉马克[②]和若夫华·圣伊莱尔[③]学说中的一些东西。

但那一切都与他们固有的思想发生冲突，也与教会的权威背道而驰。

布瓦尔有一种酷似打碎枷锁一般的轻松感。

“我现在倒想看看，热弗罗依公民怎样回答有关洪水的问题！”

他们去教士的小花园里找到了他，当时他正在等候教堂财产管理委员会的各成员前来集合并领取无袖长袍祭衣。

“这两位先生希望？……”

“劳驾您澄清一个问题。”

布瓦尔先说：

“《创世记》[④]里提到‘断裂的深渊’和‘天上的瀑布’，那是什么意思？因为深渊不能断裂，天上也绝没有瀑布！”

---

① 亚历山大·布隆尼亚尔（1739—1813），法国建筑家。他是巴黎证券交易所和拉雪兹公墓的设计师。

② 拉马克（1744—1829），法国博物学家。曾出版多部学术著作，如《法国花卉》《植物百科全书》等。

③ 圣伊莱尔（1772—1844），法国博物学家，动物学教授。曾在巴黎植物园创建动物园。他的全部工作都建立在同一个理论基础上，即生物有机构成的统一性。

④《创世记》系《圣经·旧约》中的第一卷。

教士闭上眼睛，然后说："必须随时分清意思和字面。有些事情一开始会使你反感，但深入理解后，你就会认为它们合理合法。"

"好极了！那么如何解释雨水淹过最高的山脉？而山脉有两法里高！您想过吗？两法里！深两法里的水！"

镇长突然来到，补充说：

"见鬼，那是怎样的洗澡水呀！"

"您该承认，"布瓦尔说，"摩西[①]夸张得要命。"

教士看过博纳尔德[②]的文章，他反驳说：

"我不清楚他有什么动机，他也许为了让他领导的人民产生一种有益的恐惧心理。"

"说到底，那么多的水究竟来自哪里？"

"我哪儿知道？空气变成了雨水，天天如此。"

他们看见税务官吉尔巴尔经过花园的门进来了，走在他旁边的是业主额尔托上尉。旅店老板贝尔冉勃挽着食品杂货商朗格洛瓦的手臂，这位杂货商因患重伤风而行走困难。

佩库歇对这几个人的到来毫不在乎，他开口说话：

"对不起，热弗罗依先生，科学证明，大气的重量与能覆盖地球十米厚的水的重量相同。因此，即使全部大气浓缩之后以液体的状态落在地球上，它使原有的水也增幅甚微。"

全体教堂财产管理委员会委员都睁大眼睛听他讲话。

---

① 摩西，希伯来人的先知和立法者。《旧约·出埃及记》记载，流亡在埃及的希伯来人遭埃及法老王的迫害，上帝命摩西带领希伯来人去迦南（即巴勒斯坦），以摆脱奴隶的处境。但因摩西一度对上帝的话产生了怀疑，被罚至死不得进入迦南。他为希伯来人留下了著名的《十试》，最后死于能看到迦南的尼波山上。

② 路易·德·博纳尔德（1754—1840），法国政论作家，天主教和王权原则的捍卫者。

本堂神甫不耐烦了。

“您难道想否认有人在高山上拾到了贝壳？若不是洪水，谁会把贝壳放在那里？我认为，贝壳并不习惯像胡萝卜一样自动在土里生长！”

这句话逗得在场的人笑起来，他又抿紧嘴唇补充道：

“除非这又是科学的某个发现？”

布瓦尔根据埃里·德·波蒙[①]的学说回答他说，那是地壳隆起形成高山的结果。“不认识这个波蒙。”教士说。

福罗忙不迭地插话：

“他是卡昂人！我在省会见过他一次。”

“如果您说的洪水顺流冲走了贝壳，”布瓦尔立即反驳，“贝壳应该在地面上已经碎了，不可能在深三百米的地方偶尔发现。”

教士再次强调《圣经》的真实性、人类的传统和西伯利亚冰层里发现的动物。这并不能证明人类曾和那些动物同时生存！依佩库歇之见，地球古老得多。

“密西西比三角洲已有许多万年的历史，当代也起码有十万年的历史。曼涅托[②]列的表……”

德·法威日伯爵走过来。

他一走近，大家都默不作声了。

“请继续谈下去！你们都谈些什么呀？”

“这几位先生正跟我争吵呢！”教士回答说。

“关于什么？”

---

① 埃里·德·波蒙（1798—1874），法国地质学家。曾与迪弗雷诺依共同制定法国地质地图。

② 曼涅托（生卒不详），公元前3世纪活跃在埃及的一位祭司和历史学家。曾用希腊文撰写《埃及史》，已失传。

“关于《圣经》，伯爵先生！”

布瓦尔连忙引证说，作为地质工作者，他们有权讨论宗教。

“当心。”伯爵说，“您知道这句话，亲爱的先生：少许科学使人远离宗教，大量科学使人重返宗教。”

他接着以高傲而又慈祥的口吻说：

“相信我吧！你们会回到宗教的！会回来的！”

“也许吧！但有一本书硬说光在太阳之前存在，就好像太阳不是光的唯一来源似的，这一点该怎么想？”

“您忘了人们称之为‘北极光’的光。”那位神职人员说。

布瓦尔不回答他的反对意见，却激烈否定光可能在这一面存在，而黑暗在另一面存在，否定在星球尚未出现时会有夜晚和清晨，否定动物突然出现而不是逐渐进化形成的观点。

花园里的小径很窄，大家一边指手画脚一边踩进花圃。朗格洛瓦一阵呛咳，上尉嚷道：

“你们是革命派！”

吉尔巴尔：

“安静！安静！”

教士：

“怎样的唯物主义呀！”

福罗：

“还是办其他的事吧！”

“不行！让我说话！”

布瓦尔头脑发热，竟然宣称人是猴变的！

全体管委会委员目瞪口呆，你看我，我看你，仿佛想证实自己不是猴变的。

布瓦尔又说：

“在比较女人、母狗、鸟和青蛙的胎儿时……”

“够了！”

“我，我看得更远！”佩库歇嚷道，“人是鱼的子孙！”

大家哈哈大笑。但佩库歇毫不发慌：

“《Le Telliamed》！一本阿拉伯书……”

“好了，先生们，开会吧！”

大家这才进了圣器室。

这两个伙伴并没有像他们原来相信的那样把热弗罗依教士打翻在地，所以佩库歇在他身上找到了“虚伪诡谲的印记”。

不过，教士谈到的北极光倒让他们有点担心，他们便去奥尔比尼①的小册子里寻找这北极光。

那是一种假设，目的是想说明巴芬湾的植物化石怎么会酷似赤道地区的植物。人们假定以一个如今业已消失的巨大而明亮的光辐射源代替太阳，这个辐射源的北极光也许只是残存的痕迹。

后来他们对人类的来源也产生了怀疑，在一筹莫展时，他们想到了沃考贝依。

大夫此前对他们的威胁并没有继续下去。同往常一样，他每天清晨经过他们的栅栏时都要用他的拐杖一个一个敲打着栅栏木条。

布瓦尔先偷偷等候他，在把他堵住之后，就说想向他陈述一个人类学方面的极古怪的具体问题。

“您是否认为人类是鱼的子孙？”

---

① 阿尔西德·德·奥尔比尼（1802—1857），法国博物学家。查理·德·奥尔比尼（1806—1876），阿尔西德之弟，博物学家。曾编纂《通用博物学大词典》。

“什么蠢话！”

“不如说是猴的子孙，对吧？”

“直接变，这不可能！”

该相信谁呢？因为说到底，大夫并不是天主教徒！

他们继续研究，但已失去了热情，因为他们对始新世、中新世、朱利奥山、朱利亚岛、西伯利亚猛犸以及被所有的作者一成不变地比作“勋章——可靠的证据”的化石已感到腻烦，所以有一天布瓦尔竟把军用背包扔到地上，声称他不准备走得更远了。

地质学太不完善！我们仅仅了解欧洲的几个地方，其他地方，包括大洋深处，永远也认识不了。

听到佩库歇终于说出了矿物界这个词，他接着说：

“我就不相信有矿物界！因为有机物也参与燧石、白垩，也许还有金的形成！难道钻石过去不是碳？难道煤不是植物的结合体？将煤烧到不知多少度就可以得到木屑。这么着，一切都在过去，一切都在坍塌，一切都在变化。天地万物是由变化无常的、转瞬即逝的物质构成的。咱们最好干点儿别的事！”

他平躺下去，开始打瞌睡。与此同时，佩库歇埋下头，双手抱着膝盖沉思起来。

一片狭长的青苔长在凹陷的小路边，蓊郁的白蜡树掩蔽着路面，轻柔的树梢飒飒抖动着。当归、薄荷、薰衣草散发出温热而辛辣的香味。天气闷热，有些发晕的佩库歇不觉沉入幻想，他想象自己周围分散存在着无数的生命，有嗡嗡叫着的昆虫，有隐蔽在草坪下面的水泉，有植物的汁液，有鸟窝里的鸟儿，有风、云，整个大自然；他无意去发现自然的奥秘，却被它的力量所吸引，深深沉浸在它的庄严雄伟之中。

“我渴！”布瓦尔醒来时说。

“我也渴！我想喝点儿什么！”

“这很容易。”一个身穿衬衫肩挑扁担的男人接过话茬说。

他们认出来了，是那次布瓦尔给过他一杯酒的流浪汉。他显得年轻了十岁，留着卷曲的鬈发，小胡子油得贼亮，走路像巴黎人一般左右摇摆。

走到约莫一百步远的地方，他打开一个院子的栅栏门，把扁担扔到墙根，然后请他们进入一间高高的厨房。

“梅丽！你在吗，梅丽？”

出来一个年轻姑娘，听他一吩咐，便去“拿些饮料”，回来后，她站在桌边侍候这两位先生饮用。

她那从中间分开的麦黄色长发贴在头上，头发从一顶灰布儿童帽下露出来。她身上所有的蹩脚衣衫都顺着身体直垂下来，没有一个褶皱。直直的鼻梁，蓝蓝的眼睛，有几分娇柔、几分村味儿、几分天真。

“她挺可爱，是吗？”细木工趁她去拿酒杯的时候说，“简直可以说她是穿农家衣服的小姐！可是又很耐劳！可怜的小心肝，好好干！我发了财就娶你！”

“您老说蠢话，高尔居先生！”她用甜甜的声音慢吞吞地说。

一个马厩小厮进屋来取燕麦，燕麦装在一个旧柜子里，他关柜门时用力太猛，竟磕掉了一块木头。

高尔居冲着所有“这些乡下佬”的笨拙发火了，随即跪在这件家具前面寻找磕掉的那片木头。佩库歇正想帮他的忙，却在盖满灰尘的柜子上看出了几个人物形象。

那是一个文艺复兴时期的大衣柜，下面有卷缆花饰，四角是葡萄饰，一些小圆柱将柜的正面分成五格。柜子中央的人物画首先是站在贝壳上的阿佛洛狄忒[①]，随后是赫拉克勒斯和翁法勒[②]，参孙和大利拉[③]，喀耳刻[④]和她的猪，把父亲灌醉的罗得的女儿们[⑤]。柜子破损严重，而且已被虫蛀，连右边的镶板都掉了。高尔居取来蜡烛好让佩库歇看左边的镶板，镶板上画的是天堂里那棵大树，亚当和夏娃在树下的姿势不堪入目。

布瓦尔也很欣赏这个衣柜。

“你们如想要，可以廉价让给你们。”

考虑到修复的费用，他们在犹豫。

高尔居既然是职业高级细木工，他就可以修理。

“来吧！请过来！”

高尔居把佩库歇带往破房子那边，女主人卡斯提庸太太正在那里晾晒衣服。

梅丽洗好手，从窗台上取过织花边的绷架，坐在阳光下织起来。

周围的门梁框着她。纺锤在她手指下面穿梭往返，发出响板一样的咔咔声。她的侧影向前倾斜着。

---

① 阿佛洛狄忒，希腊神话中象征美、爱情、肉欲的女神。

② 翁法勒，希腊神话中吕狄亚的女王，特摩罗斯的孀妻。赫拉克勒斯为赎罪曾卖身给她为奴3年。

③ 参孙，力大无穷的勇士，以色列的第七十五代士师，非利士人收买其情妇大利拉，探知他力大无穷的秘密在于头发，于是趁他熟睡时剃去他的头发，使之被缚。——参见《旧约·士师记》第十六章：15–17。

④ 喀耳刻，希腊神话中埃埃厄岛上的女巫师。她曾把奥德修斯的伙伴们变成猪，而把奥德修斯本人留在她的岛上一年，并为他生下一子，名忒勒戈诺斯。文学作品中经常以她比喻为迷人的美女。

⑤ 罗得的女儿们，《旧约·创世纪》第十九章记载：索多玛城被毁时，罗得得天使之助带全家出逃，其妻因向后看变成盐柱，仅罗得带着两个女儿逃到山上，住在一个山洞里。两个女儿见父亲无子，使用酒将他灌醉，轮流和他同寝，各生一子。罗得和大女儿所生的儿子就是魔押（Moab）。与次女所生之子即亚米（Ammon）。

布瓦尔问起她父母的情况，她的家乡在哪里，主人给她多少工钱。

她是威斯特勒汉人，无家可归，一月挣一个皮斯托尔[①]。总之，他十分喜欢这个姑娘，很想雇她为他们干活，帮日耳曼女人的忙。

佩库歇同农庄女主人一道走回来，趁他们讨价还价之际，布瓦尔悄悄问高尔居，那小保姆是否同意当他的丫鬟。

“那当然！”

“不过，”布瓦尔说，“我得征求我朋友的意见。”

“好吧，我也征求她的意见，但别说出去，还有那女庄主呢！”

生意刚谈妥，卖价三十五法郎。修复的价钱好商量。

一来到院子里，布瓦尔就把他关于梅丽的打算告诉了朋友。

佩库歇停下来（为了更好地思考），打开他的鼻烟壶，吸了一撮，在擤完鼻涕的空当，他说：

“总之，这倒是个主意！我的上帝，可以呀！干吗不？再说，你是主人！”

过了十分钟，高尔居来到一条排水沟的高沿上招呼他们：

“什么时候给你们送家具？”

“明天。”

“另外那件事，决定了吗？”

“谈妥了！”佩库歇答道。

① 皮斯托尔，法国古币名，1皮斯托尔相当于10个利勿尔。

四

半年之后，他们成了考古学家。他们的房舍俨如一座博物馆。

一根旧木房梁竖在前厅，地质标本堵塞了楼梯，一根粗大的铁链顺着走廊躺在地上。

他们拆除了隔断那两间不住人房间的门扇，封死了第二间房通外边的门，以便这两间房连成一个套间。

一跨过门槛，你就会撞在一个饲料石槽（一副高卢-罗马人的石棺）上，一些五金制品随即闯入你的眼帘。

一把长柄暖床炉挂在对面的墙壁上，下面是两个壁炉柴架和一个炉膛板，炉膛板上画的是一位修道士抚爱一个牧羊女。在周围的一些小金属板上可以看到蜡烛、锁、螺栓、螺帽。红色破瓦片遮住了地面。房中央一张桌子上展览的是最稀罕的古玩：一顶科地女人戴的无边软帽的骨架、两个黏土制成的骨灰钵、一些勋章、一只乳白色玻璃瓶。一把绒绣安乐椅的椅背上放了一块三角形的镂空花边。一片锁子甲装饰着右边的隔墙板，下面由一些钉子支撑着一只横放的独一无二的戟。

两个阶梯将人们引到第二个房间，房间里陈列着从巴黎带来的古书，和他们刚到此地时在一只大橱里发现的书。门扉业已拆除，他们管这间房叫“图书馆”。

原房主库瓦玛尔家的系谱树是门背后唯一的展览品。对面护壁镶板上一幅穿路易十五式礼服的夫人的彩粉肖像画同布瓦尔父亲的肖像相对称。大镜子的镜框上有一顶黑色阔边毡帽作装饰，还有一只大得出奇的木底皮面套鞋，套鞋里填满了树叶，那是某个鸟窝的残骸。

两只椰子（自佩库歇青年时代便属于他）放在壁炉上一只珐琅质桶的两边，一个农人的小雕塑跨坐在桶上。旁边的一只草篮里放了一个从鸭嘴吐出的十生丁钱币。

一个有贝壳镶嵌并饰以长毛绒的五斗橱安安稳稳立在“图书馆”前边，橱柜顶上放了一只猫，猫嘴里含了一只小鼠，那是圣阿里尔的化石，还放了一个也有贝壳镶嵌的针线匣，匣上有一个长颈大肚玻璃烧酒瓶，里面放了一个麝香味的大黄梨。

然而最为成功的是窗洞里那尊圣彼得雕像！他那戴手套的右手紧握着苹果绿的天堂钥匙。他身穿一件有百合花图案的天蓝色祭披，头上戴的纯黄色三重冕尖得像宝塔。他的两颊涂了脂粉，眼睛又大又圆，嘴大张着，歪鼻子往上翘。雕像上面悬吊了一个旧地毯做的华盖，华盖上看得出两个爱神待在一圈玫瑰花里。雕像脚下立着一个圆柱般的奶油罐，在罐子的巧克力底色上写着这些白色的字：“一八一七年十月三日诺荣，当S.A.R.德·昂古莱姆[①]大人之面制作。”

佩库歇从床上就可以纵览展览品的全貌，他有时甚至去布瓦尔的寝室，那里可以看得更远。

---

① 路易·昂古莱姆公爵（1775—1844），法王查理十世的长子，生于凡尔赛宫，于1824年立为王储。曾在形式上成为法国国王二十分钟，号路易十九。作为军人，曾指挥赴西班牙远征军。

在那片锁子甲对面留了一个空处，那是文艺复兴时期的大立柜的陈列处。

大立柜还没有完工，高尔居正在面包房做修复工作，刨镶板，调整部位，拆卸。

他在上午十一点吃午饭，随即与梅丽聊天，往往一整天再也见不到他的踪影。

为了得到旧家具一类的残片，布瓦尔和佩库歇走乡串户。他们带回的东西并不如人意，但他们见到了一大批稀奇古怪的物件。他们因此对小摆设产生了兴趣，后来又爱上了中世纪。

他们首先参观一批教堂，随后欣赏倒映在圣水缸里圣水中的高高的殿堂、光彩夺目有如宝石墙饰一般的玻璃制品、小教堂深处的坟墓以及地下小教堂或埋尸处朦胧的日光——一切，直至墙垣的鲜艳色彩，都使他们快乐得哆嗦，引起他们教徒一般虔诚的激情。

他们不久便能够区分年代，因而对圣器管理室人员不屑一顾，说：

“噢！这是罗曼风格的半圆形后殿！……那是十二世纪的东西！我们眼下见到的是焰式建筑！”

他们想方设法弄明白柱头上雕刻的图案象征着什么，如马里尼区有两个狮身鹰头鹰翼的怪兽正在啄一棵开花的树。佩库歇在费日罗尔环城路尽头那些大下颌唱诗班成员身上看出了嘲讽的意味。至于埃鲁镇一座房舍窗棂上画的一个淫秽人物热情洋溢的神态，在布瓦尔看来足以证明“我们的祖先爱好粗俗下流的东西”。

他们竟到了不能容忍丝毫衰败迹象的地步。一切皆归因于衰败！于是他们为破坏文物的现象而哀叹，并愤怒申斥一切粉刷。

然而一座纪念性建筑的风格并不一定同人们为其设想的年代相

吻合。十三世纪的半圆拱到如今还在普罗旺斯占统治地位，尖拱也许已相当古老，而且有些作者对罗曼风格先于哥特风格的观点提出了异议。这种缺少可靠性的现象使他们气恼。

教堂之后，他们开始研究城堡，如东佛尔和法莱斯两地的城寨。他们在城堡门廊下欣赏狼牙闸门。到达最高处之后，他们首先看到的是整个原野，接着是城里的屋顶、纵横交错的街道、广场上的大车、公共洗衣处的妇女们。城堡的围墙从上到下走势陡直，墙根直达护城河的荆棘丛。他们一想到过去有人爬墙时身子悬在梯子上便吓得脸色发白。他们兴许会去地道里冒冒险，但布瓦尔的障碍是他的肚子，佩库歇则害怕毒蛇。

他们希望了解古老的庄园，库尔西、比利、封特奈、勒玛米雍、阿尔古日。有时，一座加洛林式的炮楼矗立在建筑拐角堆废料之处的后面。厨房配有石质长凳，令人想到封建时代的珍馐美味。另外一些庄园看上去一副凶相，它们的三重围墙至今依稀可见，楼梯下是一个个枪眼，长长的一溜炮塔，塔墙的构架十分陡峭。接着来到一间套房，房内有瓦卢瓦朝代的窗户，雕镂精美，犹如象牙，阳光透窗而进，照暖了撒在镶木地板上的油菜籽。修道院已作了谷仓。墓碑上的铭文已模糊难认。一道人字墙还耸立在田野当中，自上而下遍布墙面的常春藤在风中瑟瑟抖动。

大量的东西使他们馋涎欲滴，一只锡罐、一个假宝石的带扣、大花枝图案的印度花布。他们缺钱，因而只得忍住。

天赐良机，他们在巴勒罗瓦一家镀锡店里找到了一扇哥特式彩绘玻璃窗，玻璃窗相当长大，可以覆盖安乐椅旁边那扇窗户的右面部分，直至第二块玻璃。沙维尼奥尔的钟楼在远处隐约可见，看上去效果极佳。

高尔居利用立柜的底层制作了一只祈祷用的跪凳，把它放在彩绘玻璃窗下边，他这是在迎合那两位的癖好。这癖好实在太强烈了，他们竟因人们对有些纪念性建筑物知之极少而深感遗憾，如塞兹一些主教的别墅。

德·科蒙先生说，在巴耶也许曾经有过一家戏院，他们便去找这家戏院的地点，但毫无收获。

蒙特雷西村有一片牧场，牧场以曾发现不少勋章而闻名遐迩。他们准备去那里获取好收成。门卫却把他们拒之门外。

他们探索法莱斯的一个蓄水池和冈城近郊之间的联系，此举也不比牧场之行更幸运。从那里引进的鸭群重新出现在沃赛尔，鸭们“嘎嘎”直叫，该城因而得名[①]。

他们不惜奔走，不怕牺牲。

加勒隆先生于一八一六年在梅斯尼尔-维尔芒的旅店里吃一顿午饭花了四个苏。他们便去那里吃同样一顿饭，却惊讶地确认已时过境迁了。

圣安娜修道院的创办人情况如何？马兰·翁弗鲁瓦在十二世纪从国外引进了土豆的新品种，他和征服时期的黑斯廷斯总督翁弗鲁瓦之间是否存在亲戚关系？如何搞到某个叫迪特左尔写的诗剧《诡谲的女占卜者》？此剧曾在巴耶上演，如今已是最珍稀的剧本之一了。路易十四统治时期，厄朗柏尔·迪巴提，或迪巴斯提·厄朗柏尔曾写了一个从未发表的作品，作品充满关于赛银锌白铜的趣事，问题在于如何重新找到那些小故事。迪布瓦·德·拉·彼埃尔夫人回忆录的手迹如今安在？圣马丁教堂的住持教士路易·达斯普雷曾为撰写没有出

---

①“嘎”与“冈”谐音。

版的莱格勒地方志查阅过这本回忆录。同样多的问题、同样多的稀奇之处需要澄清。

然而，一个微小的迹象往往可以为人们作重大发现铺平道路。

因此，为了不引人注意，他俩又穿上了长工作服，并装成流动商贩的模样进入百姓家庭，要求购买他们的废旧纸品。人们成堆地卖给他们。都是些学校课本、发票、旧报纸，没有任何足以派用场的东西。

末了，布瓦尔和佩库歇去找拉尔索内尔。

他正陷在凯尔特[1]问题的研究之中，所以只简单扼要地回答了他们的问题，同时又向他们提出一些别的问题。

他们是否曾在他们周围观察到像有人在蒙塔尔吉见到过的犬类宗教的痕迹？是否注意过圣约翰节烟火、婚姻和民间谚语等的特殊细节？他甚至请求他们为他收集几把燧石斧头，当时人们管这种斧头叫克尔塔，古凯尔特人及高卢人的德鲁伊教祭司在“他们罪恶的燔祭活动”中曾使用过这种斧头。

他们通过高尔居得到了十二把燧石斧头，给拉尔索内尔寄去一小部分，大部分留下充实他们的博物馆。

他们带着爱恋的心情在博物馆里踱来踱去，亲自打扫卫生，并向所有的熟人介绍他们的博物馆。

一天下午，波尔丹太太和马雷斯科先生前来参观。

布瓦尔接待了他们，讲解从前厅开始。

木头大梁的确是旧时法莱斯地区的绞刑架，这是卖给他们大梁

---

① 凯尔特人的祖先系印地-日耳曼人。他们最大规模的迁徙始于史前时期。首先迁至中欧，后被赶到高卢、西班牙、不列颠岛，最后被罗马人融合。保留凯尔特人特点最多的是不列颠、爱尔兰和高卢人居住的地区。

的细木工说的，细木工又是从他祖父那里得知的。

走廊上那根粗大的铁链来自道特瓦尔城堡主塔的地牢。据公证人马雷斯科说，这条铁链很像王宫里主要院落防止建筑被撞的墙脚石链。布瓦尔确信，此链昔日用于捆绑犯人，他接着打开第一间房门。

“为什么放这么些瓦片？”波尔丹太太嚷道。

“为了烧热古代的浴室——请稍注意秩序。这个坟墓是在一家旅店发现的，旅店的人将其用作牲畜饮水槽。”

布瓦尔随即拿起那两个骨灰盒，盒里盛满了死人的骨灰。他又把那只小瓶放到自己的眼睛前面，以便演示古罗马人如何往瓶里洒眼泪。

“在你们家只看见一些令人伤心的东西！”

的确，这对女士说来严肃了些，布瓦尔便从一只纸盒里取出好几个铜币，连同一个古罗马银币。

波尔丹太太问公证人，这些钱币在今天能值多少钱。

公证人放在手上端详的锁子甲从他的指间滑到了地上，上面的几个环扣被摔碎了。布瓦尔连忙掩饰自己的不满。

他甚至殷勤到摘下那唯一的一副戟，而且躬着腰，抬起双臂，假装砍马的腿弯，又装出用刺刀刺中并击毙了敌人的模样。寡妇内心认为他的确是一个了不起的男子汉。

她一看到那台贝壳镶嵌的五斗橱便兴奋起来。圣阿里尔的猫使她大为吃惊，她对长颈大肚玻璃瓶里的黄梨稍欠兴趣，随后来到壁炉边。

“噢！这里有一顶帽子该修补了。”

帽檐有三个窟窿，还有些弹痕。

那是督政府时期一个名叫大卫·德·拉·巴左克的强盗首领的帽子，他因被控叛国，逮捕后立即杀头。

“这样更好，做得对。”波尔丹太太说。

马雷斯科在展品面前不屑地微笑着。他不明白那只木底皮面套鞋怎么成了鞋商的招牌，也不理解为什么那珐琅质桶竟成了盛苹果酒的俗气的小口酒壶。圣彼得的雕像有一副酒鬼面孔，显得——坦白说——可怜。

波尔丹太太提出这样的意见：

“虽说如此，这雕像恐怕仍然花了您不少钱。”

“噢！不算太多，不算太多。”

一个盖屋顶的工人卖给他，只要了十五法郎。

她接着责备那头发扑粉的女士袒胸露背，有失体统。

“一个人有了美丽的东西，”布瓦尔接过她的话说，“坏处在哪儿？”

他又压低声音补充道：

“正如您，我敢肯定。”

公证人转身背朝着他们，去研究库瓦玛尔家族的支脉。波尔丹太太并不作答，却绕着她的长表链玩。她的乳房使她身上的黑色塔夫绸胸衣鼓了起来，她的眼睛上下睫毛微微合拢，下颏低垂，俨如一只趾高气扬的斑鸠。她随即带着天真无邪的神气说：

“这位女士姓什么？”

“没人知道。她是摄政王的情妇，您知道，就是演了那么多闹剧的那位王子。”

“我也这么想！当时的回忆录……”

公证人没有说完这句话，转而惋惜被情欲左右的摄政王留下的这个先例。

“你们都一个样！”

两个男人嚷嚷起来，接下去是关于女人和爱情的对话。马雷斯科断言，世上存在许多幸福的伉俪。有时，甚至在人们不知不觉中，幸福所需要的一切已经来到他们身边。暗示直截了当。寡妇的双颊变得绯红，但几乎立即恢复了常态。

“我们已经不是狂热恋爱的年纪了，对吧，布瓦尔先生？”

“哎！哎！我吗？我可不能肯定。”

他向她献出手臂，领她去另一个房间。

“小心台阶！很好。现在，请观看彩绘玻璃窗。”

他们在彩绘玻璃窗上辨认出一件鲜红的大氅和小天使的两个翅膀。其余的一切都在抹平玻璃上众多裂缝的铅下面模糊不清了。天色渐渐暗下来，阴影正在拉长，波尔丹太太变得严肃了。布瓦尔离开一会儿，回来时身上胡乱披了一条毛毯。他随即跪在祈祷凳前面，伸出胳膊，双手捧住脸，微弱的阳光正照在他的秃顶上。他意识到了这个效果，因为他说：“我看上去岂不像中世纪的僧侣？”

他接着斜抬起头，两眼发呆，让人在他的脸上看出一种神秘的表情。这时，大家听见走廊里佩库歇低沉的声音：

“别怕，是我。”

他走进屋，头上戴了一顶头盔：原来是一只尖耳铁钵。

布瓦尔没有离开祈祷凳。其余两位仍站在原处。在惊愕中过了一分钟。

波尔丹太太对佩库歇显得有些冷淡，而佩库歇却想知道布瓦尔是否给她展示了一切。

“好像都看过了。”她说。

他指着墙壁说：

“噢！对不起，我们还有一件正在修理的东西要安放在这里。”

寡妇和马雷斯科告辞了。

两个朋友曾想到假装搞竞争。他们各自出外采购东西，第二个的贡献往往超过第一个。那个铁盔就是佩库歇方才搞到的。

布瓦尔为他的收获道喜，他自己也因毛毯而受到赞扬。

梅丽用一些细绳把毛毯做成道袍一类的东西，他俩轮流穿上接待来访的客人。

他们接待的客人有吉尔巴尔、福罗、额尔托上尉，然后是下层的人：朗格洛瓦、贝尔冉勃，还有他们的佃农们，甚至有邻居的女仆。每次他们都重新开始讲解，并指出大立柜即将放置的地方，还假装谦虚，恳请大家慈悲为怀，原谅博物馆的拥挤。

这些日子，佩库歇老戴着他过去在巴黎常戴的那顶朱阿夫[①]军便帽，认为这样做与场地的艺术氛围更为协调。有些时候他又把戴在头上的铁盔斜挂在后颈上，以便露出面孔。布瓦尔忘不了要弄他的戟。总之，他们看一眼来访者便会寻思此人是否值得他们装成“中世纪僧侣”。

当德·法威日先生的马车停在他们的栅栏跟前时，他们多么激动呀！他只有一句话要说。事情是这样的：

他家的管事于雷尔告诉他说，两位先生到处搜寻文物，结果在奥布利农庄买到了一些废纸。

再确实不过。

他们曾否发现德·昂古莱姆公爵昔日的副官德·恭纳瓦尔男爵的

---

① 朱阿夫团系法国轻步兵团，原由阿尔及利亚人组成，1841年起全由法国人组成。

信件？男爵曾在奥布利小住。有人为家族的利益希望得到这些信件。

信件不在他们那里，然而，如果来访者屈尊跟他们去一趟“图书馆”，他们手头有一样东西定会使他发生兴趣。

像伯爵穿的这种漆皮靴子可从来没有在他们的走廊里嚓嚓响过。靴子碰到石棺上了。伯爵甚至险些踩碎好几块瓦片，他绕过安乐椅，下了那两级台阶。来到第二间展厅时，他们请他看华盖下面圣彼得雕像前的那只在诺荣制作的奶油罐。

布瓦尔和佩库歇认为日期有时会有济于事。

这位绅士出于礼貌仔细看了他们的博物馆。

他一再说“妙！很好！”同时用手杖的圆头轻轻敲打自己的嘴巴。就他本人而言，他感谢他们拯救了中世纪的这些断瓦残片，中世纪可是弘扬宗教信仰和骑士忠诚的时代。他喜爱进步，也想同他们一样从事这种有趣的研究，然而，政治、省议会、农业等有如旋风一般把他从这些研究里拉开、卷走。

“不过，在你们之后，人们就只有落穗好拾喽，因为你们马上就会把本省的古玩一扫而光。”

“别怪我大言不惭，我们还真有这个想法。”佩库歇说。

不过，在沙维尼奥尔还能发现一些，比如说，在紧靠墓地的小巷子里就有一个圣水缸自远古时期就埋在草下。

他俩听到这个消息好不高兴，随即交换一个眼色，意思是：“值得花工夫吗？”但伯爵已经打开了房门。

待在后边的梅丽突然逃掉了。

伯爵经过院子时注意到高尔居正在无所事事地抽烟斗。

“你们用这个伙计？唔！哪天遇上骚动，我就信不过他。”

德·法威日先生又登上了他的双轮轻便马车。

他们的小保姆为什么显得那么怕他？

他们询问她，她说她曾经在他的庄园里干过活。原来她正是两年前他们去庄园参观那天见过的给割麦的农妇们送水喝的小姑娘。那里的人曾留她在城堡当下人的助手，后来又因“告密不实”而把她辞退了。

至于高尔居，有什么可责备他的？他非常灵巧，而且对他们无比尊重。

翌日拂晓，他们前去墓地。

布瓦尔用他的手杖试着敲敲伯爵提到过的地方。果然有一个硬邦邦的物体发出了声音。他们随即拔除长在地上的一些荨麻，发现了一个粗陶盆子，原来是一只洗礼盆，里面长满了青草。

然而人们从不习惯将洗礼圣器埋在教堂以外。

佩库歇画了一个草图，布瓦尔做了一番描述，他们随即把这一切都寄给了拉尔索内尔。

回信立即来到。

“胜利，亲爱的同行们！毋庸置疑，这是一只德鲁伊教祭司使用的盆子。”

不过，他们应当小心！斧头值得怀疑。他既为他自己，也为他们俩开出一系列需要参阅的图书名单。

拉尔索内尔在“又及”里坦白说，他很想亲自看看这个盆子，几天之后他去布列塔尼旅行时有望顺便成行。

布瓦尔和佩库歇随即投身于凯尔特考古学研究。

根据这门学问，我们的祖先古高卢人崇拜喀耳刻、克洛诺斯[①]、陶塔特斯[②]、内塔伦尼亚，天、地、风、水，尤其是异教徒的农神特塔台斯，即萨图恩[③]。因为农神萨图恩在统治菲尼西[④]时娶了山林水泽仙女阿诺布莱为妻，仙女有一子名居德，她本人的轮廓酷似撒拉[⑤]，居德便成了牺牲品（或几乎成了牺牲品），有如以撒。因此萨图恩就是亚伯拉罕，由此可以得出结论：高卢人的宗教原则同犹太人的宗教原则如出一辙。

他们的社会组织得井然有序。一等人包括百姓、贵族和国王；二等人是法学界人士；第三等最高，根据塔依匹叶的划分，其中包括“各式各样的哲人”，即是说德鲁伊教祭司或古高卢行吟诗人，他们本身又划分为通晓天文学、自然科学及占卜的高卢僧侣，凯尔特族歌颂英雄及其勋绩的行吟诗人、预言家。

一些人预卜吉凶，另一些人唱诗，还有一些人教授植物学、医学、历史和文学，总之，“那一时代所有的技艺”。毕达哥拉斯[⑥]和柏

---

① 克洛诺斯，希腊神话传说中乌拉诺斯（天神）和该亚（地母）的儿子，宙斯的父亲。他曾推翻父亲的统治，把父亲打成残废。天地分劈、宇宙起源的神话就是克洛诺斯传说的基础。

② 陶塔特斯·厄苏斯，高卢人的战争之神。下文内塔伦尼亚亦为高卢神祇，职司不详。

③ 萨图恩，罗马神话中的农神，罗马人视他为希腊神话中的克洛诺斯。

④ 菲尼西，位于叙利亚西海岸的狭长地带。萨图恩系古代罗马的播种之神，早已同克洛诺斯混为一体。传说他是意大利最古老的国王，曾将农业和葡萄种植业引进意大利。所谓“黄金时代”——平等、普遍富裕与永久和平的时代——的观念就和他的名字连在一起。

⑤ 撒拉，《圣经》故事中犹太人的始祖，亚伯拉罕之妻。亚伯拉罕原名亚伯兰，出生于迦勒底，是挪亚的长子闪的后代。犹太民族的形成始于亚伯拉罕带领部族自迦勒底迁居迦南（今巴勒斯坦）。其妻撒拉得子以撒。上帝预允其子孙众多，并命他和子孙都受割礼，作为与上帝立约的标记。

⑥ 毕达哥拉斯（约公元前580—前500），希腊哲学家、数学家和神秘主义者。

拉图就是他们的学生。他们教希腊人学玄学，教波斯人学巫术，教意大利伊特鲁立亚人学肠卜术[1]，教罗马人学铜镀锡以及火腿交易。

然而，这个统治古代社会的人群如今只留下了一些石头，或单个的，或三个一组的，或排列成游廊的，或组合成围墙的。

布瓦尔和佩库歇干劲十足，接二连三研究了于西的波斯特石、勒盖斯的夫妻石、莱格勒附近的勒达利叶石，还有别的石头！

那一堆堆毫无价值的石头转瞬便使他们感到厌倦。一天，他们刚看完勒巴塞地方一根史前时期的糙石巨柱，正准备往回走时，他们的导游却将他们带到一片山毛榉树林里，那里堆满了大块的花岗石，有的像雕像底座，有的像大得出奇的乌龟。

最大的一块石头上凿有大盆一般的凹处。其中有一个边卷了起来，在底部还凿了两个槽口，下垂到地上。那是流血的出口，不可能不如此推断！这类东西不会是偶然形成的。

树木的根都缠绕在这些粗糙的石座上。天下着毛毛雨，远处，一团团白雾升腾起来，犹如一个个巨大的幽灵。很容易想象出这样的图景：在浓密的树叶形成的树荫下，头戴三重金冠、身穿白道袍的教士们同他们的人类祭品站在一起，祭品背剪着双手，就在这石槽边上，德鲁伊教女祭司注视着红色的溪流，与此同时，她身边的人群在铙钹和原牛牛角大号的嘈杂声中哭叫着。

他们的计划立即确定下来。

一天夜里，他们踏着月光走在去墓地的路上，途中，一幢幢房舍的阴影笼罩着他们，使他们走起路来活像小偷。户户百叶窗紧闭，寂无声息，听不见一声狗吠。

---

① 肠卜术指古代根据祭品的内脏占卜之术。

在高尔居的陪伴之下，他们开始干活。于是，只听见挖草皮的铁锹碰撞石子的声音。

靠近死人使他们感到不愉快。教堂的钟发出持续不断的喘息般的嘶哑声音，教堂三角楣上的蔷薇花饰看上去像一只眼睛正在窥视他们亵渎圣物的罪行。他们终于把那只陶盆搬走了。

翌日，他俩回到墓地去看昨夜挖土留下的痕迹。

神甫正在教堂门前纳凉，他邀请他们赏光进堂参观。在把他俩带到他的小厅里时，他用异样的眼光注视着他们。

摆放在餐具架中央的几个盘子当中有一个大汤碗带着盖子，碗上的图案是黄色的花束。

佩库歇将这只碗夸奖一番之后，却不知道还该说些什么。

“那是鲁昂产的古旧物件。”本堂神甫接着说，“是家传的用具。”

爱好古旧家具的人很看重它，尤其是马雷斯科先生。

至于他本人，谢天谢地，他并不爱好古玩。见他俩似乎并不明白他所说的话，便声称他亲眼看见他们偷走了那只洗礼盆。

两位考古学家十分尴尬，说话嗫嗫嚅嚅：那东西已然没有实用价值了嘛。

那也无妨！他们仍应物归原地。

毫无疑问！不过，至少得容他们请一位画家将古盆画个草图。

“好吧，先生们。”

“就在我们之间说定，是吧？”布瓦尔说，“得严格遵守忏悔的形式！”

神职人员微笑着一摆手请他们放心。

他们害怕的不是这位教士，而是拉尔索内尔。他即将路过沙维尼奥尔，很可能希望得到这个盆子，而且他的饶舌有可能将此事传到政府耳里。出于谨慎，他们把盆藏在面包房里，后来又换到紫藤架里，再后来又放进小破房，最后放入立柜。高尔居懒得跟他们这样倒来倒去。

拥有如此珍贵的一件古物遂使他们与诺曼底的凯尔特研究难解难分。凯尔特人的始祖在埃及。奥恩省的塞兹有时就写成萨伊斯，与三角洲的城市同名。高卢人以公牛起誓，这是阿匹斯神牛[①]的舶来品。巴耶有些居民的姓氏叫贝罗卡斯特，它的拉丁文来自贝利·卡萨，那是柏罗斯[②]居住的地方和他的圣殿所在地。柏罗斯和俄西里斯[③]是同一个神祇。"没有什么东西可以否定巴耶附近曾有德鲁伊纪念性建筑这一事实。"芒古·德·拉隆德说。"这个地区，"卢赛尔先生补充说，"很像埃及人修筑朱庇特-阿蒙[④]神庙的地方。"如此看来，存在一座神庙，神庙里面有丰富的宝藏。所有的凯尔特纪念性建筑都在其中。

根据董·马丁的叙述，一七一五年，一位名叫厄立贝尔的先生曾在巴耶的近郊出土好几只盛满骨头的黏土钵，他（根据传统和已故权威的观点）得出结论说，那里原是一个古代的大墓地，即佛努斯山，金牛犊就埋在那里。

然而金牛犊是遭到火烧之后被吞没的，除非《圣经》搞错了！

首先，佛努斯山在哪里，作者并没有指明地点。当地居民也一无所知。恐怕应当进行发掘。为此目的，他们给省长发去一封请愿

---

① 阿匹斯神牛指古埃及神牛，希腊人称为厄帕福斯。其供奉中心在孟斐斯，神牛为黑色，前额有白色斑点。

② 柏罗斯系神话中的埃及国王，波塞冬和利庇亚的儿子。

③ 俄西里斯为古埃及自然界死而复生之神，复生之后成为冥国国王。

④ 朱庇特系罗马神话中的主神。阿蒙系古埃及的神，起初是地方神，后被尊为太阳神。形状为人身羊首，希腊罗马人称哈蒙，常与宙斯-朱庇特混为一体。

信，却杳无回音。

佛努斯山可能已经消失，也许那不是一座小山而仅仅是一个坟头？坟头意味着什么？

好些坟头里的骨架都取母亲怀抱胎儿的姿势，这意味着坟墓于死者仿佛是第二次妊娠，让他们准备进入来世。因此，坟头象征女人的生殖器官，正如竖起来的石头是雄性器官。

的确，哪里有史前时代遗留的糙石巨柱，诲淫崇拜就在那里存在。在盖朗德、希士布什，在勒克罗瓦西和利瓦罗见到的现象就是明证。从前，城楼、金字塔、蜡烛、路程碑，甚至树木都有男性生殖器形象的意味。在布瓦尔和佩库歇眼里，一切都变成了男性生殖器形象。他们收集马车的驾马横档、安乐椅腿、地窖门闩、药剂师的捣槌。有人前来观看时，他们就问：

“你们觉得这都像什么？”

然后把秘密告诉参观者，见有人大惊小怪地嚷嚷，他们便耸耸肩表示可怜那些人。一天晚上，他们正为德鲁伊教的教义浮想联翩时，本堂神甫不声不响地前来拜访。他们立即带他参观博物馆，从彩绘玻璃窗开始。但他推迟了到达新展台，即男性生殖器形象展台的时间。神甫阻止了他们，认为这个展台有猥亵之嫌，他来此是为了要回他的洗礼盆。

布瓦尔和佩库歇恳请他再宽容半个月，以便他们按照原件铸模。

“越快越好。”神甫说。

他接着谈一些无关紧要的事。

佩库歇离开一小会儿，回来时把一个拿破仑金币塞到他手里。

教士往后一退。

“噢！救济您那些穷人！”

热弗罗依先生红着脸把金币放进他的道袍里。

退还盆子，盛祭品的盆子！一辈子休想！他们为此甚至想学希伯来文呢，因为那是凯尔特语的母语，要不就是凯尔特语派生了希伯来语。他们还准备去布列塔尼旅行，从雷恩开始，因为他们在雷恩要和拉尔索内尔聚会，研究凯尔特科学院的备忘录提到过的那只骨灰盒，骨灰盒里似乎存放着阿蒂密丝王后①的骨灰。这时，镇长竟戴着礼帽随随便便闯了进来，他原本是个粗人嘛。

“这还不算完，两位老兄！必须还回去！”

“您说些什么呀？”

“真是滑稽演员！我很清楚你们把‘它’藏起来了！”

原来他们被出卖了。

他们反驳说，是本堂神甫先生允许他们保存的。

“咱们走着瞧。”

福罗走开了。

过一个钟头他又返回。

“本堂神甫说没那回事！你们过来解释清楚。”

他们还在坚持。

首先，大家并不需要这只圣水缸，而且它还不是圣水缸。他们可以提供一大堆科学论据加以证明。其次，他们将在他们的遗嘱里主动确认这只盆子归乡镇所有。

他们甚至提议购买这只盆子。

“再说，这是我的财产！”佩库歇一再说。

---

① 阿蒂密丝，加里亚国王摩索拉斯的王后。其夫死后，于公元前4世纪命人在小亚细亚的哈利卡纳苏（现今土耳其博德鲁姆）建造雄伟坟墓，墓上有国王及王后像。此建筑成为世界七大奇观之一。

热弗罗依先生接受的二十法郎就是契约的标志。如果有必要诉诸治安法庭，那就算了，因为他会虚假宣誓！

在进行这场辩论的前前后后，他多次把眼光移到教士的那只有盖大汤碗上，拥有这个彩釉陶器精品的渴望在他的灵魂深处不断膨胀。如果教士愿意把盖碗送给他，他可以退回洗礼盆。否则，休想。

因为疲劳或出于害怕丑闻，热弗罗依先生终于让步，把大汤碗给了他。

于是，大汤碗放进了他们收藏室里科西女人便帽的旁边，洗礼盆成了教堂门厅的装饰。他们为曾得到此物格外欣慰，因为这已不再是出于沙维尼奥尔人不知此物的价值而获得的。

有盖大花碗引起了他们对彩釉陶器的兴趣：这又是他们研究工作和野外探险的新课题。

他们正处在风雅人士对鲁昂古盘趋之若鹜的时代。公证人拥有几样，并因此获得艺术家之类的名声，此名声有损于他的职业，但他从工作严谨方面入手加以弥补。

当他得知布瓦尔和佩库歇已得到大花盖碗时，他前来建议做一笔交易。

佩库歇拒不接受建议。

“我们别再谈此事了！”

马雷斯科遂仔细观看他们的陶器。

所有挂在墙上的陶器都是带污迹的白底加蓝花，其中有几件露出大量的角质，角质呈绿色和淡红色调，有刮胡盘、碟、茶碟，都是长期以来人们追逐的东西，有的人将它们插在胸前，有的人则挂在礼服的褶皱上。

马雷斯科对这些陶器赞不绝口，同时谈到别的彩釉陶器，如西班牙–伊斯兰陶器、荷兰陶器、英国陶器、意大利陶器。他以他的博学让那两位听得着迷。

“我是否能再看看你们那只有盖汤碗？”

他用指头弹弹汤碗，使它发出声响，随后出神地端详画在碗盖上的两个S。

“那是鲁昂的标识！”佩库歇说。

“噢！噢！确切地说，鲁昂过去没有标识。当时人们还不知道有个穆提叶，所有的彩釉陶器都是纳韦尔的出品。与今天的鲁昂情况相同！再说，如今在埃尔伯夫也有人仿造，而且更为完美！”

“这不可能！”

“有人仿制的马约里卡陶器就精美绝伦！你们那一件毫无价值，而我呢，我差点儿干一件蠢而又蠢的事！”

公证人一走，佩库歇便跌坐在安乐椅里，十分沮丧。

“当时并没有必要答应归还洗礼盆。”布瓦尔说，“但你太狂热了，你老发火！”

“不错，我爱发火！”

他抓住那只有盖汤碗扔出去老远，汤碗正碰在石棺上。

布瓦尔比他平静，他一个一个拾起碎片。不一会儿，他有了这个想法：

“马雷斯科出于嫉妒，完全可能愚弄了我们！”

“怎么？”

“并没有什么证据能让我相信这只盖碗不是真货！而他假装赞赏的其他陶器说不定正是假的呢。”

那天剩下的时间就在毫无把握和悔恨交加的心情中度过。

这一切并不能成为放弃布列塔尼之行的理由。他们甚至打算把高尔居也带去，此人可以在他们的考古发掘中帮些忙。

为了更快修复立柜，这段时间高尔居一直住在他们家。出行的前景使他气恼，他听见他们谈论准备观看糙石巨柱和坟头，便对他们说：

“我比你们更了解，在阿尔及利亚南方，靠近布-穆尔苏水泉的地方有好些糙石柱和坟头。”

他甚至描绘他偶然见到的一座打开的坟墓，有一架死人骨骼像猴一样蹲在里面，两臂抱着两腿。

他们把这一情况告诉拉尔索内尔，但他不愿相信此说。

布瓦尔在深入研究有关材料之后，再一次去纠缠他。

高卢人的纪念性建筑物怎么会不成形？而就是这些高卢人在尤利乌斯·恺撒时代已经相当文明了。他们无疑起源于一个更古老的民族。

在拉尔索内尔看来，此种假设缺乏爱国主义精神。

“那又何妨！没有什么能说明那些纪念性建筑物就是高卢人的作品，要不就给我们看看有关的文章！”

院士生气了，再也不回答他们。他们反而感到高兴，德鲁伊教祭司太让他们腻烦了。

如果说他们在陶器和凯尔特问题上无所适从，那是因为他们对历史一无所知，尤其是法国历史。

他们的“图书馆”里有昂克蒂尔[①]的作品，但是那一个接一个的游手好闲的国王全然引不起他们的兴趣。宫相[②]们的毒辣也未能使他

① 昂克蒂尔是法国十八世纪的一位历史学家。

② 宫相指法国7世纪墨洛温王朝内廷的宫廷总管。

们感到愤怒。他们于是放弃了昂克蒂尔，这位作者思考问题的荒谬让他们扫兴。

于是，他们去信问迪姆舍尔“哪一本《法国历史》最优秀”。

迪姆舍尔以他俩的名义去阅读事务所预订了一套，给他们寄来了德·热努德先生的两卷本，以及奥古斯坦·提也瑞的书简。

根据这位作家的意见，王权、宗教和国民议会乃是法国的三“要素”，此三要素可以追溯到墨洛温王朝①时代。卡洛林王朝②丢掉了三要素。卡佩王朝③与民融洽，曾尽力保持这三要素。在路易十三④治下，为了战胜新教，建立了极权，那是封建主义所做的最后努力，八九年又回到我们祖先的宪政上来。

佩库歇很欣赏这个见解。

布瓦尔却感到此见解实在可悲，因为他先读的是奥古斯坦·梯耶里的作品：

“你胡说什么法国呀！当时根本不存在法国，也不存在国民议会！加洛林王朝什么也没有篡改！国王们也没有免除各乡镇的捐税！你自己读读看！”

---

① 墨洛温王朝（481—751），法兰克王国一王朝，相传因法兰克族酋长墨洛维得名。公元486年，国王克洛维消灭西罗马帝国在北高卢的残余势力，建立法兰克王国，正式开创墨洛温王朝。此王朝在6世纪以后逐渐封建化，7世纪中叶宫相开始专权，于公元751年被卡洛林王朝取代。

② 卡洛林王朝（751—987），亦为法兰克王国一王朝，得名于查理曼大帝（查理的拉丁文是加洛卢斯），公元751年由矮子丕平建立。查理曼统治时期为此王朝鼎盛时期。公元843年分裂为三部分，9世纪末到10世纪初先后覆灭。

③ 卡佩王朝（987—1328），因其创建者休·卡佩而得名。初建时王权软弱，大封建主割据称雄。12到13世纪，依靠市民、中小封建主和教会的支持，开始加强中央集权。

④ 路易十三（1601—1643）是法王亨利四世的儿子。十岁登基到四十三岁驾崩，宰相黎塞留是他的得力助手。

佩库歇不得不服从明显的事实，而且立即在科学精确性上做得有过之而无不及！他如果说查理曼大帝而不说卡尔大帝，说克洛维而不说克洛多维格便会自觉蒙受耻辱。

然而，吸引他的还是热努德，他认为将法国历史的头尾衔接起来的做法十分精明，这一来，中间那一段就成了又臭又长的多余的东西。为了彻底弄清这个问题，他们开始阅读他们收藏的比谢[①]的作品。

然而他们厌恶序言夸张的辞藻，那社会主义和天主教的大杂烩让他们感到恶心，而且过多的细节也妨碍纵观全局。

他们求助于梯也尔[②]先生的作品。

那是一八四五年夏天，在花园里的葡萄架下。佩库歇站在一张小长凳上，用他那低沉的声音不知疲倦地朗读着，只在手指伸进鼻烟壶时才稍停片刻。布瓦尔口含烟斗听他朗读，两腿分开，长裤上端的扣子也绷开了。

有些老人曾对他们谈起一七九三年[③]发生的事。其中一些称得上是他们个人的亲身经历，这使他们平铺直叙的描述变得生动了。在那个年代，条条大路都挤满了高唱《马赛曲》的士兵。妇女们坐在大门的门槛上缝制帐篷。有时来一大群头戴红色无边软帽的男人，他们斜端着长矛，长矛尖上挑着褪了色的人头，人头的头发往下垂。国民公会高高的讲台下尘土飞扬，愤怒的人群尖声叫着“杀死他！”的口号。人们在中午经过杜伊勒里宫的水池时，可以听到头颅碰撞

---

① 菲利普·比谢（1796—1865），法国哲学家和政治家。曾建立新天主教学校。

② 阿道夫·梯也尔（1797—1877），法国政治家、历史学家，曾任法兰西第三共和国总统（1871—1873）。

③ 1793年，法国国王路易十六同王后被处死。

断头台的声音，那声音听起来像夯锤夯地。

微风拂动着葡萄藤蔓，田间成熟的大麦一阵阵摇来晃去，一只乌鸫鸣叫着。他们环视周围，品味着如此的宁静。

从大革命一开始人们就未能相互理解，多么遗憾！倘若保王党人的思路能同爱国者一致，倘若朝廷最初行事更为坦率，而它的对手更少诉诸暴力，许多灾难就不至于发生。

他俩就这个问题越谈越激动。布瓦尔思想豁达，易动感情，所以持立宪党、吉伦特派[①]，乃至热月党人[②]的观点。佩库歇属忧虑型，倾向专制，他声称自己是无套裤汉[③]，甚至属于罗伯斯庇尔[④]派。

他赞成处死国王，赞成最过火的政令和对至高无上的上帝的崇拜。布瓦尔却更愿意崇拜大自然。他宁愿向一位胖女人的形象顶礼膜拜，这女人从她的乳房里向崇拜她的人们挤出的不是水，而是尚拜旦葡萄酒。

为了掌握更多的事实以支持他们各自的论点，他们又买了别的著作，如蒙加亚尔、普吕道姆、加鲁瓦、拉克勒代尔等。这些书矛盾百出，却难不倒他们。他俩各取所需，以捍卫自己的“事业”。

这一来，布瓦尔就不怀疑丹东[⑤]曾因提出足以毁掉共和国的动议

---

① 吉伦特派，法国大革命时期代表大工商业资产阶级的政治集团。

② 1794年7月27日，即法兰西共和二年热月九日，罗伯斯庇尔被国民公会推翻，标志“恐怖时期”的结束。参加或拥护此政变的人称热月党人。

③ 无套裤汉系法国大革命时期对激进派革命者的称呼。

④ 罗伯斯庇尔（1758—1794），法国大革命的激进派领导人。曾以公安委员会的名义在国内实行恐怖主义。在清除丹东等政敌以后领导革命政府，在热月政变被推翻后上了断头台。他本人生活极为简朴自律，被巴黎人民称为“不能腐蚀的人”。

⑤ 丹东（1759—1794），法国大革命时期国民公会议员，杰出的演说家和组织者。1791年以前一直是国王参政院的顾问律师，后任司法部长。因他认为暴力只是政府的临时措施，被罗伯斯庇尔指控犯温和主义错误，于1794年被送上断头台。

而接受了十万埃居，而依佩库歇之见，是维尼奥[1]要求每月领取六千法郎。

“从没有听说过此事！你不如说说清楚，为什么罗伯斯庇尔的妹妹得到路易十八提供的年金？”

“根本没那回事！是波拿巴提供的。既然你这么看，那么你说，埃加利特死前不久有人同他秘密会谈，此人是谁？我希望重印康庞夫人[2]《回忆录》中被删掉的那些章节！我认为王储[3]的死有些蹊跷。格雷奈尔火药库爆炸死了两千人哪！据说，原因不明，真是蠢到极点！”

因为佩库歇算得上了解内情，他把所有的罪过都一股脑儿推给贵族的阴谋和外国的金钱。

在布瓦尔脑子里，“圣路易[4]的子孙们，升天吧！”，凡尔登童贞女们的遭遇以及人皮长裤都是毋庸置疑的事实。他同意普律多姆[5]提出的名单，整整一百万受害者。

不过，他对卢瓦尔河自索米尔到南特共十八法里河段的河水被鲜血染红的说法倒进行了思索。佩库歇对此也表示怀疑，他们因而

---

① 维尼奥（1753—1793），法国大革命时期的国民公会吉伦特派代表，后与吉伦特派成员一起被捕并上了断头台。

② 康庞夫人（1752—1822），法王路易十六的王后玛丽·安托瓦奈特的秘书，曾写回忆录。

③ 即路易十六的儿子路易十七（1785—1795），在法国大革命期间与父母一同关押在监狱内，1793年1月28日路易十六被处决后，他的叔叔（即未来的路易十八）逃亡到科隆大主教的领地宣布年仅七岁的他为法国国王。1795年，法国官方宣布路易十七死于结核病，但众说纷纭，有传言路易十七生前不断被虐待。

④ 圣路易即路易九世（1214—1270），法国卡佩王朝国王。在位期间改组中央机构，推行司法、货币、军事改革，加强了王权，扩大了疆土。他以政绩和闻名遐迩的公正、廉洁的德操赢得爱戴，被后世尊称为圣路易。

⑤ 普律多姆，法国作家漫画家莫尼埃作品中的人物，小市民的典型，平庸而自负，好用教训人的口吻说蠢话。

很不信任历史学家。

在一些人看来，大革命是穷凶极恶的人制造的事件，另一些人却宣称它是气势恢宏史无前例的事。每一方的战败者自然都是殉道者。

关于蛮族[①]人，梯叶里[②]论证说，研究当时哪一位君王好哪一位君王坏真是蠢而又蠢。为什么不用这个办法考察更近的各个时期？然而历史一定会报复史书中的道德观念，人们感谢塔西佗[③]诋毁了提比略[④]。无论王后[⑤]是否有情夫，无论迪姆里埃[⑥]是否自瓦尔米战役就企图反叛，在牧月[⑦]，无论是山岳党[⑧]还是吉伦特派首先发难，在热月[⑨]，无论是雅各宾派[⑩]还是平原派[⑪]带头挑起事端，这与大革命的发

① 蛮族是古希腊罗马人对曾于3世纪到6世纪侵入罗马帝国推翻西方一些皇帝的外族的称呼。大部分蛮族属于日耳曼族、斯拉夫族等。后来指5世纪中叶侵入欧洲的起源于中亚的游牧民族匈奴人。

② 梯叶里（1795—1856），法国历史学家，作家。著有《诺曼人征服英国史》《墨洛温时代叙事》《第三等级的形成与发展史》等。

③ 塔西佗（约55—117），古罗马著名历史学家，曾著《编年史》《日耳曼人风俗》《演说家对话录》等，本人曾任执法官。

④ 提比略（公元前42—37），公元14年至37年间继奥古斯特之后的罗马第二位皇帝，以多疑和残暴闻名。

⑤ 此处指路易十六的王后玛丽·安托瓦奈特，在大革命中被判上断头台。

⑥ 查理·弗朗索瓦·迪姆里埃（1739—1823），法国将军。曾在瓦尔米和热马普战役中获得大捷并征服了比利时。后来被国民公会撤职，遂转到敌人一边。

⑦ 牧月系法兰西共和历九月，相当于公历5月20日到6月18日。

⑧ 山岳党指国民公会议员中坐在会场最高排座位的一部分激进分子。他们投票赞成实行最猛烈的暴力政策，后来其中大部分参加了雅各宾派。

⑨ 热月系法兰西共和历11月，相当于公历7月19日（7月20日）到8月17日（8月18日）。

⑩ 雅各宾派系法国大革命中最大的政治组织，因会址设于巴黎雅各宾修道院而得名。后成为专政时期革命政府支柱，热月政变后被解散。

⑪ 平原派又叫沼泽派，系国民公会中中派集团的绰号，因坐在会议大厅最低处而得名。由自称为无党无派的代表组成，最初支持吉伦特派，后支持雅各宾派。1794年又与反动分子勾结，发动热月政变，推翻雅各宾派专政。

展有何关系？大革命的根源是深刻的，结果也难以估计。

因此，这场革命总会完成，总会成为它业已成为的那个样子。然而，试想想，国王当时如毫无阻碍地逃走了，罗伯斯庇尔如逃逸成功，或波拿巴如被谋杀——这些偶然情况有可能取决于一个没有廉耻心的旅店老板，一扇开启的大门，一个睡过去了的哨兵；那么世界的发展将会是另一个样子。

对那个时期的人和事，他俩再也没有丝毫明确而有把握的想法了。

要想对大革命进行不偏不倚的判断，就得阅读所有的史书和回忆录、所有的报纸和手稿，因为稍有遗漏就可能出错，一个错误会带来其他错误，以致无穷无尽的错误。他们遂放弃了大革命。

然而对历史的兴趣既已产生，就需要为历史本身寻求真实。

或许在古代历史中更容易发现真实情况？史书作者离当时的事件已经很远，他们谈史恐怕可以不带感情色彩。他们于是从好人罗兰[①]开始。

“好一大堆废话！”布瓦尔从第一章便嚷开了。

“等等。”佩库歇一边说，一边翻他们书架的下层，那里堆满了他们来到之前住在这里的老法学家留下的书，那是一位有怪癖的人，一位自命不凡的才子。

---

① 查理·罗兰（1661—1741），法国人文主义者、历史学家、大学校长。曾著《论学习》《古代史》《罗马史》。

他搬开许多小说、戏剧，还有一本孟德斯鸠[1]的书和贺拉斯[2]的几本翻译版，这才找到他需要的书——《波佛尔的罗马历史》。

提图斯·李维[3]把罗马的建立归功于罗慕洛[4]。撒路斯提乌斯[5]则将此殊荣归之于埃涅阿斯的特洛亚人[6]。按费边·皮克托[7]的观点，科里奥拉努斯[8]死于流放当中。若相信德尼[9]的说法，他死于阿提乌斯·图卢斯[10]的计谋。塞内加[11]断言，贺拉修斯·柯克莱斯[12]是凯旋而归，迪

---

① 孟德斯鸠（1689—1755），法国启蒙思想家、法学家、作家、法兰西学院院士。著有《波斯人信札》《罗马盛衰原因考》及《法意》等，为奠定法国大革命的思想政治基础做出了贡献。

② 贺拉斯（公元前65—前8），拉丁诗人。曾著《颂歌》《长短句抒情诗》《书简诗》《讽刺诗》以及《诗艺》等。

③ 提图斯·李维（公元前59—前9），罗马历史学家。共撰写一百四十二部书，其中仅留下三十五部。他写史带爱国主义色彩，缺乏客观批判精神。

④ 罗慕洛，传说中的罗马缔造者和第一任国王。统治时间为公元前753年到公元前715年。

⑤ 撒路斯提乌斯（公元前86—约前34），罗马历史学家。曾写《朱古达战争》和《喀提林阴谋集团》，写史中刻意模仿希腊史学家的不偏不倚。

⑥ 埃涅阿斯的特洛亚人指王子埃涅阿斯率领的特洛伊人。在希腊人围困特洛亚伊时，他曾英勇奋战。特洛伊失陷后，他与父亲和儿子逃到意大利拉丁姆区，与洛兰图姆王的女儿拉维尼亚结婚，从此有了特洛伊血统的罗马人。

⑦ 费边·皮克托（约公元前254—前200），最早的罗马历史学家之一。提图斯·李维曾参考他写的编年史。

⑧ 科里奥拉努斯系活跃于公元前5世纪的罗马将军。尽管他战功卓著，仍被判流放。后来转而反对祖国，但在母亲和妻子的压力下终于对罗马手下留情。

⑨ 德尼，生卒年不详，罗马历史学家，曾留给后世珍贵的史书《罗马古代文物》。

⑩ 阿提乌斯·图卢斯，沃尔齐人的首领。

⑪ 塞内加（2—65），罗马哲学家，生于西班牙科尔多瓦，系罗马皇帝尼禄的老师。其伦理学论文大都受斯多葛派思想影响。后世认为著名悲剧《美狄亚》《特洛亚女人》《阿伽门农》《费德尔》是他的作品。

⑫ 独眼贺拉修斯·柯克莱斯，传说是只身阻止敌人进入罗马台伯河大桥的罗马人。他命亲人在他身后毁掉大桥，然后游泳逃走，因此失去一只眼睛。

翁[①]却说他腿部受了伤。拉摩特·勒瓦叶对别的民族也散布了同样的怀疑。

有人还对迦勒底人[②]的古代文化，对荷马[③]的时代，对琐罗亚斯德[④]其人和亚述两帝国的存在持异议。昆提乌斯·库尔提乌斯·鲁夫斯[⑤]编了些神话故事。普鲁塔克[⑥]揭露了希罗多德[⑦]许多不实之处。倘若维钦托利[⑧]曾撰写恺撒的评论，我们对恺撒也许会持别种看法。

古代历史因缺乏文献资料而使人感到模糊不清，而现代历史的资料却十分丰富。布瓦尔和佩库歇便转而重操法国史，从西斯蒙第[⑨]的著作开始。

一个接一个的历史人物使他俩产生了深入了解那些人的愿望，甚至想管管他们的闲事。他们希望浏览一些人的原著，如图尔的格

---

① 迪翁·卡修斯（约155—235），历史学家。曾以希腊文撰写《罗马历史》，至今还广为运用。

② 迦勒底人系公元前10世纪左右在巴比伦南部定居的阿拉姆部族。

③ 荷马，公元前9世纪希腊史诗诗人，后世认为《伊利亚特》《奥德赛》是他的作品。

④ 琐罗亚斯德（约公元前660—前583），波斯帝国宗教改革家。经他改革后，发展成伊朗古代君主信奉的琐罗亚斯德教，又名拜火教或祆教。

⑤ 昆提乌斯·库尔提乌斯·鲁夫斯，生于公元1世纪左右罗马历史学家，著有《亚历山大史》。

⑥ 普鲁塔克（约46—120），希腊历史学家。其作品分两部分，即著名人物生平和涉及政治、哲学、宗教的伦理学论文。

⑦ 希罗多德（约公元前484—前420），希腊著名历史学家，史称历史学之父。作为大旅行家，他在史书中对传说和真实事件都广为记述。

⑧ 维钦托利（约公元前82—前46），高卢人杰出的将军。曾于公元前52年领导高卢人联军与恺撒作战。战争失利后投降，被带到罗马，六年后在罗马庆典仪式上被判处死刑。

⑨ 利奥纳德·西斯蒙第（1773—1842），瑞士历史学家、经济学家。著有《中世纪意大利各共和国史》《政治经济新原理》。是世界首批社会主义理论家之一。

列高利[1]、蒙斯特勒莱[2]、高明纳[3]，所有姓名古怪或姓名听起来悦耳的作者。

然而不清楚事件发生的日期，所以各种事件搅成一团乱麻。

幸亏他们手头有迪姆舍尔的记忆术，那是一本十二开硬壳封面的书，书上有这样的题词：寓教于乐。

记忆术融合了阿勒维、巴里斯和冯奈格勒三家的方法。

阿勒维把数字转为形象，一座塔表示一，一只鸟表示二，一头骆驼表示三，以此类推。巴里斯以猜字谜的方式刺激想象力：一把有螺丝（vis维）钉（clous克洛）的安乐椅代表克洛维；因油炸食品发出“咝咝”声，牙鳕鱼放进油锅里就使人想起希尔佩里克[4]。冯奈格勒将宇宙分成许多房屋，每幢房屋包括许多房间，每个房间有四面由九个壁板组成的隔墙，每个壁板都有一个标记。那么，第一个朝代的首位国王就占据了第一个房间的第一块壁板。根据巴里斯体系，一座山（mont蒙）上的灯塔（phare法勒）可以叫作法拉蒙[5]。再按阿勒维的建议将代表二的鸟和意味零的木环放在表示四的镜子上，就得出了四二零这个数字，正是这位君王登基的年代。

为了看得更明白，他们把自己的房屋、自己的住宅当作记忆术的基础，给每一个部分安上一个清晰的事件。对他们来说，院子、花园、住宅周围乃至全镇，除了方便记忆便再没有别的意义。郊野

---

① 图尔的格列高利（538—594），法国图尔地区的主教，历史学家。著有拉丁文《法兰克人史》，其中有关墨洛温朝代的史料甚丰。

② 蒙斯特勒莱（约1390—1453），法国康布雷地区的修会会长，著有《编年史》（1400—1444）。

③ 高明纳，法国历史学家，生卒年代不详。

④ 希尔佩里克一世（539—584），法兰克国王，后被谋杀。

⑤ 法拉蒙，是《撒利克法典》的作者在此书中编造出的一位法兰克王。

的界石界定了某几个时代，苹果树乃是系谱树，每个荆棘丛都意味着一个战役，全世界都变成了象征。他们在墙上探寻为数众多的逝去的事物，最终倒是看到了，但再也记不住那些东西代表的日期。

再说，那些日期也并不一定名副其实。他们从一本中学教材里得知，耶稣的生辰应当比通常认为的提前五年；希腊人有三种方式计算历次奥林匹克竞技会之间的时间；而拉丁人有八种方式计算新的一年；除了黄道十二宫、纪元和历法之差别产生的讹谬，还有同样多的原因造成谬误。

他们从对日期漫不经心发展成轻蔑史实。

重要的是历史的哲理！

布瓦尔未能读完博叙哀[①]那闻名遐迩的演讲集。

“莫城之鹰[②]简直是闹剧演员！他竟忘了中国、印度和美洲！可他倒有心告诉我们说狄奥多西[③]是‘天下的慰藉’，说亚伯拉罕‘平等对待诸王’，说希腊人的哲学起源于希伯来人。他对希伯来人的关心让我不快。”

佩库歇赞同这个意见，他想让布瓦尔读读维柯[④]的著作。

“怎能接受神话传说比历史真实性更真实的说法呢？”布瓦尔提出异议。

佩库歇竭力说明神话的含义，自己却在《新科学》里晕头转

---

① 博叙哀（1627—1704），法王路易十四的宫廷讲道师、法兰西学院院士、散文大师和宗教界领袖。曾为王储撰写《世界历史讲稿》。

② 莫城，塞纳-马恩省一个区的首府，博叙哀曾任莫城主教，故获绰号莫城之鹰。

③ 狄奥多西大帝于379年到395年统治罗马帝国，是他加速了基督教对异教的胜利。

④ 乔瓦尼-巴蒂斯塔·维柯（1668—1744），意大利哲学家、律师。他著有《新科学》和《历史哲学原理》。在《历史哲学原理》书中，他将每个民族的历史划分为神的时期、英雄时期、人的时期。

向了。

“你想否认上帝的意旨？”

“我不了解他的意旨！”布瓦尔说。

他们便决定托迪姆舍尔弄清诸如此类的问题。

教授承认他自己也正被有关的历史问题难住了。

“历史每天都在变。有人正在对罗马诸王和毕达哥拉斯的多次旅行提出异议。也有人攻击贝利萨留[①]、威廉·退尔[②]，直至熙德[③]，由于最近的发现，熙德变成了一个普通的强盗。但愿大家别再发现什么。研究院也该建立某种法规，规定必须相信的是些什么！”他在“又及”里还寄来了从多努[④]的讲义里抄来的批评规则：

“援引民众的证词做证，那是有害的证据，援引了也不可能奏效。

“拒绝不可能之事。有人曾让帕萨尼亚斯[⑤]看萨图恩吞过的石头。

“建筑可能撒谎，例子：古罗马城集会广场拱门，在那里提图斯[⑥]被称为耶路撒冷的首位得胜者，而在他之前庞培[⑦]已征服了耶路撒冷。

---

① 贝利萨留（约494—565），拜占庭历史上最有才干的将领之一，曾多次失宠。

② 威廉·退尔系德国作家席勒的著名悲剧《威廉·退尔》（1804）的主角。

③ 熙德系法国戏剧家高乃依的悲剧《熙德》的主角。

④ 多努（1761—1840），法国大革命时期国民公会议员、历史学家。曾组建帝国档案研究院，并与人合作撰写《法国文学史》。

⑤ 帕萨尼亚斯，活跃于2世纪的地理历史学家。曾著《希腊旅程》，至今仍为考古学家提供参考。

⑥ 提图斯（39—81），罗马皇帝，78至81年在位。史传他曾于公元70年攻取并毁坏耶路撒冷。

⑦ 格涅乌斯·庞培（公元前107—前48），罗马军人、政治家、执政官。曾与恺撒合作并发生冲突，于公元前48年在法萨卢斯战役中战败。去埃及避难时，在埃及国王托勒十三密命令下被谋杀。

“纪念章有时也骗人。在查理九世[①]治下，造币用的是亨利二世[②]时期的造币模子。

“别忘了伪造者的利益，以及卫道士和恶意中伤者的利益。”

按照此规则写史的历史学家很少，而所有的史学家都有捍卫某项特殊事业的动机，如捍卫某个宗教、某个民族、某个党派、某个制度，或为控制国王，规劝人民，树立道德典范。

另有一些硬称自己只平铺直叙历史的史学家，他们的身价也未必更高，因为谁都不能把一切说尽，必须有所选择。然而，在选择文献资料时，作者必然受到某种思想主宰，而思想又随作者本身的情况有所变化，所以历史永远不可能一成不变。

他们想：“这太悲哀了。”

不过，总可以确定一个主题，再追根溯源，从而做出很好的分析，然后在叙述时做些精简和浓缩，这种叙述就会成为对事物的概括，可以反映全部真实情况。佩库歇认为这样一件事似乎可行。

“你愿意我们尝试写一本历史书吗？”

“那再好不过！但是写什么？”

“的确，写什么？”

布瓦尔早已坐下。佩库歇在博物馆里前后左右走来走去，无意间瞧见了那只奶油钵，他突然停步。

“我们写昂古莱姆公爵的生平，怎么样？”

“但他是个笨蛋！”布瓦尔反驳说。

“那又何妨！处于次要地位的人物有时倒有巨大的影响力，这个

① 查理九世（1550—1574），法国国王，1560至1574年在位。

② 亨利二世（1519—1559），法国国王，1547至1559年在位。

人也许是事情的关键呢。”

书籍可能给他们提供有关的资料，德·法威日先生本人或他那些老贵胄朋友无疑也掌握着不少资料。

他们酝酿这个计划，并为此计划争论不休，最后终于决定去卡昂市立图书馆待半个月，做些研究。

图书管理员借给他们一些通史、小册子，还有一本四分之三成介绍德·昂古莱姆公爵殿下的彩色石印本。

他身上的蓝色呢制服完全被肩章、等级极高的荣誉勋章、荣誉勋位勋章的红色大绶带遮住了。高高的打裥领圈围住了他长长的脖子。他那梨形的脸被他的发卷和不算浓的卷曲颊髯框住，厚沉沉的眼皮，肥大的鼻子和厚嘴唇使他的脸部显出一种说明不了什么的仁慈表情。

他们做完一些摘录之后，写出了提纲：

引不起好奇心的出生和童年。其太傅之一是盖内神甫——伏尔泰的敌人。在都灵曾被迫熔化一尊大炮，并曾研究查理八世[①]的历次战役。因此，尽管年少，仍被任命为未成年贵族财产享有者军团上校。

一七九七年，完婚。

一八一四年，英国人夺取波尔多。他追随其后，在居民面前亮相。对公爵本人的描写。

一八一五年，波拿巴对他发动突然袭击。他立即召来西班牙国王，于是，土伦在没有马塞纳[②]的情况下出卖给英国人。

---

① 查理八世（1476—1498），法国国王。1483至1498年在位。

② 安德烈·马塞纳（1758—1817），法国元帅。曾在战争中屡次获胜，拿破仑称他为“胜利的爱子”。

在南方的作战行动。他战败了，但他应允归还国王——即他的伯父——疾驰带走的王冠上的钻石，因而获释。

“百日”[①]之后，他同家人一道回去，生活平静。又过了多年。

西班牙战争——这位亨利四世的子孙一跨过比利牛斯山，胜利之神便到处尾随其后。他夺取特罗卡德罗，到达赫拉克勒斯擎天柱，消灭了叛党，拥抱了斐迪南[②]，然后回国。

一个个凯旋门，姑娘献上的鲜花，各省省会的晚宴，各天主教教堂的感恩赞美诗。巴黎人快乐得如醉如痴。城市为他设宴。剧院里唱着讽喻英雄的歌。

兴奋逐渐减弱。因为一八二七年在瑟堡通过赞助而组织的舞会并不成功。

作为法国海军大元帅，他视察了即将开赴阿尔及尔的舰队。

一八三〇年七月，马尔蒙元帅[③]将国内发生的大事告诉他。他狂怒已极，竟用元帅的长剑刺伤了自己的手。

国王委托他指挥所有的军队。

他在布洛涅森林遇见一支前线撤回的分队，竟找不出一句话鼓励他们。

他从圣克鲁飞驰到塞夫勒桥。军队的冷淡。他却并未因此而动摇。王族离开特里亚侬宫。他坐在橡树下，展开一张地图，思考片刻，重新上马，经过圣西尔学院，命人给学生们带去寄予希望的话。

---

① “百日”指从1815年3月20日拿破仑从流放地回到巴黎那天，至当年6月22日拿破仑第二次退位的近百天。

② 指斐迪南七世（1784—1833），西班牙国王。曾被拿破仑流放，路易十八复辟后，于1818年恢复其王位，直至1833年。

③ 奥古斯特·马尔蒙（1774—1852），曾在联军夺取巴黎时与联军进行秘密商谈，后写回忆录为此行为辩护。

在朗布叶，卫队官兵互相道别。

他上船，从开始渡海到渡海结束一直病魔缠身。他军人生涯的终结。

还应提高桥梁的重要性。起初，他毫无意义地暴露在伊恩桥上，后来抢夺过圣灵桥和罗里奥尔桥，里昂有两座给他招致重大损失的桥，他的运气则在塞夫勒桥彻底结束。

对其德操的描绘。吹嘘他的勇气毫无意义，因为他的勇气掺杂了浓厚的政治色彩。他曾给每一个士兵六十法郎让他们背弃皇帝。在西班牙，他曾竭力用钱腐蚀立宪党人。

他具有极大的克制力，所以同意了他父亲和埃特鲁利的王后共同给他安排的婚姻。在发出敕令之后他同意组建新内阁。还曾同意让位，以利于尚博尔[①]公爵，总之，他同意大家寄希望于他的一切。

不过，他并不缺乏威严和决断。在昂热，他撤销了国民自卫军的步兵，因为这支队伍嫉妒炮兵，而且通过要手段成为他这位王子殿下的卫队，以致他陷入步兵的包围，时时受他们挟制。不过他也谴责炮兵，因为他们是这场混乱的根源，而且原谅了步兵的过错。真可谓所罗门[②]式的裁判。

他的虔诚以他参加层出不穷的祈祷活动而著称于世。他的宽厚使他争取并获准赦免德贝尔将军，而这位将军曾拿起武器反对过他。

私生活的细节，王子的容貌：

在波尔加尔城堡，王子幼年时曾有兴致同他的兄弟挖了一个水

---

① 尚博尔公爵，即亨利五世（1820—1883），系贝里公爵的遗腹子。作为拥护波旁王朝嫡子继承权的正统派心中的继承人，于1843年自称亨利五世。

② 所罗门，大卫的儿子和继承人，其统治期自公元前973年到公元前930年。曾修建耶路撒冷庙，其公正及聪明曾享誉整个中东地区。

池，时至今日还能看到这个水池。有一次，他去参观猎人的营地，向猎人要了一杯酒，而且为国王的健康干杯。

他在散步时喜欢自个儿数步子：“一，二，一，二，一，二！”

有人还记下并保留了他的一些话语：

他对波尔多人的一个使团说：“我没有去成波尔多，但使我欣慰的是，我能身处你们当中！”

对尼姆的新教徒说：“我是虔诚的天主教徒，但我永远不会忘记，我的祖先中最显赫的一位[①]曾是新教徒。”

在大势已去时对圣西尔学院[②]的学生说：“很好，我的朋友们！是好消息！有进展！好极了！”

在查理十世退位时说：“他们既然不要我，我愿他们好自为之！”

在1814年，他在最小的一个村庄经常说：“再也不要战争，不要征兵，不要集权。”

他的作风同他的言辞一致。他的声明尤其突出。

作为阿图瓦伯爵，他的第一个声明这样开始：“法国人，你们国王的兄弟到了！”

作为王子的声明：“我来了。我是你们历代国王的子孙！你们是法国人！”

在巴荣讷时期的议事日程上：“士兵们，我来了！”

在到处都出现背叛时，还有一个声明：“以不愧为法国士兵称号的气势继续支撑你们已经开始的战斗吧。法兰西正等待着你们这种气势！”

---

① 指法王亨利四世。

② 圣西尔学院，法国于1808年创建的军事专科学校。

最后的声明，在朗布叶："国王正同巴黎建立的政府协商，一切都令人相信，磋商即将达成协议。"

好一个高超的"一切都令人相信"！

"有一件事让我放心不下，"布瓦尔说，"那就是没有人提过有关他情感的事。"他们便在书页周围的边白上标出："探寻王子的爱情！"

在他们要离开图书馆的空当，管理员回心转意，让他们看了昂古莱姆公爵的另一幅肖像画。

在这幅侧面画像上，公爵还是胸甲骑兵团的上校。他的眼睛显得更小，张着嘴，平直的头发仿佛飘来飘去。

如何协调这两幅画？公爵到底是直发还是天生短而卷曲的头发？除非他爱俏爱到烫卷发的程度！

在佩库歇看来，问题相当严重，因为头发决定气质，气质决定人的个性。

布瓦尔则认为，不清楚一个人的感情其实就是对此人一无所知。为了弄清这两点，他们去法威日的城堡访问他。伯爵不在，这会延误作品的编撰。他们回家时十分恼火。

家门大开着，厨房里寥无一人。他们上楼梯，来到布瓦尔房里时他们看见什么啦？波尔丹太太站在房中间东张西望！

"原谅我。"她强笑着说，"我找你们的厨娘找了一个钟头，我为果酱的事需要她帮忙。"

他们在柴房里找到了厨娘，她正在一张椅子上熟睡。摇了她一阵，她这才睁开眼睛。

"又怎么啦？您老拿问题妨碍我！"

显然，他们不在时，波尔丹太太曾问过她一些问题。

日耳曼女人从迷糊中清醒过来，宣称她胃里不消化。

“我留下来照顾你们。”寡妇说。

这时，他们瞥见院子里有好大一顶布制的女帽，帽上的穗子动来动去。原来是旁边的农庄女主人卡斯提雍太太。她在喊：

“高尔居！高尔居！”

只听他们的小保姆从谷仓里高声回答：

“他不在！”

过了五分钟她才从那上边下来，两颧通红，情绪激动不安。布瓦尔和佩库歇责备她行动迟缓。她解开他们的护腿套，默默无语。

他们随即走过去看那只大立柜。

立柜的木片胡乱撒在面包房的地上，柜上的雕刻已经被损坏，柜门也断了。

看见这番情景，面对这新的受骗上当，布瓦尔强忍住眼泪，佩库歇打了一个寒噤。高尔居几乎立即露面，他陈述事实：他刚把立柜抬出去涂清漆，哪知一头乱跑的母牛闯进来把柜子撞翻在地。

“母牛是谁家的？”佩库歇问。

“我不知道。”

“嘿！是您把门大打开，像刚才一样！是您的错！”

再说，他们也不想为立柜跟此人打交道了：好长时间以来，他一拖再拖，老用空话哄骗他们。他们再也不需要他，也不需要他的工作。

这两位先生错了。损坏并不算严重。三星期以内就可以完全修复。高尔居一直把他们陪到厨房，日耳曼女人正好到那里为他们拖拖拉拉地做晚饭。

他们注意到，桌上一瓶卡尔瓦多斯酒四成喝掉了三成。

“显然是您喝的！”佩库歇对高尔居说。

“我！从没有！”

布瓦尔反驳：

“您是这屋里唯一的男人。”

“好吧！那么女人呢？”木工说着把眼睛斜了斜。

日耳曼女人抓住了他那一瞥：

“您不如说是我喝的！”

“没错，就是您！”

“毁了立柜的人兴许也是我！”

高尔居用一只脚跟转了一圈。

“你们难道没瞧见她醉了！”

两人大吵起来。男的脸色发白，满嘴挖苦嘲弄。女的满脸通红，用手扯着棉布软帽下的一绺绺灰白头发。波尔丹太太替日耳曼女人说话，梅丽站在高尔居一边。

老太太气炸了：

“那要不是让人恶心的丑事儿才怪呢！你们俩成天待在小树丛里干什么，还不算夜里！你这个巴黎佬，吃有钱人老婆的色狼！你来我们主人家就是为了让他们相信你的骗人把戏！”

布瓦尔睁大了眼睛。

“什么骗人把戏？”

“我是说人家根本不把你们放在眼里！”

“没人不把我放在眼里！”佩库歇嚷道。

他被老太太的放肆激怒了，失望又给他的愤怒火上加油，他立即赶走老厨娘：她得走人！布瓦尔当然不反对这个决定，于是，两人退了出去，留下日耳曼女人抽抽噎噎抱怨自己不走运，波尔丹太太则竭力安慰她。

晚上，他们平静下来之后，又把日间发生的事议论一番。他们寻思：究竟是谁喝了卡尔瓦多斯酒？那件家具是怎么毁坏的？卡斯提雍太太来叫高尔居究竟想要什么？高尔居是否糟蹋了梅丽？

“我们连自己家里发生的事都不清楚，”布瓦尔说，“而我们却想发现德·昂古莱姆公爵的头发和爱情如何如何！”

佩库歇加一句：

“还有多少更重大更难以解决的问题呀！”

他们由此得出结论，表面现象远远不够，还必须用心理分析加以补充。缺乏想象的历史是不够完善的。

“咱们还是弄几本历史小说来读吧！”

五

他们首先阅读沃尔特·司各特[①]的书。

这使他们像发现新大陆一般惊异。

昔日在他们印象里不过是些幽灵或姓名的人一下子变成了活生生的人，变成了国王、王子、巫师、仆役、猎场看守人、教士、波希米亚人、商人和士兵。那些人在城堡的练剑厅里，在小客栈黑乎乎的板凳上，在城市里曲里拐弯的街道上，在摊店的挡雨披檐下，在寺庙的内院里，磋商问题，打斗，旅行，弄虚作假，吃，喝，唱歌，祈祷。经过艺术描写的风景围绕着故事的场面，有如戏剧舞台的布景。人们的眼睛紧随一位骑马的勇士沿着沙岸迅跑。他们在染料木树丛里吸着风儿带来的清新空气，月亮使湖泊波光粼粼，一只船滑行在湖面上，阳光照得护胸甲胄熠熠生辉，雨点落在树叶搭成的小屋上。他俩不熟悉被描写事物的原型，总觉得那些画面千篇一律，全是彻头彻尾的假象。整个冬天就在那些假象里度过了。

一吃完午饭他们就去小厅里安安稳稳坐在壁炉的两端，两人各捧一本书面对面静静地读着。日暮时，他们去大路上散散步，匆匆

① 沃尔特·司各特（1771—1832），出生在苏格兰的著名历史学家和诗人。

用过晚餐之后，又接着夜读。为了免受灯光之害，布瓦尔戴了蓝色护目镜，佩库歇把他那大盖帽的帽檐拉到他的额头上。日耳曼女人并没有离开他们，高尔居也不时来园子里挖点儿东西：这两位出于无所谓和超然物外的心理而让了步。

沃尔特·司各特之后，大仲马又以魔灯的方式让他俩眼花缭乱，十分开心。他书里那些人物像猴子一般机灵，像牛一般强壮，像燕雀一般快活。他们总倏忽进门，突然说话，从屋顶跳到地面，重伤之后又得以痊愈，被认为已经死去却又重新出现。有天花板下的翻板活门，也有解毒药和乔装打扮，一切都纠缠在一起，一切都在奔跑，在互相对付，没有一分钟留给人们思考。爱情保持分寸，狂热透着快活，屠杀逗人微笑。

这两位大师使他们的口味变得挑剔，他们再也不能容忍贝利塞尔的杂乱无章，也难以容忍努马·蓬皮利尤斯、马尔尚吉和阿兰古尔子爵的愚蠢。

他们认为弗雷德里克·苏利叶（有如珍本收藏家雅各布）的作品缺乏特色，维尔曼[①]先生在他的《拉斯卡里》的八十五页里，描写一个西班牙姑娘在十五世纪中叶竟吸烟斗，“一只阿拉伯长烟斗”，这使他们格外反感。

佩库歇在查阅了《传略博览》之后，着手从科学的角度订正大仲马的作品。

大仲马在他的《两位狄安娜》里把日子搞错了。法国王储是在一五四八年十月十五日结婚，而不是一五四九年三月二十二日。作

① 弗朗索瓦·维尔曼（1790—1870），曾任法国国民教育部部长，大学教授，也是思想开放的历史小说家。

者如何知道（见《萨瓦公爵的年轻侍从》）卡特琳娜·德·梅迪契在她丈夫驾崩之后希望重新开战？《蒙索罗夫人》里有一段插曲，说有一天夜里，在一座教堂为安茹公爵举行国王加冕礼，这种可能性很小。《玛尔戈王后》更是错误百出。讷韦尔公爵并非不在场。圣巴托罗缪日[①]前夕，他在枢密院曾表过态。而四天后亨利·德·纳瓦尔[②]也没有跟随仪仗队伍前进。亨利三世[③]从波兰返回法国也不像书中说的那么快。此外，书里有多少陈词滥调呀！山楂树的奇迹、查理九世的阳台、冉娜·德·阿尔勃莱有毒的手套：佩库歇再也不信任大仲马了。

他甚至不再尊敬沃尔特·司各特，因为他出于无知或出于疏忽，在《昆丁·杜沃德》[④]里留下一些错处。列日的主教被谋杀提前了十五年。罗伯特三世·德·拉马克[⑤]的妻子是冉娜·德·阿尔歇尔而不是阿梅琳娜·德·克罗依。大胆查理根本不是被士兵所杀，而是马克西米利安[⑥]处死了他，人们找到他的尸体时，他的面孔没有任何咄咄逼人的表情，因为狼群已把他吞噬了一半。

布瓦尔并未因此而少看沃尔特·司各特的小说，然而他最后还是厌倦了那些书里千篇一律的故事结局。女主人公一般都和她父亲生活在乡间，钟情于她的男子从小被人偷走，最后恢复了自己的权利，

① 指圣巴托罗缪惨案。公元1572年8月24日凌晨，法国国王查理九世在太后卡特琳娜·德·梅迪契逼迫下，下令屠杀新教胡格诺派教徒，屠杀蔓延到各省，死人无数，从此两派内战日趋激烈。

② 亨利·德·纳瓦尔，即后来的法国国王亨利四世（1562—1610）。

③ 亨利三世（1551—1589），法国国王。

④《昆丁·杜沃德》，沃尔特·司各特的小说，描写法国国王路易十一的狡诈、残忍。

⑤ 罗伯特三世·德·拉马克（1491—1537），法王弗朗索瓦一世时代的法国元帅被封为塞丹勋爵。

⑥ 马克西米利安一世（1459—1519），神圣罗马帝国皇帝，曾和路易十一作战，后娶大胆查理的女儿为妻。大胆查理即德·勃艮第公爵，性格暴躁，曾多次与法国国王作战。

战胜了情敌。总有一个达观的乞丐，一个性情粗暴的城堡主人，一些纯洁的少女，一些诙谐的仆人和没完没了的对话。假正经蠢而又蠢，深刻性全面缺乏。

布瓦尔憎恶陈旧的写作手法，所以捧起了乔治·桑[1]的小说。

美丽的淫妇和高贵的情夫使他振奋，他真想成为雅克、西蒙、贝内狄克、雷里奥，真愿意住在威尼斯！他长吁短叹，不知道自己出了什么事，总觉得自己起了变化。

佩库歇攻读历史文学，研究戏剧。

他贪婪地阅读了两本法拉蒙的故事，三本克洛维[2]的，四本查理曼大帝[3]的，还有好几本腓力大帝[4]的。他同时看了一大堆描写圣女贞德[5]的书，还有关于蓬巴杜尔侯爵夫人和塞拉马尔[6]阴谋的书。

他认为几乎所有这些历史文学和戏剧都比小说更为拙劣，因为戏剧具有约定俗成的故事，而这些故事在任何情况下又都不能被推翻。路易十一少不了在他礼帽上的小雕像面前下跪，亨利四世一定

---

① 乔治·桑（1804—1876），法国女作家。受19世纪空想社会主义的影响，曾写小说揭露资产阶级，鼓吹社会平等，如《木工小史》《安吉堡的磨工》等。后隐居乡间，开始描写田园生活，如《魔沼》《小法岱特》等。

② 克洛维一世（465—511），法兰克国王。

③ 查理曼大帝（742—814），矮子丕平之子，于771至814年为法国国王，800至814年为神圣罗马帝国皇帝。

④ 腓力大帝，即法国国王腓力二世（1165—1223），1180年至1223年在位。

⑤ 圣女贞德（1412—1431），英法百年战争时期抗击英国侵略军的法国女英雄。

⑥ 塞拉马尔（1657—1733），西班牙驻法国的外交使节。他与迈讷公爵和公爵夫人合谋，企图让菲利普五世当摄政王。

得性情开朗，玛丽·斯图亚特[1]爱哭，黎塞留[2]残酷。总之，所有的性格都囫囵表现出来，因为作者喜欢思想单纯并尊重愚昧无知。这一来，戏剧家根本不是提高人，而是降低人；不是教育人，而是蠢化人。

布瓦尔曾向佩库歇吹嘘过乔治·桑，所以佩库歇开始阅读《康素爱萝》《贺拉斯》《莫普拉》。那些作品捍卫被压迫者的倾向，它们的社会意义和共和思想，以及其中的论断都使他为之倾倒。

在布瓦尔看来，那些论断全都损害了故事情节，所以他向借书处要了一些爱情小说。

他俩轮流大声念完了《新爱洛漪丝》《苔尔芬》《阿尔道夫》《乌丽卡》。[3]然而，听的人打哈欠感染了朗读的人，书本随即从后者的手里掉到地上。

他俩一致责备那些作者从不描写社会环境、时代和人物的衣着。他们只顾探讨人物的心理，只顾写感情！仿佛世界上不存在别的东西似的！

后来，他们又试着阅读一些幽默小说，如格扎维埃·德·迈斯特[4]的《绕寝室旅行》、阿尔封斯·卡尔[5]的《在椴树下》。这类书倒应该中断叙事而着重描写主人公的狗，他的拖鞋或他的情妇。某个不拘礼

---

① 玛丽·斯图亚特（即玛丽一世，1542—1587）。苏格兰女王，法王弗朗索瓦二世之妻，吉斯公爵的侄女，1560年居孀后，先后与达恩利勋爵及博思韦尔勋爵结婚，1567年放弃王位，最后被英国女王伊丽莎白一世囚禁并处死。

② 黎塞留（1585—1642），法国政治家，红衣主教，法王路易十三的铁腕宰相。

③ 以上提到的均系浪漫主义小说：《新爱洛漪丝》的作者是卢梭，《苔尔芬》的作者是斯塔尔夫人，《阿道尔夫》的作者是邦雅曼·贡斯当，《乌丽卡》的作者不详。

④ 格扎维埃·德·迈斯特（1763—1852），法国作家，除所提作品，还写过《西伯利亚姑娘》。

⑤ 阿尔封斯·卡尔（1808—1890），法国幽默作家，讽刺刊物《胡蜂》的主编。

节的人最初使他们着迷，后来让他们感到很愚蠢，因为作者淡化他的作品，却着意炫耀他自己。

他们需要看一些富于戏剧性的东西，因而全神贯注地阅读惊险小说。曲折的情节之所以使他们格外感兴趣，是因为那些情节盘根错节，非同寻常而且荒谬怪诞。他们竭力预测故事的结局，而且成了这方面的行家里手，后来又对这类雕虫小技感到厌倦，认为不值得严肃的才智之士费脑筋。

巴尔扎克的作品使他们惊叹不已，既像宏伟的巴比伦王国，又像显微镜下的一粒粒尘埃。在最平凡的事物中会突然出现崭新的方面。他们从没有想到描写现代生活会具有如此的厚度。

“那是怎样一位观察家呀！”布瓦尔大声说。

“我呢，我认为他富于空想。”佩库歇终于说出来，“他相信神秘的占星术，信任君主政体和贵族。他赞赏无赖，写几百万或写几分钱都一样激动人心。他笔下的市民不是市民，倒是些巨人。为什么夸大本来很平凡的事？为什么描写那么多的蠢事！他就化学写了一本小说，就银行写了另一本小说，还就印刷机写了一本，如某个里卡尔冒充‘出租马车车夫’，冒充‘挑水夫’和‘椰子商贩’。在所有的职业里，在每个省、每个城市、每家住宅的每一层楼，每个人都有这类故事，那已经不是文学，而是统计学或人种志。”

写作手法于布瓦尔无关紧要。他愿意获得知识，进一步熟悉风土人情。他重新阅读了保尔·德·柯克[①]的小说，还翻阅了昂丹大道上的老隐士们写的书。

“怎么能把时间浪费在那样一些蠢话上！”佩库歇老说。

---

① 保尔·德·柯克（1793—1871），法国通俗小说家。

“可是今后，这些东西会像文献那么稀罕。”

“带上你的文献一边去吧！我要的是能让我振奋的东西，还能让我摆脱这世上的烦恼！”

佩库歇偏于理想，他在不知不觉间使布瓦尔的兴趣转向了悲剧。

悲剧故事发生时间的久远，剧中人为之搏斗利益，以及人物的身份都使他们不自觉地产生一种崇高的感情。

有一天，布瓦尔取出《阿塔莉》[①]，对其中梦境那一部分朗诵得声情并茂，竟使佩库歇也跃跃欲试。可是从第一句开始，他的嗓音便淹没在一种嗡嗡声里。他的朗诵尽管声音洪亮，却单调而模糊。

布瓦尔经验丰富，他为朋友出主意，让他先压低声音，再从最低音放开嗓子，提到最高音，在发出两个音阶——一个往上升，另一个往下降——时，再把声音叠合起来。他自己也进行这种练习，每天早晨躺在床上，按照古希腊人的箴言行事。佩库歇在这段时间也以同样的方式工作：他们关上各自的房门，分别怪声高叫。

悲剧里最让他们喜欢的是夸张、政论性的演讲和反常的格言。

他们记住了拉辛和伏尔泰的悲剧里最有名的对话，而且在走廊里朗诵。布瓦尔像在法兰西剧院一样走步，一只手放在佩库歇肩上，还不时停下脚步，左顾右盼，伸出双臂控诉命运。他在拉阿尔普[②]的《菲洛克忒忒斯》[③]里有出色的痛苦叫喊，在《加布利埃尔·德·威尔吉》里打嗝时表现也不俗。他扮演叙拉古暴君德尼，在叫儿子“不

---

① 《阿塔莉》，法国悲剧大师拉辛（1639—1699）于1691年写的悲剧。

② 拉阿尔普（1739—1803），法兰西学院院士，曾写《文学课本》等。

③ 菲洛克忒忒斯，荷马史诗中攻打特洛亚城的希腊将领之一，著名的神箭手，因被蛇咬伤，被同伴弃于荒岛，伤愈后重返特洛亚，用箭射死帕里斯。他的故事曾由希腊三大悲剧大师之一的索福克勒斯写成悲剧。

愧于我的魔鬼！”时，那端详儿子的神气着实可怕。佩库歇却老忘记自己的角色。他缺少的不是演好戏的诚意，而是办法。

有一次，在演马蒙代尔[①]的《克莱奥帕特》时，他想象自己在发出眼镜蛇的嘘嘘声，发出来的声音却像沃康松[②]发明的自动木偶的叫声。这失败的效果让他们一直笑到晚上。悲剧又失去了他们的尊重。

布瓦尔首先对悲剧感到厌倦，他以他的坦率证实悲剧多么虚假，多么像患了脚痛风，他还指出悲剧手法的愚蠢，剧中亲信们的荒谬。

他们开始接触喜剧，因为喜剧可以磨炼区分感情层次的能力。必须拆开每一个句子，突出重点字词，斟酌每个音节。佩库歇未能坚持到底，他扮演色丽曼纳[③]彻底失败了。

再说，他认为谈情说爱的人显得冷淡，好争辩的人又让人心烦，仆役令人受不了，克利当德和斯卡纳赖尔与埃癸斯托斯和阿伽门农同样虚假。

剩下了严肃戏剧，或曰市民悲剧，在这类戏剧里一家之主愁眉苦脸，仆役救了主人，暴发户献出财产，女裁缝无辜，拐骗姑娘者无耻，类似的作品从狄德罗[④]一直延续到比克塞雷古尔[⑤]。所有这些宣扬德操的剧本都以它们的平淡无奇激起他俩的反感。

一八三〇年的戏剧以其曲折起伏的情节、浓艳的色彩和朝气使

---

① 马蒙代尔（1723—1799），法兰西学院院士、小说家及戏剧家。

② 沃康松（1709—1782），法国著名机械师。他制造的自动木偶“吹笛者”和“鸭子”曾驰名于世。

③ 色丽曼纳，莫里哀的喜剧《愤世者》中的女主人公。

④ 德尼·狄德罗（1713—1784），法国哲学家，曾组织并领导完成法国大百科全书。也写过小说和剧本，提倡戏剧改革，创立新戏剧规则以及市民戏剧，如他的《私生子》《家长》等。

⑤ 比克塞雷古尔（1773—1844），法国戏剧家，情节剧之父。著有《流放者之女》《小村庄的孤儿们》等。

他们着迷。他们并不区分维克托·雨果、大仲马或布沙迪，而且认为朗诵的语调不应该夸张或雕琢，而应当抒情，不讲规则。

有一天，布瓦尔正竭力帮助佩库歇理解弗雷德里克·勒迈特的演技，波尔丹太太突然光临，披着她那条绿披肩，捧着她准备还回来的比高·勒勃伦[①]的一本书，原来这两位先生出于好意，有时借给她一些小说。

“继续演下去吧！”

因为她已经到了一会儿，而且挺高兴听他们朗诵。

他们借故要停下来，她却坚持要他们继续演。

“我的上帝！”布瓦尔说，“并没有什么妨碍我们！……”

出于害羞，佩库歇有根有据地说，他们不应该不穿戏装，即兴演出。

“的确，我们有必要化装！”

于是，布瓦尔过去随便找点儿什么，找来找去，只找到一顶希腊帽子，便拿了过来。

走廊不够宽，他们便下到客厅里去。

蜘蛛沿着几道墙壁爬来爬去，堆在地上的地质标本满是尘土，把安乐椅的天鹅绒都弄得发白了。他们在脏得最不厉害的一张椅子上铺一块抹布让波尔丹太太就座。

必须给她演点儿好东西。布瓦尔赞成演《奈斯勒塔》，但佩库歇害怕这出戏的角色要求表达感情的动作过多。

“她更喜欢古典戏！比如《费德尔》[②]，如何？”

---

① 比高·勒勃伦（1753—1835），法国风俗小说家。

② 《费德尔》，拉辛的著名悲剧。

"就这么定了！"

布瓦尔讲述主题。

"费德尔是一位王后，她的丈夫和另一个女人有一个儿子。她爱这个年轻人爱得发狂。我们到这里了吗？演吧！"

是的，王子，我忧伤，我为忒修斯而发狂，我爱他！

他对着佩库歇的侧面朗诵，对朋友的姿势和面庞——"这迷人的脸"十分欣赏，并因未能在希腊人的船队与他邂逅而感到痛心，真愿意同他一道在迷宫里消失！

他头上那顶红帽子的布条多情地斜垂着，他声音颤抖，他那善良的面容正在祈求冷酷的青年可怜她狂热的爱情。佩库歇一边转过身去，一边喘粗气表示激动。

波尔丹太太一动不动，瞪大了眼睛，仿佛面对的是些装神弄鬼的人。梅丽在门后听他们朗诵。只穿了一件衬衣的高尔居透过窗户注视着他们。

布瓦尔开始念第二大段台词。他的表演显示出狂热的肉欲、悔恨、绝望。他冲到佩库歇假想的利刃剑上时用力太猛，在石子上踉踉跄跄，险些跌到地上。

"您别在意！随后是忒赛上场，费德尔自杀！"

"可怜的女人！"波尔丹太太说道。

他们随即请她点一段戏。

她感到难于选择。她过去只看过三出戏：在首都看的是《魔鬼罗贝尔》；在鲁昂看过《年轻的丈夫》；在法莱斯还看过一次，那是一出挺有趣的戏，名叫《酸醋酿造者的独轮车》。

最后还是布瓦尔向她建议演大型喜剧《伪君子》的第三幕。

佩库歇认为有必要对剧情做一些解释：

“必须知道，伪君子……”

波尔丹太太打断他的话：

“谁都知道伪君子是什么人！”

布瓦尔希望演某些段落时穿一件裙袍。

“我只见过修道士的袍子。”佩库歇说。

“没关系！可以穿！”

他带着那件袍子和一本莫里哀的书返回来。

一开始，戏演得平平淡淡。可是演到伪君子过来摸艾耳密尔的膝盖时，佩库歇竟用宪兵的腔调说：

“您的手在干什么？”

布瓦尔连忙用甜蜜蜜的声音回答：

“我在摸您的衣服，料子很柔软。”

接着，他定定地瞧着佩库歇，伸出嘴唇，以极其淫荡的神态呼哧呼哧吸气，末了，竟转身对着波尔丹太太。

这个男人的眼神让她感到不自在，见他停下来，显得又谦恭又激动，她几乎想从中找出答案。

佩库歇即刻求助于书本。

“‘这爱情的表示十分别致。’”

“噢！不错！”她大声说道，“这哄骗人的家伙还挺傲慢！”

“是吧？”布瓦尔接过她的话茬儿自豪地说，“可是还有另一个爱情表示呢，它的别致却更现代！”

他脱掉礼服，蹲在砾石上，仰着头朗诵：

我的眼充满你眼里的火焰。
为我唱支歌，像有些夜晚，
你为我唱歌时黑眼泪涟涟。

“这就像我。”她想。

快活吧！饮酒吧！酒杯既已斟满。
这一刻属于我俩，别的皆精神错乱！

“您真逗！”
她嫣然一笑，这一笑使她乳房高耸，牙齿也露了出来。

爱，而且知道别人跪着爱你
……这岂不甜蜜？

他跪下来。
“结束吧！”

啊！让我在你怀里做梦，酣睡，
索尔，我的美人，我的宝贝！

“到这里，他们听见钟声，一个山里人来打扰了他们。”
“幸好！否则……”
波尔丹太太没有说完，只微微一笑。
天渐渐暗下来，她站起身。

刚才下了雨，山毛榉林那边的路不好走，最好转回来走田坎。布瓦尔把她送到园子里，以便替她开门。

他们先沿着纺锤形果树丛走，一路无话。他还在为自己的朗诵激动不已。她则从灵魂深处感到一种使她惊异的东西，一种来自文学的魅力。在有些场合，艺术可以震撼思想平庸的人，连最笨拙的表演者都可以揭示新的天地。

雨后又出了太阳，阳光使树叶闪闪发光，还在这里那里的矮树丛上撒下一个个光点。三只麻雀叽叽喳喳叫着在一根倒下的椴树树干上跳来跳去。一棵开花的带刺小树展示着它粉红色的花束，丁香树被花儿压弯了腰肢。

“噢！这真舒服！”布瓦尔深深地吸着空气，说道。

“这么说，您做了些努力！”

“倒不是因为我有天赋，而是出于热烈的感情，我有这种热情。”

“看得出来……”她接着一字一字地慢慢说，“您……过去曾经……爱过。”

“过去，您难道认为只是过去？”

她停下来。

“我不知道！”

布瓦尔琢磨：她这是什么意思？

他感到自己的心怦怦跳起来。

细沙路中间有一个水洼，必须绕过去，他们只好往上走进千金榆林荫小道。

他们谈起刚才的表演。

“你们演的最后那一段叫什么？”

“那是一出叫《艾那尼》[①]的悲剧中的一段。”

“噢！”

接着，她像自言自语般慢慢说：

“一位先生认真地对你谈这类事，应当说是很愉快的。”

“我听您差遣。”布瓦尔回答说。

“您？”

“是的，我！”

“真是笑话！”

“一点儿不是！”

他往周围扫一眼，从身后抱住她的腰，在她的后颈上用力地吻了一下。

她的脸色变得惨白，仿佛就要晕过去。她用一只手扶着树，随后睁开眼睛，摇摇头。

“这次就算了。”

他吃惊地注视着她。

栅栏门打开后，她跨过那道小门。一条小沟从另一边流过来，她揽起裙子的全部褶裥，站在沟边犹豫不决。

“要我帮忙吗？”

“用不着。”

“为什么？”

“哦！您太危险！”

她在跳过小沟时露出了白色袜子。

---

① 《艾那尼》，维克多·雨果的剧作。1830年2月在法兰西剧院首演，引起古典主义者和浪漫主义者之间的一场大论战。

布瓦尔骂自己错过了机会。唔！她还会来的，再说，女人也不是一个样。对有些女人需要唐突，对另一些女人，大胆会坏你的事。总而言之，他对自己很满意，他之所以没有把自己的希望告诉佩库歇，是因为害怕他批评，全不是出于对朋友的体贴。

从这一天起，他俩在梅丽和高尔居面前朗诵，同时为没有一座面向社会的剧院而惋惜。

小保姆感到好玩，却什么也不懂，剧中的语言使她极为惊讶，诗剧中嗡嗡的声音又让她着迷。高尔居为悲剧里大段大段充满哲理的台词鼓掌，也欢迎情节剧中一切站在人民一边的东西。因此，两位主人为他的鉴赏力而陶醉，甚至考虑给他上一些课，以便将来把他培养成一个演员。这样的前景简直冲昏了木匠的头脑。

他们这个项目已经传扬开去。沃考贝依对他们谈起此事用的是挖苦的口吻。一般说，人们对这个项目都嗤之以鼻。

他们为此却更加自尊自重：他们已自诩为艺术家。佩库歇蓄起了小胡子，布瓦尔考虑到自己的圆脸和秃顶，认为没有什么比“贝朗瑞[①]式扮相”更适合于他了！

他们终于决定写一出戏。

困难在于主题。

他们在午餐时寻找主题，而且喝咖啡，因为那是动脑筋必不可少的饮料，咖啡之后再喝两三小杯酒。他们躺上床睡觉，之后又下楼去果园，在果园散一阵步，最后还是出门去外面寻找灵感。他们并排走啊走，回家时已筋疲力尽。

要么就上两道锁把自己关在房间里。布瓦尔擦完桌子，在面前

---

① 贝朗瑞（1780—1857），法国著名人民诗人，民间歌谣作家。

摆上纸，把羽毛笔蘸上墨水，坐在那里，两眼望着天花板。与此同时，佩库歇坐在安乐椅里冥思苦想，两腿伸得直直的，埋着头。

有时他们感到一阵战栗，仿佛刮来了一股构思的风，正要抓住它时，它又无影无踪了。

然而毕竟存在发现主题的方法。随便抓一个题目，事件就会从题目里产生出来。要么就发挥一条谚语，有时还可以将好些偶发事件组合成一个。但这些方法没有一个能达到目的。他们又翻阅一些趣闻汇编，多部著名诉讼案件汇编和一大堆故事，仍然徒劳！

他们却幻想自己的剧作已在奥德翁剧院演出，想着演出的场景，怀念巴黎。

“我这人就是当作家的料，我可不是生来为了埋没在乡下！”布瓦尔老这么说。

“我跟你一样。”佩库歇就这么回答他。

他忽然受到启迪：他们之所以困难重重，是因为他们不知道戏剧写作的规则。

于是他们开始在奥毕涅克[①]的《戏剧实践》和其他几本不太过时的著作里学起规则来。他们就一些重大的问题进行辩论：喜剧是否能写成诗剧；悲剧从当代故事里吸取奇闻逸事是否超过了界限；男主角是否都应当德操高尚；悲剧只能容纳什么样的无赖；丑恶的东西可以表现到什么程度；但愿细节都能归于唯一的目的，但愿趣味越来越浓，当然，愿结局和开端一致！

---

① 阿贝-弗朗索瓦·德·奥毕涅克（1604—1676），法国戏剧批评家。他在《戏剧实践》中确定了古典戏剧的“三一律”。

创造一些能牢牢吸引住我的手段吧。

布瓦洛[①]说。

通过什么办法创造这种手段？

愿你所有讲话中激越的感情
去寻找，温暖，并震动心灵。

如何温暖心灵？

足见规则是不够的，还需要才华。

才华也还不够。根据法兰西学院的说法，高乃依对戏剧一窍不通。若夫华[②]诋毁伏尔泰。叙布里尼[③]嘲笑拉辛。拉阿普一听见莎士比亚的名字就暴跳如雷。

老式的文艺批评使他们倒胃口，他们想了解新式的，于是弄来一些报纸上的戏剧分析文章。

多么放肆！多么顽固！多么不诚实！对杰作进行凌辱，对平庸之作却顶礼膜拜。被误当成学者的人无知无识，被捧为才智超群的人愚蠢之至！

有必要依靠的或许是公众？

然而受欢迎的作品有时并不讨他们喜欢，而公众喝倒彩的作品

---

① 布瓦洛（1636—1711），法国诗人和古典主义理论家。《讽刺诗》《诗体书简》和《诗艺》的作者。

② 不知此处是否指博物学家和动物教授若夫华·圣依莱尔（1772—1844）。

③ 叙布里尼（1636—1696），法国作家。曾写喜剧《疯狂的争吵》以批评拉辛的《安德洛马克》。

里却有些东西被他们认可。

这样看来，风雅之士的意见有欺骗性，而群众的判断又不可思议。

布瓦尔把这进退两难的问题交给巴尔勃鲁，佩库歇则写信给迪姆舍尔求教。

那位前旅行推销员为外省引起的智力衰退感到吃惊，他的老布瓦尔变得幼稚了，总之，“再也没有丝毫理解力”。

戏剧像别的东西一样是消费品，属于巴黎高级化妆品。人们去剧院是为了消遣，能逗乐人的就是好的。

“可是这太蠢了！”佩库歇嚷道，“能逗你乐的并不一定逗我乐，而且别人和你自己到时候都会厌倦那些东西。如果剧本毫无例外都为了演出，怎么最优秀的剧本写出来往往被人阅读呢？”

他等待迪姆舍尔的回信。

在这位教授看来，一出戏现时现刻的遭遇说明不了什么。《愤世者》和《阿塔莉》已经不走红了。再也没有人理解《扎伊尔》[①]。今天还有谁谈论杜康日和皮卡尔？他随即提醒他们注意当代戏剧的所有成功之作，从《弦琴女艺人芳顺》到《渔夫加斯帕尔多》，并为当今舞台的衰落感到悲痛。衰落的根由在于藐视文学，或者不如说藐视文笔。

于是，他们开始考虑文笔确切表现在哪些方面。幸亏迪姆舍尔给他们指点了一些作者，他们便开始学习各种文笔的窍门。

如何描写庄重、温和、天真的性格，高贵的外表，低贱的粗话。“狗”同“凶残”联用就提高了层次。“作呕”只用在引申意义上。“发烧”和情欲配搭。“英勇”用在诗句里很美。

---

① 《扎伊尔》，伏尔泰于1732年写的悲剧。

“我们写诗怎么样？”佩库歇说。

“以后再说！咱们先搞散文。”

有人明确叮嘱选一篇古文作为范文进行效法，但所有的古典作品都有其弊病，不仅在文笔上而且在语言上都有错误。

这样的论断使布瓦尔和佩库歇张惶失措，他们便开始学习语法。

我们的民族语言是否像拉丁语一样有定冠词和不定冠词？一些人认为有，另一些人认为没有。他们不敢赞成谁。

主语总得和动词搭配，但有些情况下主语可以不搭配。

过去，动词性形容词和现在分词没有区别。然而法兰西学院却规定了一个不便于掌握的区别。

他们很高兴得知作为代词的leur（他们、它们）用于人，也用于物，而代词的en（有些）用于物，偶尔用于人。

“这个女人态度好”，“好”字应当随女人用阴性（bonne）还是随态度用阳性（bon）？“干木柴”的“干”字应当随木字用阳性（sec）还是随柴字用阴性（seche）？“不留”两字中间是否要加赘词que？“突然来了一群窃贼”中的动词“突然来了”应当随一字用单数（survint）还是随群字用复数（survinrent）？

还有些困难：autour（附近）和àl'entour，拉辛和布瓦洛认为没有区别，imposer（迫使）和en imposer（使敬畏）在玛西永[①]和伏尔泰看来是同义词，拉封丹[②]把croasser（乌鸦叫）同coasser（青蛙叫）混同起来了，而拉封丹本来是善于区分乌鸦和青蛙的。

的确，语法学家的意见并不一致。这些语法学家认为是适宜

① 玛西永（1663—1742），法国传道士，以口才著称于世。

② 拉封丹（1621—1695），法国诗人。擅长写以动物为主人公的寓言诗。

的地方，那些语法学家却看出了错误。他们接受一些原则，却拒绝原则产生的结果；他们宣布结果，却不承认原则。他们依靠传统，却屏弃大师，而且讲究到了奇特的程度。梅纳日[①]不写lentilles（小扁豆）和cassonade（粗红糖），而倡导写（不正确的——译者）nentilles和castonade。布乌[②]则写jerarchie而不写（正确的——译者）hierarchie（等级）；沙斯帕尔先生写oeilsdelasoupe（油汤面上的油花）（oeil的复数应是yeux——译者）。

勒南使佩库歇尤为吃惊。怎么！最好写（因不能联诵而不正确的——译者）z'hannetons而不写hannetons（鳃角金龟子）？写（同样原因而不正确的——译者）z'haricots而不写haricots（四季豆）？在路易十四治下，人们说“罗马”发音为“卢马”，说“德·利奥纳”先生发音为“德·利伍纳”先生！

利特雷[③]断言，从不存在而且将来也不可能存在的明确的正字法，给了布瓦尔和佩库歇致命而慈悲的当头一棒。

他们因此做出结论：句法不过是异想天开，语法也只是幻想。

此外，在这段时期有一门新的修辞学宣称，写作应当跟说话一样，只要真正感受到观察到，写什么都堪称优秀。

他们曾感受过，也自认为观察过，所以互相做出的评价是：能胜任写作。写戏剧因空间太小而碍手碍脚，写小说自由度大得多。为了写一本小说，他俩开始搜索枯肠。

佩库歇忆起他昔日的一位上司，那是个极卑鄙的家伙。他们遂野心勃勃，准备写书报仇。

---

① 梅纳日（1613—1692），法国语法学家。

② 布乌神甫（1628—1702），法国传教士、语法学家、文艺批评家。

③ 利特雷（1801—1881），法国著名词典编纂家，《法兰西语言词典》的编者。

布瓦尔在酒馆认识一位文体教师，是个醉鬼和无赖。谁都比不上这家伙滑稽。

一周过后，他们设想把这两个主题融为一体，而且到此为止，接着便转到另一些主题：一个女人引起家庭的不幸；一个女人，她的丈夫和情夫；一个女人因体态缺陷而可能成为贞洁的淑女；一个野心家，一个坏教士。

他们竭力把他们记忆所及的事物同这些没有把握的构思连接起来，再砍掉一些，增加一些。

佩库歇主张着重描写感情和思想，布瓦尔则强调形象和特色。他俩为此变得互不理解，两人都为对方的短见和迟钝而感到吃惊。

人们称之为美学的学科也许能解决他们的分歧。迪姆舍尔有一位朋友是哲学教授，他给他俩寄来了一张有关著作的清单。他们各自在一边学习，然后互相交流自己的思考。

首先，什么是美？

在谢林[①]看来，美是以有限表达无限；瑞德[②]则认为美是一种玄奥的品质；按茹伏罗依[③]的看法，美是不可分解的现象；照德·迈斯特的说法，使德操中意的东西就是美；安德烈神甫[④]则主张合乎理性的东西为美。

存在多种多样的美：自然科学里有美，几何学就很美；品行里存在美，谁都不能否认苏格拉底[⑤]死得美。动物界存在美：狗的美在

---

① 谢林（1775—1854），德国哲学家，客观唯心主义的创立者。

② 托马斯·瑞德（1710—1796），苏格兰哲学家。

③ 提奥多尔·茹伏罗依（1796—1842），法国哲学家。

④ 安德烈神甫（1675—1764），法国教士及哲学家，曾写《美的随笔》。

⑤ 苏格拉底（公元前470—前399），希腊著名哲学家，柏拉图和色诺芬的老师。晚年无辜被判服毒，拒绝营救而英勇赴死。

于它的嗅觉；猪不可能美，因为它习性肮脏；蛇也不美，因为它激起人身上的卑劣思想。

花、蝴蝶、鸟儿可以很美。总之，美的第一要素是多样性中的统一性，这就是原则。

“可是，”布瓦尔说，“两只斜眼比两只正眼更多样化，可斜眼通常都没有正眼耐看。”

他们于是涉猎“壮丽”问题。

有些东西自身就很壮丽：激流的轰鸣，深邃的黑暗，风暴刮倒的树。性格刚强的人胜利了显得美，他的奋斗看上去就很壮丽。

“我明白了，”布瓦尔说，“美就是美，而壮丽是非常美。那么如何辨别这两种美？”

“得靠分寸感。”佩库歇回答。

“这分寸感从哪里来？”

“来自鉴赏力！”

“鉴赏力又是什么？”

于是给鉴赏力下个定义：特有的辨别力，快速的判断力，识别某些共同之处的优势。

“总之，鉴赏力，就是鉴赏力，而这些都没有说明怎样获得鉴赏力。”

必须遵守礼节，然而礼节却千变万化；而且，再完美的作品都不可能永远无懈可击。不过，还是有一种不可摧毁的美，只是我们不了解它的规律，因为它的产生神秘莫测。

既然一种思想不可能被所有的艺术形式表达，我们就应当承认各种艺术形式之间的界限；而且每一种艺术都具有许多类型。然而，在一种艺术风格进入另一种艺术风格的地方会出现组合，否则就会偏离目标，就会不真实。

过分准确实行“真”有损于“美”，而全神贯注于美又妨碍真。同时，没有理想就没有真；所以，比之客观描绘，典型具有更持续更普遍的真实性。此外，艺术只探讨真实性，然而真实性取决于谁观察它；所以真实性是相对的、昙花一现的东西。

他们就如此这般在推理中迷失了方向。布瓦尔越来越不相信美学了。

“如果美学不是骗人的东西，它就应该举出些例子证明它的精确性。可是，听听这个！”

他念一段费了很大工夫进行研究的笔记：

“布乌指责塔西佗没有历史所要求的淳朴。

“一位名叫德罗兹的教授谴责莎士比亚将严肃和滑稽混为一体。另一位叫尼萨尔的教授认为安德烈·舍尼叶[①]作为诗人在十七世纪的诗人之下。英国人布莱尔为维吉尔[②]描写哈耳皮厄斯[③]的图景而惋惜。马蒙代尔抱怨荷马的放荡。拉莫特[④]根本不能容忍他诗中英雄们的不朽美名。维达[⑤]为他的比喻感到愤怒。总而言之，我觉得所有修辞学家、诗学家和美学家似乎都是些蠢而又蠢的人！”

“你太夸大了！”佩库歇说。

他自己也为一些怀疑而苦恼：如果思想平庸之士不能犯错误

① 安德烈·舍尼叶（1762—1794），法国抒情诗人。代表作有《年轻女俘》《盲人》等。

② 维吉尔（公元前71—前19），拉丁诗人。《牧歌集》《农事诗》和《埃涅阿斯记》的作者。

③ 哈耳皮厄斯，希腊神话中的鹰身女妖，亦称美人鸟，传说有三姊妹。

④ 此处似指拉莫特·富凯（1777—1843），德国作家和浪漫派诗人。或指拉莫特-乌达尔（1672—1731），法国作家，主张厚今薄古。

⑤ 维达（1480—1556），意大利主教和人文主义者。曾撰写《诗艺》。

(正如郎吉弩斯[①]注意到的)，那么错误就属于大师们了，是否应该欣赏那些错误呢？这太过分了！而大师仍然是大师！恐怕有必要让学说与作品互相协调，让批评家与诗人意见一致；有必要抓住美的本质。这些问题老纠缠他不放，结果使他动了肝火，得了黄疸病。

在他的病发展到最严重的阶段时，波尔丹太太的厨娘玛丽亚娜忽然前来敦请布瓦尔约会她的女主人。

这位寡妇自那天观看演出以后一直没有再露过面。也许事情有了进展？但为什么派玛丽亚娜来当中间人？布瓦尔一整夜都在胡思乱想。

次日下午，约莫两点钟，他在走廊里走来走去，不时望望窗外，终于听见了门铃声。原来是公证人！

客人穿过院子，上了楼梯，坐进安乐椅。寒暄过后，他说他等波尔丹太太等得不耐烦了，便先来一步。这位太太想购买厄卡尔那块地。

布瓦尔仿佛头上浇了一盆冷水，连忙去佩库歇的房间。

佩库歇不知该怎么回答他。他正忧心忡忡，沃考贝依大夫一会儿就该到了。

波尔丹太太终于来了。她的眼神可以由她庄重的打扮做出解释：她围一条开司米大围巾，戴一顶礼帽，一副轧光手套，整个装束都适于郑重场合。

她转弯抹角绕来绕去，最后问，付一千埃居够不够。

“一英亩地！一千埃居？决不！”

她眯缝着眼睛，说：

“哎！这是为我！……”

---

① 郎吉弩斯（约213—273），希腊修辞学家。人们误将布瓦洛译成法文的《论壮丽》当成了他的作品。

主客三人都不言语了。这时，德·法威日先生走了进来。

他像诉讼代理人一般腋下夹了一个摩洛哥皮的公事包，把包放在桌上时，他说："这是些小册子！有关改革的，问题很棘手。不过这样东西显然属于您们！"

他把《魔鬼回忆录》第二卷递给布瓦尔。

梅丽刚才在厨房里阅读这本书；考虑到应该监督这类人的品行，所以他认为没收这本书是上策。

是布瓦尔借给那小丫头读的书。于是大家谈起了小说。

波尔丹太太只喜欢没有凄惨之嫌的小说。

"作家描写生活，"德·法威日说，"总爱美化生活！"

"有必要像画画一样描绘。"布瓦尔驳他。

"要那样，就依样画葫芦得了！……"

"问题不在'样'！"

"您至少得承认，那些书可能落到姑娘手里。我就有个姑娘……"

"一个迷人的姑娘！"公证人说，瞧他那模样仿佛在签订一份婚姻契约。

"是的！就为了她，或者不如说为了她周围的女人们，我在家里禁止读那些书，因为百姓，亲爱的先生！……"

"百姓怎么啦？"突然出现在门前的沃考贝依接过话茬。

佩库歇听见他的声音便也过来加入这聊天的圈子。

"我主张，"伯爵又说，"禁止百姓接触某些读物。"

沃考贝依反驳说：

"这么说您不赞成教育？"

"绝对不是！对不起！"

"还说这些，"马雷斯科说，"大家不是每天都在攻击政府吗！"

"那有什么不好？"

于是，那位贵胄和医生开始一道诋毁路易–菲利普[①]，并提到普里查事件[②]和反对出版自由的"九月法"。

"还有戏剧法！"佩库歇说。

马雷斯科再也忍不住了。

"您那些戏剧走得太远了！"

"这一点我倒同意您！"伯爵说，"有些戏竟鼓励自杀！"

"自杀是高贵之举，加图[③]就是明证。"佩库歇反驳说。

德·法威日先生不回答他的论据，却痛斥有些作品嘲弄最神圣的事物：家庭、财产所有制和婚姻。

"那么，莫里哀呢？"布瓦尔问。

风雅人士马雷斯科反击说，莫里哀也许再也不会被人接受了，而且对他的吹捧原本太过分。

"其实，"伯爵说，"维克托·雨果也很无情，是的，对玛丽·安托瓦奈特[④]无情，他通过玛丽·都铎[⑤]这个人物侮辱了王后类型的人。"

"怎么！"布瓦尔嚷道，"我，一个作者，我没有权利……"

"是的，先生，您没有权利表现罪恶而不同时纠正罪恶，而不同时给我们提出忠告。"

---

① 路易–菲利普（1773—1850），1830年7月革命后登基的法国国王。

② 普里查事件，指英国传教士乔治·普里查（1796—1883）的财产在塔西提被毁而引起的1843年英法冲突。

③ 小加图（公元前95—前46），罗马政治家和将军。他在反对恺撒的战斗中失败后，用剑自刎而亡。

④ 指法王路易十六的王后玛丽·安托瓦奈特（1755—1793），跟丈夫路易十六一起上了断头台。

⑤ 玛丽·都铎（1496—1533），英格兰国王亨利八世的妹妹，法国国王路易十二的第三位王后。

沃考贝依也认为艺术应当有目的：着眼于改善群众。

“为我们歌颂科学，歌颂我们的发明和爱国主义吧！”

他欣赏卡西米尔·德拉维涅[①]。

波尔丹太太吹捧德·福德拉侯爵。公证人说：

“可是语言，您想到过语言吗？”

“语言？怎么？”

“人家对您说的是文笔！”佩库歇叫道，“您认为他的作品写得漂亮吗？”

“那当然，很有趣儿！”

他耸耸肩，这样的失礼弄得她面红耳赤。

有好多次她都竭力想把话题引回她的买卖上来，但时间已经太晚，无法达成协议了。她便挽起马雷斯科的胳膊走了出去。

伯爵散发他的小册子，还嘱咐大家广为宣传。

沃考贝依正要往外走，却被佩库歇一把拉住。

“您把我给忘了，大夫。”

他发黄的面容，配上他的小胡子和用薄绸巾乱拢起来的黑头发，看上去显得很可怜。“泻泻肚子吧！”医生说。

随即拍拍他，像对孩子一样：

“太爱激动，太像艺术家！”

这种亲切的表示让佩库歇感到快活，也使他放了心。等只剩下他们俩时——

“你也认为这病不严重？”

---

① 卡西米尔·德拉维涅（1793—1843），法国诗人和诗剧作家。其诗剧《西西里的晚祷》和《路易十六》十分忠实于古典戏剧原则。

“不严重，当然不严重！”

他们把刚听到的议论加以概括。对每个人来说，艺术的道德价值都在于符合他们的个人私利。他们再也不喜欢文学了。

他们接着翻阅伯爵的印刷品。全都要求普选！

“我觉得，”佩库歇说，“我们马上有一场好戏看了。”

他悲观地看待一切，也许是他的黄疸病作祟。

六

一八四八年二月二十五日上午，沙维尼奥尔的居民从法莱斯来的一个人口中得知巴黎城到处修筑了街垒。翌日，镇公所门前贴出了宣布成立共和国的布告。

这件大事使镇上的有钱人惊得目瞪口呆。

然而，大家随即打听到，最高法院、上诉法院、审计法院、商事法庭、公证人公会、律师同业公会、行政法院、大学都有了，将军们和德·拉罗什雅克兰先生[1]本人都赞成临时政府。这时，他们收紧的心才算宽松下来。听说巴黎人种了“自由树”，乡镇议会遂决定沙维尼奥尔也种一棵。

布瓦尔为人民的胜利而欢欣鼓舞，爱国心大振，捐了一棵树；至于佩库歇，王权的垮台极准确地证实了他的预见，他不能不高兴。

高尔居诚心诚意听他俩指挥，去小山岗下沿牧场种植的杨树林挖了一棵杨树，并把树运到指定的地方，乡镇进口处的“瓦克要道”。

在举行仪式之前，他们三人站在那里等待队伍到来。

---

① 应指德·拉罗什雅克兰（1783—1868），法国元帅，曾参加过西班牙远征军。

鼓声响处，出现了银十字架；随后是唱诗班成员举着的两只大蜡烛；跟在后面的是本堂神甫，他戴着举行宗教仪式的襟带，穿着宽袖白法衣和无袖长袍，头上带了一顶四角黑帽。四个唱诗班的儿童簇拥着他，第五个提了一个装圣水的水桶；跟在他们后面的是教堂圣器室管理员。

本堂神甫站到树坑的边缘上，饰有三色彩带的杨树就立在那里。神甫对面站着镇长和他的两名助手：贝尔冉勃和马雷斯科。还有镇里的头面人物：德·法威日先生、沃考贝依、古隆——他是当地的治安法官，是一个面容显得懒洋洋的家伙；额尔托戴了一顶警察的无边软帽，新来的小学教师亚历山大·珀蒂穿上了他的礼服，一件可怜巴巴的绿色上衣，他的节日盛装。吉尔巴尔指挥的消防队员们挎着大刀排成一行；他们的对面有几顶拉法耶特时代的匈牙利骑兵式旧筒状军帽的白色帽徽闪闪发光，只有五六顶，不会再多了，因为沙维尼奥尔的国民自卫军已经被解散。一些农人和他们的妻子，附近工厂的工人和几个流浪儿挤在后面；身高五尺八寸的乡警布拉克旺把双臂交叉在胸前走来走去，用眼光控制着后边那一群人。

神甫的简短演说与别的神甫在同样情况下作的演说别无二致。

在愤怒申斥所有的国王之后，他颂扬共和国。大家不是常说文学的共和国、基督教的共和国吗？有什么比文学共和国更纯洁，比基督教共和国更美好？耶稣-基督为我们提出了最卓越的座右铭：人民之树乃是十字架之树。宗教要结出硕果就需要仁慈，教士以仁慈的名义恳求他的教友们别制造混乱，恳求他们平平静静地回到自己家里。

他接着给小树洒圣水，求上帝保佑它。

“愿这棵树快快长大，愿它常提醒我们摆脱一切奴役，让这种博爱精神比它枝丫的绿荫更有益于人！阿门！”

大家跟着他说“阿门！”在一阵鼓声之后，教士高唱感恩赞美诗，接着便走上回教堂的路。

他的演讲产生了很好的效果。头脑简单的人在其中瞥见了幸福的承诺；爱国人士从中体验到对他们的尊重，对他们所持原则的敬意。

布瓦尔和佩库歇认为大家应当感谢他们捐了那棵树，起码该作些暗示。他们对德·法威日和医生推心置腹讲了自己的感觉。

这些小烦恼算什么！沃考贝依为革命着迷，伯爵也如此。他憎恨德·奥尔良家族[①]。从今以后再也不会看见他们了，别了，一路平安吧！今后，一切都为了人民！于是，他在管家跟随下，连忙去追赶本堂神甫。

福罗埋着头走路，左右是公证人和旅店老板。老板对这个纪念仪式很恼火，因为他害怕发生骚乱；他下意识地转身朝乡警走去，乡警正同上尉一道惋惜吉尔巴尔的无能和他那些手下人糟糕的穿着。

一些工人高唱《马赛曲》在大路上走过。高尔居在他们行列里挥舞着手杖；珀蒂陪着他们走，眼睛炯炯有神，充满生气。

“我不喜欢这一套！谁都在大喊大叫，激昂慷慨！”马雷斯科说。

“哎！上帝！”古隆接过话茬，“年轻人就得消遣嘛！”

福罗叹口气：

“可笑的消遣！到头来又是断头台。”

他在幻觉里看到了断头台，他料想会出现暴行。

沙维尼奥尔受到了巴黎动乱的反冲力的冲击。有钱人都订了各

① 德·奥尔良家族，波旁王族的幼支，即此次革命推翻的路易-菲利普国王的家庭。

种报纸。每天清晨他们都在邮局里挤来挤去，如没有上尉不时前来帮帮忙，那位女局长真无法脱身。接着，大家便聚在广场上闲聊。

讨论最激烈的首推波兰问题[①]。

额尔托和布瓦尔要求解放波兰。

德·法威日先生却另有想法：

“我们凭什么权利去那里？那是在激怒全欧洲反对我们！太不谨慎了！”

在场的人都同意他，两位波兰人只好闭嘴。

还有一次，沃考贝依维护勒德吕-罗兰[②]的通报。

福罗举出附加税问题反驳他。

“但政府废除了奴役。”佩库歇说。

“奴役，奴役惹我什么啦？”

“就算这样，那么，政治方面废除死刑呢？”

“那当然！”福罗接着说，“他们什么都想废除。可是，谁知道怎么样？反正租户已经显出苛求的势头了。”

“这更好！”佩库歇说，“房主们过去一直受优待。有一幢房子的人……”

福罗和马雷斯科打断他的话，嚷嚷说他是共产主义者。

“我！共产主义者！”

所有的人都同时说起话来。当佩库歇建议创办一个俱乐部时，福罗竟果断地说，沙维尼奥尔永远别想看见俱乐部。

---

① 波兰在18世纪曾三次被奥地利、俄罗斯、普鲁士等国瓜分。1830年，波兰曾起义反对奴役，但随即被残酷镇压。

② 勒德吕·罗兰（1807—1874），法国律师、政治家，1848年临时政府成员，普选的倡导者。

高尔居接着要求发枪装备国民自卫军，因为舆论已经认定他是教官了。

仅有的几支枪属于消防队，由吉尔巴尔把持着。福罗不考虑发给别人。

高尔居注视着他：

“可是大家都认为我会使枪。”

因为他所有的本事里还包括违禁打猎，镇长和旅店老板都经常去他那里买野兔或家兔。

“这话倒不假！那就去取吧！”

当晚，他们开始训练。

训练场地就是教堂门前的草坪。高尔居穿上他的蓝色短工作服，腰上缠着勋章绶带，做动作驾轻就熟。他在发号施令时，声音很粗暴。

“收腹！”

布瓦尔连忙屏住呼吸，把肚子缩成凹形，因而把臀部撅得高高的。

“没叫您做成弓形，见鬼！”

佩库歇老把直行、横行、向右转、向左转搞错；不过最可怜的还是小学教师：他身体虚弱，个子矮小，脸上长一圈金黄色胡须；步枪压得他走步踉踉跄跄，枪上的刺刀老妨碍他周围的人，使他们心烦。

受训的人穿着五颜六色的裤子，挂武器的肩带积满了污垢，旧军装上衣太短，肋部露出了衬衫；而且人人都声称“没有办法，只能如此”。于是开展募捐，为最穷的队员置备服装。福罗锱铢必较，而妇女们却引人注目。波尔丹太太尽管仇恨共和国，仍然捐献了五法郎。德·法威日先生给十二个人置办了衣服，他本人也参加训练，从不缺席。后来他又在杂货铺老板家暂住，而且见到谁都请他们喝两杯。

看来有权势的人在拍下层人民的马屁。现在是工人至上，大家都设法获得属于工人阶级一分子的好处。工人正在变成贵族。

当地的工人大多是织布工，还有一部分在印度印花棉布作坊或在新建立的造纸厂干活。高尔居以他的油嘴滑舌让工人们着迷，他教他们拳脚，还把同他亲近的工人带到卡斯提雍太太家喝酒。

然而农人的数量更大，每逢赶集的日子，德·法威日先生总要到广场散步，打听农人有什么要求，并竭力说服他们赞同自己的观点。农人们听他说话却并不回答，比如古依大爹，他准备欢迎任何政府，只要他们减轻税收。

高尔居靠拼命与人聊天，总算有了些名气。说不定他还会被推举进议会呢。

德·法威日先生也与他所见略同，却尽量避免使自己的名誉受到影响。保守派们则在福罗和马雷斯科之间犹豫不决。由于马雷斯科珍惜他的公证人事务所，福罗因而得以被他们看中。一个乡巴佬，一个患小儿痴呆症的家伙！医生为此怒不可遏。

在竞争中他可算得上是一事无成的倒霉蛋，他怀念巴黎了；正因为他意识到自己一生不得志，所以看上去总是闷闷不乐。可是有一种前途更为广阔的职业即将发展起来；那时，他将怎样在竞赛中扳回比分呀！他草拟了一份关于宗教和政治主张的声明，并且拿去念给布瓦尔和佩库歇听。

两个朋友同声祝贺他这份声明，因为他们的观点一致。不过，他们自己写作起来会更得心应手，而且又了解历史，所以他们也会跟他一样顺利进入议会。为什么不？然而他俩究竟该谁去自我推荐呢？于是，一场互相谦让的战争打响了。

佩库歇不赞成自己而赞成他的朋友去：

“不，该你去！你的仪表比我好！”

“这有可能”，布瓦尔回答道，“可是你的胆子比我大！”

这个困难还没有克服时，他们已经开始草拟行动计划了。

当议员的诱惑力还扩大到了别的人身上。戴着无檐警帽的上尉边吸他的短管大烟斗边梦想进议会；小学教师也一样，不过是在他的学校里；本堂神甫也不例外，不过是在两次祷告之间，他想望得如此之执着，有时竟突然发现自己两眼朝天，默念着：

“啊，我的上帝！让我当上议员吧！”

医生得到那两位的鼓励之后去找额尔托，向他阐述了他当议员的可能性。

上尉听完后倒没有玩什么客套。谁都认识沃考贝依大夫，这毫无疑问，但他的同行里珍爱他的人很少，药剂师们对他尤难恭维。谁都在乱叫乱嚷攻击他，百姓也不愿意选一位先生，连他最好的病人都会抛弃他。大夫掂量这些论据之后只好为他的劣势抱憾了。

等他一走，额尔托就去见布拉克旺。在老军人之间总是要互相承担义务的。然而乡警对福罗忠心耿耿，所以断然拒绝为额尔托效力。

本堂神甫向德·法威日先生证实说，现在还不是时候，必须让共和国有足够的时间慢慢失去威力和影响。

布瓦尔和佩库歇向高尔居绘声绘色地说，他永远没有足够的力量战胜农人和有钱人的联盟，他们还给他灌输天有不测风云的思想，使他完全丧失了信心。

珀蒂出于傲气，有意让人看出他的愿望。贝尔冉勃却告诉他，一旦他失败了，他的去职是板上钉钉的。

末了，主教大人命令本堂神甫少安毋躁，切勿轻举妄动。

这一来就只剩下了福罗。

布瓦尔和佩库歇便同他进行战斗，他们提到他在枪支问题上缺乏诚意，说他反对俱乐部，而且思想落后，一毛不拔；他们甚至让古依相信福罗想恢复旧制度。

制度之类东西对农人来说无论多么不着边际，古依仍然十分厌恶旧制度，这种厌恶之情乃是长达十个世纪，在他祖先的心灵里逐渐积累起来的。所以他让他的亲属、他老婆的亲属，还有姐夫、妹夫、堂兄弟、表兄弟、侄孙子等一大帮人倒戈反对福罗。

高尔居、沃考贝依和珀蒂也继续拆镇长先生的台；如此这般扫清道路之后，出乎大家的预料，布瓦尔和佩库歇还真可能取胜。

他俩抽签看谁出面竞选。但抽签并未能痛快解决问题，于是，两人一道去征求医生的意见。

医生告诉他们一个新闻：《卡尔瓦多斯》报的编辑弗拉卡尔杜已宣布要参加竞选。两位朋友大失所望，不仅分别为自己感到失望，而且还为朋友感到失望。不过他们仍然热衷于政治。选举那天，他们还去监视票箱。结果是弗拉卡尔杜取胜。

伯爵别无选择，只好竞争国民自卫军的职位，结果仍旧没有得到指挥官的肩章。沙维尼奥尔人考虑任命贝尔冉勃。

公众对旅店老板这种奇特的始料未及的宠爱让额尔托手足无措，十分懊丧。他过去确曾玩忽职守，只偶尔去视察视察演练，而且还爱提意见。但这又何妨！反正他认为要一个旅店老板而不要一名帝国时期的老上尉实在太反常。在五月十五日人们拥入参议院那天，他说：

“如果说在首都就这么给军阶，我对这里发生的事也就不感到奇怪了！”

各种反应随即开始。

有人相信路易·勃朗的凤梨泥，有人相信弗洛孔[1]的金床，还有人相信勒德吕-罗兰的狂欢酒席。省里硬说自己了解巴黎发生的一切，所以沙维尼奥尔的有产者们便不怀疑省里的意图，而且欣然接受最荒谬的谣传。

一天晚上，德·法威日先生来找本堂神甫，告诉他德·尚博尔伯爵已到了诺曼底。

据福罗说，茹安维尔准备带着他的海军士兵为大家降服社会主义者。额尔托则断言，路易·波拿巴[2]不久会当上执政官。

工厂停工了。大群大群的穷人在原野游荡。

一个星期天（那是在六月上旬），一个宪兵突然起程去了法莱斯。阿克维尔、利法尔、皮埃尔-蓬和圣雷米的工人们一起朝沙维尼奥尔的方向走过来。

家家都关上了门窗上的挡雨披檐；乡镇议会开会决定，为了预防不幸事件，谁也不准有丝毫抵抗。议会甚至给宪兵队下了禁令，不准他们当中的任何人露面。

人们立即听见类似风暴一般的轰隆声。《吉伦特之歌》随即震得

① 弗洛孔（1800—1866），法国报人和政治活动家，1848年革命后任临时政府农业和贸易部长。

② 路易·波拿巴，即后来的拿破仑三世皇帝（1808—1873）。曾因两次企图推翻七月王朝而被关押，后逃往伦敦。1848年2月革命后回巴黎，当年12月当上共和国总统。1851年底宣布解散国民议会，逮捕著名的共和人士和保王派，并镇压巴黎人民起义。政变成功后建立第二帝国，直至1870年色当战役失败，被国民议会废黜。

玻璃窗咔咔直响。大群的男人手挽手沿着通往卡昂的大路走来。他们满身尘土，汗流浃背，衣衫褴褛。广场上人头攒动，响起一阵阵鼓掌、喝彩声。

高尔居和他的两个同伴进入大厅。一位是瘦子，面貌显得狡猾，穿一件毛线背心，背心上吊一个玫瑰花结；另一位黑黑的脸沾着煤灰，无疑是机械工，平头，粗眉，穿一双踩掉了后跟的粗布条编织的旧鞋。高尔居看上去像轻骑兵，外衣搭在肩上。

他们三人站在大厅里不动，议员们坐在铺了蓝桌布的桌子周围望着他们，忧虑得脸色发白。

“公民们！”高尔居说，“我们需要干活！”

镇长在发抖，他已经吓得说不出话来。

马雷斯科替他回答说，议会马上考虑他们的要求；三个同伴出去之后，他们讨论了好几个主意。

首先是采石。

为了利用石头，吉尔巴尔建议修一条昂格勒镇至图尔讷布的公路。

但巴耶公路绝对可以派同样的用场。

他们可以清除污泥！这点儿工作当然不够；要么再挖一个沼泽！可是在什么地方挖？

朗格洛瓦同意沿莫尔丹河填土以防水灾；在贝尔冉勃看来，倒不如去欧石南丛生地开荒。总不能不做决定呀！……为了让人群安静，古隆来到柱廊下宣布，他们正在准备建立一些慈善作坊。

“慈善？谢谢吧！”高尔居叫道，“打倒贵族政治！我们要的是工作的权利！”

这正是当时大家关心的问题，高尔居用来为自己赢得了荣誉，人群鼓掌。

他转身时手肘碰到了被佩库歇刚拽到这里来的布瓦尔。于是几个人便议论开了。不用着急，镇公所已经被包围，乡议会跑不了。

“到哪儿去弄钱？”布瓦尔说。

“去富人家弄！再说，政府就要命人搞工程了。”

“如果目前不需要工程呢？”

“那就提前搞一些！”

“要那样，工资就会降低！”佩库歇反驳他说，“缺活儿干，是因为产品过剩！而你们还要求增加产品！”

高尔居咬着自己的小胡子。

“可是……通过组织劳动……”

“要那样，政府就会成为主人！”

他们周围有几个人喃喃说：

“不！不！再也不要主人！”

高尔居生气了。

“那有什么要紧！他们应该给劳动者提供资金，或者建立信贷！”

“用什么方式？”

“噢！我哪儿知道！反正应该建立信贷！”

“够了！”机械工说，“他们让我们厌烦，这两个闹剧演员！”

他走上台阶，宣布他要破门冲进去。

布拉克旺在门前迎着他，右腿弯下来，捏紧拳头说：

“你敢往前走一步！”

机械工后退了。

人群发出一片嘘声，传到了大厅里。厅里的人全都站起来，想溜。法莱斯那边派来的救援人员还没有到！大家都为伯爵缺席而长吁短叹。马雷斯科把一支羽毛笔弯来弯去，古隆大爹吓得直哼哼。额尔托发火了，他要求派宪兵。

“那您去指挥吧！”福罗说。

“我没有接到命令！”可是外面闹得更厉害了。广场上站满了人；大家正注视着镇公所的二楼时，却突然看见佩库歇出现在中间那扇窗户的挂钟下面。

原来他巧妙地从便梯上了楼。他想效法拉马丁，所以开始对百姓训话：

“公民们！”

然而，他的大盖帽、他的鼻子和他的礼服，整个的他都缺乏魅力。

穿毛衣的男人质问他：

“您是工人吗？”

“不是。”

“那么，您是老板？”

“更不是。”

“那好，您退下去吧！”

“为什么？”佩库歇带着自豪说。

他当即被机械工人拽住，消失在窗洞里。高尔居前来相助。

“放开他！他是好人！”

他们两人互相扭打起来。

门开了，马雷斯科站在门槛上宣布镇公所的决定。是于雷尔提议的。

图尔讷布公路将修一条支线通到昂格勒镇，直达德·法威日的城堡。

这是镇公所为劳动者的利益而做出的牺牲。

大伙儿随即散开了。

回到家里，布瓦尔和佩库歇忽然听见几个女人的声音。原来是女仆们和波尔丹太太正在呼天喊地。寡妇叫得最凶，一见他们便说：

“哦！真福气！我等了你们三个钟头！我那可怜的花园再也没有一朵郁金香了！草坪上到处是脏东西！根本没法赶走他！”

“谁干的？”

“古依老头！”

他运了一车粪肥来，乱七八糟撒得草上到处都是。“他这会儿正耕地呢！你们赶快去叫他停下！”

“我陪您一道去！”布瓦尔说。

门外，一匹套在带活动拦板的两轮载重车上的马正在台阶下面啃一簇欧洲夹竹桃。车轮碰了花坛，碾碎了黄杨木，折断了杜鹃花，撞倒了大丽花。一堆堆黑色的粪肥像鼹鼠打洞形成的土堆，弄得草坪凸凹不平。古依正干劲十足地用锹翻地。

有一天，波尔丹太太曾随便说说她想翻草坪的地。古依一听便干了起来，而且不顾她的禁令继续干下去。高尔居的演讲冲昏了他的头脑，他就如此这般理解劳动的权利。

他只是在布瓦尔凶狠狠的威胁之下才罢手走开。

波尔丹太太不但不付他工钱，而且留下了他的粪肥作为赔偿。她很精明：医生的夫人，甚至公证人的夫人，尽管社会地位比她高，都对她另眼相看。

慈善作坊运行了一星期。没有出现任何混乱。高尔居早已远走高飞了。

然而国民自卫军一直还存在：每个星期天都要搞一次检阅，有时进行军事越野操练，每天夜里还要巡逻。这些活动让村民感到不安。

自卫军士兵要么开玩笑拉你的门铃；要么溜进谁的房间。房间里夫妻正睡在同一个长枕头上，他们便说一些粗俗下流的玩笑话，丈夫还得起床给他们找几盅烧酒。他们随即回到队里玩百来局多米诺骨牌，喝苹果酒，吃奶酪；站岗的哨兵在门口感到无聊，就不停地将门微微推开。贝尔冉勃的怠惰使无纪律状态到处蔓延。

“六月革命”①爆发那几天，所有的人都赞成“紧急支援巴黎”；然而福罗离不开镇公所；马雷斯科不能丢下他的事务所；医生不能扔下病人不管；吉尔巴尔不能离开他的消防队员；德·法威日先生正在瑟堡；贝尔冉勃卧床不起。上尉发牢骚：

“他们不要我，算了！”

布瓦尔也很明智，他拦住佩库歇，不让他去。

巡逻扩展到更偏远的乡野。

巡逻队员有如惊弓之鸟，一个麦垛或几根树枝的黑影都会把他们吓得魂不附体。有一次，全体国民自卫军官兵都逃跑了。因为在月光下，他们瞥见苹果树林里有一个人端着步枪，而且瞄准了他们。

还有一次，夜黑漆漆的，巡逻队在山毛榉林里歇脚，队员们听见前面有一个人的脚步声。

“谁？”

没有回答。

① “六月革命”，指1848年巴黎发生的工人起义。起义延续了4天，起因是国营工厂12万工人被解雇。后被卡韦尼亚克将军镇压。

他们便让这个家伙继续走他的路，只在一定的距离之外跟着他，因为他可能带着手枪或铅头短棍。十二名队员一来到村里援军够得着的地方，便同时向那人冲过去，喊道：

“出示证件！”

他们对那家伙又推又搡，还不住地辱骂他。留守的官兵也出来了。大伙把他拖进门，借助炉子上燃着的蜡烛的光，公然认出了高尔居。

他穿一件蹩脚的厚斜纹布料短外套，外套已经从双肩上裂开了。他的脚趾也从靴子的窟窿里露了出来。他的脸在流血，有擦伤和挫伤的痕迹。他瘦得出奇，眼珠转来转去，活像一只狼。

福罗急忙跑过来，问他怎么会待在山毛榉林里，他回沙维尼奥尔来干什么，这半年他是怎样消磨时间的。

这一切与他们毫无关系。他是自由的。

布拉克旺对他进行搜查，发现了好些子弹。他们准备把他暂时关进监牢。

布瓦尔进行干预。

“无济于事！大家都了解您的观点。”福罗说。

“可是？”

“噢！您小心点儿，我提醒您！小心点儿！”

布瓦尔不再坚持了。

于是，高尔居转向佩库歇：

“那么您呢，老板，您什么也不说？”

佩库歇低下了头，仿佛对他的无辜持怀疑态度。

那可怜虫苦涩地笑了笑。

“我可是保护过您！”

天微明，两个宪兵把他带往法莱斯。

没有让他上军事法庭，而是由轻罪法庭判他三个月监禁，罪名是讲话煽动社会骚乱。

他从法莱斯寄信给他昔日的主人，请他们近期为他写一份生活作风良好的证明，他们的签字还需镇长或他的助手认定。他俩宁愿找马雷斯科帮这份小忙。

马雷斯科家的人把他们带进一间饭厅，厅里摆放着古老的彩釉陶盘；一只挂钟——布勒的作品——挂在最窄的一块护墙板上。桃花心木饭桌没有铺桌布，上面放了两套餐具、一只茶壶、几个碗。马雷斯科夫人穿一件蓝色开司米晨衣从套房里走过去。那是一位厌倦了乡村生活的巴黎女人。马雷斯科随即走进饭厅，一只手拿着一顶直筒无边高帽，另一只手拿着一份报纸。他态度和蔼，立即盖上他的印章，尽管他俩保护的人是个危险分子。

“真是，就为说了几句话！……”布瓦尔说道。

“对不起，亲爱的先生，说话是会造成罪行的！”

“可是，”佩库歇说，“规定了什么界线可以划分无辜的话和有罪的话呢？一件事现在被禁止，要不了多久又会受欢迎。”

他谴责对待起义者的残暴方式。

马雷斯科自然举出社会防卫和公安这个至高无上的律法，作为借口。

“请原谅，”佩库歇接着说，“一个人的权利和所有人的权利同样值得尊重。如果说他用公认的原则反对你们，你们用来反对他的却只是暴力。”

马雷斯科并不回答，只不屑地扬了扬眉。只要他能继续写公证书，能在他的菜盘当中生活，能在他舒适的小家庭里过日子，世上无论出现什么样的不公正都不会触动他。现在他有公事要办，只好告退。

他的“公安”学说让两位朋友十分气愤。如今保守派说话活像罗伯斯庇尔。

另一个让人吃惊的问题：卡韦尼亚克[①]的地位在下降。国民别动队变得令人怀疑。勒德吕-罗兰即使在沃考贝依的心里也完蛋了。关于宪法的辩论引不起任何人的兴趣，十二月十日，全体沙维尼奥尔人都投票拥护波拿巴。

六百万选票使佩库歇对人民心灰意冷。布瓦尔和他便一道研究普选问题。

普选既属于每个人，就谈不上什么精深的知识。总有野心家操纵普选，其他的人就像被赶来赶去的家畜对他百依百顺，选民甚至没有被迫学会阅读。所以，在佩库歇看来，总统选举的舞弊现象太多了。

“一丁点儿高深知识都谈不上，”布瓦尔说，“我宁可认为老百姓很愚蠢。你想想那些人如何购买迪皮特伦[②]软膏，买城堡女主人饮用水等。就是这些笨蛋组成了选民群，而我们还得听他们左右。为什么人们不能靠兔子获得定期赢利三千利勿尔？因为太庞大的群体会造成死亡。同样，附合群众这个事实本身，里面包含的愚蠢病菌就会繁殖起来，造成的后果是难以估量的。”

“你的悲观主义让我害怕！”佩库歇说。

后来，他们在春天遇到德·法威日先生，得知当局已向罗马派出了远征军。并不是去打意大利人，而是去索取我们所需要的保证。

---

① 卡韦尼亚克（1802—1857），法国将军，曾任驻阿尔及利亚总督，1848年临时政府执委会领袖。曾镇压六月起义，后反对路易·波拿巴未成功。

② 迪皮特伦（1777—1835），法国著名外科医生，病理学家。

否则，我们的影响会毁于一旦。没有什么比这次干涉更合法了。

布瓦尔睁大了眼睛。

“上次谈到波兰，您的意见却恰恰相反！”

“这已经不是一回事了！”

如今的问题是教皇。

德·法威日先生说“我们愿意，我们要干，我们指望”时，他是在代表一群人。

布瓦尔和佩库歇既憎恶少数也憎恶多数。总而言之，贵族和庶民是半斤八两。

他们认为干涉权似乎可疑，便去卡尔沃、马尔滕斯和瓦泰尔[①]的书里寻找干涉的原则。布瓦尔得出结论说：

“干涉别国是为了恢复某个人的王位，为了解放某个民族，或者是预感到某种危险而采取的预防措施。这几种情况都是侵犯别人的权利，是滥用武力，是一种伪装起来的暴力！”

“不过，”佩库歇说，“各个民族，就像人与人一样，是团结的。”

“也许吧。”

布瓦尔开始浮想联翩。

马上就要去征服罗马了。

在国内，巴黎资产阶级的精英们出于对颠覆思想的仇恨，捣毁了两家印刷厂。维持秩序的大队组建起来了。

大队地区分队的头头是德·法威日伯爵、福罗、马雷斯科、本堂神甫。每天四点钟左右，这几个人在广场上从这头踱到那头，聊一些当前发生的事件。他们干的头等大事是散发小册子。小册子的题

① 瓦泰尔（1714—1767），德国政论家，曾写《论人权》。

目倒不乏趣味：《上帝希望如此》《主张均分财产的人》《让我们摆脱混乱！》《我们走向何处？》。其中最引人入胜的是用乡下人的语言风格写的对话，当中夹杂了一些咒骂和法语的错误，对话是为了提高农人的士气。根据新出台的一部法律，思想传播掌握在省长手里，因此蒲鲁东①刚在圣佩拉吉被囚禁：一次大捷。

各地的自由树普遍被砍倒。沙维尼奥尔得遵守命令。布瓦尔亲眼看见有人把他那株杨树砍成碎片装上一辆大车。木片用来给宪兵们取暖，树桩则送给了本堂神甫，他毕竟为这棵树祝福过，怎样的嘲弄呀！

小学教师并不隐瞒他的思维方式。

有一天，布瓦尔和佩库歇经过他门前时，为此而祝贺他。

翌日，"小小"便登门拜访他们。到了周末，他俩又去回拜。

天渐渐黑下来，孩子们刚离开学校，小学老师正挽着袖子在扫院子。他的妻子围了一方马德拉斯布头巾，正在给孩子喂奶。一个小姑娘躲在她的裙子后边，一个极丑的男孩趴在她脚下的地上玩。她在厨房用过的肥皂水直流到房屋的墙根。

"你们瞧见了，"小学老师说道，"政府在怎样对待我们。"

他紧接着指责无耻的资产阶级。必须使资本民主化，让物质得到解放！

"这再好不过！"佩库歇说。

至少应当承认人民获得援助的权利。

"又是一个权利！"布瓦尔说。

这无关紧要！临时政府不下令实行博爱，说明这个政府很软弱。

---

① 蒲鲁东（1809—1865），法国哲学家、经济学家，19世纪社会主义理论家之一。

“那您设法建立博爱机构呀！”

已经没有一点儿光亮了，珀蒂粗鲁地吆喝他的妻子去他的书房点上一支蜡烛。

一些大头针在石灰墙上钉了几位左派演说家的石印肖像。一个放了书的高高的书架凌驾于冷杉木写字台之上。只有一把椅子、一个凳子和一个旧肥皂箱可以坐人，小学老师为此装出嘲笑的样子。穷困的窘境已经在他的双颊打上了烙印，他狭窄的鬓角却显示出公羊般的固执和毫不妥协的傲气。他永远不会让步。

“再说，就是这些东西支撑着我！”

那是堆在一块木板上的一大摞报纸。他用非常激动的话语介绍他所信仰的文章：应解除军队的武装，废除行政官员的职位，工资平等；应确定人人达到黄金时代的平均水准，在共和国体制下应有一位独裁者统治，独裁者应当是个朝气蓬勃的男子汉。只有这样的人能领导大家把这一切办得干脆利落！

随后，他拿一瓶茴香酒和三只酒杯准备为英雄，为不朽的牺牲者，为伟大的马克西米利安①干杯。

本堂神甫的黑袍出现在门口。

他匆匆忙忙向布瓦尔他们问好之后，便过去同小学老师攀谈，他几乎用悄悄话对珀蒂说：

“圣约瑟的事办得怎么样啦？”

“他们什么也没给。”老师说。

“这是您的错！”

---

① 历史上有好几位马克西米利安；此处多半指日耳曼和神圣罗马帝国皇帝马克西米利安一世（1459—1519），也称“马克西米利安大帝”。

“我已经尽力了！”

“噢！真的？”

出于谨慎，布瓦尔和佩库歇起身回避，珀蒂却让他们坐下，同时对神甫说：

“就这事儿？”

热弗罗依教士犹豫起来；随后，一抹微笑使他的训斥缓和了些：

“大家认为您对圣史有点儿漫不经心。”

“哦！圣史！”布瓦尔说。

“对圣史您有什么可指责的，先生？”

“我？没有什么。不过，也许还有比约拿[①]和以色列诸王的小故事更有用的东西。”

“那就听便了！”教士冷冷地驳道。

于是，再不考虑有外人，或正因为有外人，他接着说：

“教理讲授课的时间太短！”

珀蒂耸耸肩。“当心！您会失去您的住宿生！”

住宿生每月交十法郎，这是珀蒂在他的岗位上能得到的最好的待遇，然而，穿道袍的人激怒了他：

“算了，您报复吧！”

“我这样性格的人是不会报复的，”教士平静地说，“只是我要提醒您，‘三一五法令’曾授予教会监督小学教育的权力。”

“嘿！我明白！”小学老师叫道，“这监督权甚至属于宪兵队的上校们！为什么不把这权力交给乡村警察呢！要那样就全了！”

---

① 约拿，《圣经·约拿书》中谈到的十二小先知之一。他不听上帝要他去亚述帝国首都尼尼微城宣教的召唤，登海船远行。风暴中被大鱼吞下，在鱼腹中过了三天，才被大鱼吐到岸上而得以活命，随后便去尼尼微讲道。

他跌坐在凳子上，用嘴咬着拳头，竭力控制着悲愤，为自己的无能为力感到窒息。本堂神甫轻轻触了触他的肩膀。

“我并没有想让您伤心，我的朋友。冷静点儿！理智些！……复活节快要到了，我希望您与别人一道领圣体以做出表率！”

“哦！这太过分了！我！我！屈服于这样的蠢行！”

听到他这亵渎神明的话，神甫的脸变得煞白。他忽闪着眼睛，下颌颤抖：

“闭嘴，疯子！闭嘴！……而他的妻子却负责洗教堂的衣物！”

“嘿！那又怎么样？她招惹谁啦？”

“她老赶不上望弥撒！这点就像您！”

“哼！总不能为这事儿开除老师吧！”

“可以调走他！”

教士不说话了。他站在这间房子最里面的阴影里；珀蒂沉思着，头埋在胸前。

他一家有可能被打发到法国的另一端，盘缠用尽。在那边，他们遇到的会是同样的本堂神甫、同样的校长、同样的省长，只不过名字不同罢了；所有的人，直至部长，都是国家机器令人难以忍受的链子上的环！他已经受到一次警告，别的警告还会接踵而来。随后呢？在一种幻觉般的景象里，他看见自己在大路上行走，背着口袋，他心爱的人们走在他的身旁，用双手招呼着一辆驿站快车。

这时，他的妻子在厨房里突然一阵呛咳；新生儿哇哇叫起来，男孩也在哭。

“可怜的孩子们！”教士柔声说。

父亲失声痛哭。

“对！对！要我干啥就干啥！”

“我指望的就是这个。”神甫说。

他屈屈膝：

“先生们，晚安！”

小学老师一直捧着脸。他推开布瓦尔：

“不！别管我！我想死！我是个可怜虫！”

两个朋友回到自己家里，为他们的独立地位感到庆幸。神职人员的权力让他们不寒而栗。人们正在利用这个神权巩固社会秩序。共和国即将消失了。

三百万人被排除在普选之外。各种报纸的保证金提高了，还恢复了书报审查制度。人们却对连载小说格外青睐。古典哲学被视为洪水猛兽。资产阶级宣扬物质利益的教条，而百姓似乎心满意足。

乡村的百姓则与昔日的主人重修旧好。

德·法威日先生在厄尔省有些产业，他因此被捧进了立法议会；而他再次选进卡尔瓦多斯省议会乃是指日可待的事。

他认为设午宴款待乡里的头面人物十分有益。

前厅里有三个仆人等待宾客并接过他们的外套；弹子房和相通的两间客厅、中国式的盆景、壁炉上的青铜艺术品、护壁镶板上的金护条、厚实的门窗帘、宽大的安乐椅，如此的豪华连同礼貌的接待，立即给他们留下了深刻的印象。他们一走进饭厅便迎面看见了饭桌：一个个银菜盘里盛满了肉食，每个空盘前面都摆放了排成行的酒杯，无论这里或那里都够得着冷盘，中间是一大盘鲑鱼，这番景象使客人们禁不住笑逐颜开。

一共十七位客人，其中包括两位殷实的庄稼人、巴耶的专区区长和瑟堡来的某某人。德·法威日先生敦请诸位见谅，伯爵夫人因偏头疼而未能前来聊尽主妇之谊。客人们在对饭桌四角的果篮里摆放的梨和葡萄大加赞扬之后，开始谈论一条特大新闻：尚加尔涅[1]对英格兰的登陆计划。

额尔托希望如此，因为他是军人；本堂神甫但愿如此是出于对新教徒的仇恨；福罗赞同此举则出于商业上的考虑。

“你们表达的是中世纪的感情。”佩库歇说。

“中世纪也有好东西！”马雷斯科说，“还有教堂！……”

“可是，先生，流弊！……”

“那没关系，不会发生‘革命’！……”

“噢！‘革命’，那是灾难！”本堂神甫叹着气说。

“可是所有的人都对革命做出过贡献！而且（原谅我，伯爵先生）贵胄们自己也一样，不过是通过他们和哲学家们的联盟！”

“有什么办法！路易十八使抢劫合法化！自那时起，议会制度就在挖墙脚！……”

一大盘烤牛肉端上来了，在这几分钟里只听见刀叉的碰撞声、嚼东西的声音、仆人在地板上走路的嚓嚓声，以及不断重复的斟马德拉葡萄酒、索泰尔纳葡萄酒的声音。

瑟堡来的那位先生重开话题：如何悬崖勒马？

“在雅典人，”马雷斯科说，“在与我们有关系的雅典人里，梭伦[2]提高取得选举权的纳税额，从而把民主派压了下去。”

“最好取消议院，”于雷尔说，“一切混乱都来自巴黎。”

“地方分权吧！”公证人说。

“充分分权！”伯爵说。

---

① 尼古拉·尚加尔涅（1793—1877），法国将军和政治家，曾任阿尔及利亚总督。

② 梭伦（公元前638—前560），雅典立法者，古希腊七贤之一，政治改革家和诗人。据说于公元前594年出任雅典城邦第一任执政官，建立了雅典民主政治。

依福罗之见，市镇应当享有绝对主权，直至在它认为适当之时禁止外来旅客在其管辖范围内通行。

菜肴一个接一个，果汁鸡、淡水螯虾、蘑菇、生菜沙拉、烤云雀，在此期间话题也层出不穷：最理想的税收制度、大面积耕作的优越性、废除死刑；专区区长没有忘记援引一位风趣的人富于魅力的话："让谋杀犯先生们开始吧！"

布瓦尔为他周围的华贵物品与大家谈论的事物之间的反差感到吃惊，因为他一直认为言谈似乎应与环境相谐，高高的天花板是为伟大的思想而建造的。不过，在吃餐后点心时，他已经喝得满脸通红，似乎只能像雾中观花似的隐约看见一个个高脚酒杯。

大家饮用的是波尔多、勃艮第、马拉加等地的葡萄酒。德·法威日先生了解他的客人，命人开了香槟酒。同桌的客人们为选举的成功碰杯，大家去吸烟室喝咖啡时，已是下午三点多钟了。

《喧哗》杂志的一幅漫画随便放在半边靠墙的一张蜗形脚桌子上，周边是几期《环球》。漫画表现一个公民身穿礼服，礼服的燕尾下露出一条尾巴，尾巴末端有一只眼睛。马雷斯科为漫画做了说明，众人大笑。

大家酌饮利口酒，雪茄烟灰掉在椅子的软垫之间。本堂神甫为了说服吉尔巴尔而攻击伏尔泰。古隆睡着了。德·法威日先生宣称他忠于尚博尔。

"蜜蜂表示君主制。"

"蚂蚁却表示共和制！"

再说，医生已经不再坚持共和制了。

"您说得有道理！"专区区长说，"政府的形式并不很重要！"

"但得有自由！"佩库歇驳他。

“老实人不需要自由。”福罗再驳佩库歇，“我呀，我可不爱空谈！我又不是新闻记者！我赞同你们的看法，法国需要铁腕人物来统治！”

大家都祈求来一位救星。

出门时，布瓦尔和佩库歇听见德·法威日先生对热弗罗依神甫说：

“必须重新提倡顺从。如果对顺从提出异议，权威就会消亡！神权，只能有神权！”

“对极了，伯爵先生！”

树林背后，一缕缕十月的暗淡阳光显得很长，潮湿的风吹拂着。他俩走路时脚踩在干树叶上，像获得解放似的感到轻松。

他们方才难以畅谈的一切，现在都不由自主地脱口叫了出来。

“怎样的蠢人！多么卑鄙！那样的顽固真难以想象！首先，神权意味着什么？”

迪姆舍尔的朋友，那位在美学问题上启发过他们的教授，在一封学术性很强的书信里回答了他们的问题。

神权的理论是查理二世[①]在位时期由英国人菲尔默[②]提出的。

内容如下：

造物主赋予第一个人[③]统治世界的权力。此权力传给了他的

① 查理二世（1630—1685），斯图尔特王朝的英格兰和苏格兰国王。因其母系法国人，曾不顾国民反对与法国结盟。

② 菲尔默（1588—1653），英国资产阶级革命时期重要的保王派思想家，他认为国家如同家族，国王即其族长。

③ 第一个人，指《圣经·创世纪》中耶和华创造的亚当。菲尔默在他的主要著作《族长》一书中，认为最初的父亲——亚当是人类的第一位国王。

子孙，因此国王的权力来自上帝。“他是上帝的写照。”博叙哀写道。父权帝国习惯于个人统治。国王是按父亲的模式造就的。

洛克[①]批驳这个理论。父权有别于王权，因为臣民对儿女的权利同国王对儿女的权利相同。王权的存在只能靠人民的选择，甚至在教会为国王举行的加冕礼上也会提到选举，在加冕礼上，两位主教指着国王问贵族和平民，他们是否接受此人做他们的国王。

因此，权力来自人民。人民有权“做他们所愿意做的事”，爱尔维修[②]如是说；有权“改变他们的宪法”，瓦代尔说；有权“反抗不公正”，格拉菲、奥特芒[③]、马布利[④]等如是说！圣托马斯·阿奎纳[⑤]授权人民摆脱暴君。于里尤[⑥]说，人民“甚至可免于正确。”

以上公认的原则使他们吃惊，他们开始阅读卢梭[⑦]的《社会契约论》。

---

① 约翰·洛克（1632—1704），英国哲学家，《人类理智论》的作者。主张自由和宽容。

② 爱尔维修（1715—1771），法国启蒙哲学家，伏尔泰的朋友。曾写感觉主义的辩护词《论精神》。

③ 弗朗索瓦·奥特芒（1524—1590），法国新教胡格诺派法学家、政论家。

④ 马布利（1709—1785），法国哲学家、历史学家。《欧洲公众权利》的作者。

⑤ 圣托马斯·阿奎纳（1225—1274），神学家，哲学家，天主教神学的奠基人。他的神学受亚里士多德主义的影响，称为托马斯主义。

⑥ 皮埃尔·于里尤（1637—1713），法国新教神学家，因与口才出众的宣道者博叙哀论战而遐迩闻名。

⑦ 让-雅克·卢梭（1712—1778），日内瓦出生的法国作家，启蒙运动的先驱。从1750年确立他的“人之初，性本善”的学说，认为是社会腐蚀了人们天生的善良，所以人应回归原始的善，回归自然。主要著作有《社会契约论》《民约论》《新爱洛漪丝》《忏悔录》等。

佩库歇一直读到结尾；随后闭上眼睛，仰着头，对这本书进行分析：

人们设定一个公约，个人便用公约束缚自己的自由。

同时，人民誓为保护自己而反对大自然的不平等，并使自己成为其占有东西的所有者。契约的检验手段何在？

在子虚乌有的地方！连夫妻共有财产制都没有提供保证。公民将会只顾搞政治。然而各种各样的职业都是必要的，所以卢梭建议大家都受束缚。科学已经毁了人类。戏剧腐蚀人，金钱有致命的害处。因此，国家应强制信仰宗教，违者处死。

“怎么！”他们寻思，“他俨然是民主的权威！”

所有的改革者都仿效他。他们又去买了莫朗写的《社会主义研究》。

第一章阐述了圣西门学说①。

处于最高层的是“父亲”，即教皇兼皇帝。废除遗产，一切财产、动产和不动产构成社会基金，基金按等级经营。实业家管理公共财产。无须害怕：总有“爱得最深的人”当领袖。还缺一样东西：女人。拯救世界取决于女人的到来。

“我不明白。”

“我也不明白！”

他们便涉猎傅立叶主义②。

---

① 圣西门学说指法国空想社会主义者圣西门（1760—1825）的主张。此学说宣传建立一个人人都有劳动权利和义务、不受压迫、有计划组织起来的社会。主张由知识分子和实业家领导社会改造运动，改造手段主要靠教育。

② 指法国空想社会主义者查理·傅立叶（1772—1837）的学说。幻想建立一种以“法郎吉”为基层组织的社会主义社会。恩格斯说：“进行那样尖锐深刻批评的只有傅立叶一人。”

一切灾难都来自强制。吸引应是自由的，只有这样才会建立和谐。

我们的心灵包含十二种主要感情：五种利己主义的，四种泛灵论的，三种分发性的。第一种倾向于个人；第二种倾向于团体；第三种倾向于团体的团体，或曰系列团体，其总体就是法郎吉[①]——住在同一个宫殿里的一千八百人的团体。每天早晨，马车将劳动者运往乡村劳动，傍晚再把他们接回来。大伙儿高举队旗，互相宴请，享用点心。任何女人只要乐意，都可以拥有三个男人：丈夫、情人、传种的人。而且为单身汉建立了巴亚德[②]制。

"这适合我！"布瓦尔说。

他随即沉浸在和谐世界的幻梦里。

恢复气候调节，土地会变得更加肥沃；杂交会使人们更加长寿。人可以指挥云彩，有如当前人工制造闪电；每天夜里都会下雨清洗城市。船只将穿过两极的海洋，因为北极光使结冰的海水解了冻。原来天地间的一切都由两种流体结合而产生，雄性流体和雌性流体分别从南北极涌出；北极光乃是地球发情期的一种征候，是一种射精状态。

"这简直超过我的理解力。"佩库歇说。

圣西门和傅立叶之后，问题便归结到薪金上。

路易·勃朗考虑工人的利益，要求废除对外贸易；拉法莱尔要求强迫使用机器；还有一个人要求给饮料减税，或重建行会管事会，或给穷人布施汤羹。蒲鲁东想出一种统一税率，并要求国家垄断

---

① 法郎吉，源于希腊文，意为严整的方阵，指内部团结一致的团体，系傅立叶所设想的社会基层组织。

② 巴亚德，对印度寺院里舞姬的称呼。此处似指与单身汉相伴的女子。

食糖。

“这些社会主义者老要求专制。”布瓦尔说。

“并不是这样！”

“是这样！”

“你荒谬绝伦！”

“而你，你让我反感！”

于是，他们让人寄来过去只读过缩写本的著作。布瓦尔记下其中的好多处，并指给佩库歇看：

“你自己看！他们推荐给我们的样板是艾塞尼派[①]、摩拉维亚兄弟会[②]、巴拉圭耶稣会士，直至牢狱的生活制度。伊加里亚岛[③]居民吃午饭只用二十分钟，他们的女人在医院分娩；至于书籍，没有共和国的授权不准印书。”

“卡贝[④]是个白痴。”

“现在轮到圣西门了：政论家得把他们的著作交给实业家委员会审查；皮埃尔·勒鲁则主张用法律强迫公民听别人演说；奥古斯特·孔德[⑤]希望由神职人员教育青年，指导一切精神产品并劝告当权者控制生育。”

这些资料使佩库歇感到伤心。吃晚饭时，他辩驳说：

---

① 艾赛尼派，古代犹太教派之一，其成员大都隐居山野，过清苦的生活，并以严肃正直著称。约喀南属于这一教派。

② 摩拉维亚兄弟会，捷克东部摩拉维亚地区的一宗教派别。

③ 伊加里亚岛，位于爱琴海中的希腊岛屿。

④ 埃蒂耶纳·卡贝（1788—1856），法国政论家。曾写一篇著名的共产主义乌托邦文章《伊加里亚岛纪行》。

⑤ 奥古斯特·孔德（1798—1857），法国哲学家，实证主义哲学的创始人。后创立“人道教”作为其哲学观点的补充。

“我承认，乌托邦分子有些东西很可笑，但是他们值得我们敬爱。这世界的丑恶使他们感到痛心，为了让世界变得更美好，他们吃尽了苦头。你回忆回忆，莫尔[①]被砍头，康帕内拉[②]七次受酷刑，邦纳罗蒂[③]脖子上挂着锁链，圣西门穷困而死，还有别的许多人。他们完全可以安安静静过日子，但不！他们如英雄般昂着头走自己的路。”

“你难道相信，有了某位先生的理论，这世界就会改变？”布瓦尔说。

“改变与否倒无妨！”佩库歇说，“但现在已不是躺在利己主义里腐败下去的时候了！我们得寻找最好的制度！”

“这么说，你准备找到这样的制度？”

“当然！”

“你？”

布瓦尔大笑起来，他一边笑，肩膀和肚子一边协调地颠动着。他的脸比桌上的果酱还红，他把餐巾夹在腋下，不停地笑：“哈！哈！哈！”笑态使人生气。

佩库歇从房间走出去时，砰的一声带上了门。

日耳曼女人在住宅里到处叫他，结果发现他坐在他寝室最里面的一张软坐圈椅里。他不生火，也不点蜡烛，只用大盖帽盖住他的眉毛。他并没有生病，他是在思考问题。

---

① 托马斯·莫尔（1478—1535），英国国王亨利八世在位时的大臣，“乌托邦”的创始人。后因反对国王兼任英国国教的最高领袖而被斩首。

② 托马索·康帕内拉（1568—1639），意大利哲学家，空想共产主义者。他反对经院哲学，号召研究自然，注意感觉和经验。因参加多次人民起义而被囚禁于狱中凡27年，在狱中写《太阳城》一书阐述共产主义理想。

③ 菲利普·邦纳罗蒂（1761—1837），意大利裔法国革命家。

两人的不和过去之后，他们认识到他们的研究还缺少一个基础课题：政治经济学。

他们调查供和求、资本和租金、进口和禁止进口令。

一天夜里，佩库歇被走廊里不知谁的靴子发出的咔咔声惊醒。但昨天晚上，他出于习惯曾亲自插上了所有的门闩，所以他去叫醒正在熟睡的布瓦尔。

他俩留在各自的被窝里一动不动。但再没有听到那声音。

他们询问了女仆，但她们说什么也没有听见。

然而他们在园子里散步时，却发现离栅栏不远的花圃中间有一个鞋印，栅栏的两根木棍也断了。显然有人爬过栅栏。

必须通知乡警。

乡警不在镇公所，佩库歇便来到食品杂货铺。

在后店堂里好些喝酒的人当中，他看见什么啦？高尔居！高尔居站在布拉克旺身边，穿得像个有钱人，正在招待他那一伙呢。

他倒并不在意这次邂逅。

他和布瓦尔随即谈到“进步”问题。

布瓦尔并不怀疑科学领域取得了进步，然而在文学方面进步却并不明显。如果说生活舒适的程度提高了，生活的光彩却消失了。

佩库歇为了说服他，拿起一张纸：

“我斜着画一条起伏的路线。凡能走完这条路线的人，只要线降下去，就看不见尽头。但线还会再升起来，所以，尽管道路迂回，他们还是可以到达高峰。这条路线就是进步的形象。”

波尔丹太太走了进来。

那天正是一八五一年十二月三日。她带来一份报纸。

他们肩并肩看得很快：号召人民，解散议会，监禁议员。

佩库歇脸色变得惨白。布瓦尔愣愣地注视着寡妇。

“怎么！你们什么也不说！”

“说有什么用？”

他们忘了请她坐下。

“而我来这里原以为能让你们高兴呢！哦！今天你们俩可不讨人喜欢！”

她出去了，对他们的不礼貌很反感。

这次突然袭击使他们无话可说。他们随即去村子里发泄他们的愤怒。

马雷斯科在忙于写契约的空当接待了他们，但和他们的想法却大相径庭。议会中的闲侃总算结束了，谢天谢地。从今以后也许会搞务实政治。

贝尔冉勃不知道发生的事，再说，他对那一切本来就嗤之以鼻。

他们在菜市场的敞棚下堵住沃考贝依。

医生早已万念俱灰。

“你们根本用不着如此苦恼！”

福罗在他们身边走过，他带着嘲弄的神情说：

“被打下去喽，那些民主派！”

上尉挽着吉尔巴尔的胳膊，远远地冲这边叫：

“皇帝万岁！”

不过珀蒂总该理解他们，于是，布瓦尔去敲他的窗户，老师从教室里走出来。

他认为梯也尔坐牢简直滑天下之大稽。不过这也算替人民报了仇。

“哈哈！议员先生，轮到你们了！”

在巴黎林荫大道上进行的枪杀得到沙维尼奥尔人的赞许。对失败的人不该心慈手软！不必可怜伤亡的人！人一造反，就是恶棍！

“让我们感谢上帝！”本堂神甫说，“除了上帝就该感谢路易·波拿巴。他身边都是些最杰出的人物！德·法威日伯爵一定会成为参议员。”

翌日，布拉克旺前来探访他们俩。

这两位先生说的话太多。他劝告他们闭嘴。

“你想知道我的看法吗？”佩库歇对布瓦尔说，“既然有产者凶狠，工人爱猜忌，教士奴颜婢膝，而人民最后总会接受一切暴君，只要不让他们的嘴巴离开他们的饭锅，那么拿破仑就干得对！让他堵住百姓的嘴，把百姓踩在脚下，把他们消灭掉！就为他们仇恨法律，就为他们卑怯，愚蠢，盲目，这样做怎么也不过火！”

布瓦尔沉思着说：

“哼！进步，瞎扯淡！”

他补充说：

“还有政治，多么肮脏！”

“政治不是一门科学。”佩库歇说：“军事艺术更有意思，搞军事的可以预见即将发生的事，也许我们应当干干这个？”

“哦！饶了我吧！”布瓦尔反对说：“一切都让我倒胃口。还不如卖掉我们的破房子，去找个‘鬼地方，去野人那里待着！’……”

“随你的便！”

梅丽正在院子里提水。

木制水泵的手柄很长。为了压手柄，她猫着腰，露出了她的蓝色长袜，直到腿肚。随后，她麻利地抬起右臂，同时把头微微偏过来。佩库歇注视着她，感受到一种全新的东西，一种陶醉，一种无边无际的快乐。

七

凄凉的日子开始了。

他们再也不进行学习研究，因为害怕受骗；沙维尼奥尔的居民背离了他们，当局能容忍的报纸什么消息也提供不了，他们感到极度的寂寞，彻底的无聊。

有时他们翻开一本书，随即合上；何苦呢？还有些天，他们想起去打扫花园，但干了一刻钟便感到疲劳；或者想起去农庄看看，但回来时却灰心丧气；想料理家务时，日耳曼女人却唉声叹气，只好放弃。

布瓦尔想给博物馆造个一览表，他宣称馆里的小玩意冒傻气。

佩库歇借来朗格洛瓦打野鸭的猎枪，想打云雀；猎枪响第一声就炸开了，险些要了他的命。

这一来，他们只好生活在乡村特有的那种烦闷里，烦闷是那样沉重，而发白的天空还用它那乏味的单调抚摩绝望的心。他们听听哪个男人穿着木鞋顺墙根走路的脚步声，或听听雨水打在房顶又流到地上的滴嗒声。树上的枯叶时不时掠过窗玻璃，再旋转着飘走。模糊的丧钟声随风传到这里，一头母牛在牲畜棚深处哞哞叫着。

他俩面对面坐着打哈欠，看看日历，再看看挂钟，等着开饭；

视野里的东西永远千篇一律：正面的田野，右边的教堂，左边的一排白杨树——白杨树的树梢在轻雾中摇动，老是那副可怜巴巴的模样。

他们过去还可以互相容忍的习惯如今已使他们感到苦不堪言。佩库歇好把他的手巾放在桌布上，这使他变得让人厌恶；布瓦尔再也不离开他的烟斗，聊天时还老左摇右晃。他们之间常发生争执，为菜肴，或为奶酪的质量。他俩单独在一起时，心里却各想各的。

有一件事使佩库歇乱了方寸。

沙维尼奥尔骚乱之后两天，他出门散步，以宣泄政治上的挫折带来的不快。他来到一条覆盖着茂密榆树的小路上，忽然听见背后一个声音在叫：

“站住！”

原来是卡斯提雍太太。她在道路的另一边跑，没有瞧见他。在她前边大步走着的男人转过身来。是高尔居！他俩在离佩库歇两米左右的地方走到一起，一排榆树把他们和佩库歇隔开了。

“是真的吗？”她说，“你要去打仗？”

佩库歇悄悄溜到排水沟里听他们说话。

“哼！没错，我要去打仗！”高尔居回答，“这关你什么事？”

“你竟然问这个！”她两只胳臂抱臂在胸前大声说道，“可你要是被杀死怎么办，我心爱的人！啊！留下来吧！”

她那双蓝眼睛比她的话语更热切地恳求着他。

“让我安静！我该走了！”

她突然愤怒地冷笑一声：

“那一位也允许你走，是吗？”

“不谈这个！”

他举起握紧的拳头。

“别！我的朋友，别这样！我不吭声，我什么也不说。”

大滴的眼泪沿着她的双颊扑簌簌落到她绉领的蜂窝形褶裥里。

正是中午时分。太阳在覆盖着金黄麦穗的原野上闪闪发光。远处，一辆马车上的防雨篷缓慢地滑行着。空气沉闷，令人昏昏欲睡；没有一声鸟啼，没有一声虫鸣。高尔居折断一根细枝，用它来刮树皮。卡斯提雍太太没有抬起头来。

她在思索，可怜的女人，她想到自己的牺牲是竹篮打水一场空；她还想到为他付清的债，为他抵押出去的自己的前程，为他而失去的名誉。可是她并没有抱怨，她只想唤起他对他们恋爱初期那些日子的回忆。那时，她每天夜里都要去谷仓里同他幽会。结果有一次，她丈夫以为来贼了，从窗口放了一枪；子弹到现在还留在墙上。

“我最初见到你那一刻，就觉得你像王子一般英俊。我爱你的眼睛、你的声音、你的步态、你的气味！”

她低声补充一句：

“我为你整个身子发狂！”

他微笑了，为傲气得到满足而得意扬扬。

她用双手从腰部抱住他，头往后仰，仿佛在出神地欣赏他：

“我的心肝！我的宝贝！我的灵魂！我的生命！瞧你，说话呀，你想要什么？要钱吗？会找到钱的。过去我有错，我让你感到厌烦！原谅我！去裁缝店里定做几件衣服吧，去喝香槟酒，去花天酒地，我什么都允许你干，什么都允许！”

她用尽最后的力气喃喃：

“甚至容忍‘她’！……只要你再回到我身边。”

他朝她的嘴唇俯下身去，一只胳膊搂着她的腰，以免她倒下去，她结结巴巴地说：

“小心肝！我的亲亲！你多美呀！上帝，你真英俊！”

佩库歇一动不动站在排水沟里，他的下巴与沟边的泥土齐平，他注视着他们，喘着粗气。

“别软弱！”高尔居说道，“要不我可能赶不上驿车！人们正在准备一场了不起的暴动；我是他们中的一员！给我十个苏，好请车夫喝一杯掺烧酒的咖啡。”

她从钱袋里抽出五个法郎。

“你得赶快还我。耐心点儿！从他瘫痪以后到现在，想想吧！要是你愿意，我们可以去克罗瓦-让瓦尔教堂，我的亲亲，我会在教堂里的圣母像前起誓，他一死，我就嫁给你！”

“嘿！你的丈夫，他死不了！”

高尔居一转身走了。她赶上他，紧紧抱住他的双肩。

“让我跟你一道走！我要做你的仆人！你需要一个人。不过还是别走吧！别离开我！我宁可死掉！杀了我吧！”

她爬到他的膝盖跟前，竭力去抓他的双手，想吻他的手；她的便帽掉在地上，接着掉下去的是她的压发梳，她的短发随即披散开来，耳根的头发已经发白。因为她自下而上瞧着他，又抽抽噎噎，眼皮发红，嘴唇虚肿，高尔居突然感到恼怒，将她一推。

“往后站，老太婆！再见！”

她站起来，扯下挂在她脖子上的金十字架，顺势朝他扔过去：

“接住，无赖！”

高尔居一边往远处走，一边用小棍子敲打道旁的树叶。

卡斯提雍太太没有哭泣。她张着嘴，两眼黯淡无光，愣愣地站在那里一动不动，仿佛在绝望中变成了石头人。她已经不是一个活人，而是一件彻底毁坏了的东西。

佩库歇适才在无意中发现的事对他来说仿佛发现了一个世界，整个世界！在这个世界里有炫目的光，有一个个无序的开花期，有海洋、风暴，有宝库，也有不可测知的深渊；这个世界显示出令人畏惧的东西，那又何妨？他梦想爱情，他渴望像这个女人一样感觉爱情，像这个男人一样引起别人的爱。

不过他仍然极端憎恶高尔居。在自卫军队伍里，他费了好大的劲才没有揭发他。卡斯提雍太太的情人以他高挑的身材、均匀而卷曲的鬓发、絮状的胡须和征服者的神气使佩库歇相形见绌；而他佩库歇的头发……紧紧贴在他的头顶，活像戴了一副浸湿的假发；他那装在宽袖长外套里的上身活像一个长枕头；他的两颗大牙已经松动，而他的面貌看上去又十分严厉。他认为上天太不公平，感到自己条件太差，连他的朋友都不喜欢他了。

布瓦尔每天晚上把他扔在家里。自布瓦尔的妻子过世以后，本来就没有什么妨碍他续弦，他如果那么做了，后娶的妻子此刻就会溺爱他，为他管理家务。现在想这事已经太老了。但他仍然在镜子里仔细端详自己。他的两颧还保持了红扑扑的颜色，他的头发仍和往昔一样卷曲，没有一个牙齿松动。一想到他还能招人喜欢，他就感到青春焕发。波尔丹太太突然出现在他的记忆里。她从前曾主动接近过他：第一次是在麦垛被烧的空当；第二次是在邀请她晚餐时；接着是她参观博物馆那天他朗诵诗剧的时刻；最后是她接连在三个星期天前来走访，没有记仇的迹象。这样一想，他便去到她家；回来时，遂下定决心勾引她。

自佩库歇观看小保姆在井坎上汲水那天起，他同她谈话更经常了。无论她打扫走廊，还是晾晒衣物，还是转动有柄平底锅，他都高兴地看个没完，从不腻烦，连他自己都为这种激情感到吃惊，好像又回到了青春期。他为此而兴奋，焦躁，而情思昏昏。卡斯提雍太太紧紧抱住高尔居的情景常出现在他的记忆里，使他倍受折磨。

他询问布瓦尔，放荡的男人如何行事才能得到女人。

“他们给女人送礼，请她们去饭馆里享受美味。”

“很好！那以后呢？”

“有些人假装晕倒，好让人把她们抬到长沙发上；还有些人故意把手绢掉在地上。最棒的女人会直截了当同你约会。”

布瓦尔便滔滔不绝地描绘起来，他的描述有如淫秽版画，激起了佩库歇的想象。

“需要遵守的第一个准则，是别听信她们说的话。我认识几个女人，她们表面看上去像圣女，实际上是些地道的淫妇！最重要的是必须大胆！”

然而大胆得靠自觉。佩库歇一天一天推迟他的决定，再说，他也害怕日耳曼女人在场。

他希望这老女仆自动要求结账走人，便一味额外增加她的苦活儿，记下她多少次喝得酩酊大醉，大声呵斥她邋遢、懒惰；他干得巧妙，终于辞退了她。

这一来佩库歇自由了！

他怎样急不可耐地巴望布瓦尔出门呀！布瓦尔在身后拉上大门时，他的心怎样跳个不停！

梅丽坐在窗旁一张独脚小圆桌边借着烛光做针线活；她时不时用牙齿咬断手上的线，然后眯缝着眼对准针眼穿线。

他首先想知道什么样的男人招她喜欢。比如，是布瓦尔类型的男人吗？根本不是！她更喜欢瘦男人。他竟壮着胆问她过去有没有情人！

“从没有！”

他随即挪到她身边，出神地注视着她那清秀的鼻子、小小的嘴唇、脸的轮廓。他对她说些恭维话，还劝她文静些。

他冲她俯下身去，透过她的胸衣瞥见她白白的胸脯，从那里发出温热的气味，使他的脸发烧。有一天晚上，他用嘴唇轻轻吻了她颈背上的乱发，他感到浑身震颤，直到骨髓。还有一次，他吻了她的下巴，并竭力控制自己别咬了她的肉，因为她的肉实在太有味道了。她还了他一吻。他感到天旋地转，什么也看不见了。

他送她一双靴子，还经常请她喝茴香酒……

为使她别太劳累，他一大早起来替她劈柴，生火，甚至体贴到代她为布瓦尔擦鞋。梅丽并没有晕倒，也没有让手绢掉在地上，佩库歇便不知如何是好；他越害怕满足情欲，他的情欲就越旺盛。

布瓦尔追逐波尔丹太太毫不懈怠。

她接待他，身子紧紧裹在一件闪色的丝绸连衣裙里，裙袍咔咔作响，有如马的鞍辔；为了不致失态，她老把玩着自己的金表链。

他们的对话不是谈沙维尼奥尔人，就是谈“她的亡夫”，昔日利瓦罗的法庭执达员。

她随后又打听布瓦尔的过去，留心了解“他年轻时的恶作剧”，还顺便问问他的财产状况，他和佩库歇的关系出于什么样的利益考虑。

他则欣赏她家务管得好，在她家晚餐时，就恭维她家的餐具干净，菜肴与众不同。一系列浓味的菜，在同等的时间间隔中上勃艮第产的名贵红葡萄陈酒，他俩就这样一直吃到餐后点心，享用餐后点心时他们又花了很长时间喝咖啡。波尔丹太太张开鼻孔，把她那厚厚的嘴唇浸到带茶托的咖啡杯里，嘴上的黑色汗毛形成淡淡的阴影。

有一天，她出现在布瓦尔面前时袒胸露肩。她的肩膀使他着迷。他当时坐在她面前的一张矮椅上，禁不住用双手沿着她的两只胳膊摸上去。那位寡妇发火了。他再也不敢造次，但仍然想象着那对又坚实又肥大的妙不可言的丰满圆形物。

一天晚上，梅丽烹调的东西让布瓦尔倒胃口，他走进波尔丹太太的客厅时感到格外快活。这里才应当是他过日子的地方。

蒙了一张粉红色纸的灯罩射出柔和的光，令人感到安详。波尔丹太太坐在壁炉旁，把她的脚伸出她的裙袍。他俩只说了几句话，聊天就冷场了。

这时，她注视着他，睫毛半开半阖，显得伤感，引人爱怜，而且又执着又顽强。布瓦尔再也不能自持了！他跪到地上，嘟嘟哝哝地说：

“我爱您！我们结婚吧！”

波尔丹太太呼吸急促，随后装出天真的神气说他这是在开玩笑；显然，大家会嘲笑他们，这太不理智。他的爱情表示让她茫然不知所措。

布瓦尔反驳她说，他们的事用不着任何人的同意。

“谁阻碍您啦？难道是嫁妆？我俩的内衣有相同的记号条，都是B！我们是在结合我们姓氏的大写字母。”

他的论据使她高兴，但还有一件重要的事妨碍她在本月底前做出决定。布瓦尔只好唉声叹气。

她送他出门时显得温情脉脉，身旁还跟着手执风灯的玛丽亚娜。

两个朋友一直在互相隐瞒自己的情欲。

佩库歇准备永远掩盖他和小保姆私通的事。一旦布瓦尔反对他们这样做，他就把梅丽带到别处去过日子，哪怕去阿尔及利亚呢，那里的生活倒不昂贵！然而他很少做这样的设想，因为他心里充满爱，并不考虑这份爱情的后果。

布瓦尔计划把博物馆改成他们的新房，除非佩库歇拒绝这样做；要那样他就搬到他的配偶家里住。

第二个星期的一天下午，她正在她家的花园里，含苞的花已开始怒放，一朵朵白云间出现了大片的蓝色晴空；她弯腰采了几朵堇菜花，一面让他看花，面说：

“给布瓦尔太太问好呀！”

“怎么！这是真的？”

“千真万确。”

他想拥抱她，她把他推开了。

“什么样的男人！”

接着，她态度变得严肃，提醒他说，她即将向他要求某种照顾。

“我一定给您！”

他们得在下个礼拜四签订婚姻契约。

直到签订契约那一刻，他们俩谁都不应该知道契约的内容。

“就这么说定了！”

他出门时眼睛望着天空，一身轻得像麂子。

同一天上午，佩库歇下了决心，如得不到小保姆的欢心，他宁可死去。他陪伴她到地窖，希望那里的黑暗能赋予他勇气。

她好几次想走，但他老留下她，或数瓶子，或选一些板条，或察看一个个酒桶的底；时间已经拖得很长了。

她站在他对面，从通风窗射进来的阳光照在她身上，她站得很直，垂着眼皮，嘴角微微往上翘。

“你爱我吗？”佩库歇生硬地说。

“是的，我爱您。”

“哦，那好，给我证实你的爱！”

于是，他用左手抱着她，右手开始解她的胸罩搭扣。

“您会搞痛我吗？”

“不会！我的小天使！别怕！”

“如果布瓦尔先生……”

“我什么也不告诉他！放心吧！”

他们身后有一大堆柴捆。她顺势倒在柴捆上，让两个乳房从衬衫里露出来，头往后仰，然后用一只胳膊遮住脸；换一个人一定会明白，这姑娘已经是老手了。

过不多久，布瓦尔回家吃饭。

用餐时两人都默不作声，生怕露了马脚。梅丽给他们上菜，与平常一样镇定自若；佩库歇把眼睛转到一边去，以避开她的眼睛；布瓦尔却端详着墙壁，心里考虑着如何进行修缮。

一星期之后的周四，他回到家里时怒不可遏。

“该死的婊子！”

“你说谁呀？”

“波尔丹太太。”

于是，他讲述自己如何荒唐到想让她做妻子；但一切都结束了，是一刻钟以前在马雷斯科那里结束的。她硬说自己接受了厄卡尔作为嫁妆，而厄卡尔跟农场一样，有一部分是他和另一个人一道付钱买下的，他个人不能随便支配。

“的确是这样！”佩库歇说。

“而我竟蠢到答应她随便选择一种照顾！她就是这样一个人！我当时很固执，因为如果她爱我，她就应该让步！”

恰恰相反，那寡妇竟发了火，而且破口大骂，诋毁他的外貌、他的大肚子。

“我的大肚子！你说说，这是怎么回事！”

在这期间，佩库歇出去了好几次，走路时两腿叉开。

“你很难受？”

“噢，是的！我难受！”

佩库歇关上门，经过好一阵犹豫，这才承认他刚发现自己得了一种见不得人的病。

“你？”

“正是我！”

“哦！我可怜的单身汉！谁传给你的？”

佩库歇的脸更红了，他把声音压得更低，说：

“只能是梅丽。”

布瓦尔惊呆了。

要做的第一件事是辞掉那姑娘。

她表示抗议，装出天真的神态。

佩库歇的病情却非常严重；但他为自己干的丑事感到羞愧，不敢去看医生。

布瓦尔想到求助于巴尔勃鲁。

他们给他写信谈了病情的细节，让他转给一位医生，请医生以通信的方式进行治疗。巴尔勃鲁很积极，因为他相信此病与布瓦尔有关，他一边祝贺他，一边叫他“故作年轻的可笑老头”。

“在我这样的年纪！”佩库歇老说，“这太令人伤心了！可她为什么要对我这样？”

“她喜欢你呗。”

“她事前应该告诉我。”

“难道情欲能受理性控制！”

布瓦尔又抱怨波尔丹太太了。

他经常在无意中发现她在厄卡尔前面逗留，还有马雷斯科作陪，她同日耳曼女人还谈着什么。为一点点土地搞那么些鬼！

“她很贪财！原因就在这里！”

在小客厅里，他俩就这样围着炉火反复思考着他们的失算，佩库歇边说边吞药，布瓦尔吸着烟斗。他们就女人问题高谈阔论。

“奇怪的需要！这难道是需要？她们逼人犯罪，促人当英雄，也使人变得糊涂。衬裙下有地狱，亲吻里有天堂；那是斑鸠的鸣啭、蛇的扭动、猫的魔爪、大海的阴险、月亮的无常。”

他们谈到女人流露出来的所有共同之处。

正是他们想得到女人的欲望使他俩暂时中断了友谊。他们感到好不后悔。

“再也不要女人了，是吧？让我们过没有女人的生活！”

他俩动情地拥抱在一起。

必须振作起来。在佩库歇康复之后，布瓦尔认为水疗对他们有益。

那个姑娘走了之后，日耳曼女人又回来干活了。她每天早上把浴缸搬到走廊上。这两位老先生像野人一般光着身子，一桶一桶地互相浇水，然后跑回自己的房间。有人在栅栏那边瞧见了他们，有些人还为此感到气愤。

八

他们对自己的饮食制度感到满意，于是想通过体操锻炼改善体质。

他们取来阿莫罗的锻炼手册，浏览了里面的图册。

图册里的年轻小伙子，有的蹲着，有的向后仰，还有些人站立着，或弯腿，或伸开双臂，或扬着拳头；有的在举重，有的骑在杠子上，或在梯子上攀登，或在高秋千上翻筋斗；如此显示力量和灵活性的运动刺激了他们锻炼的欲望。

然而，手册前言里描绘的健身房的富丽堂皇使他们感到沮丧。因为他们永远不可能有一间前厅来摆放那些装备，也没有跑马场供他们跑步，也没有水池供他们游泳，更没有“荣耀山”，即高三十二米的假山。

马上杂技需要的木马加上垫料，这恐怕费用浩大，他们不敢问津；于是他们把花园里那棵倒了的椴树用作横爬竿；当他们学会灵活地从这端走到那端时，又在贴墙果树之间栽了一个工字小梁作为竖爬杆。佩库歇一直爬到最高处。布瓦尔滑了下来，再爬，再掉下，终于放弃了。

他更喜欢“体正测量仪”，即用两根绳子捆紧两个扫帚柄，第一根绳子经过胳肢窝，第二根绳子绕在两个手腕上；他坚持使用这个设备长达几个小时，抬起下巴，挺着胸脯，两肘顺着身体下垂。

没有杠铃，大车制造工人为他们裁了四个白蜡树块，形状像圆锥形糖块，顶上像瓶颈。应当举着这几个大头体操棒往右，往左，往前，往后；然而物件太重，老从指间往下滑，险些砸坏他们的腿。不要紧，他们转而发奋舞弄波斯大头体操棒；因为害怕棒子开裂，他俩竟用一块棉布每天晚上给它们打蜡。

接着，他们出去寻找沟渠。当他们找到一条合适的地沟时，便在沟中间插一根长竿，靠着长竿用左脚从沟这边跳到沟那边，然后再跳回来。原野很平坦，人们在远处就能看见他们；村民们互相询问：在天边跳来跳去的是什么怪物呀？

秋季来临，他俩开始做室内体操；但这种活动让他们感到腻烦。他们怎么就没有路易十四时代圣皮埃尔神甫发明的那种摇动装置，或曰邮车椅！如何制造这玩意？去哪儿打听？迪姆舍尔甚至不屑于回答他们。

于是，他们在面包房里设置了一个手摇摇板。两个滑轮固定在天花板上，一根绳子穿过滑轮，绳子两端各有一个横档。他俩抓住各自的横档之后，一个用脚趾往地上压，另一个将两臂压到齐地的水平；第一个人以他的重量吸引第二个人，第二个人稍稍放松绳子便往上升；不到五分钟，他俩的四肢都流汗了。

为了遵守锻炼手册的规定，他们竭力训练自己成为左右手同样灵巧的人，直至暂时丧失右手的功能。他们走得更远，阿莫罗指定了一些锻炼时必须唱的歌，他俩在平时走路时也反复唱赞歌：

国王，公正的国王是世间的福祉。

在拍打胸肌时，唱:

朋友，王冠和荣光，等等。

跑步时:

来我们这里，胆小的动物!
让我们赶上迅跑的鹿!
对! 我们会战胜他们!
奔! 奔! 奔!

他们虽然比狗喘得还厉害，却越听自己的歌声越来劲。

体操还有一个方面使他们兴奋:可以利用体操作为救护的手段。

但得有孩子才能学会如何将孩子放在口袋里背着走，他们便去求小学老师给他们提供几个娃娃。珀蒂反对说，孩子们的家庭会感到恼火。他们不得已而转向伤员的救护。他俩一个假装晕倒，另一个小心翼翼地将他放进一辆两轮车。

至于军事攀登，手册作者倡议使用玫瑰红木梯，这名字是从前一位上尉爬悬崖突然袭击费康城时给这种云梯取的名字。

根据书中的版画插图，他们在一根粗绳上捆了好些小棍子，然后把粗绳固定在库房棚顶下边。

一跨上第一根小棍，并抓住第三根，他们连忙将双腿往前伸，好让方才齐胸的第二根小棍正好处在自己的臀部下面。于是再站起身，再抓第四根，并这样继续下去。他们虽然拼命扭动腰部，仍然跨不上第二梯级。

也许，像波拿巴的士兵攻取尚勃雷要塞那样，用手抓住石头费的劲儿要小些？为了大家能进行这样的活动，阿莫罗的健身机构拥有一个塔形堆积物。

断墙可以代替塔形堆积物，他们便试着冲锋。

然而布瓦尔从一个窟窿里抽脚时动作太快，他一害怕就感到头晕眼花。

佩库歇则怪罪他们的方法不对：忽略了指（趾）骨节一类的锻炼，所以应该回头按原则进行健身。

佩库歇的劝告是白费心机。于是，在他的傲气和自以为是的心态驱使下，他踩起了高跷。他似乎天生适于踩高跷，因为他立即用上了大型高跷，踏脚板离地有四尺。他站上去让身子平衡之后，便开始在花园里大步走来走去，活像一只正在散步的巨大的鹳。

布瓦尔在窗前瞧见他摇摇晃晃，随即倒在四季豆上，豆架砸得稀里哗啦往下坍塌，倒缓冲了他的坠落。扶他起来时，他满身泥土，鼻孔出血，脸色灰白，而且认为自己犯了小肠胀气。很明显，体操并不适合他们这种年纪的人；他们抛弃了体操，而且再也不敢走动，生怕出事。于是，他们从早到晚待在博物馆里冥思苦想，希望找点儿别的事干。

改变习惯的举措影响了布瓦尔的健康。他变得身子笨重，用餐之后像抹香鲸一般喘粗气。他想减肥，吃得比过去少，身体却虚弱了。

佩库歇也感到自己在逐渐衰弱；他浑身发痒，喉咙里仿佛有些硬东西。

“这样不行，”他老说，“这样不行。”

布瓦尔想去旅馆选几瓶西班牙酒喝，以恢复肌体各器官的活力。

他从旅馆出来时，马雷斯科的文书和另外三个人正给贝尔冉勃抬来一张胡桃木大桌子；“先生”为此十分感谢他。这桌子“转”得很好。

布瓦尔从而得知旋转桌[1]的新时尚。他为此同文书开玩笑。

然而，在整个欧洲，在美洲、澳洲和印度，几百万人一辈子都在转桌子，有人还因此找到办法变傻子为先知，举办音乐会不需要乐器，靠蜗牛通信。报界认真地把这些谎言奉献给公众，更加深了他们相信的程度。

敲击东西表示来临的鬼魂突然来到德·法威日的城堡，又从城堡分散到村子里，主要由公证人马雷斯科向鬼魂提问。

布瓦尔的怀疑态度使马雷斯科十分反感，他邀请两位朋友参加一次旋转桌晚会。

是陷阱吗？波尔丹太太很可能出席晚会。于是，佩库歇一个人去了一趟。

参加的人有镇长、税务官、上尉，还有别的有钱人和他们的妻子，如沃考贝依太太，果然有波尔丹太太；此外，还有马雷斯科太太昔日的女学监拉维利埃尔小姐，一个形迹可疑的女人，一头灰色头发螺旋式地披在她的双肩上，那是一八三〇年的样式。安乐椅里坐着来自巴黎的堂兄，穿一件蓝色上衣，一副飞扬跋扈的模样。

那两盏青铜灯，那古玩架，还有放在钢琴上的带花饰的抒情歌谱，以及那几幅框大而画小的水彩画永远让沙维尼奥尔人大惊小怪。不过今天晚上大家的眼光都转向了桃花心木桌子。它一会儿就要受到考验，它的重要性不下于一些蕴含奥秘的东西。

---

① 即欧洲十分流行的招灵游戏。

十二位客人围着桌子就座，摊开双手，小指靠拢。客厅里只能听到挂钟的滴嗒声。人人脸上都透出极度的专注。

过了十分钟，好几个人抱怨两臂发麻。佩库歇也感到不适。

“您在推！”上尉对福罗说。

“根本没那回事儿！”

“您是推了！”

“哦！先生！”

公证人让他们冷静下来。

大家侧耳细听，以为听见了木头的噼啪声。纯属幻觉！什么也没动。

前不久的一天，沃贝尔和劳尔默两家人从利兹厄来到这里，他们特意借了贝尔冉勃的桌子，一切进行得那么顺利！然而今天这桌子却表现得如此顽固……为什么？

一定是桌布妨碍了它，于是大家来到饭厅。

选定的家具是一张很大的独脚圆桌，佩库歇、吉尔巴尔、马雷斯科夫人和她的堂兄阿尔弗莱先生在周围坐下。

腿下装有几个小轮的圆桌往右边滑，试验者的指头动也没动就顺着桌子的运动方向转，后来桌子又自动转了两圈。大家都惊呆了。

阿尔弗莱先生一板一眼地大声说：

“鬼魂，你觉得我的堂妹怎么样？”

圆桌慢慢抖动起来，敲了九下。

根据签上对敲击数字的解释，九下意味着“迷人”。于是叫好声四起。

马雷斯科想逗波尔丹太太，催鬼魂说出她的准确年龄。

圆桌脚动了五下。

“怎么？五岁！”吉尔巴尔叫道。

“十字不算在内。”福罗说。

那位寡妇笑了笑，心里却很恼怒。

对别的问题却回答得文不对题，因为字母都太复杂。最好用小金属板，拉维利埃尔小姐曾用这种简便的方法在她的记事簿上记下了与路易十二[①]、克雷芒斯·伊索尔[②]、富兰克林[③]、让–雅克·卢梭等人直接联系的情况。沃玛尔大街正在卖这种器械。阿尔弗莱答应买来一套，他接着对女学监说：

“还有一刻钟，弹点儿钢琴怎么样？来一首玛祖卡舞曲吧！”

两个和弦响过，他抱着他堂妹的腰，同她一起消失了一会儿再回到饭厅。他堂妹的长裙一路上带着风轻轻擦过几道门，使在座的人感到凉爽。她仰着头，他将一只手臂弯成弧形。大家欣赏她优雅的姿势，赞赏他潇洒的风度；佩库歇没等到吃花式糕点便退了出来，他对晚会感到惊讶不已。

他一再重复说：

“可我看见了！我看见了！”

但白费唇舌。布瓦尔否定那里发生的事，不过同意自己亲自做些试验。

在半个月当中，他们每天下午都面对面坐在一张桌旁，双手先放在桌子上，后来放在一顶帽子上，再后来又放在一个篮子和一些

---

① 路易十二（1462—1515），又名“人民之父”。1498年登基成为法国国王，在位期间颇有建树。

② 克雷芒斯·伊索尔系14世纪法国图卢兹地方的一个女人。传说她曾建立“百花诗赛”，属图卢兹科学院，每年颁发诗歌奖。但今人对此予以否认。

③ 本杰明·富兰克林（1706—1790），美国科学家、作家、政治家。

碟子上。这些东西全都一动不动。

虽然如此，旋转桌现象却照样被人肯定。普通人将其归之于鬼魂的作用，法拉弟[①]则认为是人的紧张精神活动的延续，谢夫勒尔[②]却肯定其为无意识地用劲；或者，正如色古安假定的，人聚在一起时也许会产生一种冲动、一种磁流？

这种假设使佩库歇浮想联翩。他从书架上取下蒙塔卡贝尔著的《动物磁气疗法施行指南》，专心致志地一读再读，然后将这个理论传授给布瓦尔。

所有有生命的肉体都接受多个天体的影响并传输它们的感应。这种属性类似磁石的功效，可以引导这样的力量用来治病，这就是根源说。从梅斯麦[③]到现在，科学已经发展了，然而发气和催眠者的诱导作用一直在显示其重要性。

“那好，你就给我催眠吧。”布瓦尔说。

“这不可能，”佩库歇驳他道，“要想接受磁气的作用并传输自己的感应，信念是必不可少的。”

说罢，他仔细端详布瓦尔。

“哦！多么遗憾！”

“怎么啦？”

“没错，只要你愿意，稍微实践一番，就再找不到比你更好的动物磁疗家了！”

因为他具有进行磁疗所需的一切：待人接物殷勤体贴，身体壮

---

① 法拉弟（1791—1867），英国物理学家、化学家。

② 谢夫勒尔（1786—1889），法国化学家，同时致力于心理学研究。

③ 法兰茨·梅斯麦（1734—1815），奥地利籍医生，动物磁气学说的创始人，并以此学说解释他所施行的一种类似催眠术的医疗方法。

实，精神坚强。

布瓦尔身上刚被发现的这些特性使他十分得意。他开始暗暗钻研蒙塔卡贝尔的著作。

后来，得知日耳曼女人耳鸣得厉害，一天晚上，他用随随便便的口气说道：

“试试磁气疗法如何？”

她倒没有反对。他便坐到她面前，把她的两个拇指放在自己手里，目不斜视地看着她，仿佛他这一辈子没有干过别的事。

那善良的女人把脚放在脚炉上，脖子开始往下垂；她的双眼慢慢闭上，而且打起鼾来。他们俩凝视着她，一个小时过去之后，佩库歇低声问她：

“您感觉怎么样？”

她醒了。

过一会儿她肯定会头脑清醒。

这次成功使他们更胆大了，他们毫无顾忌地重操医疗旧业，治疗的第一个病人是教堂执事尚拜朗，此人患肋间神经痛；接着是泥瓦匠米格莱讷，他患的是胃神经官能症；瓦兰大妈在锁骨部位患脑软化，一吃饭就要求吃令人饱胀的肉；勒莫安讷大爹老在几家小酒馆外边一瘸一拐地走路；还有一个肺痨病患者，一个半身不遂的病人等，不一而足。他们还治过一些人的鼻炎和冻疮。

在问清楚病情之后，他们便用眼神互相询问该采用什么样的催眠诱导术，发气时气流该大还是小，是上行还是下行，是纵的还是横的，是双指还是三指乃至双五指发气。他俩谁干腻了，另一位便接着干。回到家里，他们把观察到的情况记在治疗日记里。

他们热忱的态度吸引了许多人。不过大伙儿更愿意求布瓦尔治病；当他治好了远洋轮船船长巴尔贝老爹的闺女小巴尔贝时，他的美名直传到法莱斯。

小巴尔贝老感到枕骨里仿佛有个疖子。她说话声音嘶哑，经常好几天不吃东西，然后就吞食些生石膏或煤。在神经性发作时，她先抽抽噎噎地哭，到最后便泪如泉涌。什么治疗方法都用尽了，从药草熬的汤剂到艾灸。末了，她出于厌倦，便接受了布瓦尔的建议。

他把丫鬟打发走，锁上门，然后开始按摩她的腹部，同时紧压卵巢部位。一种舒适的感觉通过病人的呻吟和呵欠表现出来。他遂将一个指头放到她鼻子上方的两眉之间，她突然失去了活动能力。他把她的两臂抬起来，但两臂随即落下；她的头保持着他希望她保持的姿势；她双眼半闭，眼皮痉挛似的抖动，使布瓦尔得以看见她慢慢转动的眼球；后来，痉挛的眼球固定在眼角。

布瓦尔问她是否痛苦，她回答说不痛苦；她现在的感觉是，她能看清自己体内的东西。

“您看见里面有什么？”

“一条虫子。”

“怎样才能杀死虫子？”

她皱皱眉头：

“我想想……不，我杀不了，我没办法。”

第二场，她给自己开了药方：荨麻汤——第三场，她又开了猫儿草。神经性发作减轻了，消失了。这真像个奇迹。

手指点鼻法用在别人身上却全不奏效，为了施行催眠术，他们打算修建梅斯麦式的斗形座。佩库歇甚至收集了一些锉屑，清洗了二十来个玻璃瓶，但他突然有所顾忌，停下了。来就诊的病人当中很可能有卖淫的人。

“假如那些人色情变态大发作，我们怎么办？”

这一点本来不会使布瓦尔罢手；但考虑到闲言碎语和可能发生的讹诈，还是不干为好。因此他们只吹口琴，而且到各家治病时都把口琴带上，这使孩子们格外快活。

有一天，米格莱讷病情恶化，他们便用上了口琴。清脆的琴声使病人十分恼火，但德勒兹曾吩咐施行催眠术的人别害怕病人抱怨；音乐便继续下去。

“够了！够了！”米格莱讷叫道。

“耐心点儿！”布瓦尔一再说。

佩库歇敲玻璃片敲得更欢了，口琴也发出了颤音，弄得可怜的病人大声号叫；这时，被喧闹声引来的医生露了面。

“怎么！又是你们？”他嚷道，为老看见他俩在他的病人家里而怒不可遏。

他们向他介绍他们的磁气疗法。医生一听便大叫大嚷骂磁疗是一堆杂耍！磁疗的疗效纯属想象。

然而，有人却能使动物接受磁气疗法。蒙塔卡贝尔对此也做了肯定；封登先生还磁疗过一头母狮。他俩没有狮子，但他们碰巧得到了一头别的牲畜。

原来在第二天早上六点，掌犁的伙计跑来告诉他们说，农庄的人恳求他们去一趟，一头母牛活不长了。

他俩赶快往农庄跑。

一排排苹果树花团锦簇，院子里，绿草在朝阳下散发着轻烟般的蒸气。水潭边，一头半身盖了被单的母牛哞哞叫着，有人给它一桶桶浇水，它却抖个不停，而且浑身鼓胀得吓人，活像一头河马。

显然，它是在苜蓿地里吃草时中了毒。古依大爹和古依大妈又懊恼又伤心，因为兽医来不了，而会念抗肿胀咒语的大车修理工又不愿意撂下手边的活儿。这两位先生以藏书闻名，想必知道什么诀窍。

他俩挽起衣袖，一个站到牛角前边，另一个站到牛臀后面。他们用强大的内力和狂乱的手势通过分开的手指朝母牛发出一股股气流，站在旁边的农夫和他的妻子、伙计以及邻居注视着他们，险些被吓倒。

大家听见母牛肚子里的咕噜声在它的内脏深处引起一阵肠鸣。母牛放了一个屁。佩库歇说：

“这就给希望开了门，也许已打通了出路。”

出路果然打通，“希望”以一发大炮的威力在黄黄的粪便里爆发般地喷涌出来。牛皮放松了，母牛消了肿；一小时之后，痊愈了。

这当然并非想象产生的疗效。足见气流里蕴含着一种特殊的效能。这种效能任人把它自己深藏在一些物体内，谁摄取它它都不会衰竭。这种方式可以省去许多奔波。他们俩便采纳了这种方式，给受试验的顾客送去一些磁气化了的硬币、手绢、水和面包。

后来，他们在继续深入研究时，放弃了催眠术而采用了皮杰格[①]体系，这个体系以一株绕了绳子的老树代替动物磁气疗法施行者。

他们的破房子那边有一株梨树似乎专为此而存在。他俩多次使劲抱住它发气。梨树下安放了一张长凳，来就诊的常客在凳子上坐成一排，他们得到的疗效是那样神奇，使这两位无证医生决定拉沃考贝依大夫下水。他们邀请他和地方上的头面人物前来亲自观

① 皮杰格（1751—1825），梅斯麦的门生，曾写书介绍磁气疗法。

看一场。

没有一人缺席。

日耳曼女人把来客迎到小厅里，请客人们“原谅”，她的主人马上就到。

不时响起门铃声。是就诊的病人，日耳曼女人便把他们引到另外的地方。应邀的客人们用臂肘指指积满尘土的窗户、护壁镶板上的污点、带着划痕的油漆涂层；前面的花园也显得可怜巴巴。到处都是枯树！两根木棍堵住了墙上的缺口，挡住了果园。

佩库歇露面了。

“先生们，我听从您们吩咐！”

大家看见花园深处那株厄都印梨树下坐了好些人。

没有留胡须的尚拜朗是教士，所以穿了一身全毛厚斜纹长袍，戴了一顶神职人员的皮圆帽；肋间神经痛使他一个劲哆嗦。一直胃疼不止的米格莱讷坐在他旁边皱着眉头；瓦兰大妈的披风在她身上绕了又绕，她想借披风遮住她的肿瘤；勒莫安讷大爹赤脚趿拉一双踩倒了后跟的旧鞋，腿弯下放着双拐；盛装的巴尔贝姑娘脸色异常苍白。

梨树的另一边坐了些别的人：一个患了白化病的女人擦着脖子上化脓的淋巴结肿；一个小姑娘的脸有一半被蓝色的眼镜遮住了；一位脊背因挛缩而变形的老人无法控制地动来动去，无意识地老碰他旁边的马赛尔；马赛尔是一个类似白痴的小伙子，穿一件褴褛的罩衫，一条打补丁的裤子——他那缝合得很糟的兔唇下露出了门牙，几块布裹住了他被大肿块鼓胀起来的双颊。

人人手上都握着一根从树上垂下的细绳子，鸟儿歌唱，不冷不热的草皮散发的清香在空气中流动。阳光洒满枝头。大家仿佛在苔藓上行走。

然而，那些实验对象不但没有睡过去，反而睁大了眼睛。

"直到此刻也没见什么有趣的事。"福罗说道，"开始吧，我离开一会儿。"

他回来时嘴上含了一个烟斗，那是从烟斗门上取下的最后一只阿卜杜-埃尔-卡德尔烟斗。

佩库歇想起一种很不错的发气办法。他在想象中将所有病人的鼻子放在自己嘴里，然后吸进他们呼出的气息，从而把电流吸引到自己身上。与此同时，布瓦尔紧抱梨树以增强气流。泥瓦匠停止了打嗝，教堂执事也不那么烦躁不安，痉挛不止的老人也不再乱动了。现在，大家可以走近他们，让他们接受所有的试验。

医生用他的柳叶刀刺尚拜朗的耳根，尚拜朗微微颤了一下。其他人的感觉是很明显的，痛风病人尖叫了一声。至于巴尔贝姑娘，她像在梦中一样微笑着，下巴上流着细细的一股鲜血。为了亲自试验她，福罗想抓过柳叶刀，但医生拒绝把刀给他，他便在病人身上狠狠掐了一下。上尉用一根羽毛挠姑娘的鼻孔，税务官正要把一根针刺进姑娘的肉里，沃考贝依大夫说：

"别刺她！不管怎么说，这没有什么可奇怪的！她是歇斯底里患者嘛！对这样的病人，魔鬼也会变得糊涂！"

"那一位，"佩库歇指着瘰疬女病人维克特瓦尔说，"她是个医生！她能识病，而且会指出该用的药物。"

朗格洛瓦很想找她看看自己的重伤风，但他不敢；古隆比他勇敢，他就自己的风湿性关节炎咨询她。

佩库歇将古隆的右手放在维克特瓦尔的左手里，女人的双眼一直紧闭着，她两颧微微发红，双唇颤动；她在睡梦中胡言乱语一番之后，开出处方：valumbecum。

她曾在巴耶的一位药剂师手下工作过，因此沃考贝依推论说，她想说的是albumgroecum，她也许在药店里隐约看见过这个字。

他随即靠近勒莫安讷大爹，据布瓦尔说，此人能够通过不透明的物体看见里面的东西。

他过去是一位沉湎于放荡生活的教师。一头白发散乱地披在他脸颊的周围，他背靠梨树，两手摊开，在艳阳下睡觉，睡姿颇为庄重。

医生把两条领带重叠起来捆在他的眼皮上，布瓦尔把一份报纸放在他眼前，急切地说：

“读吧！”

受试者垂垂额头，动动脸上的肌肉，然后仰起头，末了，费力地读出：

“符合——宪法——的。”

“可是灵巧的人可以让所有的蒙眼布条往下滑！”

医生的否定引起佩库歇反感。他竟冒险宣称巴尔贝姑娘能够描绘此刻医生自己家里发生的事。

“那好！”医生说。

他把表抽出来。

“我妻子现在在干什么？”

巴尔贝姑娘犹豫了好长时间，然后面色阴沉地说：

“唔！什么？噢！我看出来了！她正把饰带往草帽上缝。”

沃考贝依从他的记事本上撕一张纸，写了一个条子，马雷斯科的文书连忙把条子送去了。

组场结束。病人都走了。

总的说，布瓦尔和佩库歇不算成功。这应归咎于气温呢，还是烟草味？还是热弗罗依教士的雨伞？因为雨伞上的铜装饰品是金属，而金属是抗气流发送的。

沃考贝依耸耸肩。

不过，他不能对德勒兹、贝尔特朗、莫兰和于勒·克罗盖几位先生的真诚提出异议。这几位老师的确说过，有些梦游人曾预言过一些事件，而且忍受残酷的手术毫无痛苦。

教士给大家讲了几个更令人吃惊的故事。一位传教士曾看见几个婆罗门僧侣头朝地走完一条路，西藏的大喇嘛通过开肠破肚传授神谕。

"您在开玩笑吧？"医生说。

"绝不是开玩笑！"

"哪会这样！纯粹是戏弄人！"

话题一改变，大家都编自己的小故事。

"我呢，"杂货店老板说，"我过去养了一只狗，只要哪一个月以星期五开始，它准生病。"

"我们家有十四个兄弟姐妹，"治安法官接着说，"我的生日是十四号，我在十四号结婚，我的圣名瞻礼日是十四号！你们给我解释解释！"

贝尔冉勃好多次梦见他的旅馆第二天接客的人数，珀蒂讲述了卡佐特[①]吃夜宵的故事。

于是，教士作如下的思考：

"为什么不干脆瞧瞧那里边的……"

---

① 雅克·卡佐特（1719—1792），法国神怪故事作家，在法国大革命中被判上断头台。

“鬼，是吗？”沃考贝依说。

教士没有回答，只点了点头。

马雷斯科谈起得尔斐神庙的女祭司皮蒂亚[①]。

“毫无疑问，是疫气。”

“哦！现如今还谈疫气！”

“我呢，我同意那是精气。”布瓦尔说。

“是天体精气！”佩库歇补充说。

“可是您应该证实这点！指指看，您那精气在哪儿？再说，精气的说法已经过时了，听我的没错。”

沃考贝依走到离这里远些的阴凉地方，其余的人也跟了过来。

“假如您对一个孩子说：‘我是一只狼，我马上要吃你！’这孩子就想象您确是一只狼，而且会害怕；这就是受话语支配的幻想。同样，梦游人也接受别人要他接受的幻想。这种人能回忆，但不能想象，所以他总服从别人；他以为自己在思考时，他实际上只有感觉。有些罪行就如此这般受启发而被联想出来，有些德高望重的人就可能发现自己是猛兽，而且会不由自主地变成吃人肉者。”

大家看看布瓦尔和佩库歇。他们的雕虫小技有危害社会的潜在危险呢。

马雷斯科的文书又出现在花园里，手里挥动着沃考贝依太太写的信。

医生拆开信封，脸色突然发白，好不容易念出这几个字：

“我在给草帽缝饰带。”

---

① 传说阿波罗在希腊的得尔斐杀死巨蟒皮同后，选定此处建造自己的神庙，并通过女祭司皮蒂亚转达他的神谕。

无比的惊愕使大家笑也笑不出来。

“一次巧合，那当然！什么也证实不了。”

两位磁气师正扬扬得意时，医生走到门边，转过身子对他们说：

“别再干下去了！这种消遣太危险！”

教士把教堂执士带走，绷着脸训他说：

“您疯了吗！而且没得到我准许！这类勾当是教会禁止的！”

客人刚散，布瓦尔和佩库歇就在葡萄棚上同小学教师聊天，这时，马赛尔突然从果园跑出来，下颏的绷带全拆散了。他嘟嘟哝哝地说：

“没事儿了！全治好了！真是好先生！”

“很好！行了！让我们安静！”

“哦！两位好先生，我爱你们！我是你们的仆人！”

珀蒂是一位进步人士，他认为医生适才的解释纯属低级趣味，是资产阶级观点。科学是富人手中的垄断物，它排斥人民：是时候了，应当以广泛的不假思索的概括代替中世纪的老一套分析。真理应该通过内心直接获取；他宣称自己是通灵论者，并给他们指定几本著作，那些著作无疑有缺陷，但却是新曙光的朕兆。

他们便请人将这几本书寄来。

通灵论把人类必然的改进确认为它的教义。人间总有一天会变成天堂，这说明为什么小学老师为这个学说着迷。这个学说并不是天主教教义，但它倚仗圣奥古斯丁[①]和圣路易。阿朗-卡尔代克甚至发表了由两位圣人口述而记下来的讲话片段，这些片段正好适应当

① 圣奥古斯丁（354—430），罗马帝国时期大主教、神学家、哲学家、伦理学家、辩证论学者，著有《上帝之城》《忏悔录》《论三位一体》等。他的政治思想、哲学思想及神学理论影响基督教世界达千年之久。

今舆论的水准。这个教义实用，有益健康，而且像望远镜一般给我们展现了更高级的世界。

人死后，他们的灵魂在恍惚间被运送到那里。但有时那些灵魂会降到我们的地球上，让我们的家具咔咔作响，参与我们的娱乐，领略大自然的美妙，品尝欣赏艺术的欢乐。

不过，我们当中好多人都拥有一个空筒，就是说在头顶后部有一根长管，它可以从头发一直通到各星球，使我们得以同土星的精灵谈话；捉摸不到的东西未必就不真实，从地球到星球，再从星球到地球，这是往返过程，是移转，是持续的交换。

于是，佩库歇的心充满杂乱无章的渴望。夜幕降临时，布瓦尔无意中撞见他正在窗前凝视那居住了众多精灵的闪光的太空。

史威登堡[①]曾多次去那里旅行。因为在不到一年的时间里，他勘察了金星、火星、土星和二十三倍的木星。此外，他在伦敦还看见了耶稣-基督，看见了圣保罗[②]，他还看见了圣约翰[③]，看见了摩西；在一七三六年，他甚至观看了最后的审判。

因此，他给我们描绘了天上的情况。

那里有花，有宫殿、市场和教堂，与我们这里完全一样。

天使们昔日也是人，他们把自己的思想写进练习簿里，闲聊中他们谈家务，或者谈心灵方面的问题，那里的教士职位属于那些在人间生活时致力于《圣经》研究的人们。

---

① 艾曼纽·史威登堡（1688—1772），瑞典通灵论者和神秘主义者，曾写过多部有关著作，并在英、美等国拥有不少门生。

② 圣保罗，《圣经·新约》中的人物，原名扫禄，原为虔诚的犹太教徒，后皈依基督教，成为信徒，于公元68年被罗马皇帝尼禄处死。

③ 圣约翰，可能是指《新约》中耶稣十二使徒之一的圣约翰，传说《约翰福音》及《启示录》均系他的作品。

至于地狱，那里充溢着令人作呕的恶臭，还有些小窝棚，一堆堆的垃圾，一些泥坑和破衣烂衫的人。

为了弄明白这些意想不到的新发现里有什么美妙之处，佩库歇费尽了心血。而在布瓦尔看来，那些新发现跟白痴的梦呓别无二致。那一切都超出了自然的限度！可谁又了解那些事呢？于是，他们开始作下面这些思考：

几个街头杂耍艺人可以让一大群人产生幻觉；有强烈情欲的人可以激起别人的情欲；然而，为什么单凭意志就能影响毫无活动能力的物质？听说，一个巴伐利亚人曾让葡萄变得成熟；日尔威先生曾让鸡血石活动起来；在图卢兹，一个更了不起的强人搬开了天上的云朵。

是否需要承认在宇宙和我们之间存在一种中介的物质？——Od[①]，一种新的不可估量之物，一种类似电的东西，也许正是此种物质而非别的？此物的传播作用对接受气疗的人自以为看见了微光的现象做出了解释，也说明了坟场上为什么有鬼火，幽灵为什么有形。

这么说来，显形并非幻觉，鬼怪附身的人拥有梦游人那种特异功能，这些现象都可能有某种物质的原因？

无论其根源如何，肯定存在一种本质的东西，一种神秘而又普遍的因素。如果人能把握住这东西，人就不需要自身的能力，也不必考虑时间的限制。必须用几个世纪才能展现的事，在一分钟内就可能展现出来。一切奇迹都有可行性，宇宙有可能由我们来支配。

巫术正是来自人类头脑中这种永恒的向往。人们无疑夸大了这种向往的重要性，但它却不是谎言。有些了解这种重要性的东方人

① 此处应指光密度。

实现了一些不可思议的事。所有去那里旅行过的人都公开这么说，在王宫，迪波岱先生可以用他的手指扰乱磁针。

怎样变成魔术师？他俩一开始认为这个想法是发疯，但这个想法却一再返回来折磨他们，他们让步了，却对之假装进行嘲笑。

一种预备性的饮食制度是必不可少的。

为了充分兴奋起来，他俩夜里不睡觉，白天不吃饭。他们想把日耳曼女人造就成更灵敏的通灵人，便限制她的饮食。那女人则以饮料加以补偿；她喝了那么多烧酒，不一会儿便酒精中毒了。他们去走廊里散步，这才把她惊醒。她把他们的脚步声同她的耳鸣以及她在想象中听见从墙壁发出来的声音混淆起来。有一天，她在上午放了一把小方锉在地窖里，她看见锉刀着了火，从此以后病情恶化，末了，她认为主人们对她施了魔法。

他们希望得到幻象，便互相紧压后脖颈，还请人做了颠茄香袋，最后终于接受了魔盒：一个小盒子，从里面冒出一个满身钉子的蘑菇；他们用饰带把盒子固定在胸前贴心脏的地方。这一切都没有成功。但他们可以运用迪波岱的圆圈法。

佩库歇用煤块在地上乱画了一个黑圆圈，为的是圈住动物精灵，因为周边精灵即将帮助动物精灵。他高兴地看到自己已经控制了布瓦尔，他用权威的口吻对他说：

“我看你跳不出来！”

布瓦尔端详着那圆圈。他的心即刻跳起来，他的眼睛变得模糊。

“哦！拉倒吧！”

为了逃避难以言状的不适，他从圆圈里跳了出来。

佩库歇却越来越激奋，他想调出一个死人来。

在督政府时期，棋盘街有一个男人曾向人们指出在“恐怖”时期受害致死的人。鬼魂显形的例子不胜枚举。哪怕只是一种迹象呢，那也无妨！问题在于造成这种迹象。

死者与我们越亲近，他应召前来显形越快。然而他自己手头没有一件家庭的珍贵纪念物，既没有戒指，也没有小巧精致的艺术品，甚至没有一缕头发；布瓦尔却有条件招他父亲的魂。见布瓦尔表现出反感，他问他：

“你怕什么？”

“我？噢！什么也不怕！你想怎么搞就怎么搞吧！”

他们收买了尚拜朗，要他悄悄提供了一个骷髅头。裁缝给他俩各缝了一件黑色宽袖长外套，外套像道袍一样带着风帽。去法莱斯的车还给他们带回来一个装在信封里的长发卷。一切齐备之后，他们开始行动。一个急着干起来，另一个生怕自己真的相信了。

博物馆布置成灵柩台的样子。桌子被推到靠墙的地方，桌子上方挂着老布瓦尔的遗像，遗像上面是骷髅，桌边燃着三支大蜡烛。他们甚至塞了一支蜡烛到骷髅头骨里，烛光通过眼眶射了出来。

馆中央放了一个脚炉，香烟从炉膛里袅袅升腾起来。布瓦尔站在后边，佩库歇背朝着他，往炉膛里一把一把放硫磺。

在招魂之前必须得到魔鬼们的同意。今天是星期五，这个日子属于贝歇；应当首先同贝歇打交道。布瓦尔往左右鞠躬之后，埋下头，抬起双臂，开始叫：

“通过厄塔尼埃尔、阿纳赞、依西罗斯……”

他忘了其余的名字。

佩库歇连忙提词，那些名字写在一个纸板上。

“依西罗斯、阿塔那罗斯、阿多那依、萨达依、厄罗依、梅西亚索斯（一长串名字），我恳求你，我在观察你，我命令你，啊，贝歇！”

随即压低声音：

“你在哪里，贝歇？贝歇！贝歇！贝歇！”

布瓦尔跌坐在安乐椅里，他为没有看见贝歇而倍感喜悦，因为他的直觉责备他这种企图是犯了亵瞭罪。他父亲的灵魂在哪里？能听见他的召唤吗？如果父亲的灵魂马上来到怎么办？

从裂口的窗玻璃吹进来的风缓慢地拂动着窗帘，烛光摇曳，把黑影洒在死人的头盖骨和涂了颜色的脸上，泥土的颜色又使头盖和脸发黑。霉点侵蚀了骷髅的双颧，两眼已没有亮光，但头上部的窟窿里还有闪光。骷髅有时仿佛取代了遗像上的头，安放在礼服高领上，而且长出了原有的颊髯；画布有一半没了钉子，所以摇摇晃晃，不停地颤动。

他俩渐渐感到似乎有什么气息轻轻拂过，仿佛有一个捉摸不到的人正在走近他们。大滴的汗珠濡湿了佩库歇的额头，布瓦尔的牙齿竟咔咔响起来，他的上腹部也抽筋了；地板像波浪一般在他脚下向后倾斜；在壁炉里燃烧的硫磺突然转成大片螺旋形的烟；与此同时，蝙蝠也在头上盘旋；忽然传来一声叫喊：是谁？

在风帽下，他们看见眼前有一些面孔，面孔是那样腐烂变形，他们因而越发恐惧了，既不敢动弹，更不敢说话；这时，他们听见从门背后传来的呻吟声，仿佛是地狱里灵魂受苦的人发出的。

他们终于大着胆子走过去。

原来是他们的老女仆。她方才通过隔墙板的缝隙偷看他们，她认定自己看见了鬼，便跪在走廊里一个劲画十字。

跟她讲什么理都没用，她当天晚上就离开了他们，再也不愿服侍这样的人了。

日耳曼女人很多舌。尚拜朗因他们而丢了职位，这一来便在他们周围暗暗结成了反对他们的联盟，热弗罗依神甫、波尔丹太太和福罗是联盟的后台。

他俩与众不同的生活方式令人不快。他们变得可疑，甚至引起了隐隐约约的恐惧。

最让他们在公众观感里名誉扫地的，是他们对仆人的选择。找不到别的人，他们雇了马赛尔。

马赛尔的兔唇，他的丑陋，他那谁也听不懂的法语，让人一见便退避三舍。他是弃儿，在田野上胡乱长大，长期的穷苦使他一直保持着无法餍足的胃口。病死的牲畜、发霉的油脂、压死的狗，什么都合他的口味，只要那是一大块。他温顺得像只绵羊，但完全是个白痴。

他的感激之情促使他毛遂自荐当布瓦尔和佩库歇两位先生的仆人。后来，他认为他们是巫师，就希望从中得到不寻常的好处。

干活的头几天，他就向他俩透露了一个秘密。在波利尼的欧石南丛生地，往日有一个人曾找到过一锭金子。法莱斯的历史学家们曾引证过这个小故事，但那些人并不知道后来发生的事情：有十二个兄弟在起程去旅行之前，曾沿着沙维尼奥尔到布雷特维尔的大路分别藏了一个完全相同的金锭，马赛尔便恳求他的两位主人去重新寻找这些金锭。他们琢磨，这些金锭也许是大革命中一些贵族在流亡期间埋下的。

这正是利用占卜棍的好时机。但因占卜棍的功效并不可靠，他们便在这期间研究这方面的问题；而且得知某个名叫彼埃尔·加尼叶的人为了保护这些金子，曾对此作过科学解释：泉水和金属有可能喷发一些与树木有亲和力的微粒。

这不大可能。不过谁知道呢？试试看吧！

他们削了一个榛木长柄叉，在一天早上起程去寻宝。

“应当把寻到的宝贝还回去！”布瓦尔说。

“哦！不！哼！”

走了三个小时，一个想法使他们停下脚步。沙维尼奥尔到布雷特维尔的公路！那是指老公路还是新公路？应该是老公路！

他们退回来，胡乱走遍了周围的原野，因为老公路已经很难辨认。

马赛尔在他俩的左右跑来跑去，像一只西班牙种长毛猎犬。布瓦尔不得不每五分钟叫他一次；佩库歇一步一步往前走，手上拿着木叉的两个枝丫，叉头朝上。他老感到有一种力量像铁钩一样把叉头往地下拉；一路上，马赛尔飞快地在邻近的树干上切口，以便以后能找到原地。

佩库歇却放慢了步子。他大张着嘴，眼珠也在痉挛。布瓦尔大声喊他，摇他的双肩；他却一动不动，呆呆地站在那里，完全失去了活动能力，像巴尔贝姑娘一样。

他后来回忆说，他当时感到心脏周围有撕裂般的疼痛，那奇特的状态无疑由木叉造成；他再也不愿接触木叉了。

次日，他们又回到在树上做了记号的地方，马赛尔用铁锹在地上挖了些洞；可是发掘毫无收获，他们每次都感到极为懊丧。佩库歇坐在一条沟边，他昂着头冥思苦想，努力用他脑后的空筒聆听，想听见精灵的声音，自己竟也问自己是否真拥有一根空筒。后来，他又把视线固定在他那顶大盖帽的帽檐上；昨天出现过的神志恍惚的状态再一次出现。而这一次却持续了很久，变得令人胆寒。

一顶毡帽在燕麦地那边的一条小路上隐约出现：原来是沃考贝依先生正骑着他的母马一路小跑。布瓦尔和马赛尔连忙用双手做成喇叭冲他叫喊。

医生来到时，佩库歇的发作已经快过去了。为了更仔细地检查病人，沃考贝依掀开他的大盖帽，看见他满额头都是赤褐色的脱下的皮屑。

“哦！噢！fructusbelli[1]！这是梅毒疹，我的好先生！多多保重吧！见鬼！可别拿性关系开玩笑！”

佩库歇羞惭万分，重新戴上他的帽子，那是一顶带半月形遮阳板的鼓起来的类似贝雷帽的帽子，是他自己照阿莫罗的图样制作的。

大夫的话使他惊得目瞪口呆，他两眼望着空处沉思着，一下子又发愣了。

沃考贝依一直在观察他，见状，再用手指一弹，弹掉了他的帽子。

佩库歇这才恢复了他的官能。

“我早想到了，”医生说，“涂了清漆的遮阳板像镜子一样催您睡眠，有些人集中注意力观看一件发亮的东西时，往往发生这样的现象。”

他指示他们如何在母鸡身上做试验之后，骑上他的矮马慢慢走远了。

又走了半里路，他们发现地平线上一座农庄的院子里耸立了一个金字塔形的物件。看上去像是一串奇大无比的黑色葡萄，葡萄串上到处是红点。按诺曼底的风俗，那是一根装有数根横梁的长竿，一群火鸡正在上面昂首挺胸地晒太阳。

“咱们进去吧！”

---

① 拉丁文：好结果。

佩库歇去跟庄主攀谈，庄主同意了他们的请求。

他们用白色颜料在葡萄压榨机附近画了一根线，把一只火鸡的爪子捆起来，然后把火鸡肚朝下摁在地上，鸡嘴放在白线上。火鸡闭上眼睛，很快就像死了一样。其余几只鸡也如此。布瓦尔连忙把鸡交给佩库歇，一见鸡们僵死过去，佩库歇就把它们按顺序放在一边。农庄里的人都显出忧虑的神态。女主人大叫，一个小姑娘哭起来。

布瓦尔给火鸡们松了绑。火鸡一个个逐渐恢复了活力，但谁也不知道会有什么后果。佩库歇在对农庄主人的话提出异议时态度有些粗暴，庄主一把抓住他的长柄木叉。

“快走开，见鬼！要不我就杀死你们！”

他们连忙逃走。

没关系！反正问题解决了：心醉神迷取决于物质原因。

究竟什么是物质？什么是精神？物质怎么会影响精神而两者又互相影响？

为了弄清这些问题，他们去伏尔泰、博叙哀、费讷隆的著作里进行探索；他们甚至又向某个阅览室订购了一些书。

古代的大师们或因作品太长，或因方言难懂，于他们皆不可企及，但茹弗罗依和达米隆却使他们进入了现代哲学的殿堂；而且他们还拥有谈及上世纪哲学的一些作者的作品。

布瓦尔的论据来自拉美特里[①]、洛克、爱尔维修；佩库歇则依靠库赞先生、托马斯·瑞德和热朗多。布瓦尔注重经验，佩库歇认为理想就是一切。一个有亚里士多德，另一个有柏拉图，他们便为此进行争论。

① 拉美特里（1709—1751），法国唯物主义哲学家，医生。

“心灵是非物质的！”一个说。

“不对！”另一个说，“精神错乱，用氯仿、放血都能震动心灵；心灵既然并非每时每刻都在思考，它就绝不仅仅是光思考的实体。”

“可是，”佩库歇反驳说，“我身上就有某种东西高于我的肉体，而且这东西有时同身体背道而驰。”

“存在中的存在？l'homoduplex[①]！哪有这样的事！不同的意向揭示相反的动机，就那么回事。”

“但无论外界如何变化，这某种东西，这心灵，永远保持同一性！所以它是单一的，不可分的，因此也是纯精神的！”

“假如心灵是单一的，”布瓦尔驳他说，“新生儿就能像成人一样回忆，想象。但恰恰相反，思维是随大脑的发育而取得进展的。至于说不可分的本质，无论玫瑰的香味或狼的胃口，无论意志力或肯定性，全都不可一分为二。”

“这什么也说明不了！”佩库歇说，“心灵并不具备物质的品质！”

“你承认地心吸力学说吧？”布瓦尔又说，“那么，如果说物质可以落下，它同样也可以有思维。我们的心灵有开始，就必然有结束，这都取决于器官，而且随器官的消亡而消亡。”

“而我，我却认定灵魂不朽！上帝不可能希望……”

“但如果上帝不存在呢？”

“怎么？”

于是，佩库歇开始滔滔不绝地谈论笛卡尔[②]的三点论证：

“第一，我们想上帝，上帝就在我们思想里；第二，上帝的存在

---

① 拉丁文：双重人格。

② 笛卡尔（1596—1650），法国哲学家、物理学家、数学家、生理学家，解析几何的创始人。“我思故我在”是他的名句。

是可能的；第三，存在有终结，我怎么还有‘无限’的想法呢？既然我们有这个想法，这想法就来自上帝，因此上帝是存在的！”

他接着谈到意识的证据，谈到各民族的传统，谈到创始人的需要。

“当我看见一个挂钟……”

“对！对！谁都知道。可是钟表匠的创始人在哪里？”

“但总得有个起因嘛！”

布瓦尔却对起因抱怀疑态度。

“ 个现象接替另一个现象，根据这个事实，有人得出结论说，此现象由彼现象产生。你来证明这点！”

“宇宙间的景象都表明一种意图，一个蓝图！”

“为什么？坏事安排得和好事一样完美。羊死于在它脑袋里生长的寄生虫，从解剖学的角度看，这寄生虫就相当于羊。畸形超过正常的功能。人的身材在过去可能长得更好。地球上四分之三的土地都是贫瘠的。月亮，这个路灯，并不能老出现！你认为海洋为轮船所专用，树木专供我们的家庭取暖吗？”

佩库歇答道：

“但胃天生为了消化，腿天生为了走路，眼睛天生为了看东西。尽管人会消化不良，会骨折，会有白内障。没有无目的的安排！即使现在不能马上看出结果，晚些时候也会看得出来。一切取决于规律。因此存在目的因。”

布瓦尔想，斯宾诺莎[①]也许能给他提供一些论据。于是写信给迪

---

① 巴鲁赫·斯宾诺莎（1632—1677），曾居住在西班牙、葡萄牙逃亡到荷兰的犹太血统的唯物主义哲学家，泛神论者。认为“实体”即自然界是一切事物的统一基础，否定超自然的神的存在，但又认为“神即自然”。他反对唯心主义的目的论和笛卡尔的自由意志说。

姆舍尔，想得到赛塞的译本。

迪姆舍尔给他寄来一本，这本书属于他的朋友瓦勒罗教授，教授已在十二月二日被流放。

《伦理学》中的公理和推理吓坏了他们。他们只读了铅笔标出的地方，从中懂得了这些：

> 实体是出于自身、依靠自身的东西，没有起因，没有根源。这实体就是神。
>
> 只有神是广延，广延没有界限。用什么限定它？
>
> 然而，尽管广延是无限的，它却并非绝对无限，因为它只包含一种完美性，而神包含各种类型的完美。

为了更好地思考，他们常常停下来。佩库歇吸几撮鼻烟，布瓦尔因注意力集中而脸色发红。

“你觉得这有趣吗？”

“有趣！当然！继续读！”

> 神扩展成无限多的属性，这些属性以各自的方式表现神存在的无限性。我们只能认识其中的两种：广延和思维。
>
> 从思维和广延引出无数的模式，这些模式又包含别种模式。
>
> 能同时一览无余地看到全部广延和全部思维的人却看不到其中任何的偶然性、任何意外的东西，而只能看见一系列几何图形的，由必然规律互相联系的人与人之间的关系。

“哦！这该多美！”佩库歇说。

因此，人不拥有自由，神也不拥有。

“你听见了吧！”布瓦尔嚷道。

倘若神具有意志、目的，倘若神为某种动机而行动，这说明他可能有某种需要，说明他可能缺乏某种完美性，那他就不会是神。

因此，我们的世界只是一切事物总体中的一个点，而我们的认识难以识透的宇宙只是向我们世界附近传播无穷多变化的无限宇宙的一小部分。广延包容我们的宇宙，但广延又被神包容，神在他的思维里包含一切可能存在的宇宙，而他的思维本身又包容在他的实体之内。

他们仿佛在一个严寒的夜晚被热气球带着不停地跑呀跑，跑向一个无底的深渊，周围什么也没有，只有捉摸不到的、静止的、永恒的什么。没法！他们只好放弃。

为了学点儿不那么艰深的东西，他们买了盖斯尼叶先生撰写的《哲学教科书》。

作者考虑采取什么方法好，本体论方法还是心理学方法。

本体论方法适合社会发展的初期，那时人的注意力集中在外部世界。然而当今，人的注意力已转向自己，“我们认为心理学方法更科学”，于是，布瓦尔和佩库歇决定采用第二种方法。

心理学的目的是研究在“自我内部”进行的活动；只有通过观察能发现这些活动。“我们就观察吧！”

半个月里，每当用完午餐，他们都要盲目探索一番自己的良心，希望能有伟大的发现；但他们一无所获，这使他们异常吃惊。

一种现象占据了“我”，比如思想。这种思想是什么性质？有人假设说，客体进入了我们的大脑，大脑便将客体的形象输入我们的智力，智力便会给我们有关的知识。

然而，如果说思想是纯精神的东西，那么它怎样表现物质？从这里引出了外部感知方面的怀疑论。如果说思想是物质的，那么精神客体是否就不可能被表现？从这里又引出了内在概念方面的怀疑论。

此外，愿大家警惕！这样的假设很可能将我们引入无神论。

因为形象既然是有限的东西，它就不可能表现无限。

“可是，”布瓦尔不以为然地说，“当我想到一片森林、一个人、一条狗时，我就看见了这片森林、这个人、这条狗。所以思想是表现它们的。”

于是，他们着手研究思想的来源。

据洛克说，有两个来源：感觉和思考；孔狄亚克[①]则把一切归结为感觉。

要那样，思考就缺乏基础。感觉需要一个主体，一个在感觉的人，感觉没有能力给我们提供重要的基本事实：神、功过、正确、美等等被称为“天赋”的概念，即是说先于事实、先于经验的普遍概念。

“如果那些概念是普遍的，我们一出生就应该具有那些概念。”

“用普遍这个词是想说人的秉性具有的，笛卡尔……”

“真不知你的笛卡尔在说些什么！他主张人在娘胎里就具有那些

① 孔狄亚克（1715—1780），法国启蒙思想家，感觉论者。他继承并修改了洛克的感觉论，否认有“反省”的体验，并批判了笛卡尔的唯理论和天赋观念说。

概念，但在另外一处他又承认具有的方式是不能明说的。”

佩库歇感到吃惊。

“这些话在什么地方？”

“在热朗多的著作里。”

布瓦尔轻轻拍拍他的肚子。

“到此为止吧！”佩库歇说。

随后，谈到孔狄亚克：

“我们的思维并不是感觉的变形！感觉引起思维，启动思维。为了启动思维，就需要原动力。因为物质是不可能自动产生运动的……”佩库歇说着给他深深鞠了一躬，又补充说：“这些话，我是在你的伏尔泰那里找到的。”

他们就这样反反复复讲着同样的论据，而且互相都瞧不起对方的意见，但谁也说服不了谁。

但哲学使他们自视更高了。他们带着蔑视的心情提到他们昔日从事的农业和政治活动。

如今，他们对博物馆已完全失去了兴趣。他们巴不得卖掉那些小摆设。他们已经进入第二个主题：心灵的官能。

只有三个官能，不能再多！感觉官能、认识官能、愿望官能。

在感觉官能里，让我们区别肉体的感觉和心理的感觉。

肉体的感觉既然由感觉器官引起，这种感觉就自然而然划分成五种。

心理感觉活动却相反，它们完全不依靠肉体。“阿基米德[1]发现

---

① 阿基米德（公元前287—前212），古希腊数学家、物理学家，古希腊城邦之一叙拉古僭主希埃罗的廷臣。

地心吸引力规律时的欢乐，同阿皮修斯狼吞虎咽吃野猪头时的快感有什么共同之处？”

有四种心理感觉活动，其中的第二种，“心理欲求”，分为五类；第四种现象，“情感”，再分为另外两类，这两类中的自爱“无疑是一种合理的爱，但爱得过分就叫利己主义了”。

认识官能里有理性认识，理性认识有两种主要的活动和四个级别。

抽象可能给不正常的智力造成障碍。

记忆可以使人同过去相通，有如远见可以使人与未来相通。

更确切地说，想象力是一种特殊的官能，suigeneris[①]。

为了证实一些平庸乏味的东西，竟有那么多的装腔作势，还有作者的学究腔调，表达方式的单调：“我们准备加以确认，这思想与我们相去甚远，质问我们的良心。”加上杜格尔德·斯图尔特[②]那没完没了的恭维，总之，所有这些废话让他们大倒胃口，所以他们跳过愿望官能，进入了逻辑学。

逻辑学教他们懂得了什么是分析、综合，什么是归纳、演绎，以及我们犯错误的主要原因。

几乎所有的错误都来自用词不当。

“太阳躺下去，天阴沉起来，冬天来临”，都是些有语病的短语，让人以为那是些有人称的实体，其实都是非常简单的客观事物！“我回忆某物，某条公认的原则，某个真理”，纯属错觉！那都是思想而并非事物，它们都在我个人的脑子里，要想用语精当就要求这么说：

---

① 拉丁文：与众不同的。

② 杜格尔德·斯图尔特（1753—1828），出生于爱丁堡的苏格兰心理学家。

“我回忆我的思想的某个行动，通过这个行动我看到了某物，通过此物我演绎出某条公认的原则，通过这条原则我承认这个真理。”

由于表示一个事件的词语不能运用动词的全部语式，他俩便只用抽象的词。所以他们不说“我们出去转一圈，该吃饭了，我腹泻”；而说出这样的句子：“散步可能有利于健康，吸取食物的时间到了，我感到有一种解脱的需要。”

一旦成了逻辑大师，他们便把各种不同的标准回顾一番，首先是常识的标准。

如果单个的人什么都不可能知道，为什么所有的人就能知道得更多？一个错误哪怕已过了十万年，它依然是错误，还是不能成为真理！多数人总照老一套办事。相反，正是少数人推动进步。

是否最好相信感官提供的证据？这样的证据有时也骗人，它们向来只能告诉你一些表面现象。它们抓不住实质。

理性提供的东西更有保证，因为理性是永恒不变的，客观的；然而理性要表现出来还必须具体化。那样，理性就变成了我的道理，一个准则如果不符合实际，那准则就不具备重要性。因为没有东西证明那条准则是正确的。

有人建议用感觉来检验理性，然而感觉可能加深蒙昧。从模糊的感觉可能归纳出某一不完善的规律，到后来，这规律就会妨碍人们看清事物。

剩下道德问题。那是让神下降到实用的水平，仿佛我们的需要就是神的尺度！

至于明显事实，有人否定它，有人肯定它，而它本身就是自己的标准。库赞先生就曾论证这个标准。

“我只看得见显露出的情况。”布瓦尔说。

然而要相信已显露的情况，就需要两种预先的认识：认识已进行过感觉的身体，认识已进行过理解的智力；还需要承认感觉和理性，而感觉和理性都是人的表现，因此是靠不住的。

佩库歇抄着手在思考。

“我们马上要跌入怀疑主义的可怕深渊了。”

布瓦尔认为这深渊只能吓唬才智贫乏的笨人。

“谢谢你的恭维，”佩库歇顶他说，“不过有些事实是不容置疑的。人在某种限度内可以认识真理。”

“什么真理？二加二永远等于四吗？是否可以说容器内盛的东西比容器小？差不多正确的一部分，上帝的一部分，不可分事物的一部分意味着什么？”

“噢！你只是个诡辩家！”

感到恼火的佩库歇赌了三天气。

他俩利用这三天各自浏览了许多卷著作的目录。布瓦尔不时微微一笑，又和朋友恢复了谈话：

“那是因为很难不怀疑。比如，对上帝，笛卡尔、康德[①]、莱布尼兹[②]提出的论证都不同，而且还互相推翻对方的论证。世界到底是由原子还是由精神创造的，这问题一直想象不出来。

“我感觉自己既是物质也是精神，却不明白物质和精神究竟是什么。

---

① 康德（1724—1804），德国哲学家，德国古典唯心主义的创始人。主张“自在之物”不依赖于人的意志而存在，是感觉的源泉，但又是不能认识的。他在《判断力批判》中声称必须假定上帝存在，上帝创造世界的目的在于调和必然和自由，使人得以完成其道德的本性。

② 莱布尼兹（1646—1716），德国自然科学家、数学家、唯心主义哲学家。同牛顿并称为微积分的创始人，也是数理逻辑的先驱。

“不可穿透性、固体性、重力，对我来说，都像我的灵魂一样显得是个谜，更别说灵与肉的结合了。

“为了弄清楚这些问题，莱布尼茨想出他的和谐说，马勒伯朗士[①]想出他的先兆说，库德沃尔斯想出中介说，博叙哀却在其中看出了永恒的奇迹，他这看法太蠢，永恒的奇迹就不再是奇迹了。”

“的确如此！”佩库歇说。

他俩都承认，他们对哲学家们已感到厌倦。那么多的体系把他们搞得糊里糊涂。形而上学毫无用处。没有它谁都可以生活。

此外，他们经济上的拮据也与日俱增。他们欠贝尔冉勃三桶酒，欠朗格洛瓦十二公斤白糖，欠裁缝一百二十法郎，欠鞋匠六十法郎。一直在开支，但古依师傅却不交钱。

他们去马雷斯科那里，请他替他们找钱，或者卖掉厄卡尔，或者抵押他们的农庄，或者出让他们的住宅，买主以终身年金的方式付钱，他们还得保留使用收益权。马雷斯科说，这些办法都没有可行性，但可以策划一笔更有利的买卖，他们事先会得到通知的。

后来，他们想到自己那座可怜的花园。布瓦尔着手修剪千金榆绿篱的枝条，佩库歇则修剪贴墙的果树。马赛尔必须松花圃的土。

一刻钟以后，他俩都停了下来，一个合上小截枝刀，另一个放下剪刀，两人都不知不觉散起步来：布瓦尔在椴树荫下挺着胸膛走，没有穿背心，光着胳膊；佩库歇沿着山墙走，埋着头，背着手，出于谨慎，他把大盖帽的帽檐转到脖子上。他俩就这样平行着往前走，谁也没有看见马赛尔在小茅屋边休息，嘴里啃着一块劣等面包。

---

① 尼古拉·马勒伯朗士（1638—1715），法国唯心主义哲学家，从唯心主义与形而上学方面继承和发挥了笛卡尔哲学思想，认为具有广延性的肉体和具有思维的灵魂不能直接发生联系，随时随地联系二者的只能是神。

在漫步中沉思，脑子里必然冒出一些想法，他们攀谈起来，生怕丢掉那些想法，于是，又重新提到形而上学。

谈到雨和太阳时提到它，谈鞋里的沙砾、草坪的花时也提到它，谈什么都少不了它！

观看蜡烛燃烧时，他们琢磨光是在物体内，还是在我们眼睛里。既然星光到达我们这里时，星星可能已经消失，那么我们观赏的也许是并不存在的东西。他们在背心里找到一支“拉斯帕依”牌香烟，把它捏碎以后扔在水里，樟脑在水上打转。看，这就是物质的运动！高级运动可以带来生命。

然而，如果仅仅是运动着的物质创造生命，生命就不可能如此丰富多彩。因为世界上最初并没有土，没有水，没有人，没有草木。那么最初的物质，没有人见过的物质，与世上的东西毫无共同之处而又创造了世上一切东西的物质究竟是什么？

有时，他们需要某一本书。迪姆舍尔对为他们效劳已感到厌倦，再也不回答他们了。但他们仍然热衷于解决问题，尤其是佩库歇。

他对真理的需要正在变成热烈的渴求。

布瓦尔的长篇大论感动了他，他放弃了唯灵论，但一放弃马上又拾起来，拾起来后再抛弃，于是他捧着头大声嚷嚷：

“啊！怀疑！怀疑！我宁可一无所知！”

布瓦尔意识到了唯物主义的不足之处，但他仍竭力抓住不放，而且宣称他正为唯物主义失去理智。

他们开始在坚实的基础上进行推理，但这基础却在坍塌，突然间什么思想也没有了，有如正要抓住苍蝇，苍蝇却飞走了。

冬天的夜晚，他们在博物馆的壁炉前眼望着煤火闲聊。走廊上，呼啸的风刮得窗玻璃抖个不停，黑乎乎的树木摇晃着，夜间的哀愁提高了他们思维的严肃性。

布瓦尔不时走到房子的那头，然后再转回来。烛光下靠墙的几个大盆在地上形成斜斜的阴影，圣彼得雕塑的侧面在天花板上映出他鼻子的剪影，活像一只硕大无比的猎号。

在摆放的东西间来回走动十分困难，布瓦尔往往一不留神便碰到那尊雕塑。塑像的眼睛又大又圆，嘴唇厚而突出，看上去像个醉汉，它也让佩库歇感到别扭。好久以来他们就想摆脱这个雕塑，但由于疏忽，老是把这事一天天往后推。

有一天晚上，在他们争论单子问题时，布瓦尔的耳朵撞到圣彼得的拇指上，他便把他的怒气出在雕塑上：

“这家伙让我厌烦！咱把它扔出去！”

从楼梯上抬出去很困难。他们便打开窗户，把雕塑轻轻斜到窗口上。佩库歇跪在地上，拼命把塑像的脚后跟往上举，布瓦尔则使劲压它的肩膀。那石人却纹丝不动。他们不得不动用那只戟当杠杆，这才把它直直地推了上去。圣彼得摇晃一阵便三角帽朝地直往下栽，只听得一声闷响。翌日，他们发现塑像在过去的堆肥洞里碎成了十二块。

一小时以后，公证人走进来，给他们带来一个好消息。当地一位女士有可能以抵押他们农庄的方式预付给他们一千埃居。他们正在高兴时，公证人又说：

“对不起！她还加了一个条款，那就是你们得以一千五百法郎的价把厄卡尔卖给她。借给你们的钱今天就可以付。钱已经在我手里，在我的事务所。”

他们两人都有意让步。最后，布瓦尔说道：

“我的上帝……就这么办！”

“就这么定了！”马雷斯科说。

于是，他把这位女士的名字告诉他们，就是波尔丹太太。

“我早猜到了！”佩库歇大声说。

布瓦尔感到羞辱，不吭声了。

是她或是另一个人，这都无妨！关键是可以走出困境。

得到钱之后（厄卡尔的钱得晚些时候付），他们立即把所有的账付清了。正要回家时，古依大爹在菜场的转弯处拦住他们。

他已去过他们家，想通知他们发生了一场灾难。昨夜，大风把几个院子里的二十株苹果树掀倒，砸坏了烧酒房，卷走了谷仓的顶篷。他们便利用这天下午剩下的时间去验证农庄所受的损坏，次日，他们又和木匠、泥瓦匠、盖屋顶工人一道察看。修复的费用至少要一千八百法郎。

这天晚上，古依前来拜访。玛丽亚娜刚才亲自对他讲述了她的女主人买厄卡尔的事。那块地收益相当可观，很中他的意，几乎不需要耕作，那是农庄里最好的一块土地！他要求减价。

两位先生拒绝了减价的要求。于是将争执提交治安法官仲裁，此人的结论对农夫有利。厄卡尔一英亩估价为二千法郎，丢掉这块地，农夫每年要损失七十法郎，要去法院告状，他一定能胜诉。

他俩的财产正在减少。怎么办？要不了多久，怎么生活？

他们坐到饭桌旁，垂头丧气。马赛尔对烹调一窍不通，这次，他的晚餐竟糟得异乎寻常。浓菜汤像洗碗水，兔肉臭烘烘的，四季豆没有煮熟，盘子积满污垢，吃到餐后点心时，布瓦尔气炸了，他威胁说要把一切砸到小伙子脑袋上。

“咱们还是旷达点儿吧，”佩库歇说，“少了几个钱，一个女人搞了点儿小阴谋，仆人笨手笨脚，这一切算得了什么？你在物质里陷得太深了！”

“陷得深它照样折磨我！”布瓦尔说。

“我根本就不接受它！”佩库歇又说。

他最近读了贝克莱[①]的一篇分析文章，又补充说道：

“我否定广延性，否定时间、空间，甚至否定实体！因为真正的实体乃是对各种本质的感知。”

“说得好极了，”布瓦尔说，“但世界被取消之后，上帝存在的证据也就消失了。”佩库歇又嚷嚷了好一阵，他得了碘化钾引起的鼻炎，而连续不断的发烧也使他更加狂热。布瓦尔为此感到忧虑，叫来了医生。

沃考贝依开了加碘橙汁的处方，过些日子还得洗硫化汞浴。

“有什么用？”佩库歇说，“总有一天形体会消失。本质却永远不灭！”

“当然，”医生说，“物质不灭嘛！然而……”

“不！不！不灭的是存在。我面前的身体，也就是您的身体，大夫，它妨碍我了解您自身，可以说它只是一件衣服，或者不如说只是一个面具。”

沃考贝依认为他发疯了。

“晚安！好好照顾您的面具吧！”

佩库歇没有制止他走。他找来黑格尔[②]哲学入门，想给布瓦尔

① 乔治·贝克莱（1684—1753），爱尔兰主教，唯心主义哲学家。曾提出“存在即被感知”的主张；宣称外界事物只是“感觉的组合”。认为万物都存在于上帝的心中。

② 黑格尔（1770—1831），德国哲学家，古典唯心主义哲学的集大成者。他把思维过程看作是“现实事物的创造主，而现实事物只是思维过程的外部表现。”黑格尔哲学的精华主要在他的逻辑学中。他把质量互变、对立统一、否定之否定当作思维的规律而加以阐明。

讲解。

“一切合理的都是真实的。甚至只有思想是真实的。思想的规律就是宇宙的规律，人的理性与神的理性相同。”

布瓦尔假装听懂了。

“因此，绝对存在同时是主体也是客体，是各种差异会聚的统一体。这样，矛盾就解决了。阴影使光得以存在，冷热混合产生气温，有机体只能靠有机体的毁灭才能维持，到处都存在分的要素、合的要素。”

本堂神甫手捧日课经沿着他们家的栅栏走过去时，他俩正在葡萄棚下。

佩库歇请他进来，想在他面前阐述黑格尔的基本思想，同时看看神甫会说些什么。

穿道袍的人坐到他们身边，佩库歇开始讨论基督教。

“没有哪个宗教曾这样精彩地确认过这个事实：‘自然乃是思想的一瞬！’”

“思想的一瞬！”教士喃喃说，惊得目瞪口呆。

“对呀！上帝一旦有了看得见的躯壳，就表明了他与自然同质的结合。”

“与自然？哦！哦！”

“他一死，就为死的本质做了证明。因此，死亡也在上帝身上存在，死亡过去和现在都是上帝的一部分。”

教士皱眉头。

“别说亵渎神明的话！上帝忍受痛苦是为了拯救人类。”

“错了！在某个人身上看死亡，死亡当然是坏事，但关系到事物，情况就不同了。请别把思想和物质分开！”

“可是，先生，在创世之前……”

“创世没有过去。创世一直存在。否则就是一个全新的人在补充神的思想，这太荒谬了。”神甫站起来，别处还有事等着他去做呢。

“我认为我训了他一顿！”佩库歇说，“再听我说几句！既然世界的存在仅仅是从生到死、从死到生的持续不断的过渡，那就没有一样东西真正存在。但一切都在变，懂吗？”

“懂了！我懂了，或者不如说没懂！”

唯心主义终于激怒了布瓦尔。

“我不想听了，这了不起的cogito[①]让我厌烦。那些人把考虑事情当成事情本身。他们用大家从没有听过的话来解释大家很少听见的事。实体、广延性、力量、物质和精神，都是些抽象的东西、想象的东西。至于上帝，根本不可能知道他怎么样，甚至不知道他是否存在！过去，他造成风，造成雷，他引起革命。现在，他的作用缩小了。再说，我也看不出他有什么用。”

“那么，在这一切里头，道德呢？”

“噢！算了吧！”

“道德缺乏基础，‘的确如此’。”佩库歇想。

他被逼得走投无路，默不作声了，这是他自己提出的前提造成的后果。真是令人吃惊，是一次大溃败。

布瓦尔连物质也不相信了。

肯定什么都不存在（尽管这种肯定很可悲）仍不失为一种肯定。很少人能有这样的肯定。这种超群的品质使他们感到骄傲，他们真想炫耀一番。机会不请自来。

---

① 即拉丁文cogito，ergosum（我思故我在）的简略说法。

一天早上，他们去买烟草，看见朗格洛瓦的店门前站了一群人。大家正围在从法莱斯开来的平底方船跟前，原来大家谈论的是一个名叫图阿什的苦役犯，前一阵他一直在这一带流浪。驾驶平底船的人在“绿十字”一带碰见两个宪兵押着他。沙维尼奥尔人为得到解脱而出了一口大气。

吉尔巴尔和上尉留在广场，后来治安法官也来打听消息，马雷斯科先生则戴着他那法兰绒直筒无边高帽，穿着软羊皮拖鞋。

朗格洛瓦敦请大家光临他的小店，这样，他们会更自在些。尽管有那么多平底驳船和铃声的吵闹，这些先生仍在继续讨论图阿什的罪行。

“上帝！”布瓦尔说，“他生性不好，就这么回事！”

“德操可以战胜本性。”公证人驳他说。

“如果没有德操呢？”

布瓦尔明确否定自由意志。

“但是，”上尉说，“我就能做到我想做的事！比如，我能自由活动我的腿。”

“不对，先生，因为您有活动腿的动机！”

上尉寻思该如何回答，但找不出合适的话。不料吉尔巴尔又投了一枪：

“一个共和分子竟然反对自由！这真滑稽！”

“为了笑笑嘛！”朗格洛瓦说。

布瓦尔质问他：

“那您为什么不把您的财产分给穷人呢？”

杂货店老板不安地把店堂看一遍。

“啊！我可没那么笨！我得为我自己留着它！”

“如果您是圣樊尚·德·保尔，您就会有他那样的性格，您就不会这样行事。您现在是服从您自己的性格，所以您其实并不自由！”

“您这是在讲歪理！”在场的人异口同声地说。

布瓦尔毫不示弱，他指着柜台上的天平说：

“只要有一个秤盘是空的，这天平就不会动。意志也是这么回事。天平在两个似乎相等的重量之间的摆动象征着我们头脑的思维活动，头脑考虑众多的动机，直到最有说服力的动机占上风而且使人做出决定。”

“这一切都触动不了图阿什，”吉尔巴尔说，“也不能阻止他做一个极端恶劣的坏家伙。”

佩库歇发言：

“罪恶是自然的属性，有如水灾和风暴。”

公证人打断他的话，然后一板一眼地说，说出每个字都要踮一次脚：

“我认为您那体系是彻头彻尾的伤风败俗。这体系放任一切淫荡行为，原谅所有的罪恶，而且为罪犯开脱。”

“说得好。”布瓦尔说，“因为纵欲的可怜虫有权这么干，这和老实人有权讲理一样。”

“你们就别维护恶魔了！”

“为什么是恶魔？当瞎子、白痴、杀人凶手来到世上时，我们觉得那是混乱，仿佛我们了解什么是秩序似的，仿佛大自然的活动都有目的似的！”

“这么说您怀疑上帝？”

“是的，我怀疑上帝！”

“你们不如看看历史！”佩库歇嚷道，“你们回忆回忆有多少国王被谋杀，多少民族的人民被屠杀，家庭里出现过多少纠纷，还有个人的伤心事。”

“与此同时，”布瓦尔补充说，他俩都已非常激动，“上帝却在照顾小鸟，在让螯虾长螯钳。哦！假如你们嘴上的上帝意味着有一种律法可以解决一切问题，我很愿意接受你们的观点，恐怕还不到这个程度吧！”

“但是，先生，”公证人说，“有各种原则！”

“您瞎扯些什么呀！照孔狄亚克的说法，知识越不需要知识就越好！那些人只不过对已经获得的知识做了些概述，然后再把我们引向那些概念，而恰恰是那些概念靠不住。”

“你们是否像我们一样，”佩库歇接着说，“探索并深入研究过形而上学的奥秘？”

“真的，先生们，真的！”

大家一哄而散。

但古隆把他俩拉到一边，用和蔼可亲的口气对他们说了些话。当然，他不是虔诚的基督教徒，他甚至恨耶稣会士。然而，他却不像他们走得那么远！啊，不像！当然不像！在广场拐角处，他俩在上尉面前走过，上尉一边点燃他的烟斗，一边嘟嘟囔囔抱怨：

“我就能想什么就做什么，见鬼！”

布瓦尔和佩库歇在别的场合还大声谈论过他们那些可恶的悖论。他们怀疑男人的诚实，怀疑女人的贞洁，怀疑政府的精明，也怀疑人民的通情达理。总之，他们在挖国家的墙脚。福罗为此感到不安，他威胁他们说，假如再说类似的议论，他们得坐牢。

他们明显的优越感让人不快。他们既然支持那些伤风败俗的论点，他们就变成了不道德的人；于是，有人编造了些恶意中伤的话。

这一来，一种值得怜悯的情绪便在他们头脑里发展起来，凭这个情绪他们看见什么都觉得愚蠢，而且无法忍受。

连一些无关紧要的事也使他们伤感：报纸上的广告，某个有钱人的外形，偶然听见的某个愚蠢的想法。

一想到村里的人说了些什么，一想到直至地球那一端都有另外一些古隆，另外一些马雷斯科，另外一些福罗，他们便感到心里沉重得好像承受了全世界的压力。

他们再也不出门了，也不接待任何人。

一天下午，院子里有人在说话，原来是马赛尔在和一个戴宽边帽和黑眼镜的先生说话。那是科学院院士拉尔索内尔。他并不是没有看见拉上一半的窗帘、有意关上的一道道房门。他这次奔走本来是试图同那两位先生和解，所以在吃了闭门羹而离开的时候便怒不可遏，要求仆人对他的主人们说，他认为他们是不懂人情世故的人。布瓦尔和佩库歇对此毫不在意。世界正在变小，他们好像是在一朵从他们大脑掉到他们眼珠上的云里看这个世界。

再说，这一切并非幻觉，并非噩梦？也许，说来说去，幸运和不幸都在互相平衡。但人类的福利并不能安慰个别的人。

“别人与我有什么关系！”佩库歇老这么说。

他的绝望使布瓦尔感到难过。是他布瓦尔把朋友推到这一步的，而他们住宅的破败又天天都在触怒他们，使他们旧愁添新愁。

为了恢复勇气，他们进行说理、辩论，给自己规定一些体力活儿，但不久重又陷进更严重的懒散、更深沉的气馁之中。

每次饭后，他们都把双肘放在饭桌上，唉声叹气，如丧考妣。马赛尔见此情景便睁大眼睛，然后回到自己的厨房，在那里独自暴饮暴食。

盛夏的一天，他们收到迪姆舍尔寄来的结婚喜帖，这位朋友即将和寡妇奥林珀–祖尔玛·普莱太太成亲。

“愿上帝保佑他！”

这使他们想起了他们曾经度过的幸福时光。

他们为什么不再去田里跟着收割麦子的人走？他们去各农庄收集古物的那些日子到哪儿去啦？如今，没有什么东西能使他们再有机会度过搞蒸馏、谈文学那样的美好时刻了。有道深渊把他们同那样的日子隔开。某种无法挽回的事物已经降临。

他们想跟过去一样在田间散步，但一走远就会迷路。天空布满小朵的卷毛云，风把燕麦的钟形花吹得摇摇晃晃，一条小溪穿过牧场汩汩流去。突然，一股臭味使他们停住脚步，他们看见石子地上的荆棘丛中躺着一条腐烂的死狗。

四肢已经干了。死狗龇牙咧嘴，在发蓝的下唇里露出了乳白色的獠牙；已看不见肚子，因为肚子上蒙了一层土灰色的东西，似乎在微微颤动，原来那里爬满了乱蹦乱动的寄生虫。在太阳的刺激下，在苍蝇的嗡嗡声里，虫子躁动不安，它们周围极度难闻的臭味仿佛在折磨人，实在令人难以忍受。

这时，布瓦尔皱起眉头，眼睛也被眼泪润湿了。

佩库歇却泰然自若地说：

“我们有一天也会这样！”

死亡的想法突然攫住了他们。在回家的路上，他们便聊死亡。

说到底，死亡并不存在。那是去露水里，去微风里，去天上的星星里。人变成类似树木汁液的东西，变成宝石的光芒、鸟儿的羽毛。人把大自然借给他的东西又归还给大自然，我们面临的虚无并不比我们身后的虚无更可怕。

他们竭力把死亡想象成漆黑的夜，想象成无底的洞、持续的昏迷，什么东西都比现在这种单调、荒谬、毫无希望的生活有价值。

他们回顾一生中不曾得到满足的需要。布瓦尔一直希望得到几匹马、几辆华丽的马车，希望拥有名闻遐迩的勃艮第葡萄酒，和几个生活在豪华住宅里的百依百顺的美丽女人。佩库歇的宏愿是拥有哲学知识，那时，最广泛的，涵盖其他一切问题的问题都可以在一分钟里得到解决。那么死亡究竟什么时候到来呢？

“马上了结也好。”

“随你的便。”布瓦尔说，

于是，他们研究自杀问题。

扔掉压扁你的包袱有什么不好？干一件于人无害的事有什么不好？如果自杀行为会冒犯上帝，我们是否还能拥有这样的权利？无论人们说什么，自杀可不是怯懦的表现。嘲笑，甚至不惜损害自己而去嘲笑人们最重视的东西，那才是异乎寻常的放肆呢。

他们接着就死亡的类型进行辩论。

服毒很痛苦。割断喉咙需要太大的勇气。窒息的死法往往失败。

末了，佩库歇去谷仓里挂上两根体操绳。随后将两根绳子连在屋顶的同一根横梁上，两个活结垂下来之后，他抬两把椅子放在下面，以便够得着绳子。

决定用此办法。

他们开始琢磨，此举会在本地留下什么样的印象。他们死后，他们的图书馆、大堆的文件和他们的收藏会流落何方。一想到死，他们对自己倒怜惜起来了。不过他们绝不会放弃这个计划，而且由于谈了又谈，他们对此已经习以为常了。

十二月二十四日晚上，在十点到十一点之间，穿着迥异的他俩在博物馆里思前想后。布瓦尔在毛线背心上穿了罩衣，佩库歇为了节约，三个月以来一直没有离开过他那件道袍。

他们饥肠辘辘（因为马赛尔在黎明时分便出了门，到现在也没有再露面）。布瓦尔认为喝一大肚玻璃瓶的烧酒有益健康，佩库歇却愿意喝茶。

他提起开水壶，却把开水洒了一地。

“笨手笨脚！”布瓦尔嚷道。

后来，他觉得泡的茶不够浓，想加两勺茶叶进去。

“要那样就糟透了！”佩库歇说。

“一点儿不糟！”

于是，两人都把茶叶盒往自己那边拽，托盘一下子掉到地上，其中一只茶杯摔碎了，那是漂亮瓷餐具中的最后一只茶杯。

布瓦尔的脸立即变得刷白。

“接着干！破坏下去吧！别不好意思！”

“是大不幸，真的！”

“是的，是不幸！这杯子是父亲给我的。”

“非婚父亲。”佩库歇冷笑着补了一句。

“哦！你骂我！”

“没有，不过我让你厌烦！我看得很清楚！你就承认吧！”

佩库歇突然愤怒了，或者不如说突然发狂了。布瓦尔也一样。他们俩同时大叫大嚷，一个受到饥饿的刺激，另一个酒性发作。佩库歇喉咙里只能发出嘶哑的喘气声。

“过这样的生活，这太可怕了！我宁愿死。永别了！”

他抓起蜡烛，转身就走，砰的一声把门拉上。

布瓦尔在黑暗中好不容易开了门，在佩库歇后面跟着跑，最后来到谷仓里。

蜡烛扔在地上，佩库歇站在其中的一把椅子上，手里拽着那根上吊的绳子。

布瓦尔一心想仿效他：

“等等我！”

他爬上另一把椅子，但突然停下：

“可是……我们还没有写遗嘱。”

“呀！正是。”

他们悲从中来，呜咽一发而不可收。为了呼吸空气，他们爬到天窗那里。

天气寒冷，无数的星星在墨一般黑的天空闪烁。

覆盖大地的皑皑白雪在原野上的轻雾笼罩下仿佛消失了。

他们远远看见一缕缕微弱的光整齐地闪烁着，后来亮光越来越大，而且互相越来越靠近，都朝着教堂的方向移动。

好奇心驱使他们也往那边走去。

原来是午夜弥撒。那是牧羊人手里的灯笼发出的亮光。有几个牧羊人还在教堂门廊下抖大氅上的雪。

蛇形风管吹出嘹亮的乐音，香烟缭绕。长长的大殿到处挂着玻璃灯，勾画出三圈色彩斑斓的灯火。大殿深处，在圣体龛的两端，一支支巨大的蜡烛射出火红的光焰。从众多的人头以及妇女的阔边软帽上方望过去，可以看到站在唱经班那边的穿金色祭披的神甫。站满祭廊的男人响亮的声音回应着教士那尖细的声音，由石窗拱支撑的大殿木拱顶仿佛被声音震得微微颤动起来。墙上的画再现了耶稣背负十字架行路的情景。在合唱声中，一只羊羔躺在祭坛前面，蹄子放在肚子下，耳朵竖得直直的。

这里的温暖使他俩产生一种异样的舒适感。他们方才还像狂风暴雨一般的思绪逐渐和缓下来，犹如浪涛渐趋平静。

他们聆听着《福音》和《信经》，观察着神甫的动作。与此同时，无论老人、青年、衣衫褴褛的穷苦妇女、戴高筒帽的农妇，还是留金色颊髯的壮汉都在祷告，人人都沉浸在同样无边的欢乐里。这些人仿佛看见在马厩的草堆上，上帝之子的身体像太阳一般光芒四射。尽管布瓦尔理智，佩库歇心肠硬，别人的这种信仰仍然触动了他们。

全场静默，所有的人都弯下腰去，在当当的钟声里，小羊羔咩咩叫起来。

神甫尽量高举双臂，把手上的圣餐面饼显示给大家看。于是响起一支欢乐的歌，这支歌鼓励着俯伏在众天使之王脚下的人们。布瓦尔和佩库歇不由自主地加入了他们的行列，感到自己心里仿佛升起了一线曙光。

九

马赛尔在第二天三点钟又露面了，他脸色发青，双眼通红，额上紫了一块，裤子撕破了，满嘴喷烧酒味，浑身肮脏不堪。

他每年都习惯于去六法里外的伊克镇附近一位朋友家吃圣诞节子夜后的年夜饭，此刻他比任何时候都结巴，一边哭着，一边想打自己，还哀求着宽恕，仿佛犯了什么罪过似的。他的两位主人饶恕了他。一种奇特的宁静促使他们宽容。

雪突然融化了，他们去花园里散步，呼吸温暖的空气，感受到活下去的幸福。

难道只是偶然性使他们避开了死亡？布瓦尔怜悯起自己来。佩库歇回忆起他初领圣体时的情景，他们对支配他们的“力量”和“动因”充满感激之情，忽然想到阅读圣书。

《福音书》使他俩心花怒放，像阳光一般照得他们目眩。他们仿佛看见耶稣站在山头，伸出一只臂膀，山下的人群正在听他讲话。又仿佛看见耶稣站在湖边他的使徒们当中，使徒正在收网。后来又看见他骑在一头母驴背上，周围响起了“哈利路亚”[①]的声音，风经

① 指以“哈利路亚”开始的颂歌。

过微微颤动的棕榈树吹拂着他的头发。最后，他在高高的十字架上，头偏在一边，从头上朝人间流下一滴永恒的露珠。征服他们的，使他们无比欣喜的，是书里对卑贱者的体贴，对穷人的保护，对被压迫者的激励。书里的天空开阔，在众多的箴言里看不到任何神学的内容，没有教条，除了心的纯洁没有任何别的要求。

至于奇迹，其中的道理并不使他们感到奇怪，他们在童年已经熟悉那些奇迹了。圣约翰的崇高使佩库歇心醉神迷，促使他更深入地理解《效仿基督》①。

这里没有道德说教的寓言，没有花，没有鸟，却有呜咽，有揪心的痛苦。布瓦尔在翻阅这些书页时感到悲伤，一页一页都仿佛是在雾蒙蒙的天气里，在一座隐修院深处的岩石和坟墓之间写成的。我们有限的生命在书里显得如此悲惨，所以必须忘记生命，回归上帝。这两个天真的汉子，在经历了那么多失望之后，感到很有必要变得单纯，有必要爱点儿什么，并让思想得到休息。

他们开始阅读《圣经·旧约》中的《传道书》②《以赛亚书》③和《耶利米书》④。

然而《圣经》中那些声如狮吼的先知，那云端隆隆的雷鸣，那火焚谷⑤里的呜咽声，以及上帝像狂风驱散乌云一般赶散各帝国的情

---

① 《效仿基督》，一本以明快有力的拉丁文撰写的圣书，作者佚名。

② 《传道书》，《圣经·旧约》中的一卷，系犹太教的哲理书，作者有争议。

③ 《以赛亚书》，《圣经·旧约》中的一卷，共六十六章，约写成于公元前8世纪到公元前7世纪初。犹太教和基督教认为前三十九章由先知以赛亚讲述，由其弟子所写。四十章以后，文体与思想都与前面不同，为希伯来文学代表作之一。

④ 《耶利米书》，《圣经·旧约》中的一卷，共五十二章。除部分片段外，传为先知耶利米（约公元前650—前580）讲述，由其助手记录，后广为流传。

⑤ 火焚谷原指“希伦谷”，在耶路撒冷城外。古希伯来人在此焚烧儿童以祭摩洛神，故又名“凶杀谷”，被视为不祥的“地狱之门”。

景吓坏了他们。

他们是在星期天阅读那些东西，那时人们正在晚祷钟声里做晚祷。

有一天，他们去听了弥撒，后来又去听过。一个星期下来，望弥撒成了一种消遣。德·法威日伯爵和伯爵夫人远远地向他们打招呼，这事已经被人注意到了。治安法官眨眨眼对他们说：

“好样的！我赞赏你们。”

如今，老板娘们都爱给他们送去祝过圣的面包。

热弗罗依神甫访问过他们一次，他们也回访了，就这样频繁交往起来，神甫却闭口不谈宗教。

他们对他这种克制态度感到吃惊，所以佩库歇装作无所谓的神气问他，要想信仰宗教该怎么办。

“还是先参加宗教仪式吧。”

他们开始去教堂参加活动，一个满怀希望，另一个出于挑战，因为布瓦尔相信自己绝不会成为一个虔诚的基督教徒。整整一个月里他都按时去望弥撒，但与佩库歇相反，他不愿意强制自己吃素。

难道那是一种保健措施？谁都知道“保健”值几个子儿！难道事关礼仪？打倒礼仪！是向教会表示俯首帖耳？他同样嗤之以鼻！简而言之，他宣称吃素是荒谬的规矩，是伪善的，是与“福音”精神背道而驰的。

过去的年代，每逢圣星期五，日耳曼女人给他们上什么，他们就吃什么。

然而这次，布瓦尔给自己要了一份牛排。他坐到桌边，开始切肉，马赛尔盯着他，好不愤慨，与此同时，佩库歇认真地剥他那块鳕鱼的皮。

布瓦尔一只手拿着叉子，一只手拿着刀，愣了一会儿。最后还是下了决心，把一口肉举到嘴边。突然，他的手抖起来，他那胖乎乎的脸变得苍白，他的头也往后仰过去。

“你不舒服啦？”

“没有！不过……”

他坦白了。由于他受过的教育（这教育可比他厉害），他在这一天不能吃荤，因为他怕死。

佩库歇倒并不滥用他的胜利，他只利用来为自己随心所欲的生活服务。

一天晚上，他回家时脸上洋溢着愉悦和庄重，他不自觉地透露说，他刚才做了忏悔。

于是，他俩开始讨论忏悔的重要性。

布瓦尔承认第一批基督教徒的忏悔影响很大，因为那是在公众面前进行的，现代的忏悔实在太容易了。不过他也不否认，这种自我检查形式不失为一种进步的因素，一种引起道德激情的根源。

佩库歇希望自己完美无缺，便开始寻找自己的毛病。他那一阵一阵的傲气早就一去不复返了。他对劳动的爱好使他摆脱了懒散，至于贪恋美食，谁也不如他那样节制饮食。不过他有时被狂怒所主宰。

他发誓不再怒气冲天了。

接下去就应该具有德操，首先是谦虚，也就是说不认为自己劳苦功高，因而不该得到哪怕最微小的奖赏。必须牺牲自己的才智，使自己甘居低位，而且低到任人践踏，有如践踏道路上的污泥。他离这种心理状态还远着呢。

他还缺乏另一种德操：贞洁。因为他在内心深处很想念梅丽，水粉画上那个穿路易十五式长袍的袒胸露肩的女士也让他局促不安。

他把水粉画藏进五斗橱，而且廉耻之心倍增，甚至到了害怕把目光放到自己身上的地步，他睡觉也穿一条衬裤。

围绕一个“淫”字花那么多心血反而助长了“淫”。尤其在早上，他得忍受激烈的内心冲突，有如圣保罗、圣伯诺依[①]和圣哲罗姆[②]在晚年的经历。于是，他持续不断地求助于狂热的自愿受苦的活动。痛苦是一种赎罪、一种补救、一种方法，是对耶稣-基督致敬。一切爱都需要牺牲，有什么比牺牲我们的肉体更痛苦的牺牲呢！

为了禁欲修行，佩库歇取消了饭后的一小杯酒，鼻烟也缩减到一天四次，连最冷的天气也不戴大盖帽。

有一天，布瓦尔想把掉下的葡萄藤重新系上，便贴着住宅平台的墙放上一个梯子，在无意中，他正好把身子探进了佩库歇的房间。

他的朋友一直裸到腹部，正用掸衣鞭轻轻拍打自己的肩膀，他越打越起劲，干脆脱掉短裤，使劲抽打臀部，然后气喘吁吁，一头倒在椅子上。

布瓦尔慌乱不堪，仿佛突然发现了不应该发现的秘密。

一些日子以来，他注意到窗户比从前干净，餐巾没有过去那么多窟窿，饮食也可口多了。这个变化应归功于本堂神甫的女仆雷娜的干预。

雷娜把教会的事务同她的厨房活计混在一起，她强壮得像个扶

① 与基督教有关的圣伯诺依有三位，两位曾任主教，一位曾任教皇，不知此处指哪位。

② 圣哲罗姆（约347—420），基督教拉丁教派创始人及教会圣师、护教猛士。《圣经》的拉丁文译者。

犁的伙计，尽管对人并不恭顺，却忠心耿耿。她毛遂自荐，前来管理他们的家务，提出各种建议，变成了这里的女主人。佩库歇绝对信赖她的经验。

有一次，她给他带来一个胖乎乎的家伙，此人有一双小眼睛，鹰钩鼻子。她管他叫古特曼先生，是卖宗教用品的批发商。他在库房下边打开箱子，取出几件装在盒子里的东西，十字架、纪念章、各种型号的念珠、小礼拜堂用的枝形大烛台、手提式祭台、假宝石串、蓝色纸板做的小圣心、红胡子的圣若瑟①和一些耶稣受难瓷像。佩库歇垂涎三尺，仅仅因为价钱而未敢问津。

古特曼并不要钱。他宁愿做些交换，所以上楼来到博物馆。他准备贡献一大堆他的小商品，换取他们的古铁器和所有的铅印。

布瓦尔觉得那些小商品非常难看，但佩库歇的眼力、雷娜的坚持和那旧货商的油嘴滑舌终于说服了他。古特曼见他如此好对付，便得寸进尺，还想要那把古戟。布瓦尔刚给他表演了戟的用法，感到疲倦，便让给了他。一算账，这两位先生还欠他一百法郎。事情总算得到解决：一百法郎分成四张三个月到期的票据。他俩竟为买卖便宜而庆幸！他们把得到的物品分放到每套房间里。博物馆里陈列的是耶稣诞生的马槽模型和天主教堂的软木模型。

佩库歇房里的壁炉上放了一个圣约翰·巴蒂斯特的蜡像，一些著名主教的肖像则顺着走廊摆放。楼梯下面，圣母像挂在一盏带小链的灯下，圣母披一件天蓝色的披风，戴一顶星光闪烁的头冠。马赛尔一再擦拭那些光彩夺目的圣物，想象天堂里也不会有什么比这些东西更美丽了。

---

① 圣若瑟，圣母玛利亚的丈夫，耶稣基督的养父。

那尊圣彼得的雕塑被砸碎了，多么遗憾！否则放在走廊里该多么神气！佩库歇有时站在过去的堆肥坑前，还认得出雕像的三角冠，一只便鞋和一段耳朵。他唉声叹气，然后继续修剪园子里的花木，因为他如今已把体力劳动同宗教修炼结合起来。他穿着道袍锄地，把自己比作圣布鲁诺[①]。不过这种乔装改扮可能是一种渎圣罪行，于是他放弃了。

但他仍然模仿教士的做派，无疑是因为本堂神甫经常到他们家走动。他像神甫那样微笑，用他那样的声音说话，还装出怕冷的神气，像他那样把双手交叉缩到袖筒里，直到手腕。终于到了这一天，鸡鸣惹他讨厌，玫瑰花让他感到恶心，他再也不出门了，或者一出门便向原野投去恶狠狠的目光。

布瓦尔听任他把自己带到玛利亚月的集会上。高唱圣歌的儿童、丁香花束、绿色的弓形花枝给他一种青春不朽的感觉。在他的心里，上帝表现为鸟窝的形态、泉水的清澈、阳光的仁慈，而他朋友的虔诚却似乎太怪诞，太乏味。

“你吃饭时干吗唉声叹气呀？”

“我们吃饭时应当叹气，”佩库歇回答说，“因为人如此这般生活已经失去了清白。”

这句话是他在热弗罗依先生借给他的十二开两卷本的《修道院修士手册》里读到的。他喝拉萨莱特[②]的水，紧闭房门做短时间但很

① 圣布鲁诺（1035—1101），法国查尔特勒修会创立人。

② 拉萨莱特，位于法国格勒诺布尔，传说1848年圣母曾在此向两个儿童显灵，因此人们常到那里的大教堂朝拜。

虔诚的祈祷，希望参加圣方济各[①]善会。

为了成为坚韧不拔之才，他决心去朝拜圣母玛利亚。

选择地点让他感到为难。是去富尔维叶尔的圣母院，还是去沙尔特勒、昂布伦、马赛或奥莱的圣母院？德利沃朗德的圣母院更近，也同样合适。

“你陪我去吗？”

“我也许会显得像个笨蛋！”布瓦尔说。

从那里回来时，他毕竟可能成为一名信徒，他既然不拒绝当信徒，便讨个好同意陪他去。朝圣应当步行。然而四十三公里行程也许太艰苦，而威尼斯轻舟式的平底长船又不适合默祷，他们便租了一辆旧式有篷双轮轻便马车，马车跑了十二小时后将他们拉到旅馆门前。他们住进一个拥有两个铺位的房间，房间里有两个五斗橱，橱上分别放了一个装在椭圆形小盆里的水壶。旅馆老板告诉他们，在“恐怖”时期，这间房属于嘉布遣会修士。当时这里藏着德利沃朗德的圣母雕像，藏得那么谨慎，神甫们竟在这里秘密布道讲弥撒。

佩库歇对此感到高兴，他大声念着从下面厨房取来的小教堂简介。

最初，这个小教堂由利兹厄的第一位神甫圣热尼奥贝尔创建于二世纪，后由圣拉涅贝尔修建于七世纪，由慷慨罗贝尔修建于十一世纪中叶。

丹麦人、诺曼底人，尤其是新教徒曾在不同时期对这个教堂进行过焚烧和破坏。

---

① 圣方济各（1182—1226），天主教方济各修会的创立者；另一位圣方济各（1416—1507）系天主教最小兄弟会的创立人。

将近公元一一一二年，一只羊发现了圣母的原始雕像，当时，那只羊在牧场用脚拍打土地，指出圣母像所在的地方，博杜安伯爵便在那里修筑了教堂。

这个教堂的奇迹数不胜数。巴耶的一位商人成了撒拉逊人[①]的俘虏，他乞求圣母显灵，他的铁镣便掉在地上，他随即逃走了。一个悭吝人发现他的谷仓里有一大群老鼠，他一请求圣母帮助，老鼠便离开了。马赛的一个唯物主义者在摸纪念章时擦坏了圣母像，这使他在临死时悔恨不已。阿德利纳先生因说了亵渎神明的话而变成了哑巴，圣母又使他恢复了说话能力。由于她的保护，德·贝克维尔先生和夫人在结婚状态下仍有能力独自贞洁地生活。

简介上还列举了那些被圣母治愈了不治之症的人名，其中有帕尔弗莱斯讷小姐、安娜·利瑞厄、玛丽·迪什曼、弗朗索瓦·迪费、奥斯镇出生的德·朱米亚克太太。

一些大人物曾来教堂参观，有路易十一、路易十三、加斯通·德·奥尔良的两个闺女、魏斯曼[②]红衣主教、萨米利红衣主教、安提奥克的主教，还有满洲里的宗座代牧主教威罗尔大人，克朗的总主教也曾前来对圣母表示感谢，因为塔莱朗[③]亲王皈依了天主教。

“圣母也可能让你皈依宗教！”佩库歇说。

布瓦尔已经躺在床上，他咕噜几句便完全睡着了。

次日早上六点，他们进了教堂。

那里正在修建另一座教堂，一些围布和木板阻塞了大殿，布瓦

---

① 撒拉逊人，中世纪欧洲基督徒对入侵欧、非两洲的穆斯林阿拉伯人的称呼。

② 魏斯曼（1802—1865），英国神学家，大主教。

③ 塔莱朗（1754—1838），法国著名外交家，大革命前曾是教士，革命后曾放弃宗教信仰，并在历届政府中任高官。

尔不喜欢那里洛可可风格的纪念建筑，尤其是红色大理石祭坛和考林辛式的壁柱。

那神奇的圣母雕像立在唱诗班左侧的壁龛里，圣母身上披了一件镶嵌着闪光片的长袍。教堂执事突然来到，给他俩分别递上一支蜡烛，然后把两人的蜡烛都插在栏杆上方的一个三角大烛台上，他要了三个法郎，行个礼便走开了。

他们随即去看还愿牌。

一些金属小牌上的题词表明信徒们的感激之情。还可以欣赏两把交叉放在一起的剑，是一位昔日在巴黎综合理工学院就读的学生献的，还有一束束新娘的花、一些军功章、银质的心形饰品，角落里，齐地面放了数不清的丁字拐。

一位教士手捧圣体盒从圣器室走出来。

他在祭坛下面停了几分钟，往上走三级台阶，说“请众同祷”“入祭祷”，以及“主啊，矜怜我们！”唱诗班的儿童跪在地上，一口气背诵完毕。

参加祷告的人很少，只有十二或十五位老太太。听得见她们手上的念珠发出的沙沙声和斧头敲击石子的声音。佩库歇在跪凳上弯着身子，回应着“阿门”。在举扬圣体时，他恳求圣母送给他恒久不衰的信仰。

布瓦尔坐在他旁边的一把安乐椅里，从他手上拿来瞻礼祈祷书，眼光停留在圣母连祷文那一段。

“（你是）最纯洁的，最清白的，可敬的，可爱的，强有力的，仁慈的，是象牙之塔，是金宅，是天门，是晨星……”

这些崇敬之词，这些夸张之词把他带到千百万人尊敬、纪念的圣母身边。

他按照教堂绘画上的形象想象着她的模样，她坐在层层的白云间，几个长着双翅的小天使伏在她的脚边，她怀里抱着救世主儿子。她是世上所有不幸之人祈求的温存体贴的母亲，是升天妇女的典范。因为从她的腹部出来之后，人们无不颂扬她的爱，而且只渴求在她的心上得到休息。

弥撒结束后，他俩沿着广场那边贴墙摆开的一排小铺走。小店里卖的是些小雕像、圣水缸、金丝骨灰盒、椰子雕的耶稣基督像、象牙念珠。阳光射在画框的玻璃上，使人目眩，更加突出了那些画的粗糙和素描的难看。布瓦尔在家里认为这类东西可憎之极，在此地对它们倒很宽容。他买了一个上了蓝色颜料的圣母像。佩库歇只买了一大串念珠作为纪念。

小商贩们大叫：

“来呀！来呀！五法郎，三法郎，六下生丁，两个苏，别拒绝圣母！”

这两个朝圣的人闲逛着，什么也不买。于是，传来了令人不快的评论。

“这两只鸟想要什么？”

“他们兴许是土耳其人！”

“更像新教徒！”

一个高个子的姑娘过来扯佩库歇的礼服，一个戴眼镜的老头把手放到他肩上，所有的人都在同时怪声叫嚷。接着，那些人离开自己的临时木棚，跑过来围住他们，越发放肆地怂恿他们买东西而且辱骂他们。

布瓦尔沉不住气了。

“让我们安静，见鬼！”

那伙人散开了。

但还有一个胖女人一直跟着他们在广场上走了一阵，嘴里嚷着说他们会后悔。

回到旅馆，他们在咖啡间里遇见了古特曼。他为一笔批发交易来到附近地区，正在对面那张桌子上同一个审核购货清单的家伙聊天。

此人戴一顶皮鸭舌帽，穿一条宽大的裤子，尽管满头白发，却脸色红润，身材细挑。瞧他那神气，又像退伍军人，又像蹩脚的老喜剧演员。

他不时脱口说出一句渎神的粗话，然后，一听见古特曼低声说出什么话便安静下来，又接着看下面的单据。

布瓦尔一直在观察他，一刻钟之后，走到他身边。

“我想，您是巴尔勃鲁吧？”

“布瓦尔！”戴鸭舌帽的人嚷道。

两人互相拥抱。

二十年来，巴尔勃鲁历尽了人生的酸甜苦辣。

报纸的发行人，保险公司的伙计，养蚝池的经理。

“我要告诉你这一切。”

他最后又回到原来的行当，为波尔多一家商号当旅行推销员。古特曼“包了这一带的买卖”，为他代销了一些酒给神职人员。

“对不起，等一会儿我再来找你。”

他又拾起那些账目，随即从凳子上跳起来。

“怎么！两千？”

“当然！”

“哦！这太过分了，这一张！”

“您是说？”

“我是说我见过厄朗贝尔，我亲自见过！”巴尔勃鲁驳他时怒不可遏，“发票上明明写着四千。别骗人！”

那旧货商面不改色。

“那么，这一张算清账了！这之后呢？”

巴尔勃鲁站起来，瞧他那白一阵紫一阵的脸，布瓦尔和佩库歇相信他会马上掐死古特曼。他却重新坐了下来，把双臂交叉在胸前。

“您是个可怕的无赖，承认吧！”

“别骂人，巴尔勃鲁先生，有证人，您可小心！”

“我要告您的状！”

“得！得！得！”

古特曼扣上他的公文包，提提帽檐：

“祝您愉快！”

他出去了。

巴尔勃鲁向他们陈述了事实，原来是一千法郎的债，经过接二连三的高利贷勾当，他交给古特曼三千法郎的酒，这样，不但还了债，还应该有一千法郎的赢利。然而，他现在竟然还欠那家伙三千法郎。老板们一定会辞掉他，他还会受到追捕。

“恶棍！强盗！肮脏的犹太人！而他还在神甫们的宅子里参加宴会！再说，这一切都和教士们有瓜葛！……”

他痛骂所有的教士，捶桌子捶得那么凶，连桌上的圣母像都险些掉到地上。

“轻点儿！”布瓦尔说。

“瞧！这是什么？”

巴尔勃鲁拆开圣母像的包装。

“朝圣的小玩意！是你的？”

布瓦尔没有回答，只模棱两可地笑笑。

“这是我的！”佩库歇说。

“你让我伤心，”巴尔勃鲁又说，“不过，在这方面我会教育你的，别怕！”然而，人总应该豁达，而且悲哀也无济于事，所以他要请他俩吃午饭。

三个人入席。

巴尔勃鲁显得很亲切，他提起过去那些日子，又抱抱女招待的腰，还想量量布瓦尔的肚子。他说他不久就去他们家，还要给他们带去一本很好玩儿的书。

他来拜访的想法并没有让他们多么高兴。在回家的路上，拉车的马一溜小跑，他们在车里为此事聊了一个钟头。佩库歇随即闭上眼睛。布瓦尔也不吭声了，他在内心里已倾向宗教。

马雷斯科先生昨晚曾来到他们家通知一件重要的事，马赛尔不清楚更多的细节。

公证人在三天以后才得以接见他们，他随即陈述了事情的原委。波尔丹太太向布瓦尔建议以七千五百法郎的年金买下他们的农庄。

她在青年时代已对农庄垂涎三尺，她很了解这块地产和它四周的邻接地，了解那些土地的缺点和优点，而且这种想望就像癌症一样使她的身体日渐衰弱。因为这位好太太是地道的诺曼底人，她所珍爱的压倒一切的东西是房地产，这种珍爱与其说为了资产的安全性，不如说为了踩在属于自己的土地上那种幸福感。为了对这种幸福的希求，她做过很多调查，而且每天都要去那里监视一番，还为此攒了好长时间的钱，现在她急切地等待着布瓦尔的答复。

布瓦尔进退两难，他既不愿意看见佩库歇某一天成为无财无产的人，又必须抓住这次机会，这机会可是他们朝圣的硕果，上帝第二次对他们表示了厚爱。

他们提出了下边这些条件：年金不需要七千五百法郎，只需要六千法郎，但必须付到两人当中最后一个人去世时为止。马雷斯科提请波尔丹太太注意，这两人一个身体欠佳，另一个的气质注定他会中风。两人显现的健康趋势驱使波尔丹太太在契约上签了字。

布瓦尔为此而感到惆怅。有人希望他死！这个想法引起他一系列严肃的思考，对上帝、对永恒的思考。

三天以后，热弗罗依先生邀请他俩去参加一次礼仪式聚餐，他每年为他的同事们举行一次这样的宴会。

晚宴从下午二时左右开始，夜里十一点结束。

客人们喝了梨酒，做了同音异义词游戏。普吕诺长老当场作了一首藏头诗，布贡先生玩了纸牌戏法，年轻的副本堂神甫塞尔佩唱了一首近乎风流的歌。这样的环境氛围让布瓦尔感到开心。次日，他的心情便不那么忧郁了。

此后，本堂神甫经常来看望他。他在介绍宗教时给人以亲切感。再说，有什么危险呢？于是，布瓦尔很快就同意去接近圣餐台。与此同时，佩库歇也决定去领圣体。

重要的日子到了。

这天，教堂因初领圣体事宜而挤得满满的。有钱人和他们的妻子挤坐在长凳上，下层百姓站在大殿的后边，或站在祭廊上，或拥在门外。

布瓦尔寻思，即将发生的事很难得到解释，但有些事情光靠理性来理解是不够的。一些极伟大的人物也曾接受这样的事。照他们那样做也很好，于是，在一种近乎麻木的状态下，他出神地观看祭坛、香炉、蜡烛，脑子有点儿空，因为什么也没有吃，他感到一种奇特的虚弱。

佩库歇在冥想耶稣受难的情景，他感到一种爱的冲动。他真想向耶稣献出自己的心灵和别人的心灵，献出所有的陶醉、激奋、圣人的启迪、所有的生灵、整个宇宙。尽管他带着热忱祈祷，仍然觉得弥撒的有些部分似乎有些冗长。

男孩们终于跪在祭坛的第一级阶梯上了，他们的衣服形成一条黑色的带子，带子上参差不齐地露出金色或褐色的头发。接着是女孩子们，她们戴着头冠，头冠压着垂下的面纱。远远看去，唱诗班后边仿佛有一排白色的云朵。

轮到大人了。

“福音”那边的第一位是佩库歇，但他显然太激动，脑袋左右摇晃着。本堂神甫费好大的劲才把圣餐面饼放到他嘴里，他在接受面饼时眼珠转来转去。

布瓦尔则相反，他把嘴张得那么大，舌头垂下来有如一面旗帜。他站起来时，手肘还碰了波尔丹太太。他俩的眼光不期而遇，她微微一笑，不知为什么，他脸红了。

在波尔丹太太之后，是德·法威日小姐、伯爵夫人、她们的女伴和一位沙维尼奥尔人谁也不认识的先生一同领圣体。

最后领圣体的是布拉克旺和小学教师珀蒂，这时，大家突然看见高尔居出现在教堂里。

他已经不蓄山羊胡子了；他坐到自己的座位上，双臂交叉在胸前，那做派真使人获益匪浅。

本堂神甫向男孩们训话。愿他们当心，将来千万别效仿出卖上帝的犹大，一定要永远保存他们童贞的长袍。佩库歇为他失去的童贞长袍而惋惜，但人们已经在挪动椅子，母亲们正急急忙忙去拥抱她们的孩子。

本教区的信徒们出门时互相祝贺。有几个人还在哭泣。德·法威日夫人在等她的马车时，向布瓦尔和佩库歇转过身来，给他们介绍她的女婿：

“这是德·马伍罗男爵先生，是位工程师。”

伯爵怪罪自己没有看见他们。他说他在下个礼拜回来。

“我请你们记住，下个礼拜！”

敞篷四轮马车到了，庄园里的女士们起程回家，人群也散了。

他们发现院子的草丛里放了一个包。因为大门关着，邮差把包从墙头扔了过来。原来是巴尔勃鲁答应寄给他们的一本著作，路易·埃尔维厄的《基督教透视》，作者曾经是巴黎高等师范学院的学生。佩库歇拒不接受此书，布瓦尔也不愿了解它。

人们曾多次对他说，参与圣事会改变他。好几天以来，他一直在守候他心灵的花季。但他始终是原来的他，于是，一种令他痛苦的吃惊感攫住了他。

怎么！上帝的肉身和我们的肉身已经混成一体了，却没有引起任何变化！那主宰全世界的思想却不能启发我们的心灵！至高无上的权威抛弃了我们，使我们无能为力！

热弗罗依先生在让他安心的同时，命他阅读戈姆长老著的《教理问答课本》。

佩库歇却相反，他越发虔诚了。他真想领悟两种圣体，他在走廊里边散步边唱圣诗，还拦住沙维尼奥尔人讨论宗教，劝他们皈依宗教。沃考贝依当面耻笑他，吉尔巴尔耸耸肩膀，上尉管他叫伪君子。如今谁都认为他们走得太远了。

有一种良好的习惯，那就是考虑一切事物都从事物的象征意义出发。听到雷鸣，你就想象那是最后的审判；看见天空万里无云，你就考虑那是受真福品者居住的地方；散步时，你应该想，每一步都使你更接近死亡。佩库歇就采用了这个方法。当他穿衣服时，他想到“三位一体”中的第二位裹在身上的躯壳；挂钟的嘀嗒声让他想到自己的心跳；针扎了手使他想起十字架上的钉子。他一跪几个小时，吃斋日益频繁，他绞尽脑汁调动想象力，然而这一切都是徒劳，他并没有达到自我超脱的境地，而且根本做不到完全的入静。

他求助于一些神秘主义的作家：圣泰瑞莎[①]、圣约翰·德·拉克罗瓦[②]、路易·德·格雷那德[③]、森波利，还有现代的夏约大人。然而他看到的不仅不是他向往的崇高思想行为，反而尽是些庸俗乏味的人和事，拖沓无力的文笔，冷冰冰的形象，一大堆从碑铭里引进的比喻。

不过他仍然记住了，有积极的涤罪、消极的涤罪，有内部的显圣，外部的显圣，有四种祷告形式，爱有九种卓越之处，谦恭包括六个层次，灵魂的创伤与精神的飞越相差无几。

有几点让他感到困惑：

既然肉欲受到诅咒，怎么大家还应当感谢上帝赐予生活的恩惠呢？在灵魂得救所必不可少的畏惧和同样必不可少的希望之间应当保持什么样的分寸？圣宠的征兆在哪里？等等。

热弗罗依先生的答复十分简单：

---

① 阿维拉的圣泰瑞莎（1515—1582），西班牙的女宗教改革家，以其幻象和神秘主义著称于世。

② 圣约翰·德·拉克罗瓦（1542—1591），赤脚穿云鞋的加尔默罗修会创始人。曾写过不少神秘主义作品。

③ 路易·德·格雷那德（1505—1588），西班牙作家和讲道者。曾著《罪人指南》。

“别折腾自己了。要想什么都深入研究，人就好比在危险的斜坡上跑。”戈姆长老的《恒心教理问答课本》让布瓦尔那么倒胃口，他又捧起了路易·埃尔维厄的书。那是一本政府禁止出版的书，是《圣经》现代注释的摘要。巴尔勃鲁是共和主义者，所以买了一本。

这本书使布瓦尔脑子里生出一些疑团，首先是关于原罪的。

“上帝既然创造了容易犯罪的人，他就不应该惩罚人，而且恶是先于原罪而存在的，因为早就有了火山、猛兽。总之，那些教条搞乱了我关于惩罚的概念。”

“有什么办法呢？”本堂神甫说，“这是大家都公认的真理之一，公认了，但拿不出证据。而我们自己呢，我们却让父辈的罪行波及儿孙。因此，习俗和律法使上帝的教谕合法化，而大家又在天性里重见上帝的教谕。”

布瓦尔摇摇头。他还怀疑地狱。

“因为一切惩罚都应以改善罪人为目的，而永久性的刑罚却使这种改善达不到目的。有多少人忍受这样的刑罚呀！想想看！所有的古人、犹太人、穆斯林、偶像崇拜者、异端分子，还有死了都没有教名的孩子们，而这些孩子都是上帝的子孙，上帝创造他们目的何在？为他们并没有犯过的罪而惩罚他们！”

“这是圣奥古斯丁的看法，”本堂神甫补充说，“而圣福尔冉斯[①]甚至把胎儿都归入应下地狱的罪孽里。的确，教会在这方面没有做出任何决定。不过我要提醒一点：不是上帝，而是罪人自己罚自己入地狱；犯规无止境，既然上帝的力量无止境，所以惩罚也应当无止境。就这些吗，先生？”

---

① 圣福尔冉斯（468—533），非洲的罗马主教。

"给我解释解释'三位一体'！"布瓦尔说。

"乐意从命。让我们做个比较：一个三角形的三边，或者不如说我们的灵魂，包括生存、认识和愿望；这就是人们所谓的人的官能，它在上帝身上就是三位一体中的一位。奥秘就在于此。"

"然而三角形的三边并非每一边都是三角形；灵魂的这三种官能并不能造成三个灵魂，您那三位一体中的三位就是三个上帝。"

"您这是亵渎神明！"

"那么，只有一位，一个上帝，一个有三种表现形式的实体！"

"我们还是崇爱而不必理解吧！"本堂神甫说。

"那好吧。"布瓦尔说。

他害怕被当成不信教的人，害怕庄园里的人对他看法不佳。

如今他们一礼拜去庄园三次，正值冬季，下午五点左右去那里喝一杯热茶，心里暖乎乎的。伯爵先生的言谈举止"让人想起昔日王宫里的潇洒"；胖胖的伯爵夫人总是心平气和，并在所有事情上都表现出判断力。他们的女儿育朗德小姐是"年轻姑娘的楷模"，是流行纪念册上的天使；她们的女伴德·诺阿尔太太鼻子尖尖的，像佩库歇。

他俩第一次走进客厅时，这位太太正在为某某人辩护：

"我向你们保证，他变了！他送的礼就可以证明。"

这某某人正是高尔居。他刚送给那一对未来的夫妇一只哥特式的祈祷凳。这凳子已经送来了。那上面有双方家庭的彩色纹章，很显眼。德·马伍罗先生对此似乎颇感满意，诺阿尔太太对他说：

"您还记得我保护的那个人吗？"

她接着叫来两个孩子，男孩约莫十二岁，他的妹妹也许有十岁。从他们破衣烂衫的窟窿里可以看到他们的手脚冻得发红。一个穿了一双旧拖鞋，另一个只穿了一只木鞋。头发已遮住了他们的脸，他们用闪亮的眼睛东看西看，酷似吓坏了的小狼。

德·诺阿尔太太说，她是上午在大路上碰见他们的。布拉克旺提供不出任何细节。

大家问他们的名字。

“维克托，维克托琳娜。”

“他们的父亲在哪儿？”

“在监狱里。”

“进监狱之前，他是干什么的？”

“什么也不干。”

“他们的家乡呢？”

“圣皮埃尔。”

“哪个圣皮埃尔？”

作为回答，两个小家伙用鼻子吸着气说：

“不知道，不知道。”

他们的母亲死了，他们以乞讨为生。

德·诺阿尔太太陈述说，对两个孩子弃而不管该多么危险。她感动了伯爵夫人，刺激了伯爵的荣誉感，受到小姐的支持，再一坚持，便成功了。决定由猎场看守人的妻子照管他们。以后会给他们找些活干，考虑到他们既不会读书，也不会写字，诺阿尔太太准备给他们上课，以便将来可以阅读基督教入门。

热弗罗依神甫来到庄园时，有人去把两个孩子叫来，他先询问他们，然后作报告，由于听众不凡，他在演讲中有些装模作样。

有一次他谈到《圣经》中的族长，布瓦尔在与他和佩库歇一道回家时，猛烈诋毁那些族长。

雅各[1]以作弊著称，大卫[2]以凶杀闻名，所罗门[3]的腐化堕落人所共知。

本堂神甫回答说，应当看得更高些。亚伯拉罕[4]的牺牲乃是耶稣受难的象征；雅各是弥赛亚[5]的另一种象征，有如约瑟、青铜蛇、摩西。

“您是否认为，”布瓦尔说，“是摩西撰写了《圣经》的头五卷‘摩西五书’？”

“当然是的。”

“然而书里叙述了他的死；对约书亚[6]，有人也持同样的异议；至于犹太诸王之前的士师们，书的作者告诉我们，在他为之撰写历史的那个时代，以色列还没有国王。因此，作品是在诸王时期撰写的。我对先知们的事迹也不大相信。”

“他现在要否定先知了！”

“没那回事！但他们头脑发热，看见的耶和华具有各种不同的面

① 雅各，《圣经》故事中以撒的次子，犹太人的第三代祖宗。据《创世记》载，他出生时抓住其孪生兄弟以扫的脚跟而出。青年时代曾以一杯红豆羹从哥哥换得长子的名分，后又骗得其父的祝福。为此，其兄恨他入骨。

② 大卫，《圣经·旧约》中的人物，古希伯来人统一王国的开国者，盛年时南征北战，建都耶路撒冷，文治武功均享盛名，相传《旧约·诗篇》中许多篇章是他的作品。

③ 所罗门，大卫的儿子和继承人，其统治期自公元前973年到公元前930年。曾修建耶路撒冷圣城，其公正及聪明曾享誉整个中东地区。所罗门以智慧著称，但晚年穷奢极侈，沉湎于女色，并横征暴敛，以致民不聊生，埋下国家分裂的祸根。

④ 亚伯拉罕，《圣经》中犹太人的始祖。生于迦勒底，是挪亚长子闪的后代。据传犹太民族的形成始于他带领部族自迦勒底迁居迦南（今巴勒斯坦），并定居希伯仑附近。据传上帝预见他子孙繁多，但命他和子孙都受割礼，作为与上帝立约的标记。

⑤ 弥赛亚，原意为“受膏者”，古代犹太人立君和封祭司时，受封者额上被敷膏油而称“受膏者”。犹太亡国后，传说上帝将重派“受膏者”复兴犹太国，弥赛亚遂成为复国救主的专称，基督徒则认为耶稣基督就是弥赛亚。

⑥ 约书亚，摩西之后的一位希伯来人首领，曾征服迦南，打败耶路撒冷国王。

貌，他们看他像火，像荆棘，像老人，像鸽子；而且他们对神的启示也没有把握，因为他们老要求出现朕兆。”

“哦！您竟发现了这么些了不起的东西？！……”

“是在斯宾诺莎的作品里发现的。”

一听见这句话，本堂神甫就跳起来。

“您读过他的书吗？”

“上帝让我警惕那些书。”

“不过，先生，科学……”

“先生，不是基督徒就不是学者。”

科学两字激起他一连串挖苦话：

“您那科学，它能让麦子长出一个麦穗吗？我们知道什么？”

但他知道世界是为我们创造的，他知道大天使在天使之上，他知道尸体能复活，还原到三十岁左右的样子。

他那僧侣特有的坚定性使布瓦尔感到恼火，布瓦尔对路易·埃尔维厄也产生了不信任感，便写信给瓦尔洛。佩库歇比他掌握更多的情况，他要求热弗罗依先生解释《圣经》。

《旧约》里《创世记》中的六天意味着六个伟大时代。犹太人劫持埃及人珍贵的缸钵，此事应理解为他们窃取了埃及人智慧的宝库和各种技艺的诀窍。以赛亚[①]并没有脱光衣服，nudus，在拉丁文里的意思是赤裸到髋骨部；因此维吉尔劝人光身子耕地，这位作家的

① 以赛亚生于耶路撒冷，在犹太王乌西雅末年开始任先知之职，历经四位国王。是《圣经》里四大先知中最著名的一位。据《罗马殉难志》载，他因直谏国王而被国王处死。相传他是《以赛亚书》的作者。

告诫总不会有伤风化吧！以西结[1]吞掉一本书毫不足奇，人们不是常说吞掉小册子、吞掉报纸吗？

但如果到处都看到隐喻，里面的事件又将如何？不过，本堂神甫确信那些事件是真实的。

佩库歇感到这样来理解那些事件似乎不够忠实。他便进行更加深入的研究，从而提出一份关于《圣经》中出现矛盾的按语。

《出埃及记》[2]告诉我们，在四十年中，那些人在沙漠里做出了很多牺牲，但根据《阿摩司书》[3]和《耶利米书》，不存在任何牺牲。《历代志》[4]和《以斯拉记》[5]并不同意那种人口调查。《申命记》[6]里说，摩西曾面对面看见上帝，根据《出埃及记》，他从来不可能看见上帝。那么神灵的启示又在哪里？

"这就是接受《圣经》的另一层理由。"热弗罗依先生微微一笑，回答说，"招摇撞骗的人需要互相勾结，诚实的人却并不在意这些！在困惑时，让我们求助于教会。教会永远错不了。"究竟谁错不了？

巴勒和康斯坦茨的主教评议会认为主教评议会错不了，但各个

① 以西结，《圣经·旧约》中希伯来四大先知之一，本人为祭司，于公元前597年被掳往巴比伦，凡二十载。他声称上帝命他警诫以色列人，遂进行讲道，并将其预言、演讲、哀歌等汇编成书，后收入《圣经·旧约》。

② 《出埃及记》，《圣经·旧约》中的第二卷。

③ 《阿摩司书》（约公元前8世纪），《圣经·旧约》中十二小先知书之一，《阿摩司书》为不同国家的预言。

④ 《历代志》，属《圣经·旧约》，分上、下两卷，共六十五章。是《圣经》中涉及年代最长的书，从亚当起，直至波斯居鲁士大帝占领巴比伦，下诏（约公元前538年）释放犹太囚虏回国止。

⑤ 《以斯拉记》系《圣经·旧约》中的一卷，记述波斯帝国统治时代（约公元前538—前398）的情况。

⑥ 《申命记》为《圣经·旧约》的第五卷，以摩西所传律法的形式汇编而成。

主教评议会却往往大相径庭，亚大纳西[①]和阿里乌[②]之间发生的事就是明证。佛罗伦萨和拉特兰的主教评议会认为教皇错不了，但教皇阿德利安六世[③]却宣布，教皇和别人一样可能出错。

无理取闹！这一切都无损于教义的永恒性。

路易·埃尔维厄的著作指出了教义的变化：在从前，洗礼专为成人而设；临终涂油礼只是在九世纪才成为圣事；在八世纪才发出通谕肯定圣体存在说；炼狱[④]是在十五世纪得到承认的；圣母无玷始胎瞻礼仅仅是近期的事。

佩库歇竟到了不知该如何看待耶稣的地步。三本《福音书》都把他看成一个人。在圣约翰所写的书中的一个段落里，耶稣似乎等于上帝，在同一本书的另一段里却承认他低于上帝。

热弗罗依教士援引阿布加尔[⑤]国王的信反驳他，说彼拉多的行为和古代女预言家的证词“实质上是真实的”。他在高卢地区看见过圣母像，在中国看见过关于救世主耶稣的公告，到处都有“三位一体”，大喇嘛的便帽上戴着十字架，埃及诸神的手里也有十字架；教士甚至让他看一幅版画，画的是一个尼罗尺，佩库歇说，那是男性生殖器像。

热弗罗依悄悄咨询他的朋友普吕诺，普吕诺便替他找书中的证据。于是展开了博学的比赛；自尊心鞭策着佩库歇，他成了出类拔

① 亚大纳西（约293—373），基督教希腊神父。于公元325年出席“尼西亚主教会议”，在会上曾反对阿里乌。

② 阿里乌（约250—336），基督教神学家，生于利比亚。公元313年在亚历山大里亚任教职，曾因反对三位一体教义于公元325年在“尼西亚主教会议”上被定为异端而遭流放。

③ 阿德利安六世系1522年至1523年在位的罗马教皇。

④ 炼狱指天主教教义中，人死后升天堂前必须在炼狱中受罚至罪愆炼尽为止。

⑤ 阿布加尔系古代美索不达米亚埃德萨王国八位国王的姓氏（公元前132—216）。

萃的人，成了神话学家。

他比较圣母和伊希斯①、赛利斯②和波斯人的homa、巴克科斯和摩西、挪亚方舟和克苏托斯③的船；对他来说，这些相似之处证明宗教的同一性。

然而，既然只有一个上帝，就不可能有许多宗教；穿道袍的人一旦理屈词穷，便大声说：

“这是奥秘！”

这句话是什么意思？知识不足，很好。但如果他指出一件事情，而一说明此事就矛盾百出，这就是在说蠢话；于是，他再也不离开热弗罗依了。他常常在教士的花园里出其不意地拦住他，在忏悔室等他，在圣器室同他纠缠不清。

本堂神甫为逃避他而想出种种计谋。

有一天，他去萨斯托为某个人举行圣事，佩库歇便去大路上迎着他走过来，用这个办法，谈话就不可避免了。

那是八月末的一个傍晚。被晚霞染红的天空暗了下来，天上形成了大片的云层，下层很整齐，云峰呈螺旋状。

佩库歇一开始只谈一些无关紧要的事，然后无意间漏出“殉道者”几个字。

“您认为曾有过多少殉道者？”

“至少有两千万左右。”

① 伊希斯是古埃及最重要的女神，是丰产和母性的庇护神，司生命和健康。

② 赛利斯，希腊女神，主管丰产、婚姻和家庭。

③ 克苏托斯，从忒萨利亚迁到雅典的希腊神祇。

“奥利金[①]说，数目没那么大。”

“奥利金很可疑，这您知道。”

一大股风吹过去，刮弯了道沟边的草和伸展到天际的两排小榆树。

佩库歇又说：

“有人把一些因抵抗蛮族人而被杀害的高卢主教也算在殉道者里，不能这么算。”

“您准备为那些皇帝辩护？”

依佩库歇之见，是有人诬蔑那些皇帝。

“底比斯军团[②]的故事纯属无稽之谈。辛佛利安[③]和他的七个儿子，费利西泰[④]和她的七个女儿，安西尔[⑤]的七个已七十多岁的童贞女被强奸，圣于絮尔[⑥]的一万一千个童贞女，其中一个叫安德瑟米亚——其实是个数字，我对这些都持怀疑态度。还有，亚历山大的十烈士也值得怀疑。”

“但是……但是，写这些殉道者的作家都是值得信任的。”

落雨点了。本堂神甫撑开雨伞，佩库歇一钻到雨伞底下就公然

---

① 奥利金（约185—254），古代希腊神父的主要代表之一，生于埃及亚历山大城。曾深入研究希腊哲学，并用哲学术语解释神学，而且运用于基督教神学命题。著有《论原理》《驳塞尔索》等。

② 底比斯军团由圣莫里斯指挥，在罗马皇帝戴克里先（284—305在位）治下，由于军团拒绝向罗马异教献祭而全军团被处决。

③ 圣辛佛利安，公元179年的殉道者，8月22日是他的纪念节日。

④ 费利西泰据传是一位罗马女人，于公元150至164年间同她的七个女儿一道殉难。11月13日是她的纪念节日。

⑤ 安西尔即今土耳其首都安卡拉。

⑥ 圣于絮尔系布列塔尼国王狄俄那图斯之女，在公元3世纪或4世纪在哥罗涅殉难，10月21日是她的纪念节日。

声称，天主教徒在犹太人、穆斯林、新教徒，以及不受宗教束缚的自由思想家当中造成的殉道者比古罗马人造成的殉道者多。

教士吃惊得大叫起来：

“可是从尼禄[1]到恺撒·加尔巴[2]，一共有十次大迫害！”

“好吧！那么，对阿尔比教派[3]的多次大屠杀呢？圣巴托罗缪惨案呢？撤销南特敕令[4]呢？”

“那无疑是可悲的过激行动，但您总不至于把那些死者同圣艾蒂安[5]、圣洛朗[6]、圣西普里安[7]、圣波利卡普[8]，以及大批的传教士相提并论吧！”

“对不起！我要提醒您注意，还有希帕提娅[9]、布拉格的杰罗姆[10]、

---

① 尼禄（37—68），罗马皇帝，行事残暴，公元54年至68年在位。

② 恺撒·加尔巴（约公元前5—69），接替尼禄任职的罗马皇帝，恺撒为罗马皇帝的尊称，由于尼禄死后国内局势十分混乱且个人过分严厉而遭谋杀，任职仅七个月。

③ 阿尔比教派，公元12世纪流行于法国南部阿尔比地区的教派。信奉男女平等，认为天主教是“撒旦的产物”，教皇英诺森三世为清除此教派而派十字军征讨。1213年该教派在穆莱战败；1218年在图卢兹战败，死伤无数。

④ 即撤销1598年法国国王亨利四世在南特城颁布的宗教宽容法。

⑤ 圣艾蒂安，基督教历史上第一位在耶路撒冷被判以石击毙的殉道者，12月26日为其纪念节日。

⑥ 圣洛朗，天主教六品修士，于公元258年被烧死，成为殉道者，8月10日为其纪念节日。

⑦ 圣西普里安（约200—258），基督教拉丁神父，迦太基主教，因与罗马教皇不和而殉难。9月16日为其纪念节日。

⑧ 圣波利卡普，土耳其士麦那（今伊兹密尔）地方的主教，约公元156年殉道。6月26日为其纪念节日。

⑨ 希帕提娅（约370—415），希腊女性哲学家，数学家。因传言她阻碍当时的总主教和总督言和，被信仰基督的暴民用陶器碎片将肉刮下，凌迟惨死。

⑩ 布拉格的杰罗姆（1380—1416），捷克著名宗教改革家约翰·胡斯的弟子，因胡斯反对天主教会以“免罪符”敛财和德国压迫，在1415年德国康斯坦茨被处以火刑。其弟子杰罗姆继承师志，在1416年也在康斯坦茨处以火刑，引发了捷克人民更大的反抗，史称“胡斯运动”。

约翰·胡斯[①]、布鲁诺[②]、瓦尼尼[③]、安讷·迪·布尔[④]！”

雨越下越大，雨点连成丝状，在地上溅起水花，有如白色的纺锤。佩库歇和热弗罗依先生身子贴着身子慢慢往前走，神甫说道：

“可怕的酷刑之后，有人把他们扔进了大蒸锅！”

“天主教宗教审判所也用酷刑，那些酷刑也曾狠狠地刺激过您。”

“他们把闻名遐迩的女士们送到妓院出丑！”

“您难道认为路易十四的那些泼妇很规矩？”

“请注意，基督教徒没有做过一件反对国家的事！”

“胡格诺派[⑤]信徒同样没干过！”

风追逐着雨，在空中把雨驱散。雨点打在树叶上，雨水在路边流淌，污泥色的天空同光秃秃的田野融为一体，因为麦子已经收割完了。见不到一间房舍。不过远处有一个牧人的窝棚。

佩库歇瘦小的外套已没有一根线是干的。雨水沿着他的背脊往下流，流进他的靴子、他的耳朵，尽管阿莫罗帽上有大帽檐，还是流进了他的眼睛。本堂神甫用一只手撩起道袍的下摆，露出了双腿，他那三角帽的三个尖角往他的肩膀直喷水，活像主教座堂带小动物像的檐槽喷口。

---

① 约翰·胡斯（1369—1415），捷克宗教改革家，被康斯坦茨主教评议会以异端罪判处火刑，并活活烧死。死后其门徒与捷克人民一起曾展开反对德国压迫主和天主教会的武装斗争达五十余年。

② 布鲁诺（1548—1600），意大利哲学家，曾在巴黎教书。因反对天主教神学和亚里士多德“地心说”在罗马被判为异端分子而处以火刑。

③ 瓦尼尼（1584—1619），意大利著名哲学家，因宣扬“人类也是变化而来”的朴素唯物主义观点而被宗教审判割去舌头，处以火刑。

④ 安讷·迪·布尔（1521—1559），法国法官，为新教徒请求宽大而被判为异端，从而被处以火刑。

⑤ 胡格诺派是16到18世纪间法国天主教徒对加尔文新教派的称呼。

不得不停住脚了，他们转身，背朝着暴风雨，面对面，肚子靠肚子站在那里，四只手硬撑着左右摇晃的雨伞。

热弗罗依先生并没有停止为天主教徒辩护。

“天主教徒像有人折磨圣西梅翁[①]那样折磨过新教徒吗？他们是否曾像别人整伊格纳修斯[②]那样让两只老虎吞掉一个人？”

“您算过没有，多少人为一点儿小事被弄得妻离子散，骨肉分离！还有那些可怜的穷人，他们被流放，被赶到冰雪绝壁间！有人把他们堆在监狱里，刚死过去就当众侮辱他们。”

长老冷笑一声：

“对不起，我根本不相信！而我们的殉道者却可靠得多。圣女布朗迪娜[③]被浑身脱光放在网里扔给一头狂怒的公牛。圣女朱丽叶[④]被活活打死。有人用斧头砸碎圣塔拉克、圣普罗布斯、圣安德罗尼克的牙齿，用铁梳刀撕碎他们的肋骨，用烧红的铁钉穿过他们的手，还揭下了他们的头皮。”

“您夸大其词！”佩库歇说，“在那个时期，殉道者正是修辞上夸张描写的对象。”

“怎么！修辞？”

“正是！而我，先生，我给您讲的都是历史。在爱尔兰，天主教徒剖开孕妇的肚子取她们的孩子！”

“从没有过！”

---

① 有三位圣西梅翁都曾在一根柱子上受折磨，最后一位（公元6世纪，在西西里）被雷击死。

② 指安提阿的圣依纳爵（约35—约107），传说是圣彼得或圣保罗的门生，于公元69年任叙利亚安提阿城主教，107或117年被捕，押赴罗马，年底死于斗兽场。

③ 圣女布朗迪娜于公元177年在里昂被人吊在网中用公牛角顶死而殉道。

④ 圣女朱丽叶于公元439年殉道。

“还把孕妇扔给公猪！”

“没那回事！”

“在比利时，天主教徒还把孕妇活埋了。”

“开什么玩笑！”

“有她们的名字！”

“就算有吧！”教士边反驳边恼怒地摇动自己的伞，“也不能叫她们烈士。教会以外不存在烈士。”

“再说一句！如果烈士的价值取决于教义，那么，烈士怎样显示他们行为的优秀之处？”雨渐渐平息下来，直到村里他们都不再说话。

但走到本堂神甫住宅门前时，神甫说：

“我为您惋惜！真的，我为您惋惜！”

佩库歇对布瓦尔一口气讲完了他和神甫的争吵。这次争吵引起了他反宗教的敌意，一个钟头之后，他坐在正烧着荆棘的壁炉前阅读《梅斯利叶神甫》。其中分量很重的否定之词又让他不快。他随即责备自己也许低估了有些英雄，于是开始翻阅《书目提要》中最著名的殉道者的故事。

当那些人进入古罗马的圆形剧场时，百姓发出了怎样的叫喊声呀！倘若狮子和美洲豹过分温和，他们就用手势和声音刺激猛兽往前走。大家看见那些人浑身是血，但仍微笑着站在那里，望着天空。为了不显得悲伤，圣女贝尔蓓蒂[1]还把披散的头发再拢起来。佩库歇开始思考。窗户是敞开的，夜很宁静，满天星斗闪烁着。当时烈士们的心灵一定经历过我们想象不出来的东西，一种欢乐，一种神圣

---

① 圣女贝尔蓓蒂（181—206），非洲的殉道者，3月7日为其纪念节日。

的痉挛似的冲动！佩库歇经过冥思苦想，说他终于理解那些殉道者了，说他自己也会像他们那样献身。

“你？”

“当然。”

“别开玩笑！你信神？信不信？”

“我不知道。”

他点燃一根蜡烛，眼神随即不期然停在放床卧室里的带耶稣像的十字架上。

“多少穷苦的人曾经向他求助！”

沉默片刻之后：

“是有人把他歪曲了！这是罗马的错误！梵蒂冈的政治！”

布瓦尔欣赏教会却只是欣赏教堂的宏伟壮丽，如果生在中世纪，他真愿意当一名红衣主教。

“我穿上红道袍一定神采奕奕，你该同意我的看法！”

佩库歇湿透了的大盖帽放在炭火前面还没有干。他拽平帽上的褶皱时，摸到夹层里似乎有什么东西，一个圣约瑟的纪念章掉在地上。他俩感到局促不安，因为这件事显得太难以解释！

德·诺阿尔太太希望知道佩库歇是否有一种变化，类似幸福的感受，她在向他提问时竟流露了真情。有一次，佩库歇正在玩台球，她把一枚像章缝在了他的大盖帽里。

很明显，她爱他。他们本来就可以结婚，她是寡妇，而他也从不怀疑这份可能给他的生活带来幸福的爱情。

尽管他比布瓦尔先生显得更笃信宗教，她还是把他奉献给了圣约瑟，因为这位神的援助对他皈依宗教更有好处。

谁也不如她了解所有的念珠，不如她清楚念珠怎样赦罪，圣物有什么效果，圣水提供什么样的运气。她戴的表上有一条链子，这条小链接触过圣彼得的锁链。

她表链上的饰物里有一颗闪闪发光的金珠，那是模仿阿路阿涅大教堂里的一颗珠子制作的，那颗珠子里有一滴上帝的眼泪。她小指头上的戒指里藏着阿尔斯的本堂神甫的头发。因为她常为病人采草药，她的房间就像圣器室和药剂师的配药室。

她的时间都花在写信、访问穷人、拆散姘居者和散发“圣心”照片上。一位先生可能给她送来“烈士膏”——一种由复活节蜡和从骨骸墓穴里取来的骨灰混合制成的药丸或药片，遇到不治之症时可以使用。她答应给佩库歇一些。

这样的唯物主义似乎让他不快。

晚上，庄园里的一个随身男仆给佩库歇送来一背篓小册子，里面谈的全是大拿破仑说过的一些虔诚的话，一些神甫在各旅店里说过的风趣话，以及不信教的人遭到暴死的情况。德·诺阿尔太太将那些话背诵得滚瓜烂熟，还能讲述数不清的奇迹。

她讲了很多蠢而又蠢的奇迹，毫无目的的奇迹，仿佛上帝创造那些奇迹只为了使大家惊得目瞪口呆。她自己的祖母曾经把十二枚李子干放在五斗橱里，上面盖了一块桌布，一年之后，再打开五斗橱时，却发现十三枚李子干在桌布上摆成十字架形状。

“你们给我解释解释！”

她每次讲完故事都要说这句话，她相信那些故事时固执得像头驴。应当承认，那是个挺不错的女人，而且她还十分诙谐活泼。不过有一次她却“一反常态”了。布瓦尔对伯兹亚的奇迹表示怀疑：大革命时期，一个高脚盘里藏了一些圣餐面饼，后来那高脚盘竟自动镀了金。

“也许盘底有少许由潮湿造成的黄颜色？”

“不对！我再一次对你们说，不对！镀金是因为盘子接触了圣体。”

她随即提供了主教们的证词加以证实。

“那东西像……”大家说，“像个盾牌，就像……佩尔比尼昂教区附近的一个护城圣物。最好问问热弗罗依先生！”

布瓦尔沉不住气了，他又看了看路易·埃尔维厄的著作，便带上佩库歇去造访热弗罗依。

教士快用完晚餐了。雷娜请他们坐下，见主人招呼，便去取来两只小酒杯，往杯里盛上“玫瑰红”。

接着，布瓦尔陈述他来访的理由。

神甫没有明确回答。

“就上帝而言，什么都有可能性，奇迹乃是宗教的标志之一。”

“但还有律法。”

“那也无济于事。奇迹可以搞乱律法以达到教育和纠正的目的。”

“您怎么知道奇迹是否搞乱律法呢？”布瓦尔反驳他，“只要大自然按常规办事，大家就想不到这些；但出现不寻常的现象时，我们就看到上帝起作用了。”

“上帝可能起作用，”教士说，“当发生的事已经有证人肯定时……”

“证人对任何东西都盲目轻信，因为有些奇迹是假的！”

教士脸红了。

“当然……有时是如此。”

“那么怎样区分真假？如果作为证据的‘真’本身就需要证据，为什么还拿它当证据？”

雷娜也参加进来，她像她的主人那样说教，声称必须服从。

“生是瞬息即逝的，但死是永恒的！”

“总之，”布瓦尔边说边大口喝玫瑰红，“过去的奇迹不见得比今天的奇迹显示得好，类似的理由既为基督教徒的奇迹也为异教徒的奇迹辩护。”

神甫把叉子往桌上一扔。

“异教徒的奇迹是伪奇迹！再来一杯！教会以外无奇迹！”

“瞧！”佩库歇自言自语，“同谈殉道者的论据如出一辙，教理依据事实，事实依据教理。”

热弗罗依先生喝了一小杯水之后又说：

“您否定奇迹的时候，正在相信奇迹。十二使徒让全世界皈依宗教，这，照我看，就是了不起的奇迹！”

“根本不是！”

佩库歇用另外的方式进行阐述。

“一神教源于希伯来人，‘三位一体’源于印度人，圣子学说归功于柏拉图，圣母属于亚洲。”

那又何妨！热弗罗依先生坚持的是超自然现象，他并不希望基督教能人为地具有哪怕最小的存在理由，尽管他看见各国人民都显出这方面的先兆或曲解。十八世纪那种嘲笑式的亵渎宗教，他可以容忍，但当代的客客气气的批评却激怒了他。

“我宁愿无神论者辱骂宗教，却不愿怀疑论者吹毛求疵！”

他随即用一种对抗的神情看着他们，仿佛是在撵他们走。

佩库歇回家时感到惆怅。他原本希望协调信仰和理性。

布瓦尔让他读一读路易·埃尔维厄的这段话：

为了解隔离它们的鸿沟，请将它们的公认原则加以对比——

理性告诉你：整体包含部分；而信仰却回答你：根据实体论，耶稣同他的使徒们感情相通，耶稣的肉身在他的手上，他的头在他的口中。

理性告诉你：人不能替别人的罪行负责；而信仰却回答你：应从原罪说出发。

理性告诉你：三就是三；而信仰却宣称：三就是一。

他们再也不去拜访本堂神甫了。

正值意大利战争之秋。

老实的人们都为教皇的安全心惊胆战。大家愤怒申斥埃马纽埃尔。德·诺阿尔太太恨他竟恨到巴不得他死。

布瓦尔和佩库歇只畏畏缩缩抗议一番。客厅的门又朝他们打开了，他们经过一溜高大的镜子面前时照照自己，与此同时，他们从窗户看出去，可以看到花园里的条条小径，小径间，仆人的红色号衣在万绿丛中煞是显眼。他们感到快活，环境的豪华使他们对周围那些滔滔不绝的话语也宽容多了。

伯爵把德·迈斯特[①]先生的著作全都借给了他们。他还在亲近的小圈子里发挥那些作用。小圈子的成员有于雷尔、本堂神甫、治安法官、公证人和男爵，男爵是他未来的女婿，他不时来庄园度过二十四小时。

“最可憎的东西是‘八九’精神[②]！”伯爵说，“首先，人们对上

---

① 约瑟夫·德·迈斯特（1753—1821），法国君主主义者、哲学家、作家。在其作品《论教皇》和《圣彼得堡之夜》里，他谴责法国大革命，支持国王和教皇的权威。

② 指1789年法国大革命的革命精神。

帝提出怀疑；其次，有人对政府提出异议；接着就来了自由。自由骂人，自由造反，自由享受，或者不如说自由抢劫，这一来，教会和政权就不得不放逐那些不受束缚的人，那些异端分子。他们肯定要大叫受迫害，好像刽子手是在迫害罪犯似的。简而言之，没有上帝就没有国家！法律只有来自上帝才能受到尊重。当前，问题不在意大利人，而在于看谁战胜谁，是‘革命’胜利还是教皇胜利，是撒旦胜利还是耶稣–基督胜利。”

热弗罗依先生发出一些单音节的词表示赞同，于雷尔微微一笑，治安法官则摇摇头。布瓦尔和佩库歇看着天花板，德·诺阿尔太太、伯爵夫人和育朗德为穷人做着女活，德·马伍罗先生坐在他的未婚妻身边翻阅期刊。

接着是一阵沉默，人人都仿佛在全神贯注地探索问题。拿破仑三世再也不是救星了，他让泥瓦匠礼拜天在杜伊勒利宫干活，做了一个可悲的坏榜样。

“不该容许”是伯爵的口头禅。

社会经济、美术、文学、历史、科学学说，一切都得他说了算，因为他的身份是基督教徒和父亲、家长。但愿在这方面政府能和他在家里一样一丝不苟！唯有政权能够判断科学的危险性，科学传播得太广泛，就会引起人民极其有害的野心。可怜的人民，只有在领主和主教们抑制国王的专制主义时，他们才会更幸福。如今，实业家们只知不择手段地剥削他们。他们快要陷进奴隶制了。

大家都在怀念旧制度，于雷尔出于卑劣，古隆出于无知，马雷斯科也怀念，因为他是艺术家。

一回到家，布瓦尔便重新投入拉梅特利、霍尔巴赫[1]等人的怀抱。佩库歇则远远躲开了已变成统治手段的宗教。德·马伍罗先生领圣体是为了更好地引诱“这些女士”，他之所以参加宗教仪式，原因在仆人们身上。他是数学家和文艺爱好者，又会弹华尔兹钢琴曲，还是托普费尔[2]的崇拜者，所以他以一种情趣高雅的怀疑主义而与众不同。大家谈到的有关封建制度的流弊、有关宗教审判所或耶稣会士的事，都是他早已预见到的。他吹嘘进步，尽管他对一切非贵族的或非出自巴黎综合理工学院的东西都嗤之以鼻。

他们也不喜欢热弗罗依教士。此人相信巫术，拿偶像开玩笑，硬说所有的民族语言都出自希伯来语。他那浮夸华丽的辞藻缺乏出乎意料的东西，千篇一律，被猎犬围住的鹿、蜜糖和苦艾、金子和铅、香味、骨灰盒，以及被他比作战士的基督徒的心灵，在面对罪人时，战士会说：“不准你通过！”

为了避开他的演讲，他们去庄园的时间能多晚就多晚。

不过有一天他们仍然在那里碰上了他。

他在等他的两个学生，已经等了一个钟头。突然，德·诺阿尔太太走了进来。

“小女孩失踪了。我带来了维克托。啊！这无赖！”

她从男孩的衣兜里找出了三天前丢失的银骰子，接着，她哭得透不过气来。

“还不光这些！不光这些！我责备他时，他竟把屁股亮给我看！”

---

① 霍尔巴赫（1723—1789），原名梯特里希，法国启蒙思想家、唯物主义哲学家、无神论者。原为德国贵族，后定居巴黎。

② 鲁道夫·托普费尔（1799—1846），瑞士作家和漫画家，其作品充满幽默和感情。

没等伯爵和伯爵夫人说一句话，她又说：

“再说，这也是我的错，请原谅我！”

她过去对他们隐瞒了，这两个孤儿是还在服刑的图阿什的孩子。

怎么办？

倘若伯爵赶他们走，他们就会堕落，他的慈善行为就会被看作心血来潮。

热弗罗依教士并不感到吃惊。人是自然而然堕落的，只有惩罚才能使人得到改善。

布瓦尔大不以为然。温和更有效。

然而，伯爵再一次就铁腕问题大肆发挥，他认为儿童和人民一样，都得靠铁腕治理。这两个小家伙浑身都是毛病，小女孩撒谎，男孩粗暴。这次偷窃还可以原谅，蛮横无理却永远不能原谅，教育应当教人尊重人。

因此，得让猎场看守人索莱尔立即给男孩的屁股一顿好打。

德·马伍罗先生有话对索莱尔说，他愿意承担这个使命。他去候见厅取来一支枪，叫埋着头站在院子里的维克托：

“跟我走！”他说。

去猎场看守家的路离沙维尼奥尔不远，热弗罗依先生、布瓦尔和佩库歇便同男爵作伴。

在离庄园一百步的地方，男爵要他们在他沿着树林走动的时候别作声。

地势一直倾斜到河边，河边立着大块大块的岩石。夕阳下，金色的河水波光粼粼。河对面，阴影笼罩着冈峦间葱茏的绿色。吹过来一股强劲的风。

几只兔子从兔穴里出来啃草。

一声枪响，第二声，又是一声，兔子们蹦跳着，突然蹿了出来。维克托冲上去抓它们，他喘着气，浑身是汗。

“你好好理理你那身破衣服！”男爵说。

他褴褛的外衣上有血。

一看见血，布瓦尔就感到厌恶。人可以流血这一点，他接受不了。

热弗罗依先生说道：

“有时情况要求流血！倘若不是罪犯流血，就得有另外的人流血，这是赎罪学说教导我们的真理。”

照布瓦尔看来，赎罪学说不起什么作用，因为，尽管上帝做出了牺牲，几乎所有的人仍然被打入地狱受苦。

“但是上帝每天都在圣体里重新做出牺牲。”

“奇迹是靠教士的警句创造的，”佩库歇说，“无论教士多么不够格儿。”

“奥秘正在这里，先生。”

与此同时，维克托正用眼睛盯着猎枪，甚至竭力想碰碰它。

“别动手！”

德·马伍罗先生走上一条林中小道。

教士的这一边走着佩库歇，那一边是布瓦尔。他对布瓦尔说：

“当心，您知道……”

布瓦尔请他放心，说他在造物主面前十分谦卑，只是他为大家把上帝当成人感到愤怒。大家害怕他报复，为他的光荣而工作，他拥有全部的德操，他有手臂，有眼睛，有策略，有住宅。“主啊，您在天上”，这是什么意思？

佩库歇补充道：

“宇宙已经扩大了，地球再也不是宇宙的中心。地球在无穷多的其他星球当中滚动。有许多星球的体积都超过地球，我们的星球见小，这表明上帝是一个更崇高的理想。”

因此，宗教应当有所改变。天堂乃是小儿科的东西，那里面享受真福品的人老在静修，老在唱，而且从天上注视着那些被打入地狱的人如何受折磨。想想基督教的基础竟是一只苹果，那该是什么心情！

本堂神甫生气了。

“您干脆否定神的启示，这更简单。”

“上帝怎么可能说话呢？”布瓦尔说道。

“那您就证明他没有说过话！”热弗罗依说。

“再说一遍，谁又向您肯定他说过话了？”

“教会！”

“了不起的见证！”

德·马伍罗先生对他们的争论感到厌倦，他边走边说：

“你们还是听神甫的吧，在这方面他比你们知道得多！”

布瓦尔和佩库歇互相打手势，准备走上另一条路，后来，到“绿十字”时，说：

“晚安！”

“愿为你们效劳！”男爵说。

这一切都可能讲给德·法威日先生听，也许接下来就是交往中断。那就算了。他们本来就感到那些贵族老爷瞧不起他们。人家从不邀请他们吃晚饭，他们对德·诺阿尔太太和她那没完没了的训诫也感到厌烦。

但总不能老把德·迈斯特的全集留在他们家里呀，于是，半个月以后，他们重返庄园，还以为不会受到接待呢。

他们受到了接待。

伯爵全家人都待在小客厅里，于雷尔也在内，不寻常的是，福罗也在那里。

对维克托的体罚丝毫没有使他改正错误。他拒绝学习基督教入门，维克托琳娜还说了许多脏话。总之，男孩得去少管所，女孩得进一所女修道院。

福罗负责为此事奔走，他正站起来要走时，伯爵夫人叫住了他。

大家正等待热弗罗依先生来一道商量她女儿的婚期，婚礼先去镇公所举行，然后再去教堂，这样可以表明他们蔑视世俗婚礼。

福罗竭力为世俗婚礼辩护，伯爵和于雷尔却齐声加以攻击。在圣职面前，行政职务算得了什么！如果只去三色绸巾面前举行婚礼，男爵不会相信自己结了婚。

“说得好！”正走进客厅的热弗罗依先生说，“因为婚姻是耶稣确定的……”

佩库歇拦住他。

“那是在什么福音书上说的？在使徒时代，人们很不重视婚姻，所以德尔图良[①]把婚姻比作通奸。”

“哦！竟这样说！”

“正是这样！而且婚姻并不是圣事！凡圣事都应该有某种征象。请把婚姻的征象指给我看！”

神甫回答说婚姻象征上帝和教会的联姻，但白费唇舌。

“您再也不理解基督教了！而法律……”

“法律还保持着基督教的痕迹，”德·法威日先生说，“没有基督教，

① 德尔图良（约160—225），古罗马帝国的基督教神学家，第一位基督教拉丁教父。许多新的拉丁文神学术语由他开始使用，并被后世沿用。其著作《护教篇》《论灵魂》等闻名遐迩。

法律会批准多配偶制！”

一个声音反驳他：

“多配偶制有什么坏处？”

是布瓦尔，窗帘半遮住了他的身体。

“人可以有好几个妻子，就像《圣经》中的族长，就像摩门教[①]徒、穆斯林，他们仍可以是老实人！”

“永远不可能！”神甫大叫，“老实在于还回所欠的东西。我们欠上帝的是尊敬。现在，谁不是基督徒，谁就不是老实人！”

“又老调重弹了！”布瓦尔驳他。

伯爵认为他的巧妙答辩有攻击宗教的意思，便竭力赞扬宗教。是宗教解放了奴隶。布瓦尔援引一些人的话证明情况恰恰相反。

“圣保罗嘱咐奴隶像服从耶稣一样服从他们的主人。圣盎博罗削[②]管奴役叫上帝的馈赠。”

“《利未记》[③]《出埃及记》和历次主教会议都认可奴役。博叙哀认为奴役是人们的权利。布维叶大人也同意奴役。”

伯爵反驳说，基督教没少使文明得到发展。

“也发展了懒惰，因为它把贫穷视为德操。”

“可是，先生，《福音书》里的道德教训呢？”

“嘿！嘿！并不那么道德！干到最后一个钟头的工人同只干了第一个钟头的工人拿钱一样多。馈赠已占有的人，却剥夺一无所有的

---

① 摩门教亦称“耶稣基督后期圣徒教会”，系美国基督教新教的一个教派，创立人为美国公民约瑟夫·史密斯（1805—1844）。在他遭暗杀后，教徒曾一度实行多妻制，后遭反对而停止。

② 圣盎博罗削（340—397），罗马帝国米兰城的主教，12月7日是其纪念节日。

③《利未记》，《圣经·旧约》的第三卷。

人。至于挨耳光不还手、任人偷窃之类的格言，那是在鼓励厚颜无耻的人、怯懦的人和无赖。”

佩库歇刚一宣称他同样喜欢佛教，愤怒的议论便格外带劲了。

教士响亮地笑起来：

“哈！哈！哈！佛教！”

德·诺阿尔太太抬起双臂。

“佛教！”

“怎么！……佛教！”伯爵跟着说。

“您了解佛教吗？”佩库歇问热弗罗依，因为这位先生已经给弄糊涂了。他接下去说：“好吧，去学学佛教！佛教比基督教强，它在基督教之前已经认识到人间的万事万物都是空。佛教的修行是很严肃刻苦的，佛教徒比所有的基督教徒加起来还多，至于化为肉身的事，毗湿奴[1]不是化了一次，而是化了九次！这么着，你们评判评判！”

“那是旅行家们制造的谎言。”德·诺阿尔太太说。

“由共济会会员支持的谎言！”神甫补充说。

在场的人都齐声嚷嚷开了：

“说下去，接着说！”

“真妙呀！”

“我呢，我觉得很滑稽！”

“这不可能。”

这一下把佩库歇惹恼了，他宣布他要当和尚！

---

① 毗湿奴，意为“遍入天”“遍净”，系印度教和婆罗门教三大神之一。据传曾化作鱼、海龟、野猪、人狮、侏儒、持斧罗摩、罗摩、黑天、佛陀、婆罗门身骑白马等，十次下凡救世。

“您在侮辱基督教徒！”男爵说。

德·诺阿尔太太跌坐在安乐椅里。伯爵夫人和育朗德沉默下来。伯爵不住地转动眼睛。于雷尔在等候命令。教士为控制自己而念着日课经。

这情景使德·法威日先生平静下来，他端详着这两个天真的人，说：

“在谴责《福音书》之前，一生中有什么污点，都有某种补救办法……”

“补救？”

“污点？”

“够了，两位先生！你们该理解我！”

接着，德·法威日先生转身对福罗说：

“索莱尔已接到通知，你去吧！”

布瓦尔和佩库歇没有告辞便抽身了。

走出了林荫道，他们三人开始发泄各自的怨愤：

“他们把我当成了他们的仆役！”福罗抱怨道。

见这两位同意他，尽管他还没有忘却痔疮事故，他仍然对他们产生了某种好感。

一些养路工人正在原野干活。指挥工人的人走近他们。是高尔居。大家开始聊天。他在监督给大路铺碎石的工程，这工程是一八四八年投票决定的，指挥工程的位置应该属于工程师德·马伍罗先生。

“就是即将娶德·法威日小姐的那位。你们显然是从那边出来的？”

“是最后一次从那边出来！”佩库歇突然说。

高尔居装出头脑简单的样子。

“闹翻啦？哦！瞧你们！”

如果他们转身时能看见他的神气，他们会明白，他已经觉察到了闹翻的原因。

再走不远，他们停在用栅栏围起来的一个场地面前，里面有好些狗窝，还有一间红瓦小房子。

维克托琳娜正在围栏门边。一阵狗吠。猎场看守的妻子走了出来。

她明白镇长为什么来到此地，便大声呼唤维克托。

一切都事先准备就绪，两个孩子的行装分别包在两张包袱皮里，包袱都别上了别针。

“一路平安吧！”她对他们说，“从此没了害人虫，真是福气。”

他俩生来便有一个苦役犯的父亲，这难道是他们的错？恰恰相反，他们看上去十分温和，甚至并不担心人们会把他们送到什么地方。

布瓦尔和佩库歇看着他俩在前面走。

维克托琳娜哼着一支听不清歌词的歌，胳膊上挽着她的薄绸巾，仿佛捧了一个纸盒的制帽女工。她不时转过身来，佩库歇眼见她金色的小鬈发和她美丽的身段，真为自己没有这样一个闺女而感到惋惜。倘若她在别样的生活环境里成长，她今后会是一个迷人的姑娘。能亲眼看着她长大，每天都能听到她小鸟啾啾一般的话语，而且想拥抱她就拥抱她，那该是怎样的幸福呀！一种怜爱之情从心底涌上他的嘴唇，他的眼睛湿润了，他感到心情有些沉重。

维克托把包袱背在背上，活像一个士兵。他吹口哨，朝田畦那边的小嘴鸦扔石头，去树下掰小树枝当手杖。福罗叫他回来，布瓦尔拉着他的手，感受到孩子强壮有力的手指在自己的手里，十分开心。这可怜的小鬼无非希望像露天的花朵一般自由自在地成长！在一堵堵墙壁里面，面对功课、惩罚和一大堆蠢行，他会被拖垮。想到这里，一种激愤和怜悯的感情突然攫住了布瓦尔，那是反抗命运的愤懑，是一种想推倒政府的狂怒。

“跑吧！”他说，“玩儿吧！趁最后机会享受享受！”

小家伙跑开了。

他的妹妹和他要在旅馆住一夜，明天黎明时分，法莱斯派来的人会把他送到波堡的感化院，格朗康孤儿院的修女也会领走维克托琳娜。

福罗介绍了这些细节之后，重又沉浸在他的默想里。但布瓦尔却希望知道养活这两个小孩需要多少钱。

“唔……这事儿，也许得要三百法郎！伯爵为第一批垫款只给了我二十五法郎！好一个守财奴！”

他对伯爵蔑视他那镇长三色肩带的事还耿耿于怀，便一声不吭地加快了脚步。

布瓦尔喃喃说道：

“他们让我感到难受。我完全可以负担他们！”

“我也可以。”佩库歇说，与他不谋而合。

也许存在障碍？

“什么障碍也没有！”福罗反驳。

再说，作为镇长，他有权将弃儿们托付给他想托付的任何人。在好一阵犹豫之后，他说：

“对，没错，把他们带走吧！这会让那一位火冒三丈。”

布瓦尔和佩库歇把孩子带走了。

回到家里，他们发现马赛尔正跪在楼梯下的圣母像面前虔诚地做祷告。他仰着头，双眼半闭，张大了豁嘴，看上去活像心醉神迷的伊斯兰教苦行僧。

“好一个没理性的人！”布瓦尔说。

“为什么？他也许在观看什么东西呢，你要是能看见那些东西也会嫉妒他的。不是有两个泾渭分明的世界吗？推理的目的往往不如推理的方式有价值。有什么样的信仰并不重要！关键在于有信仰。”

布瓦尔注意到，这就是佩库歇所持的异议。

十

他们弄来好几本谈及教育的著作，于是，教育体系确定了。必须排除一切形而上学的思想，而且根据实验教育方法，有必要随着天性的发展进行。不必匆忙从事，这两个学生应当先忘记他们所学过的东西。

尽管孩子体格强壮，佩库歇仍愿意用斯巴达人的模式增强他们的抵抗力，让他们耐饥、耐渴，能忍受恶劣天气，甚至要他们穿有窟窿的鞋，以便预防感冒。布瓦尔却反对这么干。

走廊尽头的小黑房间成了他们的卧室。房间里的家具有两张行军床、两张小桌、一个大水罐。牛眼窗开在他们的头顶，几个蜘蛛沿着白石灰墙乱爬。

两个孩子经常想起一间小破房，破房里边有人吵架。

有一天夜里，他们的父亲回家了，双手沾着血。过了一阵，来了宪兵。后来他们俩就住在林子里。几个制木鞋的工人抱着他们的母亲。她死了，一辆大车前来把他俩带走。他们挨了许多打，完全迷失了方向。后来又遇见了乡村警察、德·诺阿尔太太、索莱尔，最后，尽管他们并没有去考虑为什么，却到了这另一个家，而且生活得很幸福。因此，八个月之后，眼见又要开始上课，他们感到又吃惊又难受。布瓦尔负责教小姑娘。佩库歇教调皮的男孩。

维克托认识字母，但拼不成音节。他念得含糊不清，又突然停下，看上去像个傻瓜。维克托琳娜提一些问题。为什么ch在orchestre里的发音是q，而在archeologique里的发音是k？有时应当将两个元音连起来读，有时又得分开读。这一切不一定都正确。她感到气愤。

两位教师同时在他们各自的房间里上课，房间的隔板很薄，他们的四种嗓音——一个像笛声，另一个很深沉，还有两个声音又高又尖——形成极讨厌的一片喧闹。为了结束这种吵闹，并激励孩子们搞竞赛，他们决定让两兄妹去博物馆一道做功课。现在已经到书写阶段了。

两个学生在桌子的两端抄写字帖，但坐相很糟糕。必须纠正他们，一纠正，他们的课本便一页一页掉在地上，他们的羽毛笔也裂开了，墨水也打翻在地。

有几天，维克托琳娜总算有三分钟专心写字，这之后便开始乱写乱画，一泄气，干脆一个劲望天花板。维克托四仰八叉躺在书桌中央，很快就睡着了。

他们也许感到不舒服？过分紧张对年轻的脑袋有害。

“咱们停止吧！”布瓦尔说。

世上再没有比让学生靠心记学习更愚蠢的事了。然而，如果不练习记忆，记忆力就会萎缩，于是，他们反反复复教两个学生学习拉封丹最早的寓言。想不到孩子们却赞同蚂蚁攒钱、狼吃小羊，赞同狮子享用全部的份额。

孩子们变得更放肆了，他们竟去毁坏花园。但能给他们什么样的娱乐呢？

让-雅克·卢梭在他的《爱弥尔》里，劝家庭教师让学生们自制玩具，可以对他们稍加帮助，但别让他们觉察到。布瓦尔制造木环却没有成功，佩库歇也没能缝好一个皮球。他们便转而进行更有教育意义的活动，如剪贴等。佩库歇还通过示范教他们使用显微镜。在点灯之后，布瓦尔用手指在墙上做手影，画出野兔或猪的轮廓。大家观看时却感到厌倦。

有的作者赞扬乡间野餐、划船，说那是娱乐。坦率说，这真有可行性吗？费讷隆建议人们不时做些“无害的交谈”。很难想象能做一次这样的交谈！

他们又回头开始上课，而判分、勾除、排字，全都不奏效，于是，他们想出一个计策。

维克托对美食情有独钟，便给他介绍菜名。他很快就能流利地阅读《法国厨师》了。维克托琳娜爱俏，她如果想得到一件裙衫而给女裁缝写一封信，她就可以获得这件裙衫。过了不到三个星期，她竟完成了这个奇迹。那是在迁就孩子们的缺点，是非常有害的方法，但这方法却成功了。

如今他们既然已会书写和阅读，还应该教他们些什么呢？再一次为难！

姑娘们没有必要像小伙子那样成为学者。那倒也无所谓，但她们通常都被培养成地道的粗人，她们的文化知识只限于一些神秘的蠢行。

教他们语言是否合适？可那位康布雷的天鹅[①]却硬说：“西班牙语和意大利语只有助于阅读有害的作品。”他们认为这样的理由似乎很愚蠢。不过维克托琳娜并不需要学习那两种民族语言，而英语的

---

① 康布雷是法国东北部城镇，系费奈隆的总主教府所在地，此处康布雷的天鹅指费奈隆。

用途却更广泛。佩库歇学了英语的规则便煞有介事地示范讲解th的发音。

“听好，像这么发音：the，the，the！”

然而在教育儿童之前必须了解他们的天分如何。可以通过颅相学作些猜测。他们便进而投身颅相学，之后又想在他们自己身上验证那些论断。看得出来，布瓦尔具有表示慈爱、想象力和崇敬心的隆凸颅骨，还有意味着性爱能量，“说粗俗点儿”，就是表示色情的隆凸部分。

佩库歇的颞骨使人感到他的旷达、热情肯干与他的狡猾头脑结合得天衣无缝。

果然，那正是他们的性格。更使他们吃惊的是，他们在两人身上都辨认出了对友谊的天生爱好。这个发现使他们欣喜若狂，感动得互相拥抱。

他们随即在马赛尔身上进行研究。就他们所知，此人最大的缺点是胃口太大。但布瓦尔和佩库歇在他的耳郭以上齐眼睛高的地方观察到一个进食器官时，又禁不住感到害怕。随着年龄的增长，他们的仆人也许会变得像巴黎养老院那个饕餮女人一样一天吃八斤面包，一次狼吞虎咽十四碗汤，一次喝下六十杯咖啡。要那样他们可没法满足他。

那两个学生的头颅没有什么稀奇之处。他们初试身手显然干得并不理想。一种极简单的方法使他们的实验得到了发展。

每逢赶集之日他们都溜到广场上，挤在农人的燕麦口袋、奶酪篮子、小牛犊和马匹当中，而且对周围的拥挤毫无感觉。当他们发现一个男孩和他的父亲在一起时，他们便借口科学目的去请求摸孩子的头颅。

大多数人根本不搭理他们，还有些人以为他们在兜售治发癣的发蜡，遂气冲冲地拒绝了。有几个人随遇而安，听任他俩把他们带到教堂的门廊下，也许到了那里他们会安静些。

一天早上，布瓦尔和佩库歇正开始他们的操作时，本堂神甫突然出现了。一见他们的所作所为，他便指责骨相学是在给唯物论和宿命论推波助澜。

小偷、谋杀犯、奸夫淫妇都可以把他们的罪行归咎于他们脑袋上的凸块。

布瓦尔反驳他说，器官使人倾向于某种行为，但并不强迫人做什么。说人有邪恶的根苗，并不证明他一定会邪恶。

“而且，我真佩服那些持正统观念的人：他们主张思想是先天的，却又否认天生习性。多么矛盾！”

然而照热弗罗依先生的说法，骨相学否定神的万能。此外，在神殿的附近，甚至面对着祭坛搞这种活动是很不妥当的。

“不行，你们走开吧！走开吧！”

他们去理发师咖诺的店里安营扎寨。为了说服所有犹豫不决的人，他们竟答应给孩子的父母付钱剃一次胡须或烫一次头发。

一天下午，沃考贝依大夫去理发店剪头发。他一坐上安乐椅便从镜子里瞥见两位骨相学家用手指在几个孩子的脑袋上摸来摸去。

“你们干蠢事竟到了这种程度？”他说。

“为什么是蠢事？”

沃考贝依轻蔑地笑了笑，然后肯定说，脑子里根本不存在多个器官。

因此，某某人能消化某种食物，别的人就消化不了！是否有必要设想，人有多少味觉就有多少个胃？——不过，干一种工作可以通过另一种工作解除疲劳，用脑子并不能同时调动所有的官能，每一种官能都有它不同的部位。

“解剖学家可没有遇到过这种情况。”沃考贝依说。

“那是因为他们解剖得很糟！”佩库歇接过话茬。

“怎么说？”

“是这样！他们只顾切薄片，根本不考虑各部位之间的衔接。”

他这是想起了某本书上的一句话。

“真是一派胡言！”大夫叫道，“头骨又不是根据大脑来塑造的，外部并不取决于内部。加尔[①]搞错了，我看您靠从店里随便找来的三个人未必能为他的学说作辩护。”

这三人中的第一人是个蓝眼睛又大又圆的农妇。

佩库歇一面观察她一面说：

“她记性很好。”

农妇的丈夫证实了这个事实，并自告奋勇要他们研究自己。

“哦！您呀，我的朋友，您这人太难引导。”

据在场的另几个人说，世界上再也找不出比他更顽固的人。

第三个试验对象是一个由祖母陪伴的男孩。

佩库歇宣称这孩子一定很喜欢音乐。

“正是！”老太太说，“快表演给这几位先生看！”

男童从他的罩衫里抽出一支甘巴德[②]，开始吹起来。

“咔嚓”一声，原来是医生猛地拉上了门——他走了。

这两位再也不怀疑自己了，他们叫来自己的两个学生，开始对

---

① 弗朗茨·约瑟夫·加尔（1758—1828），德国医生，颅相学创立人。

② 甘巴德，一种用口咬住以手指拨弹的儿童乐器。

他俩的头骨进行分析。

维克托琳娜的颅骨一般较平，那是沉着的标志。她哥哥的头颅却太蹩脚太可悲了：顶骨的乳突角处有一个大凸块，那是破坏和凶杀的器官，往下还有一个鼓突处，意味着贪婪和偷窃。布瓦尔和佩库歇为此整整伤心了一个礼拜。

但必须理解每个字的确切意义：人们称之为好斗性的东西，其实含有藐视死亡的意思。如果说他杀人，他同样也能救助人。想得到什么东西涵盖扒手的触觉和商人的干劲。大不恭类似批判精神，诡诈类似谨慎。本能永远具有两重性：坏的和好的。只要摧毁坏的，培养好的，一个胆大包天的儿童不但不会变成强盗，还会成为将军。胆怯的人只会小心谨慎，悭吝的人只会节约，挥霍钱财的人却很慷慨。

一个辉煌的梦想深深吸引了他们：倘若两个学生的教育进行顺利，他们有望在今后建立一所以“重新开发智力、驯化个性、培养高尚情操”为目的的学校。他们已经在谈募捐和建房之类的事了。

他们在咖诺理发店的胜利使他们闻名遐迩，有些人前来咨询，希望他们谈谈发财的可能性。

各式各样的颅骨在他们面前络绎不绝：球形的、梨形的、圆锥状糖块形的、方的、高凸的、狭窄的、扁平的，有牛一般的下巴、鸟一般的面孔、猪一般的眼睛。但理发店里挤那么多人，使理发师感到碍事。一个个胳膊肘在盛满化妆品的玻璃柜上碰来碰去，成行的梳子被弄得乱七八糟，盥洗盆也打碎了。于是，理发师把那些爱好此道的人们都赶了出去，而且请布瓦尔和佩库歇也跟那些人一道走。两位先生欣然接受这份最后通牒，因为他们对颅相术感到有些厌倦了。

翌日，他们路过上尉的小花园门前，瞧见上尉正和几个人闲聊，有吉尔巴尔、古隆、乡村警察和他的小儿子泽菲兰，小青年穿一件童声唱诗班的制服。袍子是崭新的，他在退回教堂圣器室之前穿着它东逛西逛，大家都对他说些恭维话。

布拉克旺很希望知道两位先生对他的孩子有什么看法，便请他们摸摸儿子的颅骨。泽菲兰额上的皮肤看上去有些发紧，鼻子细长，鼻头很软，整个鼻子斜斜地插在他那紧闭的嘴唇之上，尖下巴，难以捉摸的眼神，右肩过高。

“把你的圆帽摘下来！”父亲对儿子说。

布瓦尔把手伸进年轻人淡黄色的头发里，佩库歇接着也把手伸进去。他俩低声交谈着各自的观察结果：

“明显的‘爱命哲学’。哈！哈！轻信！缺乏责任心！毫无亲切感！”

“怎么样？”乡村警察问。

佩库歇打开自己的鼻烟壶，用鼻子吸了一撮。

“的确，”布瓦尔回答，“不怎么样。”

布拉克旺觉得丢人，脸红了。

“不管怎么说，我儿子听我的话。”

“噢！噢！”

“我可是他的老爸，见鬼！我有权……”

“在一定的程度上有权。”佩库歇接过去说。

吉尔巴尔掺和进来：

“父亲的权威是不容置疑的！”

“但如果父亲是个白痴呢？”

“那也无妨，”上尉说，“他照样可以专制。”

“这是为了孩子们的利益。”古隆补上一句。

依布瓦尔和佩库歇之见，孩子并不欠生身父母任何东西，相反，父母倒该养活孩子，教育他们，体贴他们，总之，为他们做一切。

一听这伤风败俗的言论，有产者禁不住大叫大嚷。布拉克旺仿佛受到了辱骂一般的伤害。

“要这样，您俩在大路上捡来的那两个就够呛，他们会闹得天翻地覆！你们得小心点儿！”

“小心什么？”佩库歇尖刻地说。

“噢！我可不怕您！”

“我也不怕您！”

古隆过来调解，他先缓和乡村警察的情绪，然后让他离开那里。

大家沉默了几分钟，随即谈到上尉的大丽花，上尉不一朵一朵地炫耀完他的大丽花是不会放客人走的。

布瓦尔和佩库歇走在回家的路上时，突然看见布拉克旺在他们前面一百步远的地方，他儿子泽菲兰站在他旁边，正用胳膊肘当盾牌躲避他父亲扇来的耳光。

他们刚才听到的话正好以不同的方式表达了伯爵先生的思想观点，然而，他们的学生提供的例子却证明，自由比强迫具有大得多的优越性。不过，少许的纪律还是必要的。

佩库歇在博物馆的墙上钉了一个表格作为示范，每天都要记下孩子们的行为，晚上加以评论，第二天再重看一遍。一切都按钟声完成。他们要像杜邦·德·讷穆尔那样，先运用慈父的指令，然后再运用军人的指令，严禁称“你”。

布瓦尔尽力教维克托琳娜学会计算。有时，他们俩都算错了，便都笑起来，小姑娘吻他的脖子，吻没有胡须的地方，随即要求走开，他也放她走。

上课时间一到，佩库歇便去拉铃，并去窗口吼叫着下军令，但白费劲，那顽童照样不来上课。他的长袜子总是掉在脚踝上，上桌吃饭时，他老把手指头戳进鼻孔，而且从忍不住放屁。在这方面布瓦尔反倒禁止训斥，因为“必须服从固有本能的要求”。

维克托琳娜和他都使用一种听起来极不舒服的语言，把“我也一样”说成“挖头”，把“喝”说成“哈”，把“她”说成“特”，不一而足。但儿童难以理解语法，而且只要他们听到的话语法正确，他们对语言就会无师自通，因此，这两位好人格外留意孩子们的谈吐，留意到一听他们说话就感到不舒服的程度。

两位老师在地理教学方面却各持己见。布瓦尔认为从基层公社教起更符合逻辑，佩库歇却愿意从整个世界开始。

他想用一个喷水壶和一些河沙演示什么叫河流、岛屿、海湾；他甚至牺牲三个花圃，将它们当作三大洲，但方位基点的概念怎么也进不了维克托的头脑。

一月份的一天夜里，佩库歇把他带到光秃秃的田野上。他一边走，一边向学生竭力灌输天文学：水手们行船时利用它，克利斯托夫·哥伦布[①]没有它就发现不了新大陆。我们应当感谢哥白尼[②]、伽利略[③]、牛顿[④]。

天寒地冻，无边无际的亮光在蓝黑色的天空闪烁。佩库歇抬眼观看。

---

① 克利斯托夫·哥伦布（约1451—1506），意大利热那亚出生的航海家、天文学家、实验科学家。

② 尼古拉斯·哥白尼（1473—1543），波兰天文学家。他第一个提出日心说。

③ 伽利略（1564—1642），意大利数学家、哲学家、天文学家、实验科学家。

④ 伊萨克·牛顿（1642—1727），英国数学家、物理学家、天文学家。

“怎么，没有大熊星！”

他最后一次看见大熊星时，它正在朝另一边转过去。他终于认出大熊星了！随即把北极星指给孩子看，这颗星永远在北边，人们就靠它辨别方向。

翌日，他在客厅中央放一把安乐椅，自己便围着椅子转起来。

“你想象这把安乐椅就是太阳，我就是地球；地球就这样移动。”

维克托注视着他，满脸惊奇。

佩库歇随后又拿来一个橙子，用一根小棍从中穿过去，小棍两头使意味着地球的两极。他又用黑炭在橙子中间横画一个圈，表示赤道。接着，他拿着橙子绕着一根蜡烛转，让学生注意观看：地球表面各方位的点并没有同时被照亮，这就造成了气候的差异。为了说明季节，他把橙子斜下去，因为地球并非直线运行，这就形成了春分、秋分、夏至、冬至。

维克托对他的讲解一窍不通。他以为地球绕着一根长轴旋转，以为赤道是一个紧箍着地球圆周的环。

佩库歇借助地图册向他展示欧洲，但那样多的线条和色彩使学生目眩，他再也记不起那些地名了。盆地和山脉与各个王国的名称并不一致，政治范畴又搅乱了自然范畴。这一切也许可以通过学历史得到澄清。

从村史开始，再谈及行政区、专区、省，这本来更为实用。然而沙维尼奥尔从没有过编年史，那就只能教世界史了。教材那样丰富，令人目不暇接，难以选择，只好光谈美丽动人的故事。

关于希腊，有“我们将在暗中战斗”，有嫉贤妒能的人放逐阿里斯提德斯[1]，还有亚历山大[2]相信他的医生。关于罗马，有卡庇托利山丘的鹅[3]，色沃拉的三脚鼎，雷古卢斯[4]的坟墓。就美洲而言，瓜提莫赞的玫瑰床值得注意。至于法国，有苏瓦松建筑柱顶的盆饰、圣路易的橡树、贞德之死、贝恩人的炖鸡，真是不胜枚举，还不算《轮到奥弗涅的我了！》和《复仇者》的遇险。

维克托将人名、世纪和国名搅作一团。不过佩库歇也不准备把孩子扔进牛角尖里，何况那一大堆史实的确错综复杂，纠结不清。

他不得已而转向法国国王的分类名字。但维克托不了解国王们的生卒年月日，仍然忘得一干二净。然而，如果说迪姆舍尔的记忆术连他们俩都感到不够用，对维克托又意味着什么呢！结论是：必须多读书才能学历史。孩子也许得读书。

在许多情况下绘画都十分有用，现在，佩库歇竟大胆到亲自教绘画了，而且从静物画立即转为风景画。

巴耶的一位书商给他寄来了纸、橡皮、两个画夹、一些铅笔和木炭画固定剂。他们的作品装进玻璃画框里可以装点博物馆。

他俩黎明即起，衣兜里揣一块面包便上路；但寻找风景如画的

---

① 阿里斯提德斯（约公元前540—约前468），雅典政治家，提洛同盟的创始人。为政清廉，被誉为“正直的人”。其政敌曾策划放逐他，后在雅典危急时又被召回。

② 亚历山大大帝（公元前356—前323），原为马其顿国王，后平息希腊内乱，成为希腊反波斯的首领。他东征直到印度，后在巴比伦建立帝国，并继续组织东征，可惜壮志未酬身先亡，三十三岁死于热病。

③ 卡庇托利山丘的鹅，指高卢人包围罗马郊外卡庇托利山丘的要塞时，附近的鹅叫醒了毫无防范的要塞将士，使他们击退了夜袭。

④ 雷古卢斯，活跃于公元前3世纪以忠心耿耿著称于世的罗马将军，曾两次任执政官。在第一次布匿战争中成为迦太基人的俘虏，被派往罗马说服元老院同意罗马与迦太基人交换俘虏，但他到罗马后反而劝元老院拒绝和解，并不顾家人劝阻，返回迦太基受酷刑折磨而亡。

地方却白白花了很多时间。佩库歇想同时画出脚下的东西、极远的天际和云朵，但远景总遮住近景。江河从天上冲下来，牧童在羊群身上走路，一条酣睡的狗看上去像在迅跑。他自己倒是放弃画画了，因为他想起曾经读到过这样的定义："绘画由如下三者组成——线条、颗粒和纹理，以及有气魄的轮廓。然而，惟大师画出的轮廓方有气魄。"但他仍然校正维克托画的线条，对线条和颗粒进行协调，尤其留意纹理，等有机会再实现有气魄的轮廓。但机会始终没有到来，因为学生的风景画让谁也看不懂。

他的妹妹同他一样懒惰，她在毕达哥拉斯的乘法表面前打哈欠。雷娜小姐教她针线活，当她在一块布头上画线时，她翘起手指显得那么可爱，布瓦尔再也不忍心接着用计算课去折磨她。过几天再重起炉灶吧。当然，在年轻伉俪的小家庭里算术和缝纫都很必要，但佩库歇反对说，只为了姑娘们将来能找到丈夫而教育她们，这未免太残酷。并非每个女孩子都注定要结婚，如果愿意看见她们将来不依靠男人，就应该教会她们许多东西。

可以就最通俗的话题灌输科学知识：比如，讲解酒是什么东西；在给维克托兄妹做了大量的解释之后，学生应当重述那些解释。关于辛香作料、家具、照明，也应如法炮制。然而，两兄妹认为光就是灯，光与石头发出的火花，与蜡烛的火焰、与月光毫无共同之处。

一天，维克托琳娜问：

"木头为什么会燃烧？"

她的两位老师你看着我，我看着你，显得很狼狈：燃烧的理论使他们不知所措。

还有一次，布瓦尔从上汤菜到上奶酪一直在谈食物的组成部分。他那些有关纤维蛋白、酪蛋白、脂肪、谷蛋白的话让两个小家伙惊得目瞪口呆。

后来，佩库歇想对他们解释血液如何更新，但陷在血液循环的泥泞里走不出来了。进退维谷是很难受的：你想从事实出发，最简单的事实都要求你讲出极复杂的道理；你如首先谈原则，就得从绝对存在开始，从信仰上帝开始。

如何解决？让理性教学和经验教学相结合。然而双重方法达到单一目的恰巧与有条理的教学方法背道而驰。噢！算了吧！

为了向学生传授自然史，他们尝试做几次科学散步。“你瞧，”他们指着一头驴、一匹马、一头牛说，“这些有四只脚的牲畜名叫四足动物。一般说，鸟类长有羽毛，爬行动物有鳞甲，蝴蝶属于昆虫纲。”

他们带了网抓蝴蝶。佩库歇轻轻抓住蝴蝶，要学生们观察它的四个翅膀、六个脚爪、两个触角和它多刺的吸花蜜的吻管。

他在道旁排水沟边采摘一些草药，说出草药的药名，不知道药名时，就进行编造，以保持自己的威信。再说，分类目录本来就是植物学里最不重要的。

他在黑板上写下这些公认的原则：一切植物都具有叶、萼和花冠，花冠包含子房或盛种子的果皮。他随即命令两个学生去田野里采集植物标本，先看见什么就采什么。

维克托给他带回一些黄花毛茛，维克托琳娜采的是一簇草莓。他在这两种植物里白找一阵，根本没有发现盛种子的果皮。

布瓦尔不相信他的知识，去图书馆翻了个遍，最后在一本叫《女士之惧》的书里发现一幅蓝蝴蝶花的插图，花里的子房并非位于花冠之内，而在花瓣之下，在茎内。

他们的花园里长有猪殃殃和正在开花的铃兰，这两种茜草科的植物并没有萼。由此可见黑板上写的公认原则是不符合实际的。

“那是个例外！”佩库歇说。

但他们在偶然间发现一种草里也长有花萼。

“好哇！如果例外本身都不能名副其实，那该相信谁呀？”

有一天，他们在进行这样的散步时，突然听见孔雀的叫声，他们抬眼朝一面墙上望过去，乍一看，并没有看出那是他们从前的农庄。谷仓已盖上了石板瓦房顶，栅栏也修葺一新，周围的小路都铺上了石子。古依大爹露面了。

“这不可能！真是你们吗？”

三年来发生了多少事情呀，其中就有他老伴的去世！说到他自己，他一直壮得像棵橡树。

“那就请进来坐会儿吧！”

正是四月初，花团锦簇的苹果树成行地把白色和粉红色的花簇伸进那三间破房。蓝缎一般的天空万里无云，院子里拉上了一根根晾衣绳，上面晾着用木夹子竖夹着的桌布、床单和餐巾。古依大爹正撩起晾晒的东西走过去时，他们突然遇上了波尔丹太太。她光着头，穿一件短上衣，玛丽亚娜正把抱着的几捆内衣裤递给她。

“先生们，愿为你们效劳！这里就像你们家里，不必客气！我自个儿可要坐坐，我累坏了。”

老农建议所有在场的人喝一杯。

“这会儿不行，”波尔丹太太说，“我太热了。”

佩库歇接受了建议，同古依大爹、玛丽亚娜和维克托一道消失在去食物储藏室的路上。

布瓦尔坐到地上，挨着波尔丹太太。

他按时收到她付的年金，没有什么可抱怨的，也不再怪罪她了。

强烈的阳光照亮了波尔丹太太的侧影。她的几根黑头带中有一根垂得很低，她后颈上的小发卷贴在她那汗湿的琥珀色皮肤上。她一呼吸，那一对乳房便高耸起来。草的馨香与她结实的肉体发出的好闻的味道融在一起，布瓦尔业已复苏的旺盛性欲使他心花怒放，于是他开始恭维她的农庄。

她欣喜若狂，谈起自己的计划。

她准备拆掉多层板以扩大那几个院子。

正在这时，维克托琳娜爬上陡坡采摘报春花、风信子和三色堇，一点儿不怕正在坡下啃草的一匹老马。

"她很可爱，是吗？"

"是的，很可爱，一个小姑娘！"

寡妇长长地叹了一口气，这一声长叹仿佛表达了她一生中积下的悲伤。

"您本来可以有一个的。"她低下头。

"当时只取决于您。"

"怎么？"

他那异样的眼神使她顿时脸色绯红，仿佛感到一阵突如其来的爱抚，然而紧接着便用手巾扇起风来。

"您当时错过了机会，我亲爱的。"

"我不明白。"

他不站起来，却往她身边挪。

她从头到脚注视他好一阵，微微一笑，眼睛潮湿了：

"这都是您的错。"

他们周围的床单像床帐一样把他们关在里面。

他俯身将头靠在手肘上，他的脸轻轻触到她的膝盖。

“为什么？嗯？为什么？”

因为她默默不语，而他又处在不惜万千海誓山盟的状态，他便竭力为自己辩护，怪自己当时冒傻气，自高自大：

“原谅我！咱们还跟过去一样！愿意吗？”

他早已捧住她的手，她也让自己的手留在他手里。

猛然刮来一股风，掀开了床单，他们看见两只孔雀，一只公的，一只母的。母孔雀站在那里一动不动，弯着腿，臀部翘得老高。公孔雀在母孔雀周围转悠、开屏，昂首挺胸，咯咯乱叫，然后跳到母孔雀身上，一边压下自己扇形的羽毛，像摇篮一样把母孔雀的身子盖住，于是，两只巨鸟同时抖动起来。

布瓦尔感到波尔丹太太的手心也在微微颤动。她连忙将手抽了回来。原来小维克托正站在他们前边，张着嘴，像傻了一样愣愣地张望着。维克托琳娜躺在稍远一点儿的地方晒太阳，一边闻着她采来的一大把花的香味。

那匹老马被孔雀吓得尥蹶子，弄断了一根晾绳，腿被绳子绊住，猛地拖住晾晒的衣服在三个院子里奔跑。

一听见波尔丹太太怒冲冲的叫声，玛丽亚娜忙不迭地跑过来。古依大爹咒骂他的马：“又蠢又坏的老马！不中用的东西！老贼！”还朝马的肚子踢几脚，又用鞭把打马的两只耳朵。

见有人揍动物，布瓦尔义愤填膺。

老农回嘴说：

“我有权这么干，马是我的！”

这不成其为理由。

佩库歇突然赶来，他补充说，动物也有它们的权利，因为，只要我们有灵魂，它们同我们一样也有灵魂！

“您是个亵渎宗教的人！”波尔丹太太大声说。

三件事情激怒了她：洗过的东西还得重洗，有人侮辱她的信仰，害怕刚才她那容易引起怀疑的姿势已被人瞧见。

“我原以为您更坚强！”布瓦尔说。

她专横地驳道：

“我不喜欢顽童！”

古依也怪罪他们伤害了他的马，因为马的鼻孔在流血。他压低声音发牢骚：

“这些该死的倒霉蛋！他们来时我正要去遛马呢。”

那两个天真的好人耸耸肩，离开了。

维克托问他们为什么跟古依闹翻了。

“他滥用自己的权力，这很不好。”

“为什么不好？”

难道儿童就没有丝毫正义的概念？也许吧！

就在当天晚上，佩库歇坐在布瓦尔的左边，手里拿着几本笔记，开始向坐在他对面的两个学生上伦理道德课。

这门学问教我们规范自己的行为。

我们的行为有两个动机：为快乐，为利益。但还有第三个更重要的、不可推卸的动机，那就是义务、责任。

义务和责任可分为两类：

第一，对我们自己的责任，即保养自己的身体，防止身体受到任何损伤。

这一点孩子们完全理解。

第二，对别人的义务，即对人永远忠实、温厚，甚至亲如手足，因为人类是一个大家庭。有些事往往使我们自己满意，但却损害我们的同胞。利益不同于益处，因为益处是不会自动减少的。

孩子们对此却无法理解，佩库歇便把对义务的认可放到下一次再讲。

布瓦尔认为，他讲的这一切都没有把益处的定义说清楚。

“你要我怎么给它下定义？那只能靠感觉。”

这么说，伦理道德课只适合有道德的人，于是，佩库歇的课程再也进行不下去了。

他们让两个学生阅读一些能引起人们热爱德操的历史小故事。那些故事却把维克托吓坏了。

为了刺激他的想象力，佩库歇在他房间的几面墙上挂了展示好人和坏人生活的图画。

首先是阿道夫，他正在拥抱他的母亲，学习德文，援助一位盲人，他被巴黎综合理工学院录取了。

坏典型是欧仁，他以不服从父亲开始，随后在咖啡馆与人吵架，殴打自己的妻子，烂醉如泥时，还砸碎了衣橱。最后一幅画表现他在苦役犯监狱里，那里有一位先生把他指给旁边的一个小伙子说：

“你瞧，我的儿子，行为不端的危险性就在这里。”

然而对孩子们来说，未来并不存在。你把这条箴言塞满他们的耳朵也枉然：“劳动光荣，而富豪有时很不幸。”他们认识的一些劳动者从未受到过敬重，而他们回想起庄园里的人过的那种生活却似乎有滋有味。

对他们描写悔恨的折磨是那样夸张，使他们觉察到其中有假，于是连其余的也不相信了。

他俩尝试用面子观、舆论概念和荣誉感引导孩子，向他们夸奖伟大人物，尤其是对社会有用的人物，如贝尔森斯[1]、富兰克林、杰卡德[2]！维克托却没有表现出丝毫想模仿那些伟人的愿望。

一天，他做加法没有出错，布瓦尔在他的褂子上缝了一条饰带当作勋章绶带。他穿起来神气活现。然而当他忘了亨利四世之死时，佩库歇就给他戴一顶惩罚小学生的驴耳纸帽。维克托喊叫起来，叫得那么凶，那么长，不得不把驴耳纸帽从他头上取下来。

他的妹妹同他一样，一受到夸奖就会显得神气十足，对责难却毫不在乎。

为了使他们更富于同情心，给他们一只黑猫让他们照顾。还给他们两三个苏，让他们拿去施舍给穷人。他们却认为对他们的要求不公正，这钱应该属于他们。

为了适应师范教育的要求，孩子们叫布瓦尔"叔叔"，叫佩库歇"好朋友"。但他们对大人说"你"，平常有一半的课程都是在争吵中进行的。

维克托琳娜老是捉弄马赛尔，爬到他背上，扯他的头发。为她也学着马塞尔用鼻音说话，来嘲笑他的豁嘴。可怜的青年从不敢抱怨，因为他太喜欢这小姑娘了。有天晚上，他用他那沙哑的声音喊叫得非同寻常。布瓦尔和佩库歇连忙下楼来到厨房。两个孩子正在观察壁炉，马赛尔双手合掌，大叫：

"把它拖出来！这太过分了！太过分了！"

铁锅的盖子像炮弹爆炸一般弹起来。一团灰白色的东西一下子

① 贝尔森斯（1671—1755），法国马赛的主教，在1720至1721年间的马赛大瘟疫中，他在救助病人的慈善活动里表现英勇。

② 杰卡德（1752—1834），法国里昂著名的机械师，是以他的名字命名的编程织布机的发明人。

蹦到天花板上，然后掉下来发疯似的就地转着圈子，并声嘶力竭地叫得吓人。

原来是那只黑猫，现在已经皮包骨头，没有毛，尾巴像根绳子。大得异乎寻常的眼睛从脸上突出来，成了乳白色，仿佛已被掏空，但还在看着什么。

那难看得吓人的畜生一直嘶叫着，它跳进炉膛，没了踪影，随后又掉到炉灰里，再也不动了。

如此惨不忍睹的事是维克托干下的。这两位好人又惊又恨，脸色发白，直往后退。见大人责怪他，维克托回答的腔调同乡村警察谈他儿子、古依谈他的马如出一辙：

“怎么！它不是属于我吗！……”

说得毫无顾忌，说得天真自然，显示出某种本能满足之后的心平气和。

锅里的开水洒了满地。地面石板上到处是大小平底锅、火钳、蜡烛。

马赛尔打扫厨房花了些时间，然后同他的主人们一道把可怜的黑猫葬在花园里的宝塔下。

布瓦尔和佩库歇随后长时间谈论着维克托。父亲的血统已然显示出来。怎么办？把他还给德·法威日先生或托付给另外的什么人都会是承认自己无能。也许他会自动好起来。

管他的！反正希望渺茫，亲热的感情已不复存在。然而，倘若自己身边有一个少年，他留心你在想些什么，你也注意观察他的进步，后来他成了你的兄弟，这该是怎样快慰人心的事呀！可维克托没有头脑，更没有心肝！佩库歇唉声叹气，双手捧着膝头。

“他妹妹也不比他好！”布瓦尔说。

他幻想有一个十五岁左右的女儿，温存体贴，性格活泼，以她的优雅给她青春时期的家庭增光添彩。他仿佛是这个女孩的父亲，而她却在前不久离开了人世，这天真的好人哭了。

他接着又千方百计原谅维克托，并援引卢梭的话："孩子没有责任，孩子无所谓有道德或无道德。"

佩库歇认为，这两个孩子已到了能判断好坏的年龄，所以他俩着手研究改正他们的方法。边沁[①]说，欲使惩罚有效，惩罚必须与错误相称，那才是错误的自然结果。孩子打碎了窗玻璃，别再重新安装，让他受寒冷之苦。倘若他已不饿了，却还要一份菜，可以让步，不消化会使他很快感到后悔，他如懒惰，就听任他无所事事，他自己感到厌倦会使他重新投入工作。

然而维克托不会感到寒冷是苦，因为他的体质可以忍受一切过度的事，无所事事也正中他的下怀。

他们便反其道而行之，实行医疗处罚制。给他大量惩罚性的作业，他却变得更懒。不给他吃果酱，他的馋劲却变本加厉。也许说反话能有些成效？有一次，维克托来吃午饭时手很脏，布瓦尔嘲笑他，叫他漂亮的骑士、花花公子、戴黄手套的人。维克托先低着头听他说，后来突然脸色发白，把自己的盘子朝布瓦尔头上扔过去，见没有打中，便暴跳如雷，朝布瓦尔身上冲。三个大男人拉他也拉不住。他又在地上打滚，一个劲想咬人。佩库歇用玻璃冷水瓶远远地朝他浇水，他这才安静下来，但嗓子嘶哑了整整两天。看来这办法并不好。

他们又用了另一种办法：见他的怒气稍一发作，便把他当作病

① 边沁（1748—1832），英国哲学家、法学家。

人对待，让他躺到床上去。可维克托躺在那里自得其乐，还唱歌。有一天，他从书架上取下一只椰子，正着手砍破椰子时，佩库歇突然来到。

“我的椰子！”

那是迪姆舍尔送给他的纪念品！他是从巴黎带到沙维尼奥尔来的，他为此愤怒得举起了双臂。维克托却笑起来！“好朋友”再也控制不住自己，一巴掌打到他头上，打得他滚到套房的最里面。接着，气得哆哆嗦嗦的佩库歇去找布瓦尔诉苦。布瓦尔责备他说：

“你为你那椰子真够蠢的！打人使人变得粗野，恐吓使人神经紧张。你这是在自己糟践自己！”

佩库歇反驳他说，体罚有时是必不可少的。裴斯泰洛齐[①]就用过体罚，名声在外的梅兰希通[②]承认，没有体罚他什么也学不会。然而，残酷的惩罚曾逼使学生自杀，他俩都读到过这样的例子。维克托在他的房间里关门设防，布瓦尔只好在门外同他谈判，为了让他开门，答应给他一份奶油李子馅儿饼。

自那以后，他的表现每况愈下。

只剩下迪庞卢[③]主教大人倡导的办法了：那就是“严厉的眼神”。他们竭力装出一副吓人的面孔，但毫无效果。

“别无他法，只好试用宗教了。”布瓦尔说。

佩库歇惊得大叫。他们早已把宗教排除在他们的教学大纲之

---

① 裴斯泰洛齐（1746—1827），瑞士教育家，卢梭的门生。他曾以主要精力改善贫穷儿童的教育。

② 梅兰希通（1497—1560），德国人文主义者、神学家、宗教改革家，路德的朋友。曾撰写《奥格斯堡忏悔》。

③ 迪庞卢（1802—1878），法国奥尔良地区主教，善于论战的演说家，法兰西科学院院士。主张禁止教育自由。

外了。

然而说理并不能满足所有的需要。人的心灵和想象力要求别的东西。超自然现象对于许多心灵都是必不可少的。他们遂决定送孩子们去听教理入门课。

雷娜自告奋勇带他们去。她每次送他们回到家里都善于用温柔体贴的方式得到孩子们的喜爱。

维克托琳娜突然起了变化，她现在显得矜持，假情假意。她在圣母像前跪下来，她赞赏亚伯拉罕的牺牲，一听见新教就轻蔑地冷笑。

她宣称有人叫她吃素，他们去打听之后才知道没那回事。上帝的节日那天，一个花圃里的香花草不翼而飞，原来是拿去装点了迎圣体的临时祭坛。她却厚颜无耻地否认是她摘的。还有一次，她拿了布瓦尔二十个苏，晚祷时把钱放进了圣器管理人的盘子。

他们由此得出结论：道德有别于宗教。宗教在没有别的基础时，它的重要性就变成次要的了。

一天晚上，他们正在吃晚饭，马雷斯科先生走了进来。维克托一见他便立即逃之夭夭。

公证人谢绝了请坐的邀请之后便说明了来意：这个姓图阿什的小子打架斗殴了，差点把他儿子打死。

由于谁都知道维克托的出身，而他又是个令人厌恶的家伙，别的少年便管他叫苦役犯。为此，他刚才把阿尔诺·马雷斯科痛打了一顿。亲爱的阿尔诺浑身伤痕累累。

“他母亲痛心疾首，我儿子的衣服被撕成了碎片，他的健康也受到了损害！我们该怎么办？”

公证人要求严厉惩罚维克托，惩罚之一就是不准他再去听天主教教理入门课，以避免发生新的冲突。

布瓦尔和佩库歇尽管对他那目空一切的腔调感到不快，仍旧让了步，答应了他要求的一切。

维克托是听命于他的荣誉感还是复仇的愿望而打人？无论如何，他不是个孬种。

但他的粗暴让他们害怕。音乐可以使人的习性变得柔和，佩库歇考虑教他做视唱练习。

维克托费了好大的劲才学会流利地念出各个音符，才不至于把“柔板”“急板”“加强”等术语混淆起来。

他的老师努力对他解释什么是音阶，什么是和音、自然音阶、半音音阶和两种音程，即大音程和小音程。

老师让他站得直直的，挺胸，缩肩，张大嘴。然后他自己示范，用假嗓发出音准。但维克托很难发出喉音，因为他的喉管太紧张了。当一个小节以四分休止符开始时，他不是唱得太快就是唱得太慢。

不过佩库歇仍然涉足有双声部的歌。他拿一根小棍当琴弓，一只手臂煞有介事地挥来挥去，仿佛他背后有一个乐队。然而一心两用，结果是弄错了节拍。他的错误又引来学生的错误，于是，他俩皱着眉头，绷紧脖子上的肌肉，继续胡乱唱下去，一直唱到乐谱的最后一行。

佩库歇终于对维克托说道：

“你想在合唱团出人头地还早着呢。”

他放弃了音乐教学。

而且洛克这么说也许有他的道理：“音乐促使人们进入极为放荡的圈子，所以宁可从事别的事业。”

他们倒不想让维克托成为作家，但让他学会潦潦草草写封信总该容易些。然而有一种考虑使他们裹足不前：书信体是学不来的，这样的体裁只属于女人。

他们随后想到把一些文学段落硬塞进孩子的记忆里，但苦于难以选择优秀篇章，他们开始查阅康庞夫人的著作。这位夫人推荐艾利亚森那场戏，《埃斯特》合唱那一段[①]，以及让-巴蒂斯特·卢梭[②]的全集。

作品有些陈旧。至于小说，康庞夫人主张全面禁止，因为小说的笔触过分乐观。

不过她允许大家阅读《克拉丽丝·哈洛》和奥佩小姐写的《一家之主》。奥佩小姐是谁？

他们在《米朔传记》里没有发现这个名字。剩下的就是神话故事了。

“孩子们读了神话故事就会梦想住钻石宫殿。”佩库歇说，“文学开发智力，但也激发强烈欲望。”

维克托琳娜就因为自己的强烈情欲而被教理入门课的老师打发回来了。有人在无意中发现她拥抱公证人的儿子，雷娜可从不开玩笑：她那大筒帽下的面孔永远是很正经的。这样的丑事之后，怎能再留下如此堕落的姑娘听课呢？

布瓦尔和佩库歇把本堂神甫称作老笨蛋。神甫的女仆却咕哝着为她的主人辩护：

“谁都了解你们！谁都了解你们！”

他俩一反击，她便扬长而去，眼睛转动得吓人。

---

① 此处指法国著名剧作家让·拉辛于1689年创作的悲剧。

② 让-巴蒂斯特·卢梭（1671—1741），法国抒情诗人，著有《颂歌》《大合唱》《诗篇》等。

维克托琳娜的确满怀柔情地爱恋着阿尔诺，因为她认为这个少年戴上绣花领、穿上天鹅绒的上衣很漂亮，他的头发有香味。她老给他带去花束，直到泽菲兰揭发她为止。

这所谓的爱情艳史多么愚蠢，那两个孩子完全是清白无辜的！

是否需要把生殖的奥秘教给他们？

“我看不出这有什么不好，”布瓦尔说，“哲学家巴斯道夫就曾向学生阐述生殖的奥秘，不过只详细论述了妊娠和生育。”

佩库歇却有不同的想法，维克托已开始让他感到忧虑。

他怀疑这孩子有坏习惯。为什么不可能？一些严肃的男人终身都保持这种坏习惯，还有人硬说德·昂古莱姆公爵也干这事。

他用一种特别的方式询问他的徒弟，很快便打开了徒弟的心扉，不久以后他就肯定了自己的怀疑。

于是，他叫维克托罪犯，想叫他阅读提索的书以医治他的毛病。布瓦尔却认为这个杰作的害处比用处大。激发他诗一般的感情恐怕更为有益。埃梅·马尔丹曾报道，一位母亲遇到这种情况，给她的儿子借了一本《新爱洛漪丝》[1]。为了无愧于爱情，那青年很快走上了追求德操的道路。

然而，维克托没有能力幻想出一位索菲。

“要不我们把他带到女人那里去？”

佩库歇表示他极其厌恶妓女。

布瓦尔认为他这种厌恶情绪很蠢，他甚至谈到要为此专门去一趟勒阿弗尔。

① 《新爱洛漪丝》，让–雅克·卢梭于1761年出版的一部影响深远的小说。描写女主人公于丽以妻子和母亲的责任心战胜了自身情感的欲望的故事。

“你这么想？会有人看见我们走进那些地方！”

“那好吧！你去给他买一个工具吧！”

“但卖绷带的人会以为那是为我自己！”佩库歇说。

也许孩子需要一种激动人心的玩乐，比如打猎；但打猎要求花钱买猎枪和猎狗。他们宁愿让他劳累，于是，带他到田野上跑步。

尽管他俩轮班跑，那调皮鬼也把他们甩在后头。他们受不了了，到晚上，连报纸都拿不住。

他们在等维克托时，常同过路的人攀谈。从教育学的需要出发，他们竭力教那些人讲卫生；还为水的流失、为粪肥的浪费而惋惜。他们愤怒谴责各种迷信，如把乌鸫的骨架放在谷仓里，把祝圣的圣枝放在马厩的尽里，把一袋虫子放在发烧病人的脚趾间。

他们最后竟去视察乳母的状况，并对婴儿的特定食谱表示愤怒。一些母亲给孩子吃精白面粉，这会使他们孱弱致死；另一些母亲在婴儿半岁之前就给他们硬塞肉食，使他们消化不良而毙命；许多人还用自己的唾沫给婴儿洗脸；所有的乳母抚摩孩子的动作都很粗暴。

当他们看见一道门上挂了一个钉死在十字架上的猫头鹰时，他们闯进农庄，说：“你们错了，这种动物靠老鼠和别的鼠类生活；有人在猫头鹰的胃里发现了好多毛虫的幼虫。”

村民们见过他们，最初把他们看作医生，后来认为他们在寻觅旧家具，再后来以为他们在寻找宝石，所以这样回答他们：

“干你们的去吧，两个滑稽演员！别想来教训我们！”

他们的信心动摇了，因为麻雀虽然清除菜园的害虫，它们也吃樱桃；猫头鹰吞食虫子，但同时又吃有益的蝙蝠；如果说鼹鼠吃鼻涕虫，它们却把土地翻得乱七八糟。有一件事他们深信不疑，那就是必须摧毁所有的野兽野禽，因为它们对农业极为有害。

有天晚上，他们经过德·法威日公爵的一片树林，来到索莱尔的家门前。索莱尔正在路边向三个家伙指手画脚。

打头的是一个名叫多凡的补鞋匠，他个子小，人很瘦削，面孔透着阴险。第二个是沃班大爷，一直在村里替人送货，他穿一件黄色的旧礼服，一条蓝十字斜纹布的裤子。第三个叫欧仁，在马雷斯科家当差，他的与众不同之处是他那剪得像法官胡子一般的大胡子。

索莱尔指着一个铜丝活结，活结拴在一条丝绳上，一个砖头压着丝绳，这就是所谓的套索，他当时发现补鞋匠正在安置套索。

“您俩是证人，对吗？”

欧仁低一下头表示同意，沃班大爷回嘴说：

“您说我是我就是。”

让索莱尔怒不可遏的是，那家伙竟厚着脸皮把陷阱设在靠近他这位护林人住宅的地方，这无赖以为别人想不到怀疑这里。

多凡装出一副悲悲戚戚的模样，说：

“我当时踩在上面，我甚至想方设法把它踩碎。”

别人仍旧指控他，怨恨他，他太倒霉了！

索莱尔不回答，他从衣兜里取出一个小本子、一支笔和墨水，准备写起诉书。

“哦！别这样！”佩库歇说。

布瓦尔补充说：

“放了他吧，这是个诚实的人！”

“放他？一个偷猎者！”

“那么，即使如此又怎么样呢？”

他们开始为偷猎辩护：首先，谁都知道，家兔啃食秧苗，野兔糟践粮食，也许只有山鹬……

“你们就让我安静吧！”

护林警咬着牙写控告。

“多么固执！”布瓦尔喃喃说。

“再多说一句话，我就叫宪兵来！”

“您是个粗野的家伙！”佩库歇说。

“你们，是无赖！”索莱尔回嘴。

布瓦尔顾不得许多了，骂他是蠢蛋，是打手！欧仁在旁边一个劲说：

“安静！安静！尊重法律吧！”

沃班大爷站在离他们三步远的一方石子上伤心地叹着气。

索莱尔的一群猎犬被这么多声音惊扰，都从窝棚里跑了出来。透过栅栏，可以看见它们那着了火似的眼珠，发黑的鼻尖。它们四处乱跑，汪汪声令人胆寒。

“你们别再烦我！”狗的主人大叫，“要不我就放它们朝你们的短裤上冲过去！”

两个朋友离开了，但仍然为他们支持了进步和文明而满心欢喜。

第二天一大早，有人给他们送来一张去冒犯警察罪法庭应审的传票，他们可能以辱骂林警罪被判一百法郎损害赔偿，“除了检察署的诉愿，鉴于他们业已违章，还必须负担费用共六法郎七十五生丁。执行员梯也瑟兰”。

为什么是检察署？他们感到头晕，等安静下来便着手准备为自己辩护。

布瓦尔和佩库歇在指定的日子提前一个钟头去到镇公所。没有人。几把椅子和三把安乐椅围着一张椭圆形的桌子，桌上铺了台毯，墙上挖的壁龛里有一个炉子，小台座上的皇帝半身雕像在厅里占据突出地位。

他们信步来到顶楼，那里有一个火灾用的水泵，还有好几面国旗，在一个角落里就地堆放着别的石膏半身雕像：其中有没戴皇冠的大拿破仑，燕尾服上缀有肩章的路易十八，从下垂的下嘴唇一望便知的查理十世，弯眉毛，头发成金字塔形的路易-菲利普。屋顶的斜面已触到菲利普的后颈。所有的雕像都被苍蝇和灰尘弄得很脏。这情景挫伤了布瓦尔和佩库歇的士气。他们回到大厅时，感到各级政府实在可怜。

他们在那里见到了索莱尔和乡警，一个手臂上戴着徽章，另一个戴着军帽。大约有十二个人在闲聊，他们被指控疏于打扫，或放养野狗，或小推车上缺车灯，或弥撒期间酒馆照常营业。

古隆终于出场，穿一身哔叽黑长袍，戴一顶直筒无边法官圆帽，长袜上缀有天鹅绒。书记官坐在他左边，戴三色肩带的镇长坐在右边。不一会儿，有人传讯索莱尔控告布瓦尔和佩库歇的案件当事人。

沙维尼奥尔（卡尔瓦多斯）的随身男仆路易-马提亚尔-欧仁·勒讷普弗尔利用他证人的身份说了一大堆与法庭辩论毫不相干的事。

熟练的船舶驾驶员尼哥拉-茹斯特·沃班害怕得罪索莱尔，也怕对两位先生不利。他当时似乎听见了骂人的脏话，但不能肯定，因为他耳聋。

治安法官让他坐下，然后对林警说：

“您是否坚持您已表明的态度？”

“当然。”

古隆接着问两位被告是否想说点儿什么。

布瓦尔坚持说他并没有辱骂索莱尔，但他站在偷猎者一边，从而维护了我们乡村的利益。他提请大家注意封建的恶习、大领主们毁灭性的狩猎。

“那有什么相干！你们本人的违警……”

“我要你们住嘴！”佩库歇大声说道，“什么违警、犯罪、不法行为，这些字眼毫无价值。想如此这般给该罚的事实归类，那是在靠随意性打基础。这等于向公民们说：‘别担心你们行为的价值，行为价值取决于当权者对你们如何惩罚！’此外，我认为刑法似乎是荒谬的作品，毫无原则。”

“这倒可能！”古隆说。

他准备宣布判决，但代表检察署的福罗站了起来。这两位是在林警执行公务时侮辱了他，如果谁都不尊重私有财产，那一切都完蛋了。

“总之，希望治安法官实行最高一级的惩罚。”

这最高处罚是付给索莱尔赔偿费十法郎。

“太好了！”布瓦尔大声说。

古隆还没有说完呢：

“此外，再判被告罚款五法郎，因检察署状告他们违章。”

佩库歇转身对听众说：

“这个罚款对富人说算不了什么，但对穷人却是灾难。至于我，无所谓。”

他看上去像在嘲弄法庭。

“的确，”古隆说，“我很吃惊，一些风趣的人……”

“法律剥夺了您的风趣！”佩库歇驳他，“治安法官可以无限期坐堂审判案件，最高法院的法官有资格干到七十五岁，一审法官则只能干到七十岁。”

见福罗打手势，布拉克旺连忙朝他们走过去。他们俩抗议：

“哦！你们如果被任命为会考官又该怎样呢！”

“或者被省议会任命！”

“或者根据一张慎重的名单被劳资调解委员会任命！”

布拉克旺推他们出门，于是，他们在其他被告的一片嘘声中走出了大厅，还自以为用这种粗俗办法被人看好呢。

为了发泄他们的愤怒，他们晚上去到贝尔冉勃的店里。咖啡间已经空无一人，当地的头面人物习惯在十点以前离开那里。带油罐的油灯已经开始暗下去，周围的墙壁和柜台隐隐显现在一片雾气中。一个女人不期而至。是梅丽！

她并不显得发窘，还一面微笑一面给他们各斟一杯啤酒。佩库歇感到很不自在，连忙离开了酒店。

布瓦尔后来只好单独去那里，他用抨击镇长的挖苦话逗乐几个老板。自那以后，他经常去小酒店。

由于控告多凡缺少证据，他在六星期以后宣告无罪释放。多么可耻！同样的证人，他们认为对他俩不利就不怀疑，否则就怀疑！

当登记处的人通知他们付清罚款时，他们的怒气简直无边无际了。布瓦尔攻击登记处损害财产所有权。

“你们搞错了！”税务官说。

“没那回事！税收使第三等级负担沉重！我希望征税的操作别那么让人生气，希望对土地的测定和估价更准确，抵押制度最好有所变化，法兰西银行应当被取缔，因为它有放高利贷的特权。”

在这方面吉尔巴尔可不能和布瓦尔匹敌，他在舆论界迅速衰落，便再也不去小酒店了。

而布瓦尔却得到了店主人的好感，因为他吸引了不少顾客。他在等那些常客时，同小保姆谈得很亲热。

他对小学教育散布一些怪诞的见解。小学毕业的人应当能够治疗病人，理解所有的科学发现，并对各门艺术兴趣盎然。他对教学大纲的严格要求使他和珀蒂闹翻了。他还得罪了上尉，因为他硬说士兵不该把时间浪费在操练上，他们最好去种菜。

轮到谈自由贸易问题时，他拉来了佩库歇。于是，整个冬季，在咖啡店里都能看到怒不可遏的眼神、互相轻蔑的姿势，能听到怒骂和大喊大叫，捶桌子时，小啤酒瓶在桌上跳来跳去。

朗格洛瓦和其他商人捍卫民族商业，纱厂厂主乌多和金银器商赞成保护民族工业，地主和农人为民族农业说话，人人都不惜损害大多数人而为自己要求特权。布瓦尔和佩库歇的发言使那些人感到不安。

见大家指责他们无视“习惯做法”，倡导平均主义和伤风败俗，他们便详细阐述了这三个观点：以花名册的号数代替姓氏；所有法国人应分成等级，为了保留各自的级别，人们必须时不时接受考查；取消奖惩，但各村的村民都应有个人的编年史留传后代。

人们对他们的制度嗤之以鼻。他们为此给巴耶的报纸写了一篇文章，并给省长寄去一份照会，给议会两院送去请愿书，给皇帝呈上备忘录。

报纸并未刊登他们的文章。

省长不屑于回答。

议会两院保持沉默，他们长时间等待着杜伊勒里宫发来信函。

皇帝究竟在忙活什么？无疑在忙活女人！

福罗给他们捎来专区区长的话，劝他们克制些。

他们对专区区长、对省长、对省参议员，乃至对国家行政法院都不屑一顾。行政司法权乃是极端残酷的畸形儿，因为行政部门恩威并施，管理它的官员并不公正。总之，他们变得令人不舒服，镇里的头面人物嘱咐贝尔冉勃再别接待这两个家伙。

于是布瓦尔和佩库歇迫切希望干一番能得到乡亲们赞赏的事业以引人注目，除了草拟美化沙维尼奥尔的方案，他们想不出别的办法。

四分之三的房屋必须拆迁，在镇中央修建雄伟的纪念性广场，在靠悬崖那边修建老、弱、病、残、孤收留所，屠宰场修在沙镇去卡昂的公路两边，在瓦克通道上修一座有彩色装饰的罗马式教堂。

佩库歇画了一幅中国水墨画，没有忘记把树林染成黄色，把建筑染成红色，草地是绿色。沙维尼奥尔理想的图景使他梦绕魂牵，所以他在床上辗转反侧，难以入睡。一天晚上，布瓦尔被他吵醒了。

“你不舒服吗？”

佩库歇嗫嚅着说：

“奥斯曼[①]让我睡不着觉。”

在这段时间前后，他收到迪姆舍尔一封信，打听在诺曼底海岸洗海水浴的价钱。“让他带着他的海水浴滚开吧！我们难道有时间写回信？”

他们搞到土地测链、测角器、水准仪和指南针后，便开始了其他方面的研究。

他们侵入别人的地产，一些有钱人看见这两个人在地上插标杆往往大吃一惊。

布瓦尔和佩库歇神态安详地宣布他们的计划，和由此可能发生

① 乔治-欧仁·奥斯曼（1809—1891），法国政治家、法兰西第二帝国重要官员。曾领导彻底改造巴黎的工程，并以此而闻名于世。

的一切。

居民们忧虑了，当局兴许会站在这两人的意见一边？

有时，也有人粗暴地赶走他们。

维克托爬上墙后再爬到屋顶去悬挂信号。他显得诚恳，甚至表现出某种热情。他们对维克托琳娜也较以前满意。

她熨烫衣物时，一面把熨斗在木板上推来推去，一面用甜甜的嗓音哼着歌。她有兴趣搞家务，给布瓦尔做了一顶无边圆帽，她的钩针受到罗米什的恭维。

罗米什是在各农庄之间走街串巷的补衣裁缝。他们让他在家里待过半个月。

他驼背，两眼发红，但他以他那丑角式的幽默弥补了身体的缺陷。两位主人不在家时，他很会逗乐马赛尔和维克托琳娜：给他们讲些滑稽故事，把舌头拉到下巴上，模仿杜鹃叫，装作会腹语的人。晚上，为了节省旅店费，他去面包作坊睡觉。

这期间的一天早上，感到寒冷的布瓦尔一大早去面包作坊取碎木片生火。

一个场面使他惊得呆若木鸡。

在大衣柜碎片堆后面，罗米什和维克托琳娜一道睡在一张草褥上。

罗米什一个胳膊搂着小姑娘的腰身，另一只像猴爪子一般长的手则摸着她的膝盖。他两眼微闭，他的脸在快活的痉挛中还在抽搐。她平躺着，脸上露出微笑。她穿的短上衣半开着，使她露出幼女的胸脯，胸脯上留下了驼背人抚摩她时捏出来的红色印记。她金色的头发散开了，黎明的灰白色曙光洒在他俩的身体上。

在一开始的刹那间，布瓦尔觉得胸口受到狠狠一击。接着，羞愧感使他动弹不得，许多痛苦的思绪涌进他的脑海。

“如此年幼！完了！完了！”

他随即转身回去叫醒佩库歇，一句话便把一切告诉了他。

“哦！这流氓！”

“对此我们毫无办法！冷静点儿吧！”

好一阵，他俩一直面对面叹着气：布瓦尔没有穿外衣，抄着双手。佩库歇坐在床边，赤着脚，戴着棉布便帽。

岁米什的活儿已经结束，他应当在今天离开这里。他们付钱给他时态度显得居高临下，而且一直默不作声。

然而上帝专和他们过不去。

不一会儿，马赛尔前来带他们到维克托的房里，把藏在五斗橱深处的一枚二十法郎的钱币指给他们看。那调皮鬼托他给换成零钱。

钱从哪儿来的？当然，是偷来的！而且是趁他们在工程巡回旅行时干的。然而要还钱还得认识丢钱的人，如果寻找并要求丢钱的人收回钱币，他们会显得是维克托的同谋。

最后，他们叫来维克托，命令他打开抽屉，但拿破仑头像的金币已不翼而飞！维克托还装出什么都不明白的模样。

可是他们刚才还看见这枚钱币，马赛尔是不会撒谎的。发生的一连串事故使男仆如此震惊，他竟忘了从早上就揣在口袋里的布瓦尔的一封信：

“先生：‘由于担心佩库歇先生在患病，特在此求助于您……’”

“信究竟是谁签的名？”

“是出生于沙尔波的奥林珀·迪姆舍尔。”

迪姆舍尔的妻子和他本人向他打听哪个海水浴场的公司管理最好、最安静，是库尔瑟尔、朗格吕讷，还是吕克的公司。还想了解所有的交通方式和浆洗衣服的价格等，不一而足。

这种纠缠不休让他俩对迪姆舍尔好不生气，而且这一天经历的劳累已使他们陷入更为沉重的气馁之中。

他们回顾自己找来的所有烦恼，上了如此多的课，采取了如此多的预防措施，品尝了如此多的痛苦！

“想想看。”他们说，“以前我们还有意把她培养成女学监呢！前不久还准备培养他当监工！”

“啊！多么失望！”

“如果说她堕落了，那可不是她念书的过错。”

“而我，为了让他变得诚实，还给他讲过卡尔图什[①]的传记。”

“也许因为他们过去缺乏家庭的温暖和母亲的关怀。”

“我从前也一样！”布瓦尔反驳说。

“唉！”佩库歇接着说，“有些人天生就没有道德感，教育也无能为力。”

“噢！是的，教育，真了不起！”

这两个孤儿什么手艺也不会，只好设法给他们找两个仆役的差事。找到之后，就听天由命吧，他们再也不管了。

自那以后，“叔叔”和“好朋友”打发他们去厨房吃饭。

但不久两位先生便感到百无聊赖，他们的头脑需要工作，他们的生存需要目的。

再说，不成功能说明什么？在儿童身上失败了，在成人身上可能会容易些。于是，他们幻想办一所成人学校。

---

① 卡尔图什（1693—1721），法国一个帮派集团的头目，据传真名是路易·多米尼克·布尔吉农，最后被判受车轮刑而死。

恐怕必须举行一次演讲会以阐述他们的想法。旅馆的大厅是再好不过的会议场所。

作为副手，贝尔冉勃一开始害怕受到牵连，拒绝了，但后来一想，这里面可能有赚头，就改变了主意，让他的女仆把他的决定通报他们。

布瓦尔高兴得忘乎所以，竟在女仆的双颊上亲了两下。

镇长缺席，另一位副手马雷斯科先生全身心扑在他的事务所工作上，几乎无暇顾及演讲会的事。这一来，镇上宣读公告的鼓手只好宣布会议将在下个星期天的三点举行。

到了开会的前夕，他俩才想到自己的服装。

谢天谢地，佩库歇还保留了一件有天鹅绒打裥颈圈的旧礼服，两条白色的领带和黑手套。布瓦尔穿他的蓝色礼服，米黄色布背心和海狸毛皮靴。他们穿过村子时心潮澎湃，最后来到金十字旅馆……

（福楼拜的手稿到此为止）